Iris Muhl
Ein Lied für den Feind

Iris Muhl

Ein Lied
für den Feind

Roman

SCM
Stiftung Christliche Medien

SCM Hänssler ist ein Imprint der SCM Verlagsgruppe,
die zur Stiftung Christliche Medien gehört, einer gemeinnützigen Stiftung,
die sich für die Förderung und Verbreitung christlicher Bücher,
Zeitschriften, Filme und Musik einsetzt.

© 2024 SCM Hänssler in der
SCM Verlagsgruppe GmbH · Max-Eyth-Straße 41 · 71088 Holzgerlingen
Internet: www.scm-haenssler.de · E-Mail: info@scm-haenssler.de

Stille Nacht
Text: Joseph Mohr (1816), bearbeitet von Johann Hinrich Wichern (1844)
Melodie: Franz Xaver Gruber (1818)

O Haupt voll Blut und Wunden
Text: Paul Gerhardt (1656) nach Arnulf von Löwen (vor 1250)
Melodie: Hans Leo Haßler (1601), Görlitz (1613)

Lektorat: Johanna Horle-Herdtfelder
Umschlaggestaltung: Stephan Schulze, Stuttgart
Titelbild: Vaterunser - 5t3ph4an'Art; Wil Stewart, Tim Umphreys, Redcharlie,
Alberta - unsplash
Satz: Satz & Medien Wieser, Aachen
Druck und Bindung: GGP Media GmbH, Pößneck
Gedruckt in Deutschland
ISBN 978-3-7751-6193-0
Bestell-Nr. 396.193

Für Anne, Delaja, Selina und Beatrix

In Dankbarkeit

Wenn die Steine
Blüten in meine Sinne ritzen

Und der Tod seine Handschrift
Auf die Felder wirft

Dann ist es nur noch ein Schritt
In Deinland

I. M.

Inhalt

Vorwort	9
1. Vater	11
2. Fruchtbares Land	20
3. Streit	28
4. Der Schuss	41
5. Nachtwache mit Bruno	51
6. Das Mädchen	62
7. Omelett	70
8. Fieber	76
9. Instinkt	81
10. Familie	93
11. Durst	101
12. Schulden	111
13. Kindergesichter	125
14. Gymnasium	132
15. Prüfung	137
16. Grabenschock	154
17. Meinungen	159
18. Der Feind	166
19. Unentschlossenheit	173
20. Der Pfarrer	180
21. Krieg	194
22. Ein Lied	205
23. Wo ist Bruno?	218
24. Ein Frischling	225
25. Fußballspiel in der Hölle	233
26. Die Fuchshöhle	243
27. Das Delikt	255

28. Heimfahrt	265
29. Erleichterung	274
Epilog	286
Historischer Hintergrund	292
Bibliografie	297
Dank	298

Vorwort

Dieser frei erzählte Roman beruht auf einer wahren Begebenheit aus dem Jahr 1914, dem Weihnachtsfrieden. Auf achtsame Weise habe ich versucht, mich den Geschehnissen und dem Erleben der Menschen im Ersten Weltkrieg zu nähern. Aus dramaturgischen Gründen wurden Handlung und Figuren von mir frei erfunden.

Die Geschichte handelt von einem Jungen, der in der Natur aufwächst und die Schönheit der Schöpfung nie aus den Augen verliert. Umso schwerer fällt es ihm, im Krieg mitanzusehen, wie Mensch und Tier leiden. Doch das hält ihn nicht davon ab, an das Gute zu glauben und für Menschlichkeit und Würde zu kämpfen.

Ich glaube, dass der erwachsene Mensch oftmals nur von der Oberfläche der Dinge weiß. Damit spreche ich von Dingen, die er geschaffen hat und an denen er eindeutig teilnimmt. Kinder jedoch sehen mehr. Sie erkennen sich als Teil der Natur, sehen in ihr die schöpferische Kraft, die Möglichkeiten, von ihr zu lernen und sich im Einklang mit ihr zu bewegen. Ein zerstörerischer Gedanke ist dabei kaum möglich, denn eins zu sein mit der Natur ist selbstverständliche Freiheit und bildet ein natürliches Bündnis mit den Tieren und der Pflanzenwelt.

Erwachsene scheinen dieses Verständnis jedoch oftmals verloren zu haben. In einer Welt, in der Erwachsene Kinder erziehen, kühlt diese Kraft ab und wird stumpf. In einem endlosen Kreislauf bewegt sich die Menschheit dann auf die Tatsache zu, daran festzuhalten, die Erde und alles, was sich darauf befindet, müsse in ihrer Gewalt sein. Das Wort Gewalt nenne ich bewusst, denn so ist es auch im Krieg. Krieg wird von Menschen bestimmt. Doch manchmal geschieht es, dass in einem kriegerischen Umfeld, das geprägt ist von Gewalt, Schrecken und unendlicher Trauer, ein stilles, göttliches Licht auftaucht. Unerwartet schön, berührend und inspirierend. Niemand weiß dann so richtig, woher es kommt und weshalb es hier ist.

Die Geschichte des Weihnachtsfriedens von 1914 besitzt so viel Leuchtkraft, dass sie bis heute von großer Bedeutung ist. Sie handelt von einer unerhörten Befehlsverweigerung, die jede militärische Macht in ihren Grundfesten erschüttert.

KAPITEL 1

Vater

Bad Berleburg im Sauerland
Rothaargebirge
Juli 1908

An diesem Tag stach die Sonne auf die reifen Weizenfelder im Westen von Deutschland. Die heiße, trockene Luft lähmte Mensch und Tier, und sogar die hungrigen Mäusebussarde, die die Hitze sonst gut ertrugen, hatten sich in den Schatten der Eiben zurückgezogen. Über den Weizenähren flimmerte es. Es waren Tausende, Abertausende Halme und sie standen da wie Soldaten mit leicht hängenden Köpfen. Vollkommene Windstille.

Fred lag unter einem Apfelbaum ganz in der Nähe des elterlichen Hofs und nippte an einer Glasflasche mit frischem Brunnenwasser, als die Tür zum Stall zuschlug.

»He, Samuel, wo ist dieser vermaledeite Kessel?«

Er zuckte zusammen, erhob sich eilig und blickte zum Stall hinüber, der auf einem Hügel über den goldenen Feldern lag. Eine ungute Vorahnung packte ihn, sodass er schwer schluckte. Er sah, wie sein Vater über den geräumigen Hof auf das Wohnhaus zutorkelte, eine Mistgabel in der Hand. Er trug schwere, dunkelgrüne Stiefel, schmutzige Stallhosen und ein zerrissenes Hemd. Sein düsterer Blick verriet, dass er außer sich war vor Wut. Fred seufzte, was so viel bedeutete wie: nicht schon wieder.

»He! Samuel! Sprich mit mir!«, schrie der Vater und seine Stimme klang wie mehr wie ein Gurgeln, unheimlich und abstoßend. »Antworte!«

Fred schnappte nach Luft. Aus dem Schatten des Apfelbaumes heraus suchte er die Gegend mit dem scharfen Blick eines Adlers ab. Wo ist Samuel? Wo hat er sich nur versteckt? Sein Blick fiel auf den hohen First der alten Holzscheune gleich neben dem verwitterten Stallgebäude. Wenn Vater verrückt spielte und zu viel getrunken hatte, versteckte sich sein Bruder meist dort, saß am kaputten Fenster und blickte traurig über die Felder. Doch das Fenster war leer.

»He, Samuel!«, schmetterte Vater seine Stimme gegen die Hauswand. Obwohl er schweres Schuhwerk trug, schienen ihm seine Füße kaum Halt zu geben: Mal schwankte er nach vorn, dann wieder nach hinten, bis er sich schließlich auf die Heugabel stützte.

Noch vor einer Woche hatte er der Familie beim Essen hoch und heilig versprochen, mit dem Trinken aufzuhören. Mutter war jedes Mal erleichtert, wenn er Reue zeigte, doch insgeheim wusste sie, dass diese Läuterung nur eine kurze Episode im Leben ihres Mannes war. Vater hielt seine Versprechen nie.

Nun warf Fred einen prüfenden Blick auf den kleinen, maroden Abort, gleich hinter dem Wohnhaus. Da dieser jedoch offen stand, vermutete er, dass Samuel in den Feldern verschwunden war. Sein Blick fiel auf die Eiben hinter den Feldern. Auch da kein kleiner Bruder. Blieb noch das Haus. Fred setzte sich in Bewegung.

Er war schon immer ein schneller Läufer gewesen, aber diesmal lief er noch schneller.

Sein blaues Arbeitshemd und die kurzen Hosen flatterten um seine schlanken Glieder, als er über den Holzzaun sprang, der sich um den gesamten Hof zog. Als er den Rosenstrauch passierte, riss er sich an einem Dorn die Hand auf. Er vernahm Stimmen aus dem Haus. Sie klangen hektisch und laut, was ihn aufwühlte. Sein Vater musste bereits drinnen sein.

In der unheimlichen Stille, die das Haus umgab, hörte Fred plötzlich Mutters Schreie, vernahm, wie Vater die Treppe hinauftrampelte und mit der Faust gegen eine Tür schlug. Wahrscheinlich war es Samuels Zimmertür, sie würde nicht mehr lange halten, war schon mehrmals repariert worden. Vielleicht würde sie heute einfach so unter Vaters wild wütenden Händen zersplittern. Hoffentlich ist Samuel doch an den Fluss gerannt und hat sich dort im Dickicht versteckt. Sonst schlägt er ihn bewusstlos wie letztes Mal.

Mit voller Kraft wuchtete Fred die schwere, dunkle Eichentür zum Wohnhaus auf, nahm jeweils zwei Stufen auf der Treppe in den ersten Stock. Eine unheilvolle Stille hatte sich über das Haus gesenkt, unterbrochen von einem dumpfen, hässlichen Patschen, das Fred nur allzu gut kannte. Oben angekommen, bot sich Fred ein schrecklicher Anblick. Die Tür hing schief in der Angel, das Holz war an mehreren Stellen zersplittert.

In dem kleinen, dunkelgrünen Raum, in dem nur zwei schmale Betten Platz gefunden hatten, stand sein Vater und prügelte auf seinen Bruder ein. Samuel kauerte auf dem Bett, die Hände über dem Kopf, und wimmerte. Ebenso hilflos stand Mutter in der Ecke, versuchte Vater von dem Jungen wegzuziehen, doch es gelang ihr nicht. Jetzt schrie sie ihren Ehemann an, es klang verzweifelt. »Nicht, du prügelst ihn noch tot!«

Geistesgegenwärtig warf Fred seine Arme um den großen, schweren Mann und schob ihn mit dem ganzen Gewicht seines Körpers gegen die Wand. Der dicke Knebel, mit dem er zugeschlagen hatte, fiel zu Boden. Die Mutter weinte, die Hände vor dem Gesicht, während Samuel mit verquollenen Augen aus dem Zimmer stürmte. Vater schlug mit den Armen um sich. Wo hatte er bloß diese Kraft her?

»Lass mich, lass mich!«, schrie er. Er roch nach Knoblauch, Bier und altem Schweiß. Fred jedoch schlang seinen Arm von hinten um Vaters Hals, brachte den 110 Kilo schweren Mann aus dem Gleichgewicht und beförderte ihn entschlossen aus dem Zimmer. Auch wenn er erst 14 Jahre alt war: Die Arbeit auf dem Hof, Vater, der meist sternhagelvoll war, und seine Fürsorge für die Tiere hatten ihn stark gemacht.

Vater schien verdutzt, stolperte rückwärts über den kleinen Flur und ließ sich von Fred ins gegenüberliegende Schlafzimmer schieben. Im Haus war es sehr dunkel, denn Mutter hatte wegen der unerträglichen Hitze schon morgens alle Fensterläden geschlossen. Fred lief der Schweiß in die Augen. Er brannte. Aber nicht nur das. Sein ganzer Körper schien vor Wut auf Vater zu brennen. Nun warf er ihn auf das unordentliche Bett, das seit Wochen keine frische Bettwäsche mehr gesehen hatte.

»Lasst mich endlich in Ruhe!« Seine laute, donnernde Stimme hallte durch den karg eingerichteten Raum. Fred trat ein Stück zurück.

Was für ein trauriger Anblick. Vor Jahren noch war er ein ansehnlicher Mann gewesen, stolz auf seinen großen Hof, von seinen Mägden und Knechten geschätzt, stolz auf seine schöne Frau, seine prächtigen Söhne. Ein angesehenes Mitglied des Dorfrates, ja, die Bewohner hatten sogar über eine Einsetzung als Bürgermeister nachgedacht.

Und jetzt? Vater zog das Leintuch über das schüttere, fettige Haar auf seinem Kopf, wälzte sich zur Seite und schien sogleich wegzudämmern.

Fred wandte seinen Blick ab, ließ ihn über die spärliche Einrichtung des Zimmers gleiten. Ein kleiner, wackeliger Stuhl, ein schmales Bett aus Kiefernholz, dessen Matratze von eifrigen Mäusen durchlöchert worden war, denn nicht einmal der Kater Tom wagte sich in dieses Zimmer. Am Fenster hing eine halbe zerrissene Gardine, einstmals ein schönes Stück Stoff aus grünem Samt, das an bessere Zeiten erinnerte.

Fred zog am unteren Ende des Leintuchs und warf es über Vaters Beine. Die schmutzigen Stiefel hatten am Fußende des Betts braune Streifen auf der Wäsche hinterlassen. Der Junge warf seiner Mutter, die mittlerweile in der Schlafzimmertür stand, einen fragenden Blick zu. Soll ich ihm die Stiefel ausziehen?

Sogleich schüttelte sie den Kopf. »Auf keinen Fall, dein Auge ist ja noch nicht einmal verheilt vom letzten Tritt«, flüsterte sie ihm zu und wandte sich traurig ab.

Als sie beide vor der Tür standen, drehte Fred den Schlüssel und legte ihn auf eine winzig kleine Ablage neben der Tür, auf der ein Kreuz stand und ein kleines Bild der heiligen Maria. Dabei hörten sie ein tiefes, unregelmäßiges Schnarchen. Mutter schüttelte nur den

Kopf und begann wieder zu weinen. Vorsichtig umarmte sie Fred. Sie legte ihm den Kopf auf die Schulter. Trotz Sommerhitze zitterte sie am ganzen Leib.

Er hielt sie so fest er konnte. Sie war rund geworden in den letzten Jahren. Das lag am Kokain und dem Beruhigungsmittel, die ihr der Arzt verschrieben hatte. Freds Hemd wurde von den Tränen nass.

Er sprach leise und tröstend. »Komm Mutter, ich mach dir was zu essen und dann werde ich Samuel suchen gehen.«

* * *

Der Hof der Familie Scheller stand weitab vom kleinen Städtchen Bad Berleburg, rund 20 Minuten zu Fuß, auf einem kleinen Hügel mit Sicht über die Ebene. Am Fuß dieses Hügels zog sich die Odeborn durch die Landschaft, ein rund acht Meter breiter Fluss, hin und wieder rund einen Meter tief. Genau da, wo sich das Wasser hinter Steinen sammelte und tiefe Gruben bildete, standen die Forellen im kühlen Schatten neben großen Felsen aus Hämatit. Zu bestimmten Zeiten, so hieß es, färbte sich der Fluss rot, deshalb nannten manche ihn den Blutfluss.

Im Sommer, wenn die Sonne hochstand, glitzerte die Odeborn tatsächlich rötlich. Als sie noch jünger gewesen waren, hatte Fred beim Angeln mit Samuel immer die Eisenkiesel gesammelt, die sich meist an den seichten Stellen finden ließen. Samuel hatte immer gerufen: »Schau, meine Hand blutet!«, wenn er einen roten Eisenkiesel in seine kleine Kinderhand legte. Inzwischen wussten sie, dass genau dort auch die Forellen standen, gut getarnt mit einem roten Rücken, perfekt angepasst an ihre Umgebung.

Eine Reihe Apfelbäume säumte den breiten Kiesweg zum Hof, vor dem kilometerweite Weizenfelder lagen, gelegentlich geschmückt durch Kastanien oder eine alte Eiche. Hier und dort bewachten zwei oder drei Lärchen ein Weizenfeld, das – wenn der Wind es streichelte – gegen Herbst einen lila Farbton trug. Während die Bussarde, Elstern und Kolkraben die meterhohen Baumspitzen für die Suche nach leckeren Sämereien oder Kleingetier nutzten.

Fred und Samuel kannten die Tiere der Gegend. Besonders Fred war von ihnen fasziniert und prägte sich ihr Aussehen, ihre Vorlieben und Besonderheiten ein. Die Tiere erinnerten ihn daran, dass Gottes Schöpfung gut war. Wenn er und Samuel in den Wäldern und am Rothaarsteig entlangliefen, dann entdeckten sie Schwarzwild, Rehwild und Rotwild. Im Herbst sammelten sie Esskastanien, im Winter kletterten sie bis auf die obersten Äste der alten Eiche weitab vom Hof. Im Sommer legten sie sich unter den Baum auf die trockene Erde und blickten in ein Netz aus Adern, die den Himmel umarmten. In einer kleinen Landkerbe stand an einem Seeufer voller Duftnesseln und weißem Steinquendel ein Lärchenwäldchen, das sich im Herbst golden verfärbte und auf den Boden einen gelben Teppich legte.

Fred, eigentlich Manfred, war das älteste von drei Kindern, mit 14 Jahren dennoch zu jung, um sich seinem schwergewichtigen Vater entgegenzustellen, wenn dieser im Vollbesitz seiner Kräfte war. Er war schlank und groß, hatte schwarzes Haar wie seine Mutter, schöne Gesichtszüge und eine hohe Stirn, über die sein buschiges Haar bis zu den dichten Augenbrauen fiel. Sah man genau hin, entdeckte man einen goldenen Rand um die Iris, der manchmal, aber nur im Sonnenlicht, kurz aufblitzte. Bald würde er größer sein als der Vater, vielleicht 1,85 Meter oder einige Zentimeter mehr. Das mittlere Kind, ein Mädchen, dem man nie einen Namen gegeben hatte, weil es der Vater verboten hatte, war sogleich nach der Geburt gestorben.

Samuel, Freds Bruder, war gut vier Jahre jünger, aber wesentlich dünner und kleiner. Immer wenn es regnete, krauste sich sein dunkelbraunes Haar und stand wild von seinem Kopf ab. Im Winter war er oft krank gewesen, meist erkältet. Oder er hatte es mit den Ohren: Die zahlreichen Ohrenentzündungen hatten dazu geführt, dass er auf einem Ohr fast taub geworden war.

Manchmal, wenn es mit Vater schlimm wurde, begann Samuel zu stottern. Er wiederholte die Worte dreimal, bis er den Satz beenden konnte. Nur in der Schule stotterte er nie, dort fühlte er sich wohl und sicher. Oder in den seltenen Stunden häuslichen Friedens, wenn der Vater draußen unterwegs war und Samuel mit Fred und Mutter in der Küche sitzen und plaudern konnte.

Die Mutter war eine gewissenhafte, feinfühlige Frau und stammte aus einer wohlhabenden Familie. Sie liebte die Musik und hatte als Kind viel Geige gespielt. Zu Beginn ihrer Ehe war Mutter voller Träume und Hoffnungen gewesen, hatte ihre Söhne immer in ihrer kindlichen Wissbegier unterstützt und sich an ihren zahlreichen Fragen über Gott und die Welt erfreut.

Doch dann kamen die Sorgen. Immer öfter genehmigte Vater sich ein Bier zu viel. Mutter flehte ihren Mann an, mit dem Trinken aufzuhören, den Hof wieder ordentlich zu bewirtschaften und die Kinder sorgsam zu erziehen. Aber aus einem stolzen Pferd würde niemals ein Ochse werden, der zu arbeiten vermag. Das wusste sie und es machte sie traurig. In ihrer Traurigkeit verlor sie ihre Schönheit und ihre Würde und wurde zu dem, was sie nun war.

* * *

Fred rannte durch das hohe Gras hinter dem Hof in Richtung Fluss, stolperte über einen großen Stein, fiel hin und rappelte sich wieder auf. Während er sich die schmutzigen Hände an den Hosen abklopfte, rief er so laut er konnte: »Samuel! Wo bist du?«

Weil er keine Antwort bekam, legte er zwei Finger in den Mund und begann zu pfeifen. Den hohen Pfeifton hörte Samuel besser als die tiefe, sonore Stimme seines älteren Bruders. Doch nichts.

»Sam!«

»Ich habe Vater eingesperrt!«

»Keine Angst!«

Er warf seinen Blick über die Ebene, tastete mit seinen Augen die Bäume ab, Gebüsch und Felder.

Wo konnte sein Bruder nur sein?

»Mama geht es gut! Alles in Ordnung! Sie ist in Sicherheit!«

Immer noch nichts.

Fred rannte weiter Richtung Fluss. Es gab jetzt nur noch einen Ort, wo Samuel sein konnte.

Nicht weit entfernt blinkte in der Sommerhitze die Stadt auf, die berühmt war für ihre Geschichte. Jahrhunderte zuvor war sie Residenzstadt der Nordgrafschaft Sayn-Wittgenstein-Berleburg gewesen. Mit Stolz erzählten sich die Einwohner, dass hier an diesem Ort sogar die Berleburger Bibel entstanden sei, in einer einfachen Druckerei im Keller eines alten Stadthauses. Das hatte die Pietisten derart stolz gemacht, dass die einfachen Menschen der Gegend, die Sinti, nicht mehr geduldet und als Heiden verschrien wurden.

Auf der Suche nach seinem Bruder hob Fred Äste an, schlug gegen niedriges Buschwerk, riss hastig an Efeulianen, aus denen erschrocken Seidenbienen und Rotkehlchen ausbrachen. Das vertrocknete Gras peitschte gegen seine nackten Waden. Immer wieder knirschte es unter seinen Füßen, wenn beim Auftreten trockenes Geäst zerbrach. Endlich erreichte er das Wasser, das leise plätscherte.

Fred atmete auf. Auf der anderen Seite, zwischen zwei hohen Felsbrocken, saß sein Bruder und warf kleine Steine in den ruhigen Fluss. Das Wasser stand tief, die anhaltende Trockenheit forderte ihren Tribut. Auf Freds Gesicht breitete sich ein Lächeln aus. Ohne seine Schuhe auszuziehen, was er sonst immer tat, schob er seine Füße durch das seichte Wasser, das ziemlich warm geworden war.

Fred sah in die traurigen, geröteten Augen seines Bruders, als dieser kurz den Kopf hob. »Die Forellen sind gestiegen. Hier hat es zu wenig Wasser. Sie stehen jetzt weiter oben, wahrscheinlich unter der gefallenen Eibe.«

Samuel sprach leise, nachdenklich, während Fred sich vorsichtig neben ihn setzte, um ihn in keiner Weise aufzuschrecken. »Bestimmt stehen sie dort. Es gibt keinen besseren Ort als diesen. Unter der Eibe ist es kühl und dunkel.«

Fred sah, dass er geweint hatte, die linke Wange von einem Schlag gerötet, seine Schultern verkrampft, die Beine eng an den Leib gezogen. Er trug die zerschlissenen Lederschuhe, die ihm sein Großvater vor zwei Jahren zum Geburtstag geschenkt hatte. Immer, wenn er Trost suchte, zog er sie an. Sie waren einmal schön gewesen, glänzendes schwarzes Kalbsleder mit breiten, silbernen Ösen für schwarze Schnürsenkel.

Eine Erinnerung an bessere Zeiten. Damals, man schrieb das Jahr 1906, als Großvater noch auf dem Hof gelebt hatte. Er hatte die Tiere genauso gut behandelt wie die Menschen. Hatte immer gesagt: »Traue nie einem Menschen, der schlecht mit Tieren umgeht.«

Samuel legte den Kopf auf die Knie. »Irgendwann wird Vater mich totschlagen, ich weiß es«, sagte er verzweifelt.

Fred legte seine Hand auf Samuels Schulter und warf mit der anderen Hand ebenfalls einen Stein ins Wasser. Es klang hohl und schön. Etwas Wasser spritzte auf ihre Schuhe. Die Sonne legte einen dünnen Lichtfilm auf die Oberfläche, manchmal warf eine aufspringende Welle das gleißende Licht zurück, welches die beiden Kinder blendete.

»Ich sorge dafür, dass er dich nicht totschlägt. Und sobald wir erwachsen sind, gehen wir fort.«

»Aber was ist mit Mutter? Wir können weggehen, aber sie kann es nicht!«, gab Samuel besorgt zurück.

Fred schwieg. Darauf wusste er keine Antwort. Er grub seine rechte Hand in den warmen Sand und warf ihn in den Fluss. Einen Moment lang glitzerte der Sand in den Sonnenstrahlen, bevor er im Dunkel des Wassers versank.

Vielleicht bekommt ja auch Mutter nochmals eine Chance, dachte Fred, obwohl er wusste, dass das niemals geschehen würde.

KAPITEL 2

Fruchtbares Land

Bad Berleburg, Sauerland
1908

Im September 1906 war Freds Großvater an einer Lungenentzündung gestorben. Er hatte nach seinem Tod Freds Vater einen prächtigen Hof hinterlassen. Das fruchtbare Stück Erde, ein Gebiet von rund 120 Hektar bewirtschaftetes Land, an das auch noch ein großer Wald angrenzte, hielt sich nicht lange fruchtbar. Kurz nach der Bestattung des alten Hofpatriarchen führte der stolze Erbe, Gottfried Scheller, ein selbstsicherer Mann, der aber keinerlei Geschäftssinn besaß, einige Änderungen ein.

Mägde und Knechte durften von einem Tag auf den anderen nicht mehr am Familientisch essen, sondern mussten sich in der Küche verpflegen, ein Dutzend Zuchtpferde wurde übereilt einem Rennstallbetreiber verkauft, der sie mit Gewinn weiterverkaufte. Die Ställe sollten an andere Pferdebesitzer vermietet werden, was jedoch aufgrund der Lage – die Ställe lagen viel zu weit weg von der Stadt – nicht klappte. Ein Teil des gesunden Viehs wurde verscherbelt, ebenso die Mitgift seiner Ehefrau Ilse, damit Gottfried die Schulden bezahlen konnte, die er in der Stadt mit Geschäften gemacht hatte. Der alte Glanz des Scheller-Hofes wich schnell. Innerhalb von eineinhalb Jahren folgte die Insolvenz, denn alles Geld war weg.

So standen mit Ausnahme von zwei Boxen die Pferdeställe leer.

Die zwei Pferde wurden von Fred und Samuel gepflegt. Vater hielt nichts von Pferden. Er behielt sie nur, um mit ihnen auf den Feldern zu arbeiten. Ein paar wenige Kühe waren ihnen geblieben. Sie gaben Milch und hin und wieder wurde eine geschlachtet. Doch das Fleisch war zäh und niemand wollte es kaufen.

Die Lüge einer wütenden Magd, Vater habe ein uneheliches Kind mit ihr, wurde für ihn zum Schafott. Händler und Geschäftsleute zogen sich zurück, kauften weder Milch noch Weizen und stürzten die Familie so in eine große Krise. Mutter, die einen tiefen Glauben an Gott besaß und darauf vertraute, dass er sie jederzeit auf ihrem Weg begleitete, besonders, wenn sich dieser als schwierig erwies, blieb weiterhin an der Seite ihres Angetrauten. Hin und wieder beobachtete Fred sie dabei, wie sie abends allein am Küchentisch saß, eine Kerze anzündete und leise ein Gebet sprach. Ihre empfindsamen, warmen Worte galten den Kindern, ihrem Mann, den Tieren auf dem Hof und den kranken Menschen im Dorf und ließen in Fred ein feines Geräusch anklingen, das sein Innerstes berührte und eine einzige Frage aufwarf: Sieht Gott auch mich?

Nachdem alle den Hof verlassen hatten, verlor sich das fleißige Werkeln in den frühen Morgenstunden, das Backen, Hantieren und Schreinern der Mägde und Knechte zu einem einzigen Schweigen, und nur noch Wind und Regen besuchten die Wiesen und Felder, die einst von Fruchtbarkeit strotzten. Und wenn noch etwas wuchs, dann wurde es kaum geerntet. Kaum jemand pflückte die Äpfel von Obstbäumen, lediglich ein paar verirrte Wanderer oder kleine Igel machten sich am frischen Obst zu schaffen, das am Boden lag.

* * *

An diesem Abend angelten Fred und Samuel Forellen. Sie hatten sich beruhigt, doch die Enttäuschung über den jüngsten Ausbruch ihres Vaters stand ihnen noch im Gesicht. Die kleine Kerbe über Freds Nase war nicht zu übersehen. Samuel nannte es die »Sorgenkerbe«, die immer auftauchte, wenn Vater wieder einmal zu viel getrunken hatte und um sich schlug.

»Hier«, zischte Fred und machte kaum eine Bewegung. Er stand im Flusslauf, das Wasser bis zu den Knöcheln. Die Schuhe hatten sie ausgezogen und auf einem hohen Stein gelagert, die Angeln aus ihrem Versteck geholt. Sie standen in lauwarmem Wasser, die Sonne hatte sich bereits hinter einem bewaldeten Hügel verzogen, und ein kühler Wind wirbelte über die beiden hinweg. Die Abkühlung tat gut, nicht nur auf der Haut, sondern auch im Kopf, in der Brust, im Bauch. Die Wut verflog allmählich und die beiden begannen zu lachen und zu schwatzen. Es war, als würde ihre Erstarrung ins Wasser fallen gelassen, würde den Bach hinunterfließen, immer weiter bis zur tiefen Eder, um von dort weiter bis in die Fulda zu gelangen, sich dort in einem großen Delta aufzuteilen und im Schlamm zu versinken.

Die beiden suchten nach Fischen fürs Abendessen. Ihre Füße versanken im Moos oder im Sand des Flusses. Fred hatte hinter einem mit grauem Geflecht bewachsenen Stein zwei kleine Forellen entdeckt. Er vermied es, seinem Bruder zuzuwinken, sondern hob nur ein klein wenig den Zeigefinger und deutete in die Richtung, wo die Fische standen. Nun warfen sie die Wurmköder ins Wasser, ließen sie ein wenig treiben, hoben den Kopf und blickten zwischen Ästen hindurch zum Himmel. Dichtes Blattwerk beugte sich an zarten Zweigen über sie und streifte sie an den Schultern. Manchmal verhedderte sich die Schnur in den Ästen, aber das war nicht weiter schlimm.

Hier am Fluss war es still, sicher und deshalb tröstlich. Der erdige Modergeruch, der Duft von Flusswasser, kurz zuvor seiner Quelle entsprungen, und Kiefernharz lag in der Luft. Und weil sie immer noch Kinder waren, lachten sie erleichtert auf, als müsste nun in diesem Augenblick alles von ihnen abfallen. Sie fingen eine Forelle und noch eine, während ein Hauch von Bodennebel aufstieg.

Schließlich nahmen sie die Fische aus und brieten sie über dem Feuer. Als Samuel am Feuer neben seinem Bruder einschlief, deckte ihn dieser mit seiner Jacke zu. Fred blickte an den Himmel und sah vereinzelte Sterne. Sie glitzerten wunderschön. Die Bäume am Fluss beugten sich wie alte, schwarze Riesen über sie und schienen zu summen. Aber es waren die Zikaden, die in der Sommerhitze keinen

Schlaf fanden. Wenn ich nur ihre Namen wüsste, dachte Fred und schlief erschöpft ein.

Ein Rotkehlchen, das sich an einem Wurm zu schaffen machte, weckte Fred. Wie verrückt versuchte der Vogel den Wurm aus dem Boden zu zupfen, pickte und hüpfte hin und her, doch der Wurm verschwand eilig in der Erde. Nur kurz sah das Rotkehlchen Fred an, der seinen Kopf verwundert hob und sich das dichte Haar aus dem Gesicht strich.

»Du bist wohl hungrig«, sagte er freundlich zu dem Vogel, der aufgeregt sein Gefieder aufschüttelte. Dann flog das Kehlchen fort zur nächstgelegenen Kiefer, um dort weiterzupicken. »Ich bin auch hungrig«, sagte Fred zu sich selbst. Die Forellen hatten lecker geschmeckt. Fisch hielt jedoch nicht lange hin und Brot hatte er gestern in der Eile keins von zu Hause mitgenommen.

Mit der Hand schubste Fred seinen Bruder an. Samuel lag noch in Fötusstellung, die Jacke eng um sich geschlungen. Er atmete tief. Jetzt öffnete er die Augen. »Schon?«

»Ja, komm, wir müssen zur Schule«, sagte Fred leise. Er blickte auf. Zwischen das Blattwerk drängten sich ein paar Sonnenstrahlen. Ein sanfter Nebelflaum stand über dem ruhigen Fluss. Die beiden standen auf und klopften sich an ihrer Kleidung. Dann stellte sich Samuel an einen Baum und pinkelte.

»Komm endlich«, rief Fred ungeduldig.

»Aber ich will nicht nach Hause«, gab Samuel zurück.

»Wir müssen die Kleidung wechseln, so können wir nicht in die Schule.«

Stocksteif stellte sich Samuel hin. »Ich geh nicht nach Hause«, sagte er zu seinem Bruder.

Fred zog ihn am Arm mit sich. »Er ist bestimmt nüchtern. Außerdem gehen wir zusammen.«

Widerwillig rannte Samuel mit.

Manche Tage erscheinen wie frisch gestärkt, dachte Fred, als sie auf dem stillen Hof ankamen. Ein bisschen Trost tat gut nach alldem, was in den letzten Monaten geschehen war. Die Luft roch nach feuchtem Kies, nach faulen Äpfeln und Wiesentau. Fred sah glänzende Wasserperlen auf den Halmen, als er mit seinem Bruder die Eingangstreppe erklomm. Die Kirchenglocke der Stadt schlug sieben Uhr.

Sie traten ins Haus und hörten die Stimme ihrer Mutter in der Küche. Beide eilten in den ersten Stock, um zu sehen, wo Vater war. Die Tür zum Elternschlafzimmer stand offen. Mutter hatte sie bereits früh aufgeschlossen, damit Vater sie nicht auch noch zertrümmerte.

»Er ist nüchtern«, sagte Fred zu Samuel, obwohl er seinen eigenen Worten nicht traute. Sie huschten zum Kleiderschrank. Ein frisch gestärktes, kariertes Hemd, eine kurze Kakihose und frische Socken. Samuel tat es ihm gleich. Von einem Brett aus rötlichem Buchenholz, das über beiden Betten angebracht worden war, nahmen sie ihre Schulsachen. Ein Mathebuch, ein Schreibheft, ein Lineal, ein Buch von einem Schriftsteller namens Arthur Schnitzler mit dem Titel »Der Weg ins Freie«.

Gemeinsam gingen sie unten in die Küche. Sie war groß und hell. Mutter versuchte Ordnung zu halten, doch in den letzten Jahren war ihr all die Arbeit zu viel geworden. Nun standen überall Flaschen und Einmachgläser, Gewürze und ungewaschenes Obst. Ein paar Fliegen machten sich darauf zu schaffen. In der Ecke lag ihr Hund Piet und schlief. Der Tisch war schon seit einigen Tagen nicht mehr geputzt worden, denn Krümel von Mutters Weißbrot, das sie vor drei Tagen verzehrt hatten, lagen noch auf der hölzernen Tischplatte.

Vater saß da mit einem kühlen Lappen auf der Stirn, der schräg über einem Auge lag. Er hielt auch das zweite Augen geschlossen, als müsste die Welt, in der er lebte, außen vor bleiben. Tiefe Augenringe zeugten von einer schlechten Nacht. Fred fand, dass er lächerlich wirkte, und hätte am liebsten laut losgelacht. Tat es aber nicht. Im Laufe der letzten Jahre hatten sie alle gelernt, sich den Launen des Patriarchen anzupassen. Sie versteckten sich am Fluss, sperrten den Alten ein, wenn er übermäßig getrunken hatte und sie verprügeln wollte, oder suchten Auswege aus einer unerträglichen Lebenslage, indem sie sich unsichtbar machten, kaum ein Wort sagten, um keinerlei Fehler zu begehen.

»Morgen«, sagte Fred leise. Die Mutter stand am Herd, die schmutzige Schürze umgebunden. Sie hatte weder ihr Haar gemacht noch frische Kleidung angezogen. Fred küsste seine Mutter auf die Wange. Sie war weich und warm. Er sorgte sich um sie, denn er wusste, dass sie die ganze Nacht wach lag, wenn ihr Gemahl zu viel trank. Ihr hautfarbener Nylonstrumpf hatte eine dicke Laufmasche am linken Bein, die beigen Pantoffeln waren dreckig von der Gartenarbeit und die Schürze hing schief über der breiten Hüfte. Sie drehte den Kopf, schob eine Locke aus ihrem Gesicht und nickte ihm kurz zu, um zu bedeuten, dass das Frühstück für die Schule bereitlag. Eingetütet in zwei braune Papiertüten. Fred warf einen Blick hinein. Drei Sandwiches aus frischem Schwarzbrot mit Ei und zwei mit Käse. Für Fleisch reichte das Geld nicht.

»Los, geht die Hühner füttern, die Kühe und die Schweine. Tut etwas für euer Essen ...«, lallte der Vater stumpf. Mutter schüttelte nur den Kopf und bedeutete: Geht, geht.

Fred und Samuel packten ihre Schultaschen aus gegerbtem Leder. »Bis später!«, rief Fred, schon auf dem Weg zur Tür hinaus.

»Manfred!«, hörte er seine Mutter rufen. Sie war ihnen gefolgt. »Lass mal gut sein, lauft zur Schule. Ich kümmere mich um die Tiere.«

Fred hob den Kopf und blickte zur Küchentür. »Schon in Ordnung. Wir kümmern uns um die Kühe und Schweine. Den Rest kannst du übernehmen, Mutter.« Einmütig blickten sie sich an, dann wandte sich Mutter wieder ihrer Arbeit in der Küche zu.

Die beiden Jungen verließen das Haus und rannten zu den Stallungen. »Hast du gesehen? Er hat ein schlechtes Gewissen. Heute lässt er uns in Ruhe«, sagte Fred erleichtert zu seinem kleinen Bruder.

Die Sonne beleuchtete nun die oberen Etagen der Häuser rötlich gelb. Schwalben kreisten über den Feldern und drei Raben hatten sich auf einem Apfelbaum versammelt. Die Tür zum Kuhstall war einmal weiß gewesen, jetzt war sie schmutzig von all den Jahren Arbeit. Farbe blätterte von der Holztür.

»Ich die Kühe, du die Schweine?«, fragte Fred. Samuel nickte, hielt seine Ledertasche eng an den Körper und lief zum Schweinestall gleich gegenüber. Die Luft war immer noch feucht von der kühlen Nacht und sie duftete nach Borretsch und Kapuzinerkresse. Vor Jahren war ein Holzzaun um den Schweinestall herumgezogen worden. Damals, als die Knechte noch auf dem Hof arbeiteten. Jetzt wirkte er wackelig und marode. Samuel öffnete den Eingang zum Gehege und lief über die Erde zum Schweinehaus, das einen starken Geruch verbreitete. Als die Schweine ihn hörten, begannen sie in Erwartung des Futters laut zu grunzen.

In der Zwischenzeit band Fred die drei Kühe im Stall los und trieb sie aus dem Stall. »Ho, ho«, rief er und tätschelte der einen Kuh, die etwas langsam war, den hohen Rücken. »Ho, ho!«. Langsam und zufrieden trampelten die Kühe in Richtung Wiese. Fred sah, wie ein Eichhörnchen auf einen Apfelbaum kletterte. Zwei Raben flogen auf und suchten auf dem Wohnhaus Zuflucht.

In den letzten zwei Jahren hatten die Jungen aus den Fehlern der Eltern gelernt. Denn seit Großvaters Tod war auf dem Hof alles anders geworden. Großvater war ein Mann der Tat gewesen. Seine Anwesenheit garantierte den Tieren reichlich Futter und Zuwendung, auch wenn er nicht viel mit Tieren redete, wie es Fred tat. Fred mochte die Art, wie sein Großvater die Weizenfelder geschnitten hatte, wie er den Boden bearbeitet hatte und pflügte. Jeden Sommer hatte er ihm dabei geholfen, mit der Sense die Wiesen zu schneiden.

»Zuerst musst du mit dem Schleifstein das Blatt schärfen und dann in einem bestimmten Winkel das Gras abschneiden«, hatte Großvater ihm beigebracht. »Nur schwingen, nicht ziehen.«

Tagelang – gemeinsam mit den Mägden und Knechten – schnitten sie das Gras. Bis ins hohe Alter war Großvater jeden Tag auf den Feldern. Wenn eine Kuh kalbte, dann stand er mitten in der Nacht auf, band dem Kälbchen, das noch zur Hälfte im Geburtskanal der Mutterkuh lag, ein Seil an die Beinchen und zog langsam und vorsichtig das Kalb aus dem Kanal, bis es ins frische Stroh fiel. Da wurde es von der Gebärmutterhaut befreit und mit Stroh abgerieben. Großvater kraulte die erschöpfte Mutterkuh am Kopf, gratulierte ihr zur Geburt des kleinen Frischlings und ließ die beiden dann allein, damit sie sich beschnuppern konnten.

Im Sommer sammelten sie Äpfel und pressten daraus frischen Saft, den sie direkt aus der Presse tranken. Es war ein lustvolles Arbeiten, immer mit dem Bewusstsein, in einem Kreislauf mit der Natur sein. »Du glaubst vielleicht, dass wir hier die Einzigen sind, die Muskeln spielen lassen und arbeiten. Aber weit gefehlt, schau dir an, wie stolz die Bäume erst die Blüten tragen, um später ihr weißes Kleid abzuwerfen. Was hier geschieht, ist beinahe ein Wunder. Dieser Apfelbaum hier trägt eine Tonne Äpfel, die er reifen lässt, um sie später den Vögeln, den Igeln und uns zu schenken.«

Dabei trat Großvater neben einen alten Apfelbaum, rund 15 Meter hoch mit ausladenden, knorrigen Ästen, der Stamm dick, schuppig und grau meliert. Fuhr man mit der Hand über die Borke, kribbelten die Fingerkuppen. Der alte Mann klopfte mit seiner sonnengegerbten Hand gegen den Stamm und lachte ein hoffnungsvolles Lachen. »Alles ein Wunder!« sagte er glücklich.

Im Oktober liefen sie immer noch barfuß über die Felder und hüpften über die kleinen Buchenhütchen, die sie aufsammelten und Mutter nach Hause brachten.

»Nichts ist wertlos in der Natur«, hörte Fred Großvater sagen. »Nur Menschen, die das Leben verachten.«

Kapitel 3

Streit

Erster Weltkrieg
Ausbildungslager bei Montaigu, Département Aisne
September 1914

»Sie wollen eine Chance, Soldat?«, schreit Leutnant Knolle mit aufgerissenem Mund. Sein schlechter Atem prallt an Freds Gesicht. Fred sieht nur, wie sich Knolles Mund immer und immer wieder öffnet und schreit. Über dem Auge prangt eine tiefe Kriegsnarbe. Sein Gesicht steht vor Dreck. Aber was schreit Knolle?

Es ist vier Uhr morgens im Ausbildungs- und Hauptlager, etwa einen Quadratkilometer groß, mit vier Übernachtungszelten für die Rekruten und Soldaten, fünf Latrinen, einem Toilettenzelt für die Körperwäsche, einem Küchenzelt mit Vorräten, einem Schneider- und Schuhmacherzelt für die Uniformen, einem Schießstand, zwei Lazarettzelten, einem bestehenden Pferdestall mit Hufschmiede vom nahe gelegenen Bauernhof, die Kommandozentrale und das Werkstattzelt für Kutschen und Autos, einem halben Dutzend Offizierszelte, zwei Zelte für Hauptmänner, ein Zelt für den General.

Jede Nacht im Lager ist voller Lärm und Störungen. Die jungen Soldaten haben keine Nacht durchschlafen können. Die Zeltplanen sind zu dünn, um den Lärm und die Kälte von ihnen fernzuhalten. Und die ausgeleierten Drähte der eisernen Pritschen stechen die jungen Männer in die Hüfte.

Fred wirft sich unruhig auf seinem Soldatenbett hin und her. Die schweren Träume der letzten Nächte verfolgen ihn auch tagsüber. Und die Nächte sind voller Betriebsamkeit. Erst um ein Uhr morgens konnten sich die Rekruten hinlegen und in einen bleiernen Schlaf fallen. Fred schwitzt sein Hemd durch, obwohl es sehr kalt ist im Übernachtungslager. Knolle will nicht aus seinem Traum weichen.

»Was für eine Chance brauchen Sie denn?!«, ruft der kleine Leutnant noch einmal in Freds Schlaf hinein. Dass Knolle ihn sogar in seine Träume verfolgt, kommt nicht von ungefähr. Seit Fred hier im Lager ist, verfolgt ihn der griesgrämige Ausbildungsleiter auf Schritt und Tritt. Das tut er aber auch mit anderen jungen Männern. Es scheint, als habe der Mann die Hälfte der Rekruten auf dem Kieker.

»Schwächling«, beginnt Knolle jetzt zu brüllen. »Sie sind eine Memme, ein Furz in der Luft, kommen Sie mir nicht in die Quere, Scheller!« Die Soldatenpritschen, die zu kurz und knapp geraten sind, und einem Kartoffelregal gleichen, quietschen unentwegt. Fred träumt auch von Mutter. Sie hat um Hilfe gerufen, doch als Fred die Tür zur Küche aufreißt, steht Vater am Herd, rührt in einer Biersuppe. »Wo ist sie?«, fragt Fred seinen Vater. »Wo ist Mutter?«

Auf einmal erscheint auch sein Bruder auf der Bildfläche. »José Brachi, der Linksaußenstürmer, wird nicht mehr spielen können, wenn er in den Krieg ziehen muss«, sagt Samuel sonderbar teilnahmslos. Der uruguayische Fußballspieler, der oftmals in den letzten Minuten eines Spiels einen Treffer landete, ist schon lange Samuels Vorbild.

»Wieso soll Brachi in den Krieg ziehen?«, fragt Fred, »er ist doch ein Südamerikaner?« Er stöhnt im Schlaf und wirft sich auf die andere Seite.

Im Traum blickt Vater ihn wütend an. Samuel sagt zu ihm: »Hier, willst du deine Anatomiebücher auch noch in die Suppe werfen?«

Da tritt jemand von hinten an ihn heran und legt die Hand auf seine Schulter. Unvermittelt wird Fred durchgeschüttelt. Es ist Mutter, die ihn aufrütteln will, sie sagt: »Lass die beiden nur machen. Sie sind eh nicht mehr zu retten.«

Sie schüttelt ihn immer heftiger.

Fred gerät in Panik. »Was erzählst du da, Mutter! Hör auf. Lass mich los, Mutter, lass mich bitte los. Natürlich werden Vater und Samuel gerettet. Wieso sagst du das?«

Plötzlich schreckt Fred aus dem Schlaf hoch. »Samuel!«, ruft er verzweifelt.

»He, hör auf rumzuschreien, Memme. Wir wollen hier schlafen!«, knurrt ihm ein müder Kamerad zu. Die Stimme ist rau, der Ton bissig, genauso hat Knolle in seinem Traum gesprochen.

Ah, ich habe geträumt, bemerkt Fred aufgewühlt. »Gott sei Dank nur ein Traum!«, flüstert er erleichtert in die Dunkelheit. Er reibt sich das verschwitzte Gesicht, versucht sich zu beruhigen. Samuel ist in Sicherheit, entsinnt er sich. Hier ist er in Sicherheit! Sein Herz pocht in seinen Schläfen. Der Schlafanzug klebt klatschnass an der Brust.

Wochenlang hatte er sich vor diesem Tag gefürchtet. Und dann ist es geschehen: Sein Bruder hat sich vor einigen Tagen zum Dienst gemeldet, obgleich er doch noch ein Kind ist. Er kann ja kaum auf sich selbst aufpassen, denkt Fred. Wie soll er sich im Gefecht gegen die Engländer oder Franzosen schlagen? Wie viel stärker sind Bomben, Handgranaten und Maschinengewehrschüsse? Als Samuel gestern vor ihm gestanden hat, mit gestärktem Hemd und Uniform, stolz und voller Tatendrang, hat ihn Fred für seine Torheit ausgeschimpft.

Noch einmal streicht er sich das verschwitzte Haar aus dem Gesicht, versucht gleichzeitig tief durchzuatmen. Das alles hat ihn sehr mitgenommen. Seinen Bruder im Krieg zu wissen ist schlimmer, als selbst an der Front anzutreten. Noch sind sie hier im Ausbildungslager zusammen, noch kann er auf seinen Bruder aufpassen. Aber bald könnte sich alles ändern. Es hat sich bereits rumgesprochen. Vor wenigen Tagen haben die Deutschen in Lunéville und Léomont unweit von Nancy Tausende Kameraden verloren. Jetzt brauchten sie kampfbereite Männer. Was, wenn Samuel dorthin beordert wird?

Im Dunkeln macht Fred zwei Männer aus, die an seine Pritsche treten. Rechts ein schlanker, hochgewachsener Kerl, links etwas weiter am Fußende ein breiter, massiger Mann. Plötzlich schüttelt ihn der große Kerl, als wolle er seine Wut loswerden, seine Schlafenszeit einem Störenfried abtreten zu müssen.

Jetzt ist es der massige Mann, der spricht: »He, Memme, wir wollen endlich pennen. Knolle wird uns sonst morgen auf den Scheiterhaufen werfen.« Seine Stimme ist warm, bauchig und er klingt, als würde sich unter seinem Torso ein Riesenherz befinden. Der magere, lange Kerl verschwindet genervt, flucht leise vor sich hin. Der herzhafte spricht leise weiter: »Beruhig dich, nur die Ruhe. Hast Glück gehabt, dass dich Kalle nicht aus dem Bett gezerrt und in den schmutzigen Schnee geworfen hat. Der ist ein wenig nervös, weil's bald losgeht. Ich bin übrigens der Bertram.« Er nickt knapp. Dann wendet er sich ab und wird sogleich von der Dunkelheit verschluckt.

* * *

Der Tag im Soldatenlager beginnt früh. 5:30 Uhr geht der Weckruf. Es ist immer derselbe Unteroffizier namens Wolfgang, der sie aus dem Schlaf reißt. Ein 24 Jahre alter Fischersohn aus Travemünde, der nächtliches Arbeiten gewohnt ist und auch hier, im Ausbildungslager, niemals verschläft. Dieser junge Mann, mit gestählten Oberarmen und Oberschenkeln so dick wie Baumstämme, besitzt den größten Durchhaltewillen, den Fred je gesehen hat. Wenn es sein muss, kommt er mit drei Stunden Schlaf aus und kann lange Strecken mit schwerem Rucksack sogar im Laufschritt zurücklegen, läuft sogar weiter, wenn alle anderen sich nur noch an den Wegrand legen wollen, um endlich zu schlafen.

Wenn Wolfgang die verschlafenen Jungs weckt, tut er das mit einer tiefen, aber sanft klingenden Bassstimme. »Guuten Mooorgen!«, ruft er durchs Zelt. Manchmal kommt es vor, dass niemand reagiert, dann sagt er: »Zeit für die Morgenmesse!« Spätestens dann heben alle die Köpfe, schimpfen oder werfen ihm einen Stiefel nach. Er lacht nur und wirft den Stiefel zurück, zielgenau, direkt an den Bettpfosten des Besitzers.

An diesem Morgen hat Leutnant Knolle die Geduld einer Viper. Beim Exerzieren zischt er, schiebt seinen schmalen Kopf gehässig nach vorn, wenn sich jemand zu spät einreiht, beißt mit seiner krächzenden Stimme zu, falls jemand nicht gleich pariert. Er knallt die G 98 auf einen wackeligen Holztisch, der mitten auf dem Platz steht.

»Damit wir uns mit dem Gewehr in den Gräben bewegen können, ist dieses Gewehr kürzer gebaut. Reichweite: 1000 Meter. Wissen Sie, wie viel das ist?« Er legt das Gewehr an seine Schulter, zielt auf eine junge Birke, die weit ab vom Militärgelände auf dem Feld steht, und zieht den Lauf. Das Geschoss knallt durch die Luft. Fred und seine Kameraden starren der Kugel nach, obwohl nichts zu sehen ist, hören auch nichts, sehen aber, wie die Äste der Birke zittern. »Das ist ein Kilometer, meine Herren!«, brüllt Knolle. »Und wenn Vögel auf dem Baum sitzen, schießen Sie auf die, dann sehen Sie wenigstens, ob Sie getroffen haben.«

Fred blickt seinen Kameraden fragend in die Augen. Sie wundern sich alle, fragen sich: Wozu diese schönen Vögel abschießen, wenn sie doch Teil dieser Schöpfung sind, schuldlos, reine Wesen?

Auch Bertram, genannt Bär, und ein anderer Soldat namens Rottmann, der neben ihm steht, haben ein Fragezeichen im Gesicht. Die schwarzen Augenringe von Bär sind nicht zu übersehen.

Bär schläft schlecht, weil er sich Sorgen macht, wieder nach Hause geschickt zu werden. Das würden ihm seine Eltern nie verzeihen. Sein Vater würde ihn nicht nur auslachen, sondern wieder an die Front prügeln. Bär ist die ganze Hoffnung seines Vaters, einem reichen Kürschner. Das Militär scheint für Bär jedoch der falsche Ort zu sein für heroische Taten. Seine üppigen Formen hindern ihn daran, beim Robben auf der Erde, den Waldläufen oder beim Klettern an der Holzwand schnell zu sein. Meistens kommt Bär als Letzter an, dann lachen ihn die anderen aus, und Knolle setzt noch einen obendrauf mit fiesen Sprüchen. »Sie kommen gerade richtig zur Nachtschicht. Das Abendessen haben Sie verpasst, Fettsack.«

Auch für Rottmann sind die Nächte im Ausbildungslager bisher allzu kurz gewesen, nicht zuletzt wegen der beliebten Karten- und Glücksspiele. Der Mann mit den schmalen Augen ist in Waisenhäusern aufgewachsen. Er spricht stets kämpferisch und wirkt einsam. Äußerlich sieht Rottmann immer tadellos aus: Hose, Jacke ausgebürstet, sein Helm glänzt. In seinem Innern jedoch plagt ihn das Misstrauen. Mühsam unterdrückt er ein Gähnen. Das letzte Spiel am vorigen Abend hätte er sich sparen sollen.

»Pass auf, dass dich die Franzosen nicht für eine fette Schweinebacke halten und dich zum Mittagessen abschießen«, sagt Bär im Spaß. Rottmanns Helm gleicht so sehr einer gebratenen Schweinekeule, dass Bär bei seinem Anblick Hunger bekommt.

Kein Wunder, denkt Fred. Bär hat immer Hunger, egal, ob er gerade gegessen, stundenlang nichts zu sich genommen oder im Moment gerade eine dicke Suppe löffelt.

Knolle beginnt jetzt mit schnellen Handgriffen das Gewehr auseinanderzunehmen.

»Hier, das ist der Lauf, Wischerstock, Riemenbügel, Schaft, Abzugbügel, Kolbenhals, Kolben, Verschluss, Himmelherrgottnochmal, schauen Sie gefälligst hin, Visier, Unterring, Laufmantel, Oberring, Laufmantelkorn, so, Ende der Schulung. Wenn Sie das morgen nicht im Schlaf auseinandernehmen und wieder zusammenbauen können, dann sperr ich Sie in den verdammten Bunker. Gehen Sie endlich! Waschen Sie sich. Sie sehen aus wie Schweine! Los, im Laufschritt! Morgen, fünf Uhr, exerzieren! Und wenn Ihre Kleidung bis dahin nicht tadellos ist, dann blüht Ihnen ein 20-Kilometer-Marsch!« Der Leutnant knallt das Gewehr auf den Gewehrtisch und stapft durch den Dreck des Zeltlagers davon.

Karl, genannt Kalle, braucht nur 19 Sekunden für den Zusammenbau des Gewehrs. Die meiste Zeit schweigt er, aber dafür hat er flinke Hände. Kalle lernt auch am schnellsten von allen, ist der beste Schütze. Trifft ein Vogelnest aus einer Reichweite von 300 Metern, dabei zuckt er nicht einmal mit der Wimper.

Alles ist nass. Fred sieht sich seine Stiefel an. Matsch klebt an seinen Sohlen.

»Na, Fred, siehst scheiße aus«, sagt Kalle zu ihm und klopft ihm auf die Schulter.

»Ach, lass den doch«, brummt Bär, der den Gerüchen nachgeht.
»Wir sehen alle scheiße aus.« Rottmann läuft direkt zu den Latrinen. Er hat es eilig. Die Feldküche bekommt ihm nicht.

* * *

Es war ein anstrengender Tag. Von oben bis unten klebt Erde an ihnen. Fred kratzt sich Dreck von den Händen, fährt sich durch das verschwitzte Haar. Überall im Lager brennt wärmendes Feuer, um das sich die Männer versammeln. Die Feuersäulen werfen ein angenehmes Licht auf das große Lager, leises Stimmengewirr dringt an Freds Ohr. Irgendwo singt jemand ein Lied. Ein herrlicher Duft von Fleisch und Kartoffeln dringt aus der Zeltküche. Seine Kameraden laufen alle zu ihrem Unterstand, um die verschmutzte und nasse Kleidung zu wechseln.

Fred nimmt sein Gewehr, das er heute bereits siebenmal auseinandergebaut und wieder zusammengesetzt hat. Die Hände sind klamm vor Nässe und Kälte. Er zieht seine Pickelhaube aus und blickt in den leeren Helm hinein. Das Lederband ist noch neu, es riecht immer noch frisch, hat seinen Körpergeruch noch nicht angenommen. Wie lange wird er den Helm in diesem Krieg tragen können? Immer wieder hört er von gefallenen Soldaten. Jeder kennt jemanden aus dem Regiment. Die Männer erzählen sich Tag für Tag neue Geschichten. Einmal haben sie drei französische Gräben gestürmt, hätten die Franzosen von der Latrine weg gefangen genommen. Sechs schwere Geschütze haben sie eingenommen – an einem Nachmittag.

Beim Spazieren auf der Chaussee haben sie die verletzten Soldaten gesehen. Alle gelb im Gesicht, dicke, blutige Wundverbände an Armen, Beinen oder am Kopf. Wenige Tage später die Nachricht vom Artillerie-Telefon, dass die Linie wieder von den Franzmännern zurückerobert wurde. Das Eroberungs-Hin-und-Her der Landesteile scheint kein Ende zu nehmen.

Nachdenklich streicht Fred mit den Fingern über den Gewehrlauf. Er versucht die Gedanken abzuschütteln und blickt auf. Sogleich zuckt er zusammen. Samuel kommt angelaufen und boxt ihm gegen die müde Brust. Er hält lächelnd einen Apfel in der Hand, beißt hinein und gibt den Rest dem Bruder, der erschöpft und hungrig wirkt. Weil sich Fred müde abwendet, legt ihm Samuel die Hand auf die Schulter.

»Lass mich in Ruhe«, antwortet Fred wütend.

»Was ist denn los?«, will Samuel wissen. Er kaut auf seinem Apfel und blickt seinen Bruder furchtsam an. Freds Haar klebt ihm auf der Stirn, die Augen klein vom Mangel an Schlaf, die Wangen gerötet von Kälte und wochenlanger Anstrengung im Ausbildungslager.

»Du weißt, was los ist. Mutter schafft es nicht allein!«, sagt Fred in müdem Ton. Sie schweigen beide, während sie sich unentwegt anstarren. Samuels Lächeln ist indessen verschwunden. Fred zieht etwas aus seiner Manteltasche. Mit klammen Fingern öffnet er den weißen, zerknitterten Umschlag und zieht einen langen Brief von Mutter hervor.

Sogleich erkennt Samuel Mutters zierliche, großzügige Handschrift und ahnt, worum es geht. So etwas war zu erwarten. Vater ist noch nie eine Hilfe gewesen. Und jetzt herrscht Krieg, aber auch da ist er niemandem eine Hilfe. Nicht einmal seiner eigenen Frau, die immer zu ihm gehalten hat. Samuels Blick wendet sich ab, hin zu seinen Schuhen, aus Scham und Schuldgefühlen.

Fred blickt auf, sieht, dass seine Kameraden bereits umgezogen und gewaschen über den Platz zum Verpflegungszelt trotten. Hungrig und erschöpft sagt Fred deshalb nur: »Es geht ihr nicht gut. Sie schafft es nicht. Alles muss sie allein machen. Du hättest zu Hause bleiben sollen, so wie ich es dir gesagt habe!« Seine letzten Worte schwellen an vor Wut.

Die Luft scheint zum Schneiden dick und der Lärm der zehn heranfahrenden Lastwagen erstickt die leisen Worte Samuels. Obwohl Samuel sich schämt, versucht er sich zu erklären. Sucht nach Worten, hustet, antwortet endlich mit belegter Stimme: »Und was ist mit dir? Braucht sie dich etwa nicht? Du warst doch immer der Bessere von uns!«

»Was sagst du?«, brüllt Fred gegen die Motoren an. Plötzlich wirft Samuel den angebissenen Apfel über die Köpfe der Soldaten in einen Strauch abseits der Zelte. Ein mittelgroßer schwarzer Meldehund läuft eilig hin und schnuppert interessiert an dem abgenagten Obst. Dann macht er kehrt und läuft zurück in die Kommandozentrale, aus der lachende Stimmen dringen.

Aufgebracht läuft Fred Richtung Schlafunterkunft, um sich zu waschen und trockene Sachen zu wechseln. Indessen lässt Samuel nicht locker: »Ach ja, vergessen. Du bist ja schon vor Monaten an die Uni abgehauen, hast mich mit Mutter und dem Alten allein gelassen.«

Mit einem Ruck bleibt Fred stehen, kehrt über den belebten Ausbildungsplatz zu seinem Bruder zurück und packt ihn am Kragen. Inzwischen haben einige Soldaten die Auseinandersetzung beobachtet und stellen sich in Erwartung einer Schlägerei um die beiden. Sogleich beginnen sie zu tuscheln, wollen Wetten abschließen, schieben Münzen hin und her. Kampfwetten sind sehr beliebt im Lager, gerade weil sie von Generaloberst Sprantzl verboten wurden.

Fred schreit: »Ich will studieren, verdammt, und du solltest das auch, aber jetzt bekommst du nicht einmal einen Schulabschluss, weil du dich für schlau hältst!«

Samuels Augen funkeln, er weiß, worauf Fred anspielt. »Weißt du, wie viele Soldaten hier sind, die in Bezug auf ihr Alter gelogen haben?«, zischt er zurück.

Fred herrscht ihn an: »Ich gratuliere! Dann hast du ja eine Auszeichnung verdient wie all die anderen Idioten, die ihre Eltern in Sorge zurückgelassen haben, weil sie als Kinder in den Krieg ziehen!«

Samuel bleibt enttäuscht stehen. Er wollte vor Vater fliehen, wollte endlich dem Haus des Terrors entkommen, wollte ein neues Leben anfangen, etwas Eigenes bewerkstelligen. Als er einrückte, haben sie ihm versprochen, er werde Abenteuer erleben. »Ich bin kein Kind mehr!«, sagt er mit Nachdruck.

Fred schiebt seinen Bruder von sich weg, wirft die Hände in die Luft und verlässt verärgert den Platz.

»Weißt du, was dein Problem ist, Manfred?«, brüllt Samuel hinterher und stampft mit dem rechten Fuß ein Loch in den schneebedeckten Boden. Schnee spritzt auf alle Seiten. »Du lässt deine Wut auf Vater an allen anderen aus. Aber *ich* habe keine Schuld! Du bist so was von verbittert!«

Fred bleibt wie angewurzelt stehen.

Was, wenn Samuel recht hat, überlegt er. Bin ich tatsächlich verbittert? Dann schleudert er zurück: »Vater hat uns das Leben zur Hölle gemacht! Ich habe dich vor ihm beschützt. Und jetzt machst du mir auch noch Vorwürfe?«

Wutentbrannt geht Samuel auf ihn zu, schubst ihn mit seiner linken Hand und schreit ihm ins Gesicht: »Verdammt noch mal! Ich wurde von Vater verprügelt, zwei-, dreimal die Woche! Manchmal konnte ich mich kaum aufrichten, weil mir der Schädel schmerzte oder meine Rippen gebrochen waren! Und du – du hast nichts getan, hast ihn nur eingeschlossen, um ihn dann am nächsten Tag wieder laufen zu lassen!«

In diesem Augenblick rinnt Samuel eine Träne über die Wange. Ratlos steht Fred vor seinem Bruder. In ruhigerem Tonfall sagt er: »Ich habe versucht, dich zu beschützen. Was hätte ich denn sonst tun sollen?« Sanft legt er ihm die Hand auf die Schulter, doch Samuel wendet sich ab.

Enttäuscht über den Ausgang des Streits lösen sich Männer von der Gruppe, händigen sich das Geld wieder aus – aus diesem Kampf ist offensichtlich kein Sieger hervorgegangen – und folgen wieder ihren Aufgaben. Rauchschwaden und der würzige Geruch von nassem Lindenholz liegen in der kalten Luft. Zarte Schneeflocken fallen auf die ausgekühlten Gesichter, die nassen Schultern, die etliche Bezeichnungen aufweisen. Gefreiter, Unteroffizier, Sergeant, Vizefeldwebel, Feldwebel bis hinauf zum Leutnant, Oberleutnant, Hauptmann, Generalmajor und zu guter Letzt Generaloberst. Jeder trägt eine entsprechende Achselklappe, Schulterstücke oder Epauletten, deren bunte, auffällige Farben auch nachts gut erkennbar sind.

Aufgewühlt folgt Samuel seinem Bruder in die Unterkunft, ein Zelt mit drei Dutzend Schlafplätzen, ordentlich aufgeräumt und gewischt. Als die beiden Brüder ins Zelt stürzen, wirft sich ein Kamerad aufs Bett, auf dem eine Menge Geld, ein Ehering und eine alte silberne Uhr liegen. »Falscher Alarm, Hans!«, lacht sein Kamerad. »Is' nur der kleine Idiot aus dem Sauerland. He, Freddy, jag uns nicht immer solche Angst ein.«

Fred reagiert nicht. Beruhigt setzen sich die drei jungen Männer wieder um das Bett, das als Tisch dient, und verteilen die Karten. »Dachte schon, Knolle käme angelaufen. Der hätte unseren Schnaps gesoffen und den Kuchen meiner Esther gleich inkorporiert.«

»In... was?« fragt der Kamerad, der nur ein weißes, fleckiges Unterhemd und einen dicken, grünen Schal trägt.

»Inkorporieren bedeutet aneignen, du Volltrottel. Hast du das Militärhandbuch nicht gelesen?«, antwortet der Kartengeber und wischt sich mit der Handfläche einen dicken Tropfen von der Nase.

Samuel hält seinem Bruder einen roten Apfel hin, um ihn zu besänftigen. »Hier, habe ich in der Küche mitgehen lassen. Iss endlich was. Du siehst schlimm aus.«

Fred zieht sein nasses Hemd aus, dann die schmutzigen Schuhe, die Hose.

»Haben sie dich in den See geworfen?«, fragt Hans, der sich nun eine Zigarre ansteckt.

»Nein.« Jetzt lächelt Fred ein wenig. Endlich blickt er seinem Bruder wieder in die Augen. »Mutter braucht dich.«

Samuel nickt verständig. »Was soll ich denn jetzt tun?«, fragt er kleinlaut.

»Ich weiß es nicht!«, sagt Fred ratlos. Er ist sich im Klaren, dass Samuel nicht ohne Weiteres von hier weggehen kann. Desertieren bedeutet die Todesstrafe. Vielsagend blickt er seinen kleinen Bruder an, dann spüren sie die neugierigen Augen der Kameraden auf sich und wechseln sogleich das Thema.

»Na, hat euch Lemberg heute in Ruhe gelassen?«, fragt Fred seinen Bruder und zeigt auf sein sauberes, frisch gebügeltes Hemd. Dabei bedeutet er ihm mit seiner Mimik mitzuspielen. Samuel versteht den Wink.

»Ja, Lemberg konnte kaum laufen. Rheuma. Zu viel Weißwein gestern Abend zum Rinderfrikassee, heute Morgen haben sie ihn aus dem Bett gehoben und ihn aufs Klo getragen. War nix mit Exerzieren. Zum Glück.«

Die Pokerspieler im Hintergrund beginnen höhnisch zu lachen. Samuel lacht ebenfalls angestrengt. Weil es ihn an Vaters Trinkerei erinnert, fühlt sich das Vergnügen aber schlecht an. Trotzdem bemüht er sich, belustigt zu wirken, und fügt an: »Ein freier Tag war auch mal nötig.«

»Glückspilze. Was habt ihr gemacht? Poker?«, fragt Fred nicht teilnahmslos.

Samuel klopft seinem Bruder auf die Schulter. »Wir waren im Dorf spazieren, dort haben wir Wurst, Käse und Brot gekauft.« Fred lächelt ein wenig, doch sein Gesicht erzählt Bände. »Na, Knolle nimmt aber auch alles sehr ernst. Der hat euch offensichtlich hart rangenommen«, sagt Samuel.

»Knolle ist ein Menschenschinder. Wir exerzieren jeden Tag. Macht sonst keiner«, gibt Fred bitter zurück.

»Spielen wir eine Runde Fußball?«, fragt Samuel abrupt.

Fred verwirft die Hände und knurrt: »Komm mir jetzt nicht mit Fußball.«

»Oder spielen wir Doppelkopf?«

»Hast du überhaupt Karten?«, will Fred wissen.

»Ich habe keine, aber wir fragen die da«, sagt Samuel und wirft einen Blick zu den drei Pokerspielern.

»Ne, komm mir nich' damit, wir spielen hier die ganze Nacht ... besorg dir eigene«, brummt der Kartengeber und schnieft.

Fred trocknet sich mit einem Handtuch den Nacken, dann Arme und Hände. »Ich zieh mich erst um, dann muss ich was essen. Ich bin am Verhungern! Später vielleicht«, spricht er leise. Immer noch hat er Samuels Apfel nicht angerührt.

Samuel schüttelt den Kopf. »Lass deine Uniform in der Sonne trocknen! Geht am einfachsten!«, sagt er bemüht locker und jongliert den Fußball auf seinem rechten Fuß. Er macht das wirklich gut, bewegt sich agil, schnell und gekonnt leichtfüßig. Schon ist er mit dem Ball unterwegs nach draußen.

»Samuel!«, zischt Fred seinem Bruder hinterher. »Ich bin nicht verbittert.«

Jetzt wirft Samuel seinem Bruder einen traurigen Blick zu. Vielleicht bildet sich Fred das nur ein, aber er meint ein Bedauern in seinen Augen zu erkennen. Wie viel sie voneinander wissen, weil sie so viel zusammen erlebt haben: all die verhängnisvollen Tage in ihrem

Elternhaus, aber auch die kleinen Köstlichkeiten wie das Angeln, Pilzesammeln oder das Bauen von Hütten am Fluss. Da sind zahllose Enttäuschungen, aber auch erfüllende Zeiten, unscheinbar, aber so gegenwärtig, als könnte man sie mit nur einem Wort wieder herbeizaubern.

Unverwandt schauen sich die beiden Brüder an. Dann wendet Fred sich ab und hebt die Hand. Lass mich in Ruhe.

Erschöpft und von Müdigkeit geplagt schaut Fred dem schwindenden Licht entgegen. In diesem Augenblick versinkt die Sonne hinter der schwarzen Linie des Horizonts, dazwischen drängen sich dicke Schneeflocken. Obwohl es November ist, schien die Sonne heute sehr warm, bis der Schnee kam. Fred blickt der sinkenden Lichtkugel wehmütig nach. Ihm ist, als würde mit ihr auch sein Mut schwinden. Was soll er nur tun, wenn Mutter die Arbeit auf dem Hof nicht allein bewältigen kann?

Lieber Gott, wenn du mich hörst … gib acht auf Mutter.

Kapitel 4

Der Schuss

Bad Berleburg, Sauerland
August 1910

Inzwischen stach die aufgehende Sonne blendend weiß in Freds Augen. In Gedanken an seinen Großvater bemerkte er nicht, dass Piet, der Hofhund, ihn anbellte und springend umkreiste.

»Manfred!«, brüllte Samuel aus dem Schweinestall. »Schnell! Komm endlich!«

In ein paar Stunden würde sich alles der Hitze der Sonne ergeben, jeder Baum, jeder Grashalm, jedes Tier. Er hielt sich die Hand über die Augen. Erst jetzt sah er, wie Samuel vor dem Stall stand und wie wild mit den Armen winkte. Fred ließ seine Schultasche auf den Kies fallen und rannte gemeinsam mit Piet hinüber zum Stall.

»Was ist denn?«, wollte er wissen.

»Sie hat Fieber und torkelt«, sprach Samuel mit besorgter Stimme.

»Wer?«

»Nana, das Mutterschwein«, gab er aufgewühlt zur Antwort. Beide traten in den Stall. Ein drückend scharfer Geruch von Urin und Kot kam ihnen entgegen, obwohl die zwei großen, schmutzigen Fenster seitlich an den Wänden geöffnet waren. Samuel hatte den Futtertrog mit Gemüse- und Essensresten gefüllt, bevor er das kranke Schwein entdeckt hatte. Sechs oder sieben Schweine drückten nebeneinander gereiht ihre Nasen in das Gemüse und mampften lautstark. Auf dem löchrigen Holzboden, der nur spärlich mit Stroh versehen war, standen sieben kleine Schweinchen. Ihre rosa Ohren wackelten wild hin und her. Sie quiekten so ohrenbetäubend, als wüssten sie, dass ihre Mutter krank war.

Das dicke Mutterschwein, ein Tier von rund 200 Pfund, hatte vor drei Monaten die Jungen geworfen und kniete nun kränklich auf seinen Vorderbeinen, senkte die Schnauze auf den schmutzigen Boden und kippte allmählich zur Seite. Es war ein trauriges Schauspiel. Ohne Zögern jagte Fred mit wedelnden Händen und Armen über dem Kopf die Schweineherde nach draußen in den eingezäunten Außenbereich.

»Los, raus mit euch, los, los!«, rief er, so laut er konnte. Danach fiel er auf die Knie und erkundete, was dem kranken Tier fehlte. Er sprach sachte, als müsste er das Schwein trösten. Die dicke Wampe des Tiers bebte auf und ab. Als er sah, dass es schwer atmete und eine bläuliche Schnauze hatte, legte er direkt hinter dem Vorderlauf die Hand auf die Seite.

»Du hast recht, sie hat hohes Fieber«, sagte er zu Samuel. Er streichelte das Schwein und plötzlich sah er zwei dunkle Flecken am Bauch, die gestern noch nicht da gewesen waren. »Verdammt, die Schweinepest.«

Freds Augen richteten sich auf die Tür und er hob den Kopf, um seinem Bruder zu bedeuten: Raus hier! Samuel verstand sofort und lief geradewegs zur Tür. Alle in der Gegend wussten, dass die Schweinepest eine heimtückische Krankheit war, die innerhalb weniger Tage ganze Herden auslöschen konnte. Manche erzählten sich, sie hätte sich auch auf andere Tiere übertragen, auch auf Menschen. In aller Eile band sich Fred den dünnen, blauen Schal vor den Mund, den er für die Schule angezogen hatte.

»Und was ist mit dir?«, fragte Samuel beunruhigt.

»Ich bleibe bei Nana«, sagte Fred und streichelte das schwer atmende Mutterschwein.

»Und die Schule?«, wollte Samuel wissen. »Soll ich Vater holen?«

»Nein, bestimmt nicht!«, fuhr Fred ihn an. »Lass mich mit ihr allein!«

Unschlüssig stand Samuel in der Tür. Das Licht fiel auf sein junges Gesicht. Gerade eben hatten sie noch am Fluss geschlafen. Dort, auf der Erde neben dem Feuer, hatte er wie ein Kind gewirkt. Doch jetzt schlich sich eine Härte in sein Gesicht, die ihn erwachsen machte.

»Geh! Geh! Richte Rektor Widling aus, dass ich krank bin!«

»Das glaubt er mir schon lange nicht mehr!«, sagte Samuel aufgewühlt. »Du kannst nicht jedes Mal hierbleiben, wenn die Tiere krank sind! Du wirst das Schuljahr nicht bestehen!« Doch auch diese Drohung schien auf Fred keine Wirkung zu haben.

Nana schloss die Augen, schien irgendwohin wegzugleiten, ihre Glieder zuckten. Ein leichtes grunzendes Pfeifen drang aus ihrer kleinen Schnauze. Von draußen hörte man die kleinen Schweinchen schreien, ihre Jungen.

Fred überlegte, was zu tun war, aber es fiel ihm nichts ein. Sollte er Dr. Mangold holen, den Tierarzt aus der Stadt? Wer sollte ihn bezahlen? War es möglich, ein Schwein von der Schweinepest zu retten?

Die Augen weit aufgerissen, aber besorgt, die Stirn in Falten gelegt, ein Fragezeichen auf dem Gesicht, stand Samuel immer noch in der Tür. Er hielt sich am Türrahmen fest, band jetzt ebenso wie sein Bruder ein Taschentuch um den Mund. Ratlos und zärtlich streichelte Fred das kranke Schwein. Wenn ich nur jemanden fragen könnte, dachte Fred verzweifelt. Aber von Vater war nichts zu erwarten und Mutter wusste nicht viel über die Tiere.

Wie gut sie diese Situation kannten. Alle Sinne schienen in Alarmbereitschaft, das Herz trat gegen die Rippen, ein lautes Rauschen in den Ohren. Seit einiger Zeit schien das Gewitter im Kopf neue Kräfte auszulösen. Zu Beginn hatte Fred sie nicht erkannt, aber mit der Zeit spürte er, dass das Klopfen und Rauschen nicht umsonst waren. Dass diese unheimlichen Gefühlszustände – Ohnmacht und Warnruf zugleich – sogar nützlich waren.

»Geh endlich, verschwinde!« Fred schrie jetzt.

Seit sich Vater nicht mehr um die Tiere kümmerte, weil er sich jeden Tag mit Maisbier berauschte, hatten sich Fred und Samuel der Tiere angenommen. Damals, nachdem Knechte und Mägde den Hof verlassen hatten und die Familie hoffnungslos überschuldet gewesen war, brach nicht allein Vaters Stolz, sondern auch sein Arbeitswille.

Zuerst ließ er die Felder brach liegen und mit Unkraut überwuchern, danach verlotterte das Wohnhaus – der Stall ebenso. Später zeigte sich sein Trübsinn in der Art und Weise, wie er die Tiere behandelte. Er überließ sie sich selbst, bis die Schreie der Kühe und die Laute der Schweine so herzzerreißend waren, dass Mutter nachgesehen hatte und hungrige und verzweifelte Tiere vorfand. Die Euter der Kühe waren von der Milch so dick angeschwollen, dass die Kühe im Stall kaum mehr zu stehen vermochten. Vor Hunger um einen Platz am leeren Trog kämpfend, hatten sich die ausgemergelten Schweine blutige Bisse zugefügt und die Hühner sich Federn ausgerissen.

Damals, es war ein Novemberabend im Jahre 1910, gab es Streit, der in einem Geschubse, Gefluche und in einem Handgemenge endete. Zu Recht hatte ihn Mutter angeschrien, er solle sich gefälligst um die Tiere kümmern, er solle – wenn er auch sonst nichts mehr Vernünftiges im Leben zustande brachte – wenigstens die wehrlosen Tiere von seiner vermaledeiten Selbstbezogenheit verschonen.

Doch das Gegenteil geschah. Vater zog sich immer mehr zurück. Gemeinsame Familienessen waren nicht mehr möglich, denn der Alte warf den Kindern vorwurfsvolle, mürrische Blicke zu, machte haltlose Anschuldigungen, die die Schule betrafen, oder bemitleidete sich selbst. Immerhin versuchte Mutter die Stellung zu halten und ihre Rolle als Familienoberhaupt mit Würde zu vertreten, was allerdings nicht ganz einfach war. Denn auf ihren trinkenden Ehemann wirkte sie wie eine Verräterin, die sich – an Seite der meuternden Söhne – die Führung in der Familie erschlichen hatte, indem sie ihn degradierte. Was ihm nie jemand sagte und was er auch gar nicht hören wollte, war, dass er sich das alles selbst zuzuschreiben hatte.

Vaters Tage waren lang, ein sinnloser Kreislauf aus Ausschlafen und Saufen. Dazwischen ein sich wiederholendes Stakkato aus Selbstmitleid und Scham.

Fred begriff schnell, dass alles im Leben einen Ursprung hat, den man finden muss wie das glimmende Ende einer Zündschnur, das alles zu zerstören droht. Doch mit seinen 16 Jahren konnte er sich die Trinkerei seines Vaters noch nicht so zusammenreimen, wie es der örtliche Mediziner Dr. Rendsgard vermochte, den er einmal in der Stadt angesprochen hatte. Obwohl Vater und Mutter ihm verboten hatten, darüber zu sprechen – »Mach keinen Donnerschlag aus einem Forz!« –, hatte er den Doktor mitten auf der Straße angehalten.

»Entschuldigen Sie, Doktor.« Doch als ihn der Mann mit den stahlblauen Augen und dem glatt rasierten Gesicht ansah, fiel ihm das Herz in die Hose und er schwieg.

»Was möchtest du denn wissen, Manfred?«, fragte der Mann Mitte 40 freundlich.

Fred überlegte, woher er wohl seinen Namen kannte. Da wurde ihm klar, dass in dieser Kleinstadt wohl kaum etwas geheim bleiben konnte und dass besonders ein Mediziner, der lange Zeit in einer Großstadt studiert und dort wahrscheinlich auch im Krankenhaus gearbeitet hatte, ein Feingefühl für Elend und Sorgen der Menschen hier im Städtchen hatte. So brach es aus ihm heraus: »Vater trinkt jeden Tag direkt vom Zapfen! Er schläft so viel. Wenn er herumschreit, kriegt er kaum Luft.«

Ist das normal, wollte Fred noch fragen. Aber als er Dr. Rendsgard ansah, erkannte er, dass er die Frage nicht mehr zu stellen brauchte.

Der elegante Arzt fuhr sich unruhig über seinen grünen Seidenkittel. Er sprach ein klares Hochdeutsch. »Kommt dein Vater seiner Arbeit nach? Nimmt er Nahrung zu sich?«

Fred fiel es sehr schwer, den Kopf zu schütteln. Er hätte jetzt gerne Ja gesagt.

Dr. Rendsgards Augen schmälerten sich. »Dann schick ihn zu mir. Sobald wie möglich, dann sehen wir, was sich machen lässt.« Tröstend legte er dem Jungen die Hand auf die Schulter. »Wenn er nicht auf dich hört«, sagte er mit warmer Stimme, »dann hol mich. Ich werde mit ihm sprechen.«

Fred bebte innerlich. Niemals würde Vater einem Besuch beim Doktor zustimmen! Und wenn er den Doktor auf den Hof holen würde? Fred wagte nicht, den Vorschlag weiterzudenken. Er würde ihn totschlagen! Eine Schande wäre das für die Familie. Der Doktor ging doch nur zu den Leuten, wenn sie todkrank waren oder starben.

Der Arzt wandte sich ab zum Gehen. Drehte sich noch einmal um und winkte ihm freundlich zu. »Tu, was ich sage«, rief er.

Fred fand das Gespräch mit dem Arzt schön. Da war jemand, der ihm tatsächlich zuhören konnte. So richtig. Nicht geheuchelt.

Vater wandte sich nicht an den Doktor. Aber Fred tat es immer und immer wieder, passte ihn auf der Straße ab und Dr. Rendsgard hörte ihm aufmerksam zu. Irgendwann bat er Fred, ihn in der Praxis zu besuchen, was er auch tat. Die Praxis war elegant eingerichtet, abgesehen von bunten Ölbildern an den Wänden war alles in Weiß gehalten. Die Praxisassistentinnen, zwei jungen Damen, trugen schneeweiße Schürzen über ihren dunkelblauen Kleidern und hochgesteckte Frisuren. Sie behandelten Fred freundlich, setzten den Jungen in das großzügige Sprechzimmer.

Neugierig sah sich Fred alles an. Die Bücherwand hinter dem großen, ausladenden Sprechzimmerarbeitstisch strotzte von medizinischen Fachbüchern. Er folgte mit seinen Augen den Buchrücken und las jeden Titel zweimal. »Die Narkose«, »Medizin des 19. Jahrhunderts«, »Standartwerk Operationstechnik«, »Chronische Krankheiten«.

Als Dr. Rendsgard eintrat, sprang Fred auf und verbeugte sich, doch der Doktor kam auf ihn zu und schüttelte ihm freundlich die Hand, was bisher noch nie jemand getan hatte. Glück schoss durch seine Adern.

»Dr. Rendsgard, ich habe kein Geld, um die Sprechstunde zu bezahlen«, sagte Fred aufgeregt.

Dr. Rendsgard hob die Hand und lächelte. »Ich verbiete dir, über Geld zu sprechen, Junge«, sagte er gut gelaunt. »Erzähl erst mal ein wenig aus deinem Leben. Und dann sehen wir weiter. In meiner Praxis gibt es genug zu tun. Du kannst dich hin und wieder nützlich machen.«

Von diesem Tag an lief Fred alle zwei oder drei Wochen in die Praxis, führte ein Gespräch mit dem Doktor und half danach den

Krankenschwestern Instrumente zu sterilisieren oder blutiges Verbandsmaterial auszuwaschen und auszukochen. Hin und wieder durfte er bei einer Blutentnahme zusehen oder den Krankenschwestern die Instrumente reichen. Er war von der medizinischen Arbeit fasziniert. Fred spürte, dass dabei die Familienlast kleiner wurde und sein Interesse an Medizin wuchs, was ihn ermutigte.

* * *

Zu Hause blieb alles beim Alten. Vater trank und war nicht davon abzuhalten. Oft braute er sich das Bier selbst aus dem Mais oder Weizen, den seine Familie geerntet hatte. Unten im düsteren Kellerloch, wo kaum Licht hineinfiel. Das hatte Fred auf die Idee gebracht, das Bierfass, in dem das gebraute Bier lagerte, mit einer Ahle anzubohren. Zwei kleine Löcher unten im Boden, sodass der Vater es nicht einmal bemerken würde. Schließlich hatte es aber nicht Freds Wunsch erfüllt, Vater würde weniger trinken, sondern er braute sogar noch mehr Bier als früher.

An seinen guten Tagen zog er mit seinem Jagdgewehr los, um der Familie zu beweisen, dass er noch immer etwas konnte. Die Familie besaß ein großes Waldstück, das sich an einem Hügel entlangzog – alle nannte ihn den roten Hügel, weil darin sehr viel Rotwild lebte. Manchmal brachte er tatsächlich Fleisch nach Hause.

Früher hatten die Kinder zusehen wollen, wenn der Vater die Tiere zerlegte. Er tat es mit Stolz, Leidenschaft und Hingabe, erklärte seinen Söhnen geduldig, wozu die Sehnen dienten und weshalb jeder Muskel mit einer weißen, glänzenden Schicht überzogen war.

»Darf ich auch mal?«, hatte Samuel gefragt.

»Sicher doch!«, gab Vater begeistert zur Antwort und reichte dem Kleinen das Messer. Samuel hatte Talent, schnitt dem Tier geschickt die Hufe ab und setzte das Messer vor jedem Tranchieren richtig an.

»Und du, Fred? Willste auch mal versuchen?«

»Nein«, sagte Fred mit Bedauern. Er machte einen Schritt rückwärts und beobachtete fasziniert Bänder, Sehnen und Muskeln des Rotwilds.

Mit der Zeit allerdings schwand das Bedürfnis der Söhne dem Vater zu helfen, denn obwohl sie noch jung waren und über wenig Lebenserfahrung verfügten, bemerkten sie, dass ihn immer mehr die Kraft im Kopf und in den Händen verließ. Er zerschnippelte das frische, zarte Fleisch, das er mit viel Mühe durch den Wald nach Hause geschleppt hatte, wie eine Dame der Telefonvermittlung: umständliche Bewegungen, fahrig und zerstörerisch. Am Ende fluchend und jammernd, weil ihm plötzlich das Wild leidtat, das er getötet hatte.

Einmal hatte sich sein Vater am Handgelenk verletzt, eine kleine Schnittwunde, nichts Schlimmes, aber es hatte lange Zeit geblutet. Fred lief es damals schon kalt über den Rücken. Was geschieht, dachte er aufgewühlt, wenn Vater sich einmal ernsthaft verletzt. Den Gedanken, dass er mit dem Metzgermesser im Rausch jemanden von der Familie verletzten könnte, schob er behutsam zur Seite.

* * *

Mittlerweile stach die Sonne schon einige Stunden in die Fenster des Schweinestalls, sodass die Luft drückend heiß geworden war. Draußen riefen die Jungen quiekend nach ihrer Mutter. Sie hatten sich alle vor die geschlossene Tür gestellt und schrien unaufhörlich. Weil es so heiß wurde, hatte Fred ein altes Tuch, das er in einem Regal gefunden hatte, vor das Fenster gehängt.

Schwer atmend lag Nana im Stroh, während Fred sie streichelte und ihr gut zuredete. Sie hatte das Fieber noch nicht überstanden und Fred sorgte sich, dass er das Tier verlieren könnte. Unvermittelt stolzierte der Vater in den Stall und knallte die Tür hinter sich zu.

»Was ist los? Wozu trägst du ein Tuch vor dem Mund?«, fragte er erstaunt. Fred sah ihn an. Er war rasiert – Fred entdeckte eine kleine Rasierwunde hinter dem rechten Ohr –, trug ein frisch gebügeltes Hemd und das Haar gekämmt. Für einmal war er nüchtern.

»Nana ist krank. Wahrscheinlich die Schweinepest. Ihr geht es sehr schlecht.«

Vater stellte sich prüfend über sie, warf seinen Blick über die Flanken, den Bauch, die Vorderläufe und die Augen des Tiers. »Geh du zur Schule, ich kümmere mich um sie«, befahl der Vater und band sich ebenfalls ein Tuch ums Gesicht, sodass nur noch seine müden Augen zu sehen waren. Tiefe Furchen zogen sich unterhalb des Auges ins Gesicht. Früher waren es mal Lachfalten gewesen, doch die Sorgen hatten eine trübe Hautlandschaft gebildet, dunkel eingefärbt und hängend.

Fred erhob sich und verließ auf Geheiß des Vaters den Stall. Mutter stand an der Tür und fragte besorgt: »Ist etwas passiert?«

»Nana wird vielleicht sterben«, flüsterte Fred traurig.

Mutter riss die Augen auf und hielt bestürzt die Hand vor den Mund. »Oh, das ist ja furchtbar«, meinte sie betroffen.

Traurig fuhr Fred ihr über die Schulter. »Ich gehe jetzt zur Schule«, sagte er mit bedrückter Stimme. Sie nickte.

Schweren Herzens marschierte Fred los. Heute schien der Weg in die Stadt nicht aufhören zu wollen, weil sein Kopf so dröhnte. Er ging an starken Eichen vorbei, passierte ein kleines Wäldchen aus Birken. Da, wo zwei Wege auseinanderführten – auf dem einen gelangte Fred in den dichten Kiefernwald, der andere führte ihn in die Stadt –, hörte er einen Specht gegen das Holz hämmern. Tok, tok, tok. Rotkehlchen verteidigten zwitschernd ihr Revier gegen Elstern.

Wir werden sie verlieren, was wird aus den Jungen, dachte Fred bestürzt. Wir müssen sie doch durchbringen. Die Kleinen sind noch nicht entwöhnt. Wer soll sich um sie kümmern? Vater vielleicht? Unmöglich.

Dann, plötzlich, durchschlug ein Schuss die friedvolle Stille des Waldes. Fred zuckte zusammen. Sein Atem stockte. Dieser Abschuss klang nach Vaters Gewehr. Nein, das durfte nicht sein ... Vater hat Nana erschossen! Seine Schritte verlangsamten sich, abrupt blieb er stehen. Er ließ den Kopf hängen. »Nein«, sagte er entrüstet. »Nein!«, wiederholte er atemlos.

Doch dann richtete er sich plötzlich auf. Vielleicht hatte Vater Nana vor Schlimmerem bewahrt? Vielleicht – aber mit Bestimmtheit wusste er es nicht – hätte Nana mit ihrer Krankheit die ganze Herde gefährden können. Was wusste er denn schon über das Verhalten von

Tieren und ansteckenden Krankheiten? Und doch war da etwas, das sich wie ein Orkan in seinem Innern aufbaute. Ein tiefer, schrecklicher Schmerz über den Verlust von Nana.

Einige Sekunden herrschte Stille. Dann begann Fred um Nana zu weinen, das Tier, das er im Laufe der Jahre in sein Herz geschlossen hatte. Dicke Tränen suchten sich einen Weg über sein verzerrtes Gesicht und fielen auf den weichen Waldboden. Wenn er etwas wusste, dann dies: Er liebte und respektierte die Tiere als Wesen dieser Schöpfung. Und er würde sie immer beschützen wollen. Was Vater da tat, würde er als Erwachsener nie tun. »Ich würde alles für mein Tier tun, was in meiner Macht steht«, sagte er entschlossen in den Wald hinein.

Eine Weile blieb Fred stehen und versuchte seine Gedanken zu ordnen. Was sollte er tun? Zurückgehen? Vater zur Rede stellen? Zur Schule gehen? Ein Gefühl der Ohnmacht überkam ihn und er stellte sich an ein hohe Tanne. Den heißen Kopf an den kühlen Baum gelegt, blickte er hoch an den Himmel. Weiße Wolken bewegten sich zögerlich in dem kleinen Stück Blau zwischen den Wipfeln. Dort, wo die Eichhörnchen wohnten, umfassten Äste den dichten Nebel.

»Ich hasse dich, Vater!«, schrie Fred, nahm einen Stein und warf diesen so weit er konnte in den Wald hinein. Er hörte ihn dumpf gegen einen anderen Stein knallen. Der Wald erschien ihm plötzlich feindselig, obwohl er sich sonst mit wachsender Freude im Dickicht bewegte und die Tiere mit großer Neugier beobachtete.

Fred sah auf den Weg, der zurück zum Hof führte, und warf dann sein Auge auf den Schulweg. Immer noch war er unschlüssig. Sollte er nach Hause gehen? Und was ihm plötzlich als die entscheidendere Frage erschien – war das Haus, indem er lebte, überhaupt sein Zuhause?

KAPITEL 5

Nachtwache mit Bruno

*Ausbildungslager
November 1914*

Ein Frösteln geht durch Freds Körper, während er gemeinsam mit Bär die Lebensmittel vom Lastwagen hievt.

»Mach mal nich' so ein Gesicht, Fred«, sagt Bär lachend und wirft ihm vom Lastwagen dicke Säcke voller Kartoffeln in die Arme. »Mit guter Laune lässt sich besser schlafen!« Nun greift Bär nach Kisten mit halbgefrorenem Fleisch.

»Schlaf ist nicht mein Problem, Bär, sondern die Kälte.«

Bär hält ihm die Kiste mit Fleisch entgegen, seine Arme sacken ab.

»Mann, ist das schwer!«, brüllt er.

Fred lacht, obwohl ihm nicht nach Lachen zumute ist. Vor vier Tagen wurde Samuel mit seinen Kameraden nach Sarrebourg abgezogen. Sie konnten sich nicht einmal verabschieden, weil alles so schnell ging. Morgens um sechs war Abfahrt. Fred – gerade dabei seine Stiefel zu putzen – sprang aus dem Zelt, rannte noch den drei mit Soldaten und Waren vollgepackten Lastwagen hinterher.

»Samuel! Samuel! Wo bist du?!« Da, jemand legte seinen Kopf aus dem Fenster. Da war er. Samuel saß neben dem Fahrer des zweiten Lastwagens und hob die Hand aus dem Fenster. Jetzt schrie er etwas, das Fred nicht verstand. »...ieb di...uder!« Was meinte er?

»Was?«, schrie Fred, als die Lastwagen aus dem Ausbildungslager in Montaigu fuhren und immer kleiner wurden. Was wollte Samuel ihm mitteilen? »Auf Wiedersehen!«, schrie er aus tiefstem Herzen zurück. In diesem Augenblick hatte er das Gefühl, als stünde er an einem Abgrund. »Hoffentlich geht alles gut ...«

Mehr als Hoffen bleibt ihnen nicht. Fred seufzt und wendet sich wieder der Lieferung zu. Die Arbeiten mit den Lebensmittelkisten gehen voran. Er gibt eine besonders schwere Ladung seinem Kameraden weiter. »Er brummt tatsächlich wie ein Bär«, sagt er seinem dünnen Kollegen, dessen Nase tropft. Murrend nimmt dieser die schweren Kisten in Empfang und reicht sie weiter. Acht junge Soldaten stehen in einer Reihe und übergeben sich den Essensvorrat für das Lager für eine ganze Woche. Der Kistenstapel vor dem Küchenzelt ist bereits zwei Meter hoch.

Jetzt erscheint ein hagerer Mann vor dem Zelt mit schmutziger Schürze. »In das Zelt, ihr Volltrottel, was soll ich mit dem Zeug da draußen. Da fressen es doch nur die Raben!« Der Koch trampelt in Richtung Lastwagen und brüllt jedem Soldaten dasselbe ins Ohr. »Ins Zelt gehört das Zeug. Stellt es gleich neben die Weinkisten.«

»Na, dann wollen wir mal, Jungs«, sagt Fred matt.

»Wir holen uns später noch eine Flasche von dem schönen Beaujolais, den sie da gelagert haben«, flüstert Bär Fred zu.

Fred blickt ihn erstaunt an. »Dann aber mal ohne mich«, sagt er lächelnd.

Aus Bärs Kehle brummt's tatsächlich. Dann ruft er gut gelaunt über den Platz: »Hat hier jemand einen Heiligenschein übrig? Dem Mann da würde er gut stehen!«

Obwohl sie Mantel und Stiefel tragen, Helm und Handschuhe, frieren sie am ganzen Leib. Dicke Schneeflocken werfen sich gegen das Gesicht der Männer. Nase und Kinn sind bereits blau vor Kälte. Die düsteren Wolken, die über dem Lager hängen, schwächen das Tageslicht und belegen die Soldatenseelen mit einer Traurigkeit, die lange anhält. Allzu lange. In dieser unerträglichen Kälte spannen sich Freds Muskeln an Oberarmen und Beinen an, die Ellbogen drückt er möglichst nah an seinen Brustkorb, um keine Wärme zu verlieren.

Über den Ohren trägt er einen alten, dunkelroten Wollschal, den ihm seine Mutter zum 16. Geburtstag geschenkt hat. Dass die feinen Wollfäden an seinem Gesicht jucken, nimmt er kaum wahr. Immer wieder kratzt er sich am Kopf.

Sie bringen die Lebensmittel ins Küchenzelt, in dem es wärmer ist. Bald einmal sind sie müde und arbeiten langsamer. Das ist der Zeitpunkt, an dem Fred am ganzen Körper zu schlottern und mit den Zähnen zu klappern beginnt. Er will nicht, dass es jemand bemerkt, und reißt sich zusammen. Hier gelten Schlotterer als Muttersöhnchen und werden mit der Kleidung in den Waschtrog drüben vor dem Lazarett geworfen. Die meiste Zeit färbt sich dort das Wasser allerdings blutrot, weil sich die Schwestern und Ärzte darin mit Kernseife ihre Hände waschen.

Nicht weil er sich vor Blut ekelt, will Fred dort nicht hineingeraten, sondern weil ihn das dumme Ritual an Vater erinnern würde. Auch er hatte Fred und Samuel in den großen Brunnen vor dem Haus geworfen, als sie noch klein waren, weil sie sich seinen Anweisungen nicht beugen wollten. Ein paarmal getunkt und dann wieder herausgezogen. Danach mussten sie sich in der Küche an Mutters Holzofenherd aufwärmen, von ihr trösten lassen und die nasse Kleidung wechseln. Fred erinnert sich, dass sie es liebten, von Mutter getröstet zu werden, denn in solchen Momenten bereitete sie oft einen Hefezopf zu, den die beiden Brüder vor dem heißen Ofen verspeisen durften. Außerdem war es gut zu wissen, dass da neben Vater noch Mutter war, die sie selbstlos und herzlich liebte.

Eine Stimme reißt ihn aus seinen Gedanken.

»Scheller! Knolle will dich sprechen«, sagt ein Kamerad zu ihm. Er ist rund 45 Jahre alt, hat fettiges Haar und ein vernarbtes Gesicht.

Fred blickt quer über den schneebedeckten Platz. Dieser ist voller dunkler Fußspuren. Am anderen Ende steht Knolle und gibt den Männern Anweisungen. »Bin gleich wieder da!«, sagt er zu den Kameraden und setzt sich in Bewegung. Eilig läuft er vom großen Lastwagen in Richtung Knolle.

Als er an einem stehen gelassenen wackeligen Holztisch vorübergeht, stolpert er über eine gesicherte Handgranate, die vermutlich ein

Soldat beim Kartenspiel verloren hat. Vorsichtig legt er sie auf den Tisch, auf dem immer noch die Karten liegen. Daneben ein gefüllter Aschenbecher und ein Foto einer halbnackten Frau, nur mit einer Schürze bekleidet. Sie räkelt sich seltsam unnatürlich auf einer Liege.

Fred starrt auf das Bild. Noch nie hat er eine halbnackte Frau gesehen, geschweige denn eine nackte. Und obwohl die Dame auf dem Bild ganz anders aussieht als seine Fanny – Fanny hat stärkere Arme, längere Finger und in seiner Vorstellung immer ein Lächeln auf dem Gesicht – denkt er an seine Freundin. Sein Herz klopft kräftig gegen seine Rippen und mit dem Rhythmus des Herzens wächst auch sein Wunsch, Fanny zu sehen. Einen Augenblick bleibt er stehen, blickt traurig in die Ferne, über die Felder des Départements Aisne, angefügt an die Marne und die Ardennen, die Hügel, die großen und kleinen Waldabschnitte, die nun von Soldaten aus allen Teilen der Welt belagert werden. Feuermachen ist im Krieg in allen Einheiten strikt untersagt, trotzdem sieht Fred hier und da ein Feuer aufleuchten, das von Soldaten entzündet wurde, weil die Kälte an den Gliedern frisst.

Als er zu Knolle gelangt, muss er sich in eine Reihe stellen. Knolle gibt den Männern Befehle, wedelt mit den Händen, brüllt herum, blickt den Soldaten aber kaum in die Augen. Fred stellt sich bequem hin, wartet, betrachtet mit Staunen die weiße Ebene und die kahlen Laubbäume, die im Sommer mit ihrer Fülle bestimmt eine vollkommen andere Landschaft hervortreten lassen.

Hier in der Aisne sind die Menschen normalerweise eher milde Winter gewöhnt. Die Bevölkerung kennt kaum einen harten Winter, spaziert im Herbst mit Wolljacken durch die Eichenwälder von beträchtlicher Geschichte. Eine Eiche ist über 600 Jahre alt, »Chêne Ramolleux« genannt. Seit Tagen jedoch geht ein eisiger Ostwind, der sich wie ein Tuch auf alles Lebendige legt und es innerhalb weniger Stunden erstarren lässt.

Fred atmet tief durch und legt eine Hand auf sein rechtes Knie. Sein Bein beginnt wieder zu schmerzen. Ein junger Kamerad hat ihm vor zwei Tagen mit dem Gewehrkolben unbeabsichtigt aufs Knie geschlagen. Hier im Zeltlager passieren andauernd Dinge, die in einem normalen Alltag niemals geschehen würden. Stürze, Schürfungen, Zusammenstöße. Die Soldaten verletzen sich gegenseitig, schlagen sich fahrig und unbedacht Gewehre ins Gesicht, knallen beim Lauftraining mit dem Körper aufeinander, schlagen sich beim Anziehen von Uniform und Gepäck den Rucksack um die Ohren. Seit ein paar Wochen spürt Fred jeden einzelnen Knochen im Leib. Ob es an der lang anhaltenden Kälte liegt oder an den aufreibenden Leibesübungen?

Als Fred endlich am Zug ist, schreit Knolle in sein Gesicht: »Verdammt, Scheller, bis Sie hier sind, bin ich in dieser verfluchten Kälte festgefroren!« Der außerordentlich kleine Leutnant – er kann höchstens 1,55 Meter groß sein – steht vor dem Offizierszelt und hält einen Humpen Bier in der Hand. Er trägt einen dicken Mantel, Mütze, Handschuhe, dicke, gefütterte Stiefel. Seine warme Atemluft zieht wie Zigarettenrauch über ihre Köpfe.

Fred baut sich vor ihm auf, überragt ihn allerdings so stark, dass er sein Kinn auf die Brust legen muss, um seine Augen auf den Mann zu richten und zu grüßen. Er versucht sein Bein zu schonen und unterlässt es, das Knie durchzustrecken. »Hier, Herr Leutnant!« ruft er mit heiserer Stimme.

Der Leutnant streckt den Rücken durch, die Wirbelsäule, steht leicht auf Zehenspitzen, den Kopf lässt er nach hinten fallen, um Fred inbrünstig anschreien zu können. Trotzdem prallt sein Gebrüll an Freds breiter Brust ab. Fred muss sich in Acht nehmen, denn innerlich zerreißt es ihn fast vor Lachen.

»Scheller, Sie halten heute Nacht Wache. Ein Uhr bis fünf Uhr. Und sehen Sie zu, dass Sie nicht erfrieren!«

Aus dem Offizierszelt, in dem einige ältere Offiziere speisen, ertönt schallendes Gelächter. Alle sind wohlgeformt, die Hemden spannen sich über den Bäuchen, Glatzen blitzen auf, Gichthände an den Gläsern, geschwollene Finger unter goldenen Eheringen. Fred sieht, wie sie im Zelt die Mäuler aufreißen, um danach wieder weiterzuschmatzen. Auf dem Tisch stehen gebratene Hühnchen, Kartoffelpüree, Krautstil und frische Brötchen. Es duftet herrlich. Ein junger Gefreiter sitzt mit Gitarre in der Ecke und spielt für die feiernden Offiziere ein Lied. Hinten an der Zeltwand entdeckt Fred ein kleines, tropfendes Fass Bier, das die Herren selbst anzapfen können. Daneben liegt ein junger Schäferhund, sein Fell glänzt braun, doch sein Kopf ist vollkommen schwarz. Er hebt kurz den Kopf, als hätte er etwas gewittert, und blickt Fred mit seinen schönen, schwarzen Hundeaugen verwundert an.

»Na, Bruno, willst noch einen Happen essen?«, fragt ein anderer behäbiger Hauptmann mit glänzenden Wangen. Der Hund steht auf und setzt sich vor den Mann, der so breit ist, dass er weit ab vom Tisch sitzen muss. Sein Wanst und die massigen Beine spannen unter der engen Uniform. Der Hauptmann nimmt ein Stück von seinem gefüllten Porzellanteller und wirft es dem Hund vor die Pfoten. Bruno legt seine linke Pfote auf das große Stück Rindfleisch und verschlingt es hungrig. Danach setzt er sich wieder aufrecht hin, reckt seinen Kopf zum Tisch, stellt seine Ohren auf und beobachtet den Mann, der ihn füttert, mit scharfen Augen. »Na, noch mehr?«, fragt der Hauptmann und nimmt einen großen Schluck Wein aus dem Glas. Bruno wedelt mit dem Schwanz und bekommt noch ein Stück, das er genauso eilig frisst.

Selbstvergessen steht Fred da und beobachtet die merkwürdige Szene, dabei muss er an Piet, seinen Hofhund, denken, den er immer gefüttert und gestreichelt hat, wenn Mutter früh morgens zum Markt fuhr, um Gemüse zu verkaufen. Auch zum Fischen war Piet oft mitgelaufen, weil er jedes Mal die Forellen verspeisen durfte, die für die Jungs und die Familie zu klein waren. Piet, mein Freund, denkt Fred, wo bist du jetzt wohl? Passt du gut auf Mutter und Vater auf?

»Schüller«, brüllt plötzlich ein anderer Mann am Tisch. Es ist der Generaloberst Sprantzl, den alle fürchten, weil er für ein kleines Vergehen die Leute tagelang im Bau hungern lässt. Sprantzl sieht den Bau als Tauschgeschäft. Hunger, Dunkelheit und Kälte im Austausch für militärische Disziplin.

Fred erkennt seine schlechten Zähne. Sie riechen. Aus seinem Mund spritzt Spucke mit Wein auf seine Uniform. Jetzt steht er auf und geht mit langen Schritten auf Fred zu. Hund Bruno zieht den Kopf ein und läuft in eine Ecke. Blass, mit tief liegenden Augenhöh-

len, sieht er aus wie ein Kranich auf Nahrungssuche. Fred spürt, wie es ihm eng wird um die Brust, der Atem bleibt stehen.
»Wache bis sieben Uhr in der Früh. Sonst können Sie was erleben!«
»Jawohl, Herr General!«, bestätigt Fred den Befehl.
»Hauen Sie ab, Schüller«, sagt Sprantzl und tritt ins geheizte Zelt zurück. Fred vermeidet es, den gefürchteten General zu korrigieren. Er ist sich sehr wohl bewusst, dass ein Soldat erst beim richtigen Namen genannt wird, wenn er tot ist. Dann, wenn er an seiner Erkennungsmarke identifiziert wird.

Fred dreht ab und läuft über den Platz. Vorsichtig schiebt er seine Hand unter den Mantel und sein Hemd, fasst an die eigene Marke und bemerkt, dass die Hülle aus Leder verrutscht ist. Er schiebt alles zurecht, Kette, Aluminiummarke, Lederhülle. Seit Tagen fragt er sich, wie lange es an der Front wohl dauern wird, bis ein Kamerad nach seiner Erkennungsmarke greift, um ihn zu identifizieren.

Eilig kehrt er zu seinen Kameraden zurück und hilft ihnen, die letzten Kisten ins Küchenzelt zu tragen. »Na, hat' dich erwischt?«, fragt Bär neugierig.

»Ja, bis um sieben«, sagt Fred.

»Na, dann pass mal auf, dass dir mitten in der Nacht nichts wegbricht beim Pinkeln, Junge«, sagt Bär mitleidig.

»Ich halte für dich eine Schweigeminute, wenn's soweit ist.«

Fred macht sich eilends auf den Weg zu seinem Zelt, um sich warme Kleidung überzuziehen. Die Nacht würde lange, schlaflos und vor allem kalt werden. Er musste sich wappnen.

Die Nacht bricht herein, tausend Sterne und ein stiller Mond erleuchten das Lager. Fred stockt der Atem, als er diese schweigende Schönheit sieht und auf sich wirken lässt. In Zukunft wird er sich nach Geräuschlosigkeit sehnen, wenn sie mitten in den Kämpfen angekommen sind.

»Das Sirren und Pfeifen der Querschläger, meine Herren, wird Ihnen Dampf machen. Sie werden sehen!«, brüllte Leutnant Knolle gestern vor dem Abendessen.

»Knolle kann die Klappe nie halten, ständig Zugluft«, flüsterte

Rottmann, als sie sich nach der Standpauke endlich setzen durften. »Da muss er aufpassen, dass ihm keine Kugel im Zahn stecken bleibt.«

»Ein Gebet vor dem Essen wäre mir lieber«, grummelte Kalle mürrisch.

»Gesegnet sind die geistig Armen«, spottete Rottmann.

Fred hat über den Scherz nicht lachen können. Er fürchtet sich schrecklich vor den Querschlägern. Kugeln, die nicht schnurgerade fliegen, sondern sich um ihre Horizontalachse drehen, surren ganz eigentümlich oder pfeifen, erklärte ihm gestern Kalle, der sich mit den Klängen von Kugeln auskennt. Doch es gibt noch Schlimmeres. Die Männer sagen, die schwere Granate klinge wie ein Rattern in der Luft, das mit einem furchtbar zerreißenden Krach endet. Bis auf 1000 Meter verteilt sie ihre Splitter. Deshalb nennen sie das Geschoss auch Leichenwagen.

Einen Augenblick bleibt Fred stehen und sucht mit seinen Augen das glitzernde Sternbild des großen Bären. Er atmet tief die Nachtluft, die seine Lunge kühlt. »Schau, da, dein Verwandter«, ruft er Bär zu, doch der ist schon wieder verschwunden. Aus dem Nichts berührt ihn etwas am Bein und er schreckt auf. Er erkennt Bruno, den jungen Schäferhund aus dem Zelt, der soeben noch von Sprantzl und seinen Kumpanen gefüttert wurde. »He, Kleiner, bist du weggelaufen?«, fragt Fred ihn mit sanfter Stimme und streichelt ihn. Sein Fell ist samtweich und dicht, die Nase warm. Er schmiegt sich an Freds Hand und wedelt. »Na, gehörst du auch dazu. Bruno. Sicher doch.«

Fred kniet sich auf die Erde und sieht ihn an. So ein wunderschönes Tier, denkt er. Ein beachtliches Gehör und eine außergewöhnliche Nase. »Na, lässt dich der General jeweils an den hinteren Linien, wenn es knallt?«, sagt er und krault Bruno den Hals. Der legt seinen Kopf zur Seite und erwartet weitere Wohltaten. Da entdeckt Fred ein kleines, zentimetergroßes Melderohr am Hals des Hundes, das mit einer Nachricht versehen werden kann. Er sieht sich um, nimmt flink den Deckel vom Rohr und wirft einen Blick hinein. Es ist leer. Jetzt wird ihm alles klar.

»Du bist ein Meldehund. Na, die machen aber vor nichts halt.

Schicken sogar Hunde ins Feld, diese Piesepampel.« Meldehunde hatten die Aufgabe, den Kontakt zwischen zwei Posten aufrechtzuerhalten. In einer Meldekapsel trugen sie Nachrichten von einem Ort zum andern. Fred bewundert diese Tiere. Wie schaffen sie es nur, sich zwischen Granaten und Maschinengewehrsalven zurechtzufinden? Der Hund wedelt vergnügt mit dem Schwanz, als hätte er Freds mitfühlende Gedanken gelesen, und setzt sich neben ihn.

»Na, na, du kannst nicht bei mir bleiben, ich schiebe die ganze Nacht Wache. Du wirst erfrieren, Bruno. Geh zurück zu deinem Herrchen. Los.« Fred macht einige Schritte in Richtung Soldatenunterkunft, doch der Hund folgte ihm Schritt auf Tritt und kuschelt sich an sein Bein.

»Nein, geh zurück!«, befiehlt Fred mit Nachdruck und weist ihn mit der Hand zum Kommandantenzelt. Mit aufmerksamen Augen verfolgt Bruno Freds Hand, dreht den Kopf hin zum Zelt der Oberbefehlshaber, dann wieder zu Fred. Es folgt ein glückliches Wedeln.

»Nein, nein, ich habe nichts für dich, ich kann nicht auf dich aufpassen, geh jetzt!«, sagt Fred mit leiser Stimme. Jetzt kniet er sich vor das Tier und nimmt Brunos Kopf zwischen die Hände, dann verwuschelt er das weiche Fell und krault ihm erneut die Brust. Bruno legt den Kopf auf Freds Schulter und genießt sichtlich die Zuwendung.

Einen Augenblick verharren beide in dieser Position und sehen sich an. So viel Ergebenheit und Zuneigung lassen Freds Herz höherschlagen. Ist es nicht eben diese Anhänglichkeit und Treue, die er an diesen Wesen so besonders mag? Jetzt muss er wieder an Piet denken, den er am Tag des Abschieds bei Mutter zurückgelassen hat. Er sieht noch ihr Gesicht vor sich, sie hatte Tränen in den Augen, und neben ihr saß Piet, der Fred einen erstaunten und traurigen Hundeblick zuwarf. Vater lag zu diesem Zeitpunkt im Schatten eines Apfelbaumes und schlief.

»Los, los, geh jetzt«, sagt Fred leise. Bruno, der sich an seine Hand geschmiegt hat, senkt enttäuscht den Kopf, dreht sich ab und läuft zurück zum Zelt seines Herrchens.

Drüben im Küchenzelt spielen junge Soldaten Karten, trinken Bier und lachen viel. Knolle hat sich heute deutlich ausgedrückt, als er sie beim Rasieren im Waschzelt überraschte. Verwundert und halbnackt standen die Männer an den Fässern, während sich Knolle die Lunge aus dem Leib schrie.

»In wenigen Tagen werden wir an der Front sein, Männer. Da wäscht niemand mehr Socken und keiner rasiert sich, wenn der Feind an der Linie steht. Dann heißt es abknallen und weiterkommen. 24 scheiß Stunden am Tag und jeder Meter Richtung Feindesland ist ein Sieg.«

Im Dreißigmannzelt, in dem in dieser Nacht 48 junge Männer zwischen 17 und 28 Jahre schlafen oder es versuchen, zittern die Leiber vor Kälte. Peter Hühne, ein junger Schreiner aus Wittenberg, mit tiefschwarzem Haar und langem, dichten Bart, singt ein melancholisches Lied: »Die Liebe stirbt mit dir«. Während Hühne die Stimme hebt und senkt und einsame Klänge von sich gibt, denkt Fred an Fanny. In seiner Hand hält er einen Kompass, den sie ihm einst schenkte.

Damals standen sie in der Morgensonne am Fluss, derweil sich ganz in der Nähe neugierige Vögel auf einen Stein setzten und Fannys Worten lauschten: »Wenn du ihn bei dir trägst, wird er dir immer den Weg weisen.« Dabei lachte sie, dieses unbändige, einnehmende Lachen, das er so sehr an ihr liebt. Wo sie jetzt wohl ist? Über zwei Monate sind vergangen, seit Fred ihren letzten Brief las. Davor haben sie sich regelmäßig geschrieben, jede Woche zweimal, manchmal sogar dreimal. Sie hat ihm erzählt, dass sie nun doch das Gymnasium besuchen werde, dass sie, obwohl sie als Kind immer Bäuerin werden wollte, einen Versuch starte und – gegen die Pläne der Eltern – studieren wolle. Der Hof könne ja warten, meinte sie. Die Eltern seien ja noch gesund und rüstig.

Geliebter Fred,
ich denke an dich, jeden einzelnen Tag. Das nennt man vermissen. Erinnerst du dich noch an unser Spiel? Wer vermisst den anderen mehr? Ich vermisse dich, wenn ich morgens aufstehe, ich vermisse dich, wenn ich in der Schule bin, ich vermisse dich, wenn ich die

Hühner füttere. Ich habe dieses Spiel immer gewonnen. Jedes Mal, wenn wir es gespielt haben. Vielleicht haben Frauen ein anderes Empfinden als Männer, was ich aber nicht glaube. Ich glaube, dass Frauen den Empfindungen mehr nachspüren, während für Männer andere Dinge im Leben wichtiger sind. Aber die Gefühle bleiben da, verschwinden nicht. Vielleicht reicht es ja aus, sie nur zu erahnen, um sie nicht zu verlieren? Aber was kümmert dich das? Du hast nun ganz andere Sorgen. Wo bist du stationiert? Bist du gesund? Hast du eine Unterkunft?
Küsse,
Fanny

In diesem Augenblick ist meine Unterkunft diese Himmelskuppel, geliebte Fanny. Aber wo werde ich nächste Woche sein, denkt er und sehnt sich nach dem Geruch ihrer Haare, den zärtlichen Lippen und dem Leuchten in ihren Augen.

Während er mit seinem Zeigefinger über das Glas des Kompasses fährt und einen kleinen Kuss nach der Oberfläche schickt, bekommt Hühnes Lied eine Bedeutung. Vom vielen Singen klingt seine Stimme bereits heiser, bricht beinahe. Unversehens wird Fred tieftraurig und seine Zähne beginnen zu klappern. Die Kälte auf der Wache ist genauso wie der Schlaf ein unsichtbares Tuch, das sich über ihn wirft. Obwohl er sich warm angezogen hat, Unterwäsche, Hosen, Hemd, Wollpullover, Mantel und Lederstiefel, friert er erbärmlich.

Immerhin ist es ruhig auf der Wache. Und während Fred in der Kälte steht, halten ihn allein die Gedanken an Fannys gütiges Wesen warm. Die Schläfrigkeit, die ihn nun heimsucht, trägt dazu bei, dass er mit offenen Augen zu träumen beginnt. In diesem Augenblick ist es ihm, als höre er Fannys Stimme: »Glaube nicht, dass Gott dich allein lässt, nur weil er unfassbar ist. Für mich war er bisher immer ein barmherziger Tröster.«

Fred blickt noch einmal hinauf zu den Sternen. Und plötzlich fühlt auch er sich ein wenig getröstet.

KAPITEL 6

Das Mädchen

Bad Berleburg, Sauerland
September 1910

In den letzten zwei Tagen schlief Vater viel. Er hatte seine melancholischen Tage, wollte mit niemandem sprechen, zog sich in sein muffiges Zimmer zurück, verweigerte das Essen, ließ niemanden an sich heran. Nicht einmal seine Frau durfte ihn ansprechen. Es war, als hätte sich der Löwe, der sonst alle brüllend in die Ecke trieb, in seine Höhle zurückgezogen und müsste nun die Wunden lecken, die ihm in den vielen Kämpfen zugefügt worden waren.

Und wie immer, wenn Vater seine dunklen Tage hatte, war die Familie für einen Augenblick erleichtert. Denn obwohl sie sich alle um Vater sorgten, war dies eine Zeit des Aufatmens und eine Zeit der Ruhe. Plötzlich sang Mutter wieder in der Küche, backte am Nachmittag buttrige Mandelkekse und abends bereitete sie ein fettes, knuspriges Hühnchen mit Bratkartoffeln und frischem Blattgemüse.

»Kommt Kinder!«, rief sie auf den Hof, wo Fred und Samuel mit Heugabel und Schaufel den Mist aus dem Kuhstall schafften. »Es gibt ein Festessen!«

Die Jungs ließen sich nicht zweimal bitten, beendeten ordentlich ihre Arbeit, rannten zum Brunnen, wo sie sich die Hände wuschen. Danach erklommen sie die Treppe mit wenigen Schritten und setzten sich an den Küchentisch, wo die heiße Mahlzeit aus den Schüsseln dampfte.

»Und Vater?«, fragte Fred leise, dabei schielte er auf die wohlriechenden Bratkartoffeln, die gelbgolden glänzten.

»Ich habe ihm was vor die Tür gestellt«, sagte Mutter nachdenklich. »Irgendwann wird er schon wieder was essen.«

An diesem Abend erzählte Mutter von ihrer Großmutter, die in einem Kirchenchor gesungen hatte und besonders gerne Choräle von Johann Sebastian Bach mochte. »Sie liebte das Singen und sagte immer, wenn man singe, dann vergesse man alles, habe keine Angst mehr«, sagte Mutter begeistert. »Ich habe ihr Singen geliebt.«

* * *

Die Tage vergingen. Die Jahresprüfungen in der Schule standen an. Fred brachte gute Noten in den Fächern Biologie und Geografie nach Hause, wofür Mutter ihn lobte.

»Helles Köpfchen, gutes Herz!«, sagte sie und zwinkerte ihm zu. Sie kochte frischen Kaffee und kippte heiße Milch hinein. Fred mochte den bitteren Geschmack und aß Butterbrote dazu. Er erzählte von der Schule und den Dingen, die sich im Städtchen abspielten, oder von den neusten Erfindungen, die nun bereits auf den Markt kamen.

»Ein Amerikaner hat einen kleinen Ofen erfunden, in dem man Brotscheiben backen kann. Sie nennen das Ding Toaster!«, berichtete er aufgeregt.

Mutter lachte. »Es wäre mir lieber, jemand würde einen Automaten erfinden, mit dem man waschen kann!«

Samuel gesellte sich dazu und sagte: »Ich kaufe dir diesen Automaten, Mutter. Aber zuerst kaufen wir uns ein Auto!«

Mutter schüttelte lachend den Kopf. »Ein Auto ist doch viel zu teuer. Wer soll das denn bezahlen?«

»Ich werde einmal sehr reich sein. Dann kaufe ich eben beides.« Samuel grinste.

Alles wurde einfacher ohne Vater, der in alles seine Nase steckte und jede Entscheidung anzweifelte, und eine gewisse Unbeschwertheit kehrte ins Haus zurück.

* * *

Eines Abends saßen sie beim Essen nicht wie sonst in der Küche, sondern in der Stube, weil es da gemütlicher war und ein frischer Wind durch die vielen offenen Fenster zog. Es war schon spät, das Petroleumlicht erleuchtete die Stube nur ein klein wenig und man konnte kaum die Gabel vor dem Mund sehen. Mutter nahm nochmals einen Nachschlag aus der Kupferpfanne und schob sich eine große Bratkartoffel in den Mund. Samuel schmatzte laut, aber das störte niemanden.

»Diesmal hat es Vater aber schlimm erwischt«, sagte er spöttisch und deutete abschätzig mit dem Kopf zur Tür. Mutter hielt inne und tadelte ihn mit einem strengen Blick. Einen Augenblick war es so still, als hätte jemand die Erde angehalten.

»Ich will das nicht mehr hören«, sagte sie. Und dann schob sie ihr Gemüse auf dem Teller umher und drückte es so lange flach, bis es nicht mehr essbar aussah. Sie legte die Gabel zur Seite und begann zu erzählen: »Es gab einmal eine Zeit, da war euer Vater ein Mann von Welt, gut aussehend, wortgewandt, fleißig und beliebt. Als ihr noch klein wart, gingen wir oft auf den Jahrmarkt im Dorf. Auf dem Markt kaufte euch euer Vater Süßigkeiten, trug Samuel auf den Schultern, damit er nicht verloren ging im Gewühl, während er Fred hinter sich herzog. Du wolltest immer ›Hau den Lukas‹ spielen. Vater half dir den Hammer zu schlagen, sodass der Bolzen bis nach ganz oben schnellte. Du konntest dir dann ein Geschenk aussuchen. Jedes Mal hast du den Plüschbären ausgewählt. Immer den hässlichen Bären mit der roten Nase.«

Diese Zeit umschrieb sie mit den schillerndsten Worten, führte jedes Detail aus und erwähnte immer wieder die Vorzüge und herrlichen Eigenschaften des Mannes, den sie einst geehelicht hatte. Sie spielte mit ihrer Stimme, hoch und tief, als würde sie auf der Bühne stehen. Die beiden Söhne staunten über Mutters Lobrede für Vater, die mit einem kleinen Seufzer endete. Allerdings kam es ihnen so vor, als würde sie einen anderen Mann beschreiben, jemanden, der irgendwo auf einem anderen Kontinent – Amerika vielleicht –, aber nicht hier in Deutschland lebte.

Als die Petrollampe plötzlich ausging und Samuel nach der kleinen Kerze griff, die auf dem Ofen stand, suchte Mutter in ihrer Schürze nach Streichhölzern. Fred sah in der Dunkelheit nur Mutters weiche Umrisse, Samuels langen Arm, seine nachlässigen Bewegungen. In der Dunkelheit hörte er das trockene Schieben von Holz auf Holz, das Klackern der Streichhölzer in der Schachtel, ein heftiges Streifen, Aufzischen, dann sah er die winzige Flamme am Docht.

In dieser einen Sekunde schnellte das Licht über Mutter Antlitz. Und obgleich die beiden Jungen ihre Mutter zu kennen meinten, hätten sie schwören können, den unbeobachteten Gesichtsausdruck noch nie an ihr entdeckt zu haben. Darin fand sich eine tiefe Hoffnungslosigkeit.

* * *

Die beiden Brüder standen jeweils früh auf, wenn es ums Haus noch dunkel war, zogen sich an, gingen in den Stall hinüber und kümmerten sich um die kleinen Schweine, die ihre Mutter verloren hatten. Sie fütterten sie mit Kuhmilch, säugten sie mit Flaschen, verbrachten Zeit mit ihnen, streichelten sie und redeten ihnen gut zu. Die Kleinen vermissten das Mutterschwein, riefen nach ihr und schmiegten sich zärtlich an Fred und seinen Bruder, wenn sie gefüttert wurden.

Die letzten Tage waren anstrengend und lang. An diesem Tag hatte Mutter sie losgeschickt, damit sie Pilze sammelten. Es war ein warmer Herbsttag im Wald, wo die Bäume allmählich ihr Kleid auswechselten. Sie tauschten es in ein gelb-rotes Laubgewand, um die Blätter dann nach und nach auf die Erde zu entlassen, wo sie erneut dem Kreislauf des Waldes zugeführt wurden. Die Sonne stand tief und die Erde kühlte klanglos und unmerklich ab. Sie wurde so feucht, dass Freds und Samuels lederne Wanderschuhe auf dem Waldboden immer schwerer wurden. Manchmal blieben sie auch stecken, was die Jungen auflachen ließ. Das Moos roch herrlich frisch, der Duft von Kälte und moderndem Holz lag in der Luft. Nebelschwaden senkten sich zwischen die Tannen, die ihre Zapfen fallen ließen.

Die beiden Jungen suchten »Eierschwammerl«, wie die Mutter sagte, Steinpilze, Morchel, Frauentäubling und Brätlinge. Auf einer Lichtung, auf die nur wenig Sonne fiel, fanden sie unter einer umgestürzten Tanne ein Nest mit mehr als einem Dutzend Eierschwämmen. Beide knieten sich mit nackten Knien ins nasse Gras und entnahmen achtsam das Bodengold.

»Das gibt heute Abend eine leckere Pilzpfanne!«, rief Samuel aufgeregt. Fred lachte und sog den Duft der frischen Pilze ein.

»Heute ist doch das Schützenfest. Da gehen wir hin.«

»Wenn Vater nichts dagegen hat«, gab Samuel sichtlich traurig zurück.

»Wird schon«, meinte Fred beruhigend. Er hörte ein Rascheln. Beide blickten um sich. Da tauchte direkt hinter Samuel ein Fuchs auf. Ein schönes Tier, kupferrot bis braun, mit weißem Hals, großen Ohren, einem buschigen Schwanz und schwarzen Pfoten. Der Fuchs hielt sich nicht lange auf, sondern verschwand schnell hinter einem Schwarzdornstrauch.

»Oah, das ist ja ein Prachtstück!«, flüsterte Samuel. Fred starrte den Fuchs an. Dieses wilde, unbändige Tier, ein Jäger und doch – in seinem Bau sanft und friedlich wie ein Schaf zu den übrigen Bewohnern. Der Fuchs verzog sich hinter einen glatten Felsen, der wie ein Monument aus der Erde ragte und von grauen Flechten überzogen war.

Wie stark und stolz dieser Fuchs gewirkt hatte. Das war schon immer Freds heimlicher Wunsch gewesen: ein starker, fähiger Mann zu werden, der in dieser Welt etwas ausrichten konnte. Fred hielt inne. Hier, beim Anblick des wilden Tiers, überkam ihn plötzlich eine unheimliche Vorahnung. Was, wenn Vater nie wieder gesund wird? Wenn er weitersäuft und wie ein schläfriger Bahnvorsteher, der die Weichen für den anfahrenden Zug falsch stellt, alle mit in den Abgrund reißt?

Ein Gefühl von Übelkeit überkam ihn. Im Moment bedachte er nur die Flucht aus dieser vermaledeiten Situation. Fort vom Hof, fort aus dieser Kleinstadt. Das wiederholte sich immer wieder in seinem Kopf. Fort. Fort. Aber wohin? Vielleicht nach Berlin? Oder nach München, wo Cousin Andreas Medizin studierte? Auch Frankfurt wäre möglich. Tante Elise lebte dort als Witwe, die vier Kinder studierten entweder oder waren bereits verheiratet. Fred überkam ein Gefühl von Vorfreude und Aufregung. Doch plötzlich erstarrte er. Was würde aus Samuel und aus Mutter, wenn er nicht mehr da war?

»Komm, lass uns angeln gehen«, rief Samuel. Er riss seinen Bruder aus dem Tagtraum, schlug ihm fordernd auf seinen Oberarm, blinzelte ihn an. Regen brach herein und sie stellten sich unter eine 20 Meter hohe Linde, um trocken zu bleiben. »Komm schon, was ist mit dir los?«, wollte sein kleiner Bruder wissen. Fred blickte ihn mit traurigen Augen an. »Vater?«, fragte Samuel.

»Sei's drum, lass uns angeln!«, rief Fred, schüttelte die trüben Gedanken ab und rannte mit seinem Bruder durch den feuchten Wald. Der volle Pilzkorb streifte die nassen, hängenden Sträucher. Wassertropfen glänzten an ihren Händen. Sie gelangten an einen kleinen, versteckten Sandstrand am Fluss. Wie ein alter Mann beugte sich eine Lärche über sie. Dort, unter den Blättern, fanden sie Schutz. An den Stamm angelehnt standen zwei Angelruten aus Schwarzbambus mit Messingbeschlägen und Kork, die sie sich vor einem halben Jahr von ihren Ersparnissen gekauft hatten. Fred legte den Pilzkorb unter den Baum und nahm seine Rute. Fachmännisch bereiteten sie die Ruten fürs Angeln vor, suchten nach Würmern, die sich nun aus der Erde dem Regen entgegenwälzten.

Die Strömung des Flusses hatte zugenommen. Die Wellen schwollen zu einem Getöse an Wassermassen und peitschten gegen ihre Beine. Mit kurzen Hosen und barfuß stand Fred im Wasser, obwohl es bereits eiskalt war. Samuel hatte sich seine Wanderschuhe ausgezogen und die Hosenbeine so weit es ging hochgekrempelt. Er schob die Ärmel seines Wollpullovers hinter die Ellbogen. Dann stellte er sich neben seinen Bruder und warf das Angelsilk weit aus. Die Rute beugte sich mit dem Wasserlauf. Eine tiefe Stille legte sich über das Wasser und über das Silk, um das sich das Wasser kräuselte. Eine feine Brise fuhr den beiden durchs Haar, wühlte es auf.

Fred strich sich eine Strähne aus dem Gesicht. Niemand sprach. In den Stunden am Wasser übertönte das Rauschen alles, was in ihrem Leben vorging. Freds Sorgen verschwanden in diesem Augenblick im sandigen kühlen Boden des Blutflusses, der aufgrund der schwachen Sonnenstrahlen heute nicht rot leuchtete. Aufgeregt pfiff es in einer satten Stechpalme. Eine Amsel stritt sich vehement mit einer kleinen Bachstelze, die sich in ihr Revier einschlich.

Plötzlich zog es am Silk und der Korkzapfen, den Fred mit roter Farbe angemalt hatte, verschwand unter Wasser. »Ein Mordsfisch«, schrie Samuel aufgeregt. Tatsächlich war es ein großes Exemplar, denn er zog kräftig und schnell, sprang unvermittelt aus dem Wasser, fiel voller Wucht auf dem Rücken ins Wasser zurück. Der Aufprall setzte weiche Wellen in Gang, die sanft über die Oberfläche wanderten und unter Grashalmen, schwimmender Erde und Sand verschwanden.

Fred schoss es heiß durch seinen unterkühlten Körper. Er stellte die Füße so hin, dass er den Brocken aus dem Wasser ziehen konnte. Samuel rief: »Ein Riesenfisch! Hast du gesehen? Gleich springt er noch mal!« Fred winkelte die Arme an und beugte sich flussaufwärts, um dem mächtigen Fisch sein Gewicht entgegenzustemmen. Blitzschnell durchfuhr es ihn. Der muss mindestens 80 Zentimeter groß und 8 Pfund schwer sein! Fred machte zwei Schritte in die Gegenrichtung und zog am Silk.

Plötzlich riss der schwere Fisch ab und Fred fiel ins Wasser. Die Strömung zog ihn mit und er tauchte unter. Obwohl das Wasser eiskalt war, schien sein Körper zu brennen. Panisch bewegte er die Arme. Er wollte an die Oberfläche gelangen, doch der gewaltige Strom nahm ihn in seinen Arm und zog in die Tiefe. Urplötzlich stand er kopfüber, dann wirbelte er herum und schlug mit Armen und Beinen um sich. Als er die Augen öffnete, sah er nichts als eine undurchsichtige graubraune Brühe. Der Fluss war aufgewühlt, mitgerissene Grasbüschel berührten ihn an den Beinen, blieben an ihm hängen.

Indessen rannte Samuel am Ufer den Fluss hinunter, schrie: »Fred, nicht untertauchen, oben bleiben! Schließ deinen verdammten Mund!« Seine Stimme bebte, die Tränen liefen ihm über das vom Regen nasse Gesicht, er schrie aus voller Kehle, rannte weiter.

Gerade als Samuel ihn rief, fiel Fred mit den Wassermassen über einen harten Felsen rund zweieinhalb Meter in die Tiefe. Erneut wurde er von einem Sog hinuntergezogen. Doch seine Kraft schwand, erschöpft ließ er es geschehen. Er spürte das Wasser nicht mehr. Alles um ihn herum wurde zu einer eigentümlichen Einheit, an die er sich langsam anzupassen schien. Auch seine Gedanken verlangsamten sich. Er sah seine Mutter, die sehr müde, aber glücklich aussah. Sie trug ein Festkleid, die Wittgensteiner Festtracht, mit einer wunderschönen, bestickten Haube. Weiter hinten erblickte er seinen abgemagerten Vater. Aufgebahrt lag er auf einem merkwürdigen Bett aus Bambus, zugedeckt mit einem weißen Tuch. Sein Gesicht war schmal, sein Haar war viel weißer als sonst. Samuel stand direkt neben Mutter und hielt sie fest. Sie lächelte und winkte Fred liebevoll zu, doch Samuel schien aufgewühlt zu sein, schrie seinen Bruder an: »Beweg dich, schwimm, schwimm endlich, du Grändkopp!«

»Steh auf! Du hast Boden unter den Füßen«, rief jemand.

Was? Was war das für eine Stimme? Mutter? Nein, aber wer dann?

Aus heiterem Himmel packte ihn eine Hand an seinem Arm und zog ihn aus dem Wasser.

Kapitel 7

Omelett

*Ausbildungslager
November 1914*

Morgenappell, das Geschrei von Knolle, diesem Sklaventreiber, der alle wie Ackergäule behandelt. Blöde Morgenübungen, Sport für die Soldaten, die Hände in die Luft, in die Knie, los, los. Können Sie nicht zählen? 40 ist nicht 20.

Alle wissen, dass es ein sinnloses Unterfangen ist. Lieber würden sie in einem warmen Zelt der Feldküche frühstücken. Heißen Kaffee, frische Brötchen, ja vielleicht sogar warme Beeren in Milch mit Haferbrei, viel Zucker dazu. Wie es Mutter manchmal auftischte, wenn sie Zeit hatte einen Teig vorzubereiten, das Feuer im Ofen zu schüren und frisches Brot mit dicker Kruste zu backen. Fred hat den herrlichen Duft von ofenwarmen Brötchen immer noch in der Nase, der aus der Küche in ihr Schlafzimmer oben im ersten Stock des Hauses drang.

Hier im Land ohne Namen scheint sein Gedächtnis alles an wohlige Gerüche zu koppeln. Als ob die Welt aus einem Bouquet aus Aromen zusammengehalten und sich der Duft immer neu vermischen würde, mit jedem Menschen, jedem Tier, jeder Blume, die ihm begegnet. Aber nun ist es Winter und auch dieser hat seine ganz eigenen Gerüche. Die eisige, scharfkantige Luft, das feuchte, zischende Holz im offenen Feuer auf dem Platz, das nach Harz riecht, die muffigen Grabenhandschuhe. Rottmann nennt sie »faule Matronen«, weil sie nur die breiten Handflächen bedecken und fingerlos geliefert wurden für die flinke Benutzung des Abzugs.

Obwohl Fred schon lange nicht mehr zu Hause ist, weiß er noch, dass Mutters Wäsche nach Kernseife roch. Oftmals netzte sie die Handtücher zusätzlich mit einem Duftwasser aus Lavendel. Und wenn sie Schuhe wienerte, dann dufteten diese nach herrlichem Bienenwachs. Im Frühling am Fluss roch die Erde anders als im Herbst, frisch und neu, befreit von Kälte und Eis. Es war, als würde sich das gesamte Erdreich freuen, befreit von den Schneeschichten wieder durchatmen zu können. Während im Herbst der Geruch von faulem Laub deutlich hervortrat und die Müdigkeit der Bäume spürbar war, wenn er und sein Bruder Samuel durch die Wälder zogen.

Ja, so war es. Alles, was seine Mutter angefasst hatte, hinterließ eine eigentümliche Duftspur, an die er sich besonders in diesen Tagen erinnert und die tröstlich ist.

Ist das die Ernte in einem Leben, von der der Mann aus Nazareth sprach? Sind es nicht nur Dinge, sondern auch Düfte und liebevolle Worte, die zur Lebensernte gehören? Was bleibt eigentlich, wenn dies alles in sich zusammenfällt, Völker gegeneinander kämpfen, Menschen ihr Leben für die Politik lassen? Wenn die Bomben alles zermalmen und kein einziges Haus mehr steht? Verschwinden dann auch die Erinnerungen an das Gute im Menschen, einfach so?

Fred versucht sich wieder auf Knolles Anweisungen zu konzentrieren. Auch während der Übungen sitzt die Kälte in ihren Gelenken. Die Hände steif gefroren vom Halten der Waffen. Sport ist das nicht. Nur ein dämliches Gehopse, findet Fred verärgert.

Nun stehen sie auf dem überdimensionalen Übungsfeld – einem braunen Acker mit zehn Trainingseinheiten: acht Meter hohes Netz, aufgehängte Sandsäcke, Wassergräben, Sturzlöcher, drei Meter Seile, die an einer toten Eiche hängen. Neben ihm schlottert Franz, ein rundlicher 40-jähriger Familienvater, der jeden Tag einen Brief nach Hause schreibt und niemals eine Antwort erhält.

Fred zittert gehörig. Je kälter es wird, desto mehr spürt er sein verletztes Knie. Noch dazu hat ihn vorhin einer mit voller Wucht umgerannt. Wahrscheinlich ein Versehen von Klaus, dem Zahnarzt aus München, der allen beweisen muss, was für ein toller Sportler er ist. Und jetzt: 30 Kilogramm Gepäck. Als Training für einen Marsch von 45 Kilometer nach Saint Anne in der Nähe von Belgien.

Heute Morgen hat der Leutnant alle Männer vor Sonnenaufgang geweckt und zum Anziehen angetrieben. Ohne den geringsten Grund verlangte er von Fred eine Extrarunde um das Lager, die er, so schnell er konnte, lief. Ungeachtet seines hohen Tempos peitschte er ihn fortwährend mit Worten an. »Sie Flasche! Vier Minuten für diese kleine Strecke? Schaffen Sie nicht mehr? Wo kommen Sie eigentlich her? Aus Faulhofen? Lahmes Pack. Los, noch einmal.«

Jetzt gibt Klaus ihm einen Tritt in den Hintern. »Los, Scheller, lauf schneller.«

Ein anderer Kamerad, Stettner, schleppt sich erschöpft an ihnen vorbei. Obwohl er selbst fast keine Kraft mehr hat und vor Müdigkeit kaum den Mund aufbringt, brüllt er: »Scheller, du Weichei, streng dich an!«

Alle lachen. Höhnisch, gehässig. Einer der Soldaten gibt ihm einen Schlag auf den Hinterkopf. Wie Vater damals, als er betrunken war und sich über Mutter, Samuel und Fred lustig machte. Doch das Lachen klang immer auch verzweifelt, gerade so, als käme es direkt aus der unheimlichen Tiefe seiner kranken Seele.

Und obwohl Fred das alles vergessen wollte, kann er es nicht. Wie auch? Es hat sich eingebrannt. Mal für Mal.

Dass ihm Samuel in den Krieg gefolgt ist, daran ist Vater schuld. Er hat seinen jüngeren Sohn mit Schlägen aus dem Haus gejagt. Aber nicht nur das. Schläge allein reichten nicht aus, Samuel zu vertreiben. Daran war er ja gewöhnt. Sie alle wissen, dass Vaters Geringschätzung und Respektlosigkeit gegenüber der Arbeit, die er auf dem Hof leistete, der Grund dafür war, dass sich auch Samuel aus dem Staub machen wollte.

Nur Mutter war bei Vater geblieben. In guten wie in schlechten Zeiten. Geliebte Mutter, denkt Fred. Was du alles ausgehalten hast und trotzdem bist du geblieben.

»Scheller! Was geht nur in Ihrem kleinen Kopf vor? Wenn Sie nicht gleich spuren, dann werfe ich Sie in den Bau!« Fred wirbelt herum und sieht, wie ihm Knolle mit aufgerissenem Mund ins Gesicht schreit. »Hören Sie nicht? Alle warten auf Sie!«

»Jawohl, Herr Unteroffizier!«, ruft Fred so laut er kann. Sein Körper scheint gefroren.

»Extrarunden!«, brüllt jetzt Knolle. Seine Wangen, das gesamte Gesicht glüht rot. Fred blickt ihn erstaunt an. Hat Knolle denn schon vergessen, dass er die ganze Nacht Wache hielt? »Extrarunden, los, Soldat!«, schreit er erneut.

Fred beginnt todmüde zu laufen. Er läuft langsam, vornübergebeugt, das Haar hängt ihm ins Gesicht. Obwohl der Boden gefroren ist, meint Fred immer wieder einzusinken. Seine Beine wollen nicht mehr. Benommen läuft er um das gesamte Lager, Soldatennachtlager, Latrinen, Waschvorrichtung, Küchenzelt, Rotkreuzunterkunft.

»Zweimal«, lärmt Knolle, als Fred vollkommen erschöpft an die Gruppe herantrabt, die gerade schnaufend und stöhnend Liegestützen macht. Fred läuft weiter und hofft, sich bald ausruhen zu können.

Einmal bleibt er kurz hinter dem Küchenzelt stehen, legt die Hände auf seine Knie, um vornübergebeugt zu verschnaufen. Ich kann nicht mehr, denkt Fred. Er schnappt nach Luft, spuckt auf den Boden, hustet, um sich danach wieder aufzurichten. Weiter, lauf weiter. Als ein französischer Küchenjunge aus dem Zelt tritt – Fred schätzt ihn zwölf Jahre alt –, versucht er sich wieder in Bewegung zu setzen.

»Monsieur«, ruft der Junge, »voulez vous quelque chose à boire?« (Möchtest du etwas zu trinken?)

Jetzt bleibt Fred erneut stehen und prüft die Lage. In Sichtweite lässt Knolle die Männer antreten, schimpft mit einem Soldaten, dessen Schuhe schmutzig sind. Knolles Überprüfung der Kleidung wird sicher etwas dauern, denkt Fred. Schon schlüpft er neben dem Zelt weg und geht auf den Jungen zu. Er ist klein, zierlich und hat wache, hellblaue Augen, braunes Haar und eine Stupsnase. Er trägt saubere Kleidung, Pullover und Hose und eine äußerst schmutzige Küchenschürze, die ihm beinahe bis zu den Schuhen reicht.

Fred bejaht und erhält von dem freundlichen Jungen eine Tasse frisch aufgebrühten Pfefferminztee. Er spricht Französisch mit ihm, das er am Gymnasium gelernt hat.

Sein Name sei Pierre, er komme ursprünglich aus Monchy, erzählt das aufgeweckte Kind, und habe hier eine Stelle als Küchenjunge gefunden. Sein Vater sei gefallen, seine Mutter arbeite bei einer Telefongesellschaft, doch das Geld reiche nicht für die Familie. Er habe noch zwei kleinere Brüder, fünf und acht Jahre alt, die im Moment bei den Großeltern lebten.

Fred lächelt ihm aufmunternd zu. »Vermisst du deine Familie?«, fragt er auf Französisch.

»Oui, Monsieur«, gibt der Junge zurück und sein bekümmerter Blick bestätigt seine Aussage.

»Ich vermisse meinen Bruder auch«, meint Fred leise. Erst jetzt wird ihm schmerzlich klar, dass er Samuel womöglich nicht wiedersehen wird, dass er in Gefangenschaft geraten oder er ihn in einem dieser zahlreichen und blutigen Gefechte an der Westfront verlieren könnte, von denen jeder Soldat erzählt. Obgleich der Tee seinen Magen wärmt, fühlt sich dieser nun flau an.

Und dieser Junge namens Pierre, überlegt er gebannt, versucht sich und seine Familie über Wasser zu halten mit einer Arbeitsstelle als Küchenjunge beim Feind. Alles nur, weil wir Teile von Frankreich besetzt halten und uns Tag für Tag einen oder zwei Meter erkämpfen, um noch mehr von diesem Land zu erobern. Einem Land, das über Jahrhunderte von den Vorfahren dieses Jungen bewirtschaftet und gepflegt wurde. Was für einen Sinn macht das eigentlich?

Da fällt ihm plötzlich wieder ein, dass Knolle auf ihn wartet und seine Abwesenheit unter Umständen bereits entdeckt hat. Ihn durchfährt es heiß. Knolle wird das nicht einfach so hinnehmen.

Als Fred sich für den Tee bedankt, läuft der Junge ins Küchenzelt, schnappt sich ein Stück vom süßen Omelett, das der Koch vor wenigen Stunden in der Pfanne gebacken hat, und überreicht Fred ein Stück davon.

»Ich freue mich, wenn jemand mit mir Französisch spricht«, sagt er überschwänglich und schüttelt Fred die Hand. Seine eigene kleine

Hand ist voller Blasen und Schrammen von der vielen, anstrengenden Arbeit in der Zeltküche. Behutsam reicht ihm Fred die leere Tasse, lächelt und bedankt sich für Tee und das wunderbar glänzende Omelett.

Das Eigebäck schiebt er in einem Stück in den Mund und geht weiter, während der Junge ihm fröhlich nachwinkt. Erstaunlich, dieser Junge, denkt Fred, dass er für uns arbeitet. Wir sind doch der Feind.

»Nächstes Mal mache ich Kaffee!«, ruft ihm Pierre auf Französisch nach.

Erneut prüft Fred die Lage. Es scheint alles in Ordnung zu sein. Vorsichtig stiehlt er sich aus dem Schatten des Zelts.

Urplötzlich knallt ein Gegenstand gegen seinen Kopf und Fred fällt vornüber aufs Gesicht.

»He, Idiot, wo laufen Sie hin?«, fragt Knolle in belustigtem Tonfall. Neben Knolle stehen Stettner und Rust, die beiden Lieblinge des Unteroffiziers und gleichzeitig seine Handlanger. Offensichtlich haben sie ihn verfolgt und beobachtet, wie er sich bei Tee und Omelett ausgeruht hat.

»Anhalten geht nicht, Scheller. Wenn ich laufen sage, dann wird gelaufen!«, schreit Knolle. Er gibt den beiden Handlangern ein Zeichen. Die dreschen so lange auf ihn ein, bis er bewusstlos liegen bleibt.

KAPITEL 8

Fieber

Bad Berleburg, Sauerland
September 1910

Das Mädchen legte Fred einen Lappen auf die Stirn. Im Zimmer war alles abgedunkelt. Fred sah dunkelblaue Vorhänge an den hohen Fenstern mit vielen kleinen hölzernen Sprossen, die das spärliche Licht unvermittelt in mehrere Teile zerlegten.

»Wo bin ich?«, fragte er. Er fieberte und warf den Kopf hin und her, spürte sein hämmerndes Herz, das aus der Brust herausspringen wollte. Wieder lag eine kühle, weiche Hand auf seinem heißen Gesicht. Durch eine weiße Nebelwolke erkannte er nur einen schmalen Kopf mit gesunden, roten Wangen, dunkles Haar und eine kräftige Hand mit langen Fingern. Die Augen verschwammen wie die dunklen Konturen der Felsbrocken und Steine unter Wasser, die er soeben noch gesehen hatte.

Ist das ein Engel?, fuhr es ihm durch den Kopf. Wirklich ein Engel? Sein Geist war so aufgewühlt wie der Sandboden des reißenden Flusses, der ihm beinahe das Leben genommen hatte.

»Ruh dich aus«, sagte eine tiefe Altstimme, die ihn an die Stimme am Fluss erinnerte. Doch woher sie kam, konnte Fred nicht ausmachen. War er überhaupt am Leben? Als er sich die Augen rieb, blieb der Schleier, aber das Licht veränderte sich. Alles wurde ein wenig heller.

»Du musst etwas trinken«, sagte das Mädchen. »Hier.« Sie hielt ihm eine Tasse warmen Hagebuttentee hin.

»Danke«, sagte er erschöpft und trank. Das Getränk perlte seinen trockenen Hals hinunter. Er schmeckte sehr stark nach frischen Hagebuttendolden.

»Wir haben sie eben gepflückt«, sagte sie leise. Sie hielt ihm den Kopf. Als er aufsah, blickte er in grünblaue Augen, das eine unterschied sich vom anderen.

»Du hast zwei verschiedene Augenfarben.« Fred war überrascht. Sie lächelte. Ihr Gesicht war sehr schmal, doch braun gebrannt, die Lippen dünn. Ihre wohlgeschwungenen Augenbrauen wirkten dunkel und verliehen dem feinen Gesicht eine besondere Note, etwas Unnachgiebiges, Trotziges.

Der Tee schmeckte süß. »Ist das Zucker?« fragte er.

»Honig«, gab sie trocken zur Antwort.

»Danke.«

Sie öffnete das Fenster. Frische Luft drang in das kleine Zimmer, das schön ausgestattet war mit handgeschnitzten Möbeln aus Eichenholz, fein geölt. Es schimmerte sanft. Ein Stuhl mit geschwungener Lehne stand in der Ecke, ein kleiner Tisch aus demselben Holz, auf dem getrocknete Kornblumen standen, dazwischen einige frische Rosenblüten eingefügt.

Fred glitt mit der Hand über den Rahmen des Bettes, in dem er lag. Alles war in dezenten Farben gehalten. Die Möbel passten perfekt zusammen. Das Holz zu den blauen Gardinen, die Gardinen zur Bettwäsche, ja sogar das Kissen auf dem Stuhl am Fenster hatte dieselben Farbnuancen wie die Bettwäsche, abgesehen von zarten hellgelben Streifen. Die Sonne schien immer noch. Er kniff die Augen zusammen.

»Hast du mich aus dem Wasser gezogen?«, fragte er.

Jetzt drehte sie sich um. Sie trug eine weiße, hochgeschlossene Bluse mit kleinen Rüschen am Hals und einen langen, blauen Rock, bewegte sich darin sehr agil und schnell. Jeder Handgriff wirkte wie eingeübt. Er überlegte, ob sie viel arbeitete. Nein, so sah sie nicht aus. Direkt am Hals unter dem Kinn trug sie eine silberne Brosche mit eingelegten grünen Steinen auf allen vier Seiten. Die Steine passten zu ihren Augen.

»Ja. Wir haben auf dem Feld gearbeitet und deinen Bruder schreien gehört. Dann bin ich zum Fluss gerannt und habe gesehen, wie du Gesicht voran im Fluss hinuntergetrieben bist. Ich habe nach dir gerufen, aber du hast nicht reagiert.«

»Und Samuel? Was hat er getan?«

»Er lief ans Ufer, konnte aber nicht ins Wasser steigen, weil es an dieser Stelle viel zu hoch stand.«

»Und was hast du getan?«, fragte Fred erstaunt.

»Ich bin ins Wasser gestiegen und habe dich mit meinem Rechen herausgefischt.«

»Obwohl es da so tief war?«

»Na, ich bin etwas größer als dein Bruder, außerdem habe ich keine Angst vorm Wasser«, sie schmunzelte ein wenig.

»Der große Fisch hat Schuld«, sagte Fred. »Er hat mich mitgerissen.«

Sie lachte. »Der böse Fisch?«

»Vielleicht war es ein Lachs«, sagte Fred mit Stolz in der Stimme.

»Ein Lachs?«

»Die Lachse gehen den Rhein hoch, aber kommen nicht hierher.«

»Woher weißt du das?« Fred sah sie an. Sie legte ihre schlanken Finger auf das Bettende, dabei entdeckte er unter ihrer Hand die Holzintarsien, Rosen, Efeublätter, Holunderdolden. Sie waren so kunstvoll geschnitzt, dass Fred sie am liebsten berührt hätte.

»In meiner Familie angeln alle«, sagte sie mit einem Selbstverständnis, das Fred fremd war. Vater angelte nicht und Mutter erst recht nicht. Eine Frau am Fluss? So etwas hatte er noch nie gesehen. Frauen kümmerten sich um die Verarbeitung der Fische, ums Ausnehmen, Einsalzen, Braten, Kochen.

»Lachs haben wir noch keinen gefangen.« Sie kam auf ihn zu, nahm ein Kissen hinter seinem Rücken hervor, schüttelte es auf. Staub wirbelte im Zimmer auf.

»Auch deine Mutter angelt?«, fragte Fred erstaunt. Sie wandte sich von ihm ab. Tat so, als müsste sie die ordentlich zusammengelegte Decke auf dem Stuhl in der Ecke noch schöner falten. Sie drapierte sie mit ihren langen, schlanken Armen über die Stuhllehne. Jetzt entdeckte Fred den ernsten Ausdruck in ihrem Gesicht. Hatte er etwas Falsches gesagt?

»Natürlich, sie ist sogar die Beste von uns allen. Sie zieht die größten Fische aus dem Fluss«, sagte sie mit Nachdruck, als müsste sie etwas verteidigen. Doch jetzt hielt sie ihre Hände hoch, bewegte die Finger in der Luft wie eine Klavierspielerin. »Das liegt an ihrem ausgeprägten Fingerspitzengefühl.«

»Fliegenfischen?«

Sie nickte. »Ich stehe oft im Wasser beim Angeln. Ich habe keine Angst vor Strömung und glatten Steinen.«

Das war also die Erklärung dafür, dass sie ihn aus dem Wasser gezogen hatte. Fred sah sie nachdenklich an. Eben noch war er von der Flut den Flusslauf hinuntergetragen worden. Angst und Panik hatten ihn ergriffen. Doch jetzt, in der Gegenwart dieses Mädchens, schien sich diese Vorstellung zu einer behaglichen Rückschau zu wandeln, die vollständig ihren Schrecken verlor. Plötzlich erinnerte er sich an das hinreißende Licht unter Wasser, das zarte Schimmern: weiche Bündel aus Sonnenstrahlen, die im milchigen Wasser den sandigen Grund abtasteten. Und wenn das goldene Licht auf die schwarzen Steine traf, dann schimmerten sie lila.

»Wie ist eigentlich dein Name?«

»Friederike«, sagte sie bestimmt, dabei lächelte sie. Ein unerhörtes Lächeln, dachte Fred. »Aber die meisten, die mich kennen, sagen ›Fanny‹ zu mir.« Stille.

»Danke«, sagte er plötzlich und sie sah ihn verdutzt an.

»Wofür?«, fragte sie.

»Ich dachte, ich würde ertrinken.«

»Ja, aber nur, weil du es nicht gewagt hast, aufzustehen«, sagte sie spitz.

»Was? Du meinst, ich hätte einfach aufstehen können?« Seine Frage klang beinahe ein wenig verzweifelt.

»An der Stelle schon.« In seinem Kopf fuhren Gedanken wie Gewitterblitze hin und her. Hätte ich mich selbst retten können?

Weshalb habe ich nicht mit den Füßen den Flussboden abgetastet? Wieso dachte ich eigentlich, ich sterbe? Hält sie mich jetzt für einen Trottel?

Sie sahen sich in die Augen, in Gedanken vertieft, grüblerisch, als müssten sie beide ein Rätsel auflösen.

»Man sollte das Gelände kennen, in dem man sich bewegt«, sagte sie ein wenig naseweis. Nun legte sie die Hände auf ihre schmalen Hüften.

»Wieso sagst du das?«, fragte er gekränkt. Schließlich kannte er das Rothaargebirge, die Flussläufe, die Kiesinseln, zärtlich umschlossen vom eiskalten Strom, darin die großen Felsen, an denen Astwerk und Laub hängen blieb, wusste um beinahe jedes überdachte Nest der Elstern. Und wenn er sich den brütenden Eltern näherte, ging das ohrenbetäubende Rufen und das Geklapper ihrer Schnäbel los.

Friederike strich sich das Kleid glatt, das bereits perfekt saß. Sie hob zum Reden an, bemerkte aber, dass Fred sehr erschöpft war. Deshalb sagte sie leise: »So schön die Natur ist, so viel sie uns gibt, kann sie innerhalb eines Augenblicks zum Gegner werden. Im Winter gibt es so viel Schnee, dass wir mit keinem Wagen mehr die Stadt erreichen. Im Sommer droht auf dem Feld der Hitzschlag, wenn ich keinen Hut trage. Auf all das muss ich vorbereitet sein. Und wenn ich in den Fluss falle, muss ich wissen, wo ich anlanden kann.«

Obwohl er beinahe eingenickt war, hob er die Augenlider und blickte in ihre Augen. Diese blitzten kämpferisch, doch ihr Mund wirkte nicht hart oder arrogant, sondern weich. Wie alt war sie eigentlich? Hatte er Mutter oder Vater jemals so klug reden gehört? Er konnte sich nicht erinnern. Eins wusste er aber: Vater hätte ihn nicht aus den Fluten gerettet, wie sie es soeben getan hatte. Vater hätte versagt. Das stimmte ihn traurig.

Friederike stellte sich neben ihn ans Bett, während sich Fred an die Schläfe fasste. Erst jetzt bemerkte er, dass er eine kleine Bandage trug.

»Du hast hier was abgekriegt«, sagte sie leise. Mit der linken Hand fasste er sich an den Kopf, tastete nach dem Zellstoff und dachte, gut, dass ich noch am Leben bin. Die Augenlider sanken auf seine müden Augen und er glitt erneut in einen tiefen Schlaf.

Kapitel 9

Instinkt

Ausbildungslager
November 1914

Als er die Augen öffnet und sich mit der rechten Hand an den brummenden Kopf fasst, macht sich etwas an seinem Gesicht zu schaffen. Es ist feucht und warm. Ist das seine geliebte Fanny, die zärtlich mit einem Lappen über sein Gesicht fährt? Nein, das hier fühlt sich doch ganz anders an. Nun ist er sich nicht mehr sicher, wo er sich befindet, denn er spürt weder ein flauschiges Kissen an seinem Kopf noch ein bequemes Bett unter seinem malträtierten Rücken.

Langsam tastet er nach seinem Gesicht. Augen und Hände sind geschwollen, während die Prellungen an Rücken, Armen und Beinen einen bohrenden Schmerz aussenden. Jetzt endlich wird ihm klar, wo er sich befindet: im Ausbildungslager. Der Geruch nach kaltem Fett, frischem Zigarettenrauch und dieser sonderbare Klang von wild durcheinander sprechenden Männerstimmen werfen ihn jäh in die Wirklichkeit zurück. Er muss mehrere Stunden besinnungslos gewesen sein, denn draußen ist es bereits wieder dunkel.

Eine warme Zunge leckt erneut seine Wangen, dann seine Nase, seinen Hals. Das Geschöpf winselt leise. Als Fred die Augen öffnet, erkennt er Bruno, Sprantzls Hund.

»Oh nein!«, stöhnt er. »Was ist denn …?«

Erneut ein Stöhnen, weil er sich aufzurichten versucht und ein gemeines Stechen durch seinen Rücken schießt. Fred wird gewahr, dass er aufs Übelste verprügelt wurde. Leutnant Knolle und seine Männer haben ganze Arbeit geleistet. Wie eine liebevolle Krankenschwester fährt Bruno mit seiner warmen Zunge pausenlos über sein zerschlagenes Gesicht, dessen Wunden brennen. Dieser Knolle! Fred kennt seine Absichten nur zu gut. So oft hat Knolle beim Exerzieren von einem handgeschriebenen Papier abgelesen, nein, auf sie heruntergebrüllt: »Nationalstolz, Mut und militärischer Eifer sind hier gefragt, meine Damen. Alles andere sparen Sie sich für zu Hause auf! Eine instabile Lücke im Korps oder in einem Zug kann so gefährlich sein wie Tuberkulose oder die Ruhr!«

Das Endergebnis seines Drills zeigt sich allerdings anders: in Wetteifer, Stolz und Neid, Eigenschaften, die im Korps um sich greifen und dazu führen, dass Rekruten schon für Kleinigkeiten in allzu regelmäßigen Abständen vermöbelt werden.

Bruno schubst ihn freundlich mit der Nase an. »Ich steh ja schon auf«, sagt Fred, stellt sich auf Knie und Hände. Jetzt, wo er den Kopf hebt, bemerkt er, dass sie ihn nicht einfach liegen gelassen, sondern in das Küchenzelt mit den Vorräten gelegt haben, damit die Prügelei nicht auffällt und sie von Oberleutnant Sprantzl nicht zur Rechenschaft gezogen werden. Als er aufsteht, stößt er den Kopf an einem Brett, auf dem Dosenvorräte stehen. Jede Menge Dosenfleisch, Bohnen, Trockenwurst, Kaffee, Mehlsäcke, Zwieback.

»Danke dir«, sagt er zu Bruno, der ihn auf Schritt und Tritt begleitet. Als Fred an sich herunterschaut, bemerkt er, dass sein Trainingszeug voller Blutflecke ist. Er fasst sich ins Gesicht und spürt eine Wunde am linken Auge, ertastet eine Kruste. »Scheißkerle«, sagt er wütend, dabei winselt Bruno laut. »Schsch, Bruno, leise.«

Fred tritt aus dem Zelt und sieht, wie ein ganzer Zug der Kavallerie neben dem Ausbildungsplatz der Infanterie steht. Drei Männer inspizieren die Pferde, untersuchen die Tiere, prüfen die Knie und die Hufe. Um diese Zeit? Was ist denn plötzlich los?

Langsam nähert sich Fred der Kavallerie. Sogleich fällt ihm auf, dass manche Pferde an Rumpf oder Hufen bluten. Ein Pferd, das sich etwas von der Gruppe abgesondert hat, wiehert ununterbrochen, schlägt mit den Hinterhufen aus, zieht an den Zügeln, die der überforderte Reiter hält.

Unverzüglich setzt Freds Instinkt ein. Er geht auf das unruhige Pferd zu, hebt ganz ruhig und sachte die Hand und spricht mit leiser Stimme: »Ho, ho.« Es ist ein brauner Hannoveraner mit schwarzen Fesseln und einer wunderschönen, unregelmäßigen weißen Zeichnung am Kopf. Das stolze Tier ist äußerst nervös und aufgewühlt, wendet sich nach allen Seiten, während der Kavallerist vergeblich versucht, das Tier zu beruhigen.

»Ist schon gut, ist gut«, sagt Fred leise und das Pferd bleibt einen Augenblick stehen. Dann senkt es den Kopf und atmet aufgeregt ein und aus, aus den Nüstern braust die warme Luft, während Fred an das Pferd herangeht und mit zarter Hand über seinen Hals fährt. »Du Wunderschöne. Ganz ruhig.«

Obwohl Fred sich nun mit dem Pferd beschäftigt, streicht Bruno immer noch um seine Beine. Schließlich setzt er sich mit schief gelegtem Kopf neben das Pferd, spitzt die Ohren und beobachtet das hochgewachsene Tier, das nun ruhig und langsam atmend Freds sonorer Stimme lauscht. Eine Weile hört es ihm gebannt zu, dann schreckt es auf und wirft den Kopf zurück.

»He, du kennst dich wohl aus mit …«, beginnt der junge Reiter des Pferdes mit lauter Stimme, aufgebracht und erschöpft vom anstrengenden Ritt und den Eskapaden des Pferds, doch Fred hebt gebietend die Hand. Still, leise.

Augenblicklich senkt sich Lautlosigkeit über die beiden. Langsam fährt Fred mit seiner Hand über Hals, Rücken, Brustkorb des Tiers, gleitet mit den Fingern zu den Beinen, prüft die Fesseln und Hufe. Da, im rechten Bein steckt ein kleines, kantiges Stück eines Schrapnells.

»Das muss sofort entfernt werden!«, sagt Fred.

»Was, wo, was ist?«, will der Reiter wissen.

»Wo ist der Tierarzt?« Fred blickt sich suchend um.

»Welcher Tierarzt?«

»Habt ihr keinen Tierarzt bei euch? Einen Veterinär, der die Pferde betreut?«

»Doch, Oberveterinär Bauer, der reitet immer mit uns mit. Wahrscheinlich ist der irgendwo da drüben am Zapfen. Es sei genügend Nachschub da, sagt Bauer immer. An Pferden ... und Wein«, gibt der Reiter etwas verlegen zur Antwort, ein junger Mann von Anfang 20 mit rotem Haar. Seine leuchtend blauen Augen starren Fred verwundert an. Die gestärkte Artillerie-Uniform, dunkelblau, sauber und adrett, steht ihm so gut, dass er sie stolz zur Schau trägt. Er zeigt auf eine Gruppe von Reitern, die um ihre Tiere herumstehen und sich ratlos die Verletzungen der Tiere ansehen.

Fred hat verstanden. Schon wieder einer dieser vermeintlichen Tierfreunde – ein Tierarzt, dem ein Glas Wein wichtiger ist als das Wohl der Tiere, und das, obwohl er sich gerade im Fach Tiermedizin ausbilden lässt. Wütend über diese Erkenntnis geht Fred kurzerhand auf die Tiere und ihre Reiter zu. Die Pferde sind unruhig, stampfen laut auf, wiehern und legen sich mit ihren Herren an, die sie harsch am Zaumzeug zurückreißen.

Mit ruhiger Stimme spricht Fred zu einem Pferd, das von der Gruppe am meisten außer Rand und Band ist. Schnell reicht ihm der Reiter, der mit dem Tier überfordert zu sein scheint, die Zügel und stellt sich zur Seite, um keinen Tritt abzubekommen. Die Gesten von Fred sind still und achtsam, sodass das Pferd endlich zur Ruhe kommen kann. Es bleibt stehen, sieht ihn neugierig an. Fred geht sachte auf das Tier zu, streichelt es zärtlich am Kopf, flüstert ihm etwas ins Ohr, während die aufgewühlten Reiter entgeistert starren. Fragen liegen in der Luft. Wer ist das? Was tut der da? Verdammt, spricht der mit den Gäulen?

Auch die anderen Tiere beruhigen sich jetzt. Erst jetzt sieht Fred die Verletzungen der Pferde. Kleine Schrapnellsplitter in Waden und Hinterteilen, ein Pferd hat es besonders schlimm erwischt. Es blutet am Oberschenkel aus einer klaffenden Wunde.

»Wo ist der Tierarzt?«, fragt Fred noch einmal ungeduldig.

Ein kleiner, untersetzter Hauptmann schreitet plötzlich auf ihn zu und brüllt ihn an. »He, Soldat, was hast du hier verloren?« Jetzt erkennt er, dass Fred voller Blut ist, und zischt verächtlich: »Siehst aus wie ein Schwein, wasch dich mal«.

Es ist ein Déjà-vu. »Wasch dir den Dreck aus dem Gesicht«, hört Fred Vater schreien. Doch hier und jetzt schenkt er dieser Bemerkung keine Beachtung. Etwas anderes hat nun Vorrang. Nämlich die Tiere. Diese armen Tiere.

»Ich suche den Tierarzt. Da drüben ist ein schwer verletztes Pferd. Auch diese Tiere hier brauchen einen Arzt«, gibt er mit kerniger Stimme zurück.

Erstaunt und zugleich erbost glotzt ihn das zusammengekniffene Augenpaar an. »Nix da«, gibt der Mann von sich, »wir reiten in ein paar Stunden weiter.« Der kleine Hauptmann mit hochgeschlossener Jacke, glänzenden Stiefeln und scharfer Rasur herrscht ihn ungehalten an. »Die Gäule müssen durchhalten, bis wir das wässrige Dreieck zurückerobert haben.«

Er spricht vom Grabendreieck, das sich ganz in der Nähe an einem kleinen See befindet. Die Engländer haben es sich vor einigen Tagen angeeignet. Mit herausfordernder Miene blickt er Fred in die Augen und dieser spürt, was er sagen will: Du jämmerlicher Soldat, siehst du nicht, was wirklich zählt? Sterben und Tod fürs Vaterland.

»Wo ist Ihr Tierarzt?«, fragt Fred erneut, diesmal mit eiserner Stimme, doch sein Herz schnürt sich zusammen. Er möchte ruhig bleiben, nur keine Fehler machen. Denn er ahnt, dass Streit im falschen Augenblick nicht zu einer Lösung, sondern zur Katastrophe führen könnte. Niemals würde er aus reinem Stolz ein Tier einfach leiden lassen, weil er sich mit den falschen Leuten anlegt. Mutter wäre enttäuscht und hätte gesagt: »Für Dummheiten ist das Leben zu kurz.«

Doch dieser Hauptmann antwortet nicht, sondern ist damit beschäftigt, eine Zigarre anzuzünden. Lange zieht er an dem braunen Krautstummel und spuckt dann lässig auf den Boden.

Fred lässt sich nicht so schnell entmutigen. Mit einem knappen Gruß verabschiedet er sich vom Hauptmann und macht sich auf den Weg zum Lager. Gedankenkreisen. Wo kann ich Werkzeug auftreiben? Ich brauche Alkohol zur Desinfektion, Nadel und Faden, ich brauche etwas, um das Pferd zu beruhigen. Wo kann ich das finden?

Im Lager sieht er sich um, überlegt angestrengt. Soll ich die Ärzte im Lazarett anfragen? Sie könnten mir Alkohol leihen, Beruhigungsmittel für Operationen, Nadeln. Ich könnte dort auch Faden besorgen, müsste ihn einfach doppelt aufziehen.

Nun rennt er ins Lazarett auf der anderen Seite des Lagers. Als er das Zelt öffnet, das spärlich mit Petroleumlampen beleuchtet ist, sieht er, wie ein armer Kerl auf einem lottrigen Operationstisch liegt. Ein Arzt steht dabei und operiert eine Schusswunde am Unterleib. »Wir sind gleich fertig«, sagt der Arzt ruhig, aber mit eiserner Stimme. Eine Krankenschwester beugt sich über den Kopf des Soldaten, hält ihm die Narkosemaske auf Nase und Mund, streichelt ihm über das Haar.

Mit einem Mal fällt Fred auf, wie blutig die Schürze des Arztes ist. Wie viele Soldaten dieser Arzt heute schon operiert hat? Es riecht stark nach Äther, nach Blut, Schweiß und Eiter. Niemand beachtet Fred sonderlich, der stumm und interessiert zusieht. Lediglich die Krankenschwester hebt für einen Augenblick den Kopf, schaut zum Eingang, senkt aber sogleich wieder den Kopf.

Es herrscht eine verhaltene Stille im Lazarett. Rund 20 Verwundete liegen Pritsche an Pritsche auf weißen Laken, frischen Kissen. Alles erinnert an ein ordentliches Krankenhaus. Nur in der Ecke, zwei Meter neben dem Operationstisch, türmen sich am Boden blutige Laken und schmutzige Wäsche: Überbleibsel von den zahlreichen Eingriffen, die die Ärzte in den letzten Wochen ausführen mussten. Entfernung von Granatsplittern, zahlreiche Amputationen zertrümmerter Extremitäten.

Die Krankenschwestern in tadelloser, blauer Arbeitskleidung und einer weißen Schürze, auf dem Kopf eine Haube, an den Füßen schwarze hochgebundene Lederschuhe, kreisen leise um die Verwundeten, um die Schlafenden nicht zu wecken, flößen ihnen Wasser oder Kartoffelsuppe ein, wechseln Verbände und reden den Schwerverletzten, die amputiert werden mussten, gut zu. Lediglich ihr Haar zeugt von tagelanger Arbeit ohne Rast, mit durchwachten Nächten. Den meisten Krankenschwestern hängen lange, ungekämmte Haarlocken ins Gesicht, die sie hin und wieder mit den Händen nach hinten legen. Hie und da bleibt auch eine Strähne am schweißbedeckten

Gesicht kleben, weil es, obwohl Winter und nicht geheizt, allzu warm ist im Zelt.

Zögernd geht Fred über den einfachen Bretterboden. Wo könnten die Dinge sein, die ich für eine Behandlung brauche, überlegt er.

Plötzlich rempelt ihn jemand von hinten an. Fred fährt herum. Es ist ein älterer Mann, offenbar ein Arzt, Schnurrbart, freundliches Lächeln, unrasiertes Kinn, Zigarette im Mund, Augen wie die eines Adlers. Er macht einen Schritt auf ihn zu, zieht ihn am Arm aus dem Zelt.

»Moin, moin, was is' los, Fründ. Hia, gönn' di wat.« Er reicht ihm eine Zigarette und lächelt ihn an. Dann wird er ernster, wechselt ins Hochdeutsch. »Was machst du hier?«

»Ich, ich ...«

»Na, suchst du was?«

Weil ihm der Arzt lächelnd in die Augen blickt und Fred sich seine Hilfe erhofft, antwortet er: »Ich suche Nadel und Faden. Einige Pferde der Artillerie sind verletzt. Ich will ihnen helfen.«

»Hm, hm, ich weiß nicht recht«, sagt der Arzt und mustert ihn nachdenklich.

»Ich bin Student der Tiermedizin im zweiten Semester. Ich habe schon oft gesehen, wie Tiere aufgeschnitten, operiert und wieder vernäht wurden. Ich muss den Pferden helfen. Sie leiden. Ich kann das!«, gab Fred zu bedenken.

Der Arzt nimmt einen tiefen Zug von der Zigarette, tippt mit dem Finger die Asche von der Spitze und spuckt auf den Boden. Dann kratzt er sich am Kopf. Sein Haar ist fettig, das Gesicht schmutzig. In den letzten Tagen kamen unerwartet viele Verletzte ins Lazarett. Eine Aufnahmekontrolle gibt es nicht. Die jungen Soldaten haben noch nicht gelernt, die Lebenden von den Toten zu unterscheiden. Manche, die im Lazarett ankommen, sind schon Stunden tot.

»Na, das ist doch was«, sagt der Arzt überzeugt. »Du wartest hier.«

Er verschwindet im Zelt. Unsicher, was nun folgen wird, harrt Fred aus. Was, wenn etwas schiefläuft? Wenn der Arzt ihn nun verpfeifen wird, könnte er dafür entweder im Bau landen oder direkt an die Front versetzt werden. Nein, denkt Fred, ich muss dafür sorgen, dass die Pferde verarztet werden.

Nach einigen Minuten kommt der Arzt zurück und übergibt ihm einen Korb mit den größten Operationsnadeln, die er auftreiben konnte, Faden, Tupfer, Zellstoff, einer großen Flasche Äther.

»Hier. Die Dosierung des Äthers musst du selbst berechnen. Du bist der Tierarzt. Sei sparsam damit. Manchmal gibt es Schwierigkeiten mit den Lieferungen. Besonders, wenn es die Fliegerstaffeln auf unsere Transporte abgesehen haben. Die letzten zwei Transporte haben es nicht unversehrt geschafft. Und wenn du noch was brauchst, gib mir Bescheid.«

Erstaunt und überwältigt blickt Fred den Lazarettarzt an, der ihm freundlich zuzwinkert. »Wie kann ich Ihnen nur danken?«

»Wichtig ist, dass wir als Ärzte alles tun, was in unserer Macht steht. Nun geh!«

Schnell nimmt Fred die Sachen an sich und gibt dem Arzt die Hand. »Danke, vielen Dank!« Fred blickt ihm in die warmen Augen. Sie sind wohlwollend, aber traurig.

Der Arzt legt ihm die Hand auf die Schulter. »Alles Gute!«

Soeben ist die Sonne untergegangen. Am Horizont zeigen sich goldgelbe und rote Streifen, während graue Wolken über das Lager ziehen. Fred findet keine Worte für so viel Freundlichkeit.

»Los, los, verschwinde!«, drängt ihn der Arzt und geht zurück zu seinen Patienten.

Jetzt eilt Fred zurück zu den Pferden. Bei der Kavallerie angekommen, stellt er den Korb beiseite, schleppt einen Ballen Stroh heran, der unter einem Zeltdach liegt, und verteilt das Stroh auf einer großen Fläche. Er hört Männer schreien, Pferde wiehern und ein Klatschen wie das einer Peitsche. Als er sieht, wie ein junger Kavallerist mit einer Reiterpeitsche ein Pferd schlägt, das sich einfach nicht beruhigen lassen will, immer wieder aufspringt, laut wiehert, läuft er hin und stellt sich vor den Mann. »Halt, hören Sie auf. Das bringt doch überhaupt nichts!«, schreit er und reißt dem jungen Reiter die Peitsche aus der Hand.

»He«, ruft der Reiter aufgebracht, »sind Sie nicht ganz bei Trost?«

»Das Pferd ist verletzt, sehen Sie das denn nicht?«, gibt Fred ungehalten zurück. Der junge Reiter will wütend zurückrufen, hebt reflexartig die Hand, als wolle er Fred schlagen, doch ein anderer Kavallerist, der die Szene beobachtet hat, zwingt ihn zur Raison. Es ist ein junger, schlanker Mann, mit einem runden Gesicht und freundlichen Augen. Er nimmt den Reiter beiseite, sodass Fred sich um das Tier kümmern kann.

»Ruhig, ruhig, ho, ho«, sagt Fred und hält seine offene Hand hin. Sobald er mit dem Pferd zu sprechen beginnt und langsam auf das Tier zugeht, senkt es den Kopf, schnaubt, atmet ruhiger. Allmählich kommt das Tier zur Ruhe und bleibt einen Moment stehen. Es gelingt Fred, sich dem Tier zu nähern und seinen Hals zu streicheln. Gebannt und mit fragenden Augen sehen ihm die anderen Reiter zu. Nun führt er das Tier zum Stroh, das auf dem Boden ausgelegt wurde, und bindet die Zügel an einen Pfosten. Aus dem Korb angelt er sich ein wenig Zellstoff und tropft vorsichtig den Äther darauf.

»Was tun Sie?«, will der junge Reiter wissen, der sich ihnen nun wieder genähert hat. Erneut wird das Pferd unruhig.

Fred gibt flüsternd zur Antwort: »Kommen Sie nicht näher. Ich bitte Sie. Das Pferd hat eine schwere Verletzung. Ich werde es operieren.«

Der junge Mann mit den freundlichen Augen bringt zwei taugliche Lampen, die den Ort ausleuchten sollen, und stellt sie auf den Boden. Dann stellt er sich zwischen Fred und die anderen schaulustigen Männer und versucht, die Gemüter zu besänftigen. »Lasst ihn machen, lasst ihn, der Oberveterinär Bauer ist noch nicht aufgetaucht. Keine Ahnung, wo der wieder ist. Der junge Tierarzt soll sich um die Tiere kümmern!«

Als das Tier von Fred mit Äther beruhigt werden konnte und sich nun erschöpft hinlegt, hält der Kavallerist dem Pferd die Narkosemaske vor die Nüstern, während Fred mit der Operation beginnt. Mit einer Operationszange zieht er zwei Schrapnellsplitter aus dem linken

Lauf des schlafenden Pferdes, desinfiziert und vernäht die Wunde. Kurze Zeit später kommt das Pferd wieder zu sich und wird abgeführt. Fred gibt Anweisung, wie es in den nächsten Tagen behandelt werden muss. Es soll sich mindestens zwei Tage von den Strapazen erholen können.

Als sich Fred in einer Wasserschüssel die Hände wäscht, die jemand herangetragen hat, sieht er, wie sich die Kavalleristen mit ihren Pferden aufgereiht haben, um ihre verletzten Pferde behandeln zu lassen. Die Männer hören auf den jungen Veterinär.

Das zweite Pferd ist ein Rappe, der sich ein Bein am Stacheldraht aufgerissen hat. Die Wunde blutet stark und das Pferd leidet offenbar unter Schmerzen. Sie betäuben das Tier mit einer Chloroformmaske aus Tüchern, danach warten sie einen Augenblick, bis das Pferd ruhig auf dem Boden liegen bleibt und schläft. Fred wäscht seine Hände in einem Becken mit Wasser und Seife, reinigt die Verletzung mit Alkohol, vernäht die tiefe Schnitte vorsichtig, Stich für Stich, und verbindet die Wunde mit einem dicken Verband. Die Männer flüstern, während sie die Operation fasziniert beobachten. Während Fred die Wunde vernäht, sagt ein Soldat mit tiefen Aknenarben im Gesicht zu einem Kameraden: »Der ist doch viel zu jung, um ein Veterinär zu sein.«

Alle starren gebannt auf Freds flinke Hände, dann auf sein Gesicht. Im Licht der Petrollampen wirkt Fred noch jünger als sonst. Seine dunklen Augen, die braunen, wild geschwungenen Augenbrauen und die glatte Haut leuchten zart im Schimmer der Laterne. Er schwitzt. Der Narbige tupft ihm den Schweiß aus den Augen. Fred nickt ihm dankend zu.

»Was macht der da?« Alle schütteln ratlos den Kopf.

»Wieso werden Tiere eigentlich wie Menschen operiert?«

»Bist du vom Mond? Wir leben in modernen Zeiten!« Fred spricht langsam und konzentriert, während er näht. »Es werden inzwischen sogar aseptische Kastrationen mit Primärverschluss der Operationswunde gemacht, wir decken ab mit feuchten Tüchern, desinfizieren mit Lysol. Die Tiere erhalten Morphin unter die Haut und manchmal auch Äther in den Hintern.«

»Äther im Hintern«, lacht der narbige Soldat. »Schläft man dann besser?«

»Nun, das Tier spürt dann nichts während der Kastration.«

Der Kamerad ruft dem Narbigen zu: »Sissel, das wär' doch was für dich. Du läufst doch jedem Rock nach.«

»Schnauze.« Der Narbige knallt ihm eine auf den Hinterkopf. Plötzlich zuckt das Pferd am ganzen Körper, schläft aber weiter.

»Psst«, befiehlt Fred. »Leise.«

* * *

In dieser Nacht operiert Fred fünf verletzte Pferde und behandelt zwei weitere Pferde mit Fesselbeinfrakturen mit einer alternativen Methode. Oberveterinär Bauer hingegen schläft tief und fest in einem Offizierszelt seinen Rausch aus.

Anfangs beäugt man den jungen Mann misstrauisch, manche verspotteten ihn, machen Witze. Doch je länger die arbeitsame Nacht andauert, desto stärker wächst die Bewunderung für den jungen Nachwuchsarzt, der sich bis morgens um 2:30 Uhr um die Tiere kümmert. Als er dem letzten Patienten einen Verband um den Hals wickelt und dem schlafenden Pferd über das kurze Fell streicht, überfällt ihn eine große Müdigkeit. Es ist ihm nicht mehr möglich, einen klaren Gedanken zu fassen. Plötzlich sagt ein Kamerad, der ihm bei der Operation geholfen hat, zu ihm: »Verrückter Kerl, so was habe ich noch nie gesehen.« Er sieht Fred in die Augen. Bewunderung und Erstaunen liegen in seinem Blick.

Alle Tiere werden auf Freds Geheiß in ein nahe gelegenes Erholungslazarett gebracht, wo die Tiere genesen können. Die Luft ist kalt und alles ist in ein milchig gelbes Licht getaucht. Erst jetzt, wo seine Arbeit erledigt ist, beginnt Fred zu schlottern. Aufmerksam legt ihm ein Kamerad seinen Mantel über die Schultern. »Los, Zeit zu schlafen«, sagt er leise und anerkennend.

Was für eine Nacht, denkt Fred. Alles tut ihm weh. Er reibt sich den steifen Nacken und die schmerzenden Schultern, während er ans Waschbecken tritt. Dabei muss er an seinen Professor an der

Uni denken. Der alte Glatzkopf Müller. Was hätte er wohl dazu gesagt?

Und obwohl er vorher noch nie ein Pferd operiert hatte und sein anatomisches Wissen, das er ausschließlich aus Büchern kannte, immer noch bescheiden ist, ist es ihm in dieser Nacht gelungen, die verletzten Pferde zu retten. Das macht Fred stolz und glücklich.

Wenn das nur Vater gesehen hätte, denkt er, als er sich die Hände wäscht und mit einem Handtuch abtrocknet. Wäre er dann vielleicht doch ein bisschen stolz auf seinen ältesten Sohn?

KAPITEL 10

Familie

Bad Berleburg, Sauerland
September 1910

Am Morgen des folgenden Tages wachte Fred im Haus der Hohensteins ausgeruht auf und zog sich an. Das Licht fiel schwach in das Zimmer, das Friederike für ihn hergerichtet hatte. Seine Kopfschmerzen waren verflogen und einem Gefühl der Ruhe und Sicherheit gewichen.

Sachte zog er sich an und stieg die Treppe hinunter. Aus dem Wohnzimmer hörte er Stimmen. Sie klangen munter, ein fröhliches Getümmel an hohen und tiefen Resonanzen. Erstaunt blieb er stehen. Ein beipflichtendes, liebevolles Gespräch wurde hier in diesem Haus geführt. Als er an die Tür anklopfte und einen Moment wartete, rief die Hausdame: »Komm rein, wir beißen nicht!«

Fred trat in eine große Stube, die mit schönen, urigen Holzmöbeln bestückt war. Auf den Sesseln lagen dicke, braune Kissen. Die sauberen Gardinen waren aus schwerem Samt. Auf dem Boden lag ein dicker Teppich. Direkt gegenüber dem großen, dunkelgrünen Kachelofen stand ein runder, glatt polierter Esstisch aus dunklem Kirschbaumholz, an dem eine große Familie saß. Die Eltern sahen ihn neugierig an.

»Moin, Moin«, rief die Mutter freundlich. Sie trug eine Sonntagstracht. Der Vater bedeutete ihm, sich an den freien Platz zu setzen, doch er blieb aus Höflichkeit stehen.

Vorsichtig schaute sich Fred in der friedlichen Familienrunde um. Weil er sich wie ein Eindringling vorkam, der die familiäre Eintracht störte, entschuldigte er sich: »Verzeihung ... guten Morgen.«

Alle, außer die beiden kleinsten Mädchen am Tisch, lächelten ihn an. Offensichtlich war Friederike die älteste von fünf hübschen Töchtern. Ihre kleinen Geschwister aßen zufrieden ihre Brötchen, tranken Milchkaffee oder heiße Schokolade und sprachen aufgeregt über Hühner, Ballspiele, einen Igel, der sich nachts laut schmatzend an den Äpfeln unter den zahlreichen Obstbäumen vor dem Bauernhaus zu schaffen machte. Als Fred weiter stehen blieb, unterbrachen sie ihr Geplauder und sahen ihn neugierig an.

»Ich danke Ihnen«, sagte Fred leise, »dass ich mich hier ausruhen durfte.«

»Na, na, mach mal keene Fisimatenten hier und setz dich«, sagte die Mutter und schaufelte ihm ohne zu fragen alles Mögliche auf den Teller. Fred staunte über das üppige Frühstück auf dem Tisch. Frische Butter, Brötchen, Hefezopf, Marmelade, eine große Auswahl an Käse, Kräuter-Rührei, Trockenwurst. Alles war auf schönen Platten angerichtet.

»Vater, die Wurst schmeckt ja wie eingeschlafene Füße!«, rief eins der Mädchen. Die kleineren giggelten und lachten, während Friederike sich für ihre Familie zu schämen schien. Fred war es nicht entgangen, aber er verstand es nicht.

Warum schämt sie sich? Ich hätte auch gerne so eine Familie.

Zögernd, aber hungrig begann er zu essen, erst ein Stück Käse, dann strich er sich ein Butterbrötchen mit Wurst. Die Wurst schmeckte vorzüglich, würzig und scharf.

»Kaffee?«, wollte die Hausherrin wissen. Er nickte, mochte nicht antworten mit vollem Mund.

»Det is een stiller Piefke«, sagte die Mutter mit einem Lachen. Fred wusste nicht, woher ihr Dialekt stammte, doch wusste er, dass er mit dem Piefke gemeint war.

Die Mädchen aßen fleißig. Es schien, als könnten sie gar nicht aufhören zu essen. Inzwischen sprachen alle durcheinander. An diesem Tisch wurde laut und mit Nachdruck diskutiert. Manchmal klopfte eine Hand auf die Platte, meist war es die Hand der Mutter. Die Mädchen ließen sich nicht davon abhalten, ihre Meinung kundzutun. Alles drehte sich um den Hof, einen Knecht, der sich tags zuvor beim Reparieren des Dachs an der Hand verletzt hatte und zum Arzt gebracht worden war, um die prächtigen Schweine, die bald geschlachtet werden sollten, und um einen Familienausflug.

Gebannt lauschte Fred und spürte plötzlich eine Wehmut ins sich aufsteigen. So war es also, wenn man in einer gesunden Familie aufwuchs. Hier waren normale Gespräche möglich, ohne Gezeter und Geschrei, ohne Ohrfeigen, Schläge und zertrümmertes Geschirr. Wenn das nur auch bei uns so wäre, dachte er. Früher war er über solchen Gedanken nur traurig geworden, heute spürte er eine wachsende Wut in sich aufsteigen, die ihm den Hals zuschnürte.

Nach dem Frühstück hielt ihn Friederikes Vater an der Tür auf und wollte so einiges von ihm erfahren. Wie es den Eltern ergehe, was mit dem Hof los sei. Er habe Freds Vater schon lange nicht mehr gesehen in der Molkerei. Ob er denn gesund sei? Und die Mutter? Fred schwieg. Früher einmal war er stolz auf seinen Vater gewesen, hatte gern voller Freude erzählt, dass der kräftige, junge Bulle vom Hof auf der Landmesse ausgezeichnet worden war und dass sie mit 14 Knechten und Mägden zu den größten Höfen im Sauerland gehörten.

Friederikes Vater sah ihn prüfend an. »Ist alles in Ordnung?«

Fred nickte, obwohl ihn seine falsche Antwort anwiderte. Er wollte nichts preisgeben, was dem Ruf seiner Eltern geschadet hätte. Auf keinen Fall hätte es Vater gutgeheißen. Wenn die Hohensteins Bescheid wüssten, würden sie bestimmt versuchen, ihnen unter die Arme zu greifen. Die Familie war bekannt für ihr wohltätiges Handeln. Rundherum wurde erzählt, dass sie großzügige Spenden an diakonische Einrichtungen machten und manch armen Handwerker mit Aufträgen und Geldleihen ohne Zins unterstützt hatten. Würden sie mit der Absicht zu helfen auf Vaters Hof auftauchen, würde dieser sie bestimmt mit dem Gewehr fortjagen, dessen war Fred sich sicher. Und dann würde Vater seine Wut über den »Verrat« an ihnen abreagieren: an Fred, Samuel und Mutter. Dabei könnte besonders Mutter Unterstützung gebrauchen. Mit all der Arbeit, die sie auf dem Hof zu erledigen hatte, während Vater entweder Bier braute oder schlief, und Fred mit Samuel in der Schule lernte.

Als erwarteten sie eine gegenteilige Antwort, schauten die Hohensteins Fred weiterhin an. Er jedoch hob nur die Schultern und blickte betrübt zu Boden. Dabei hätte er gerne davon erzählt, dass Vater in letzter Zeit morgens nicht einmal mehr aufstand, nachmittags tobte oder eisern schwieg. Normalerweise halfen sich die Menschen in der Gegend aus, schickten Arbeitskräfte für die Feldarbeit, wenn ein Bauer spät dran war mit der Ernte, tauschten Werkzeug, liehen sich Zugochsen oder Pferde, verschenkten Fleisch, wenn die Schlachterei große Mengen hergab.

Doch mit Vater war nichts mehr normal.

Und er hatte es ihnen ausdrücklich verboten, über Familienprobleme zu sprechen. Er wollte keine Hilfe. Dazu war er zu stolz.

»Sag deinem Vater schöne Grüße von uns. Falls ihr etwas braucht, kommt vorbei«, sprach Herr Hohenstein und gab ihm einen warmen, freundschaftlichen Händedruck.

Fragend blickte Fred ihn an, verharrte einige Sekunden in Gedanken, ließ die Hand nicht gleich los. Wozu all die Geheimnistuerei, überlegte Fred. Vielleicht wissen sie ja bereits über alles Bescheid?

Friederike begleitete ihn noch ein Stück weit zum großen, hölzernen Eingangstor, das an einer langen Baumallee lag und immer offen stand. Die Luft war schwül und legte sich schwer auf ihre Haut. Schweigend gingen sie den gepflegten Kiesweg entlang. Hin und wieder schob Fred Kiesel zur Seite, nahm einen kleinen, flachen interessiert in die Hand, tat so, als müsste er ihn untersuchen. Er wollte diesen Ort nicht verlassen. All diese Menschen hier auf dem Hof hatten etwas an sich, das er mochte. Was es wohl war? Er kam nicht darauf, er spürte lediglich, dass er hierbleiben wollte.

Schließlich drehte er sich um und blickte auf das Haus zurück, in dem sie noch vor wenigen Augenblicken ein herrliches Frühstück verspeist hatten. Als nur noch eine Vogelstimme sie begleitete, blieb Friederike stehen.

»Gestern dachte ich einen Augenblick, dass du vielleicht froh gewesen wärst, zu sterben.«

Ihre Bemerkung ließ Fred erschauern. »Wieso denkst du das?«, wollte er wissen.

Sie trat näher an ihn heran. »Ich sehe dich manchmal mit Samuel am Fluss sitzen. Wenn ihr euch unbeobachtet fühlt, ist es nicht schwer zu sehen, dass ihr unglücklich seid.«

Jetzt ließ Fred den Kopf hängen. Erneut schwieg er. Er konnte nicht darüber sprechen. Es ging einfach nicht.

Friederike fuhr ihm zärtlich über die Wange. Dieser Junge tat ihr leid. Doch sie verschwieg es. Lieber wollte sie versuchen, ihn abzulenken.

»Was willst du eigentlich mal werden, wenn du erwachsen bist?«, fragte sie stattdessen in einem munteren Tonfall.

»Tierarzt«, schoss es aus seinem Mund. Seine Augen begannen zu leuchten. »Ich werde Tiermedizin studieren und mich um kranke Tiere kümmern. Die Tiermedizin verändert sich ständig. Mittlerweile ist sie sehr modern geworden.«

»Interessant«, sagte sie aufrichtig. »Bestimmt wirst du ein guter Tierarzt werden.«

Sie schenkte Fred ein offenherziges Lächeln. Ihre Augen schienen zu leuchten, als sie sich das Haar aus dem Gesicht strich. Ein honigwarmes Glücksgefühl breitete sich in seinem Bauch aus. Er beeilte sich, ihr Lächeln zu erwidern, so strahlend wie er konnte. Es gelang ihm nur teilweise, gereichte eher zu einer schüchternen Geste, nicht zum gewinnenden Ausdruck eines Charmeurs. Doch in diesen Sekunden verflüchtigte sich seine Unnahbarkeit, die bisher zwischen ihnen gestanden hatte.

»Danke«, sagte er nun etwas lauter als geplant und reichte ihr zögerlich seine Hand. Als sie sich berührten, schoss Glut durch seinen Körper. »Danke ... dass du mich gerettet hast ...«, stotterte er.

Erneut strahlte sie ihn an. Ihre Wangen waren ein wenig gerötet.

Kaum hatte er die Worte ausgesprochen, wurde ihm klar, was es war, das diese Menschen hier besaßen. Es war eine seltene Eigenschaft: freundschaftliches Wohlwollen. Es fühlte sich so gut an, dass er sich aufrichtete und das Kinn anhob. Obgleich sie sich bereits verabschiedet hatten, winkten sie sich noch einmal zu, während er davonging. Fred spürte eine vage Verbundenheit zwischen ihnen. Mit seinem Glück im Herzen rannte er nach Hause.

* * *

Als Vater mit der Faust auf den Tisch schlug, kippte die Kaffeetasse um und Milchkaffee ergoss sich über die Tischplatte. Sogleich lief Mutter verängstigt und aufgewühlt vom Geschrei ihres Mannes mit einem Lappen herbei und begann, die Sauerei aufzuwischen. Mit einem »Hör auf!« quittierte er ihre Geste, schob sie beiseite, sodass sie widerwillig an der Tischkante stehen blieb. »Friederike Hohenstein? Wieso holt dich dieses Mädchen aus dem Wasser?«

Nachdem Fred sich im Haus der Hohensteins ausgeruht und gefrühstückt hatte, war er so schnell wie möglich nach Hause zurückgelaufen. Als er an diesem Morgen in die Küche getreten war, hatte sich sein Vater wie ein alter Mann über den Kaffee gebeugt. Mutter stand am Herd und briet Eier. Samuel schlief wohl noch.

Mutter fragte nach seinem Befinden. Sie hatte vermutet, dass er wieder im Wald übernachtet hatte, wie er es oft tat. Doch als sie seine Wunde am Kopf sah, fragte sie: »Ist etwas passiert?«

Da blickte Vater hoch. Seine Augen glühten rot. Fred kannte diesen Ausdruck nur zu gut.

Trotzdem erzählte er besonnen und ruhig seine Geschichte. Innerlich hoffte er auf ein wenig Interesse, vielleicht Anteilnahme, zumindest ein bisschen Aufmerksamkeit. Schließlich hatte ihn der Zwischenfall beinahe das Leben gekostet. Doch seine Befürchtung wurde wahr. Vater, gebeutelt von höllischen Kopfschmerzen, verzerrte das Gesicht und warf die knorrigen Hände in die Luft. Die Fingerknöchel leuchteten rot, waren geschwollen von der Gichtkrankheit.

Er fluchte. »Ein Mädchen, Himmelherrgottnochmal! Ein Mädchen! Was ist nur los mit meinen Söhnen? Weißt du, was das heißt, sich von einer Frau das Leben retten lassen?«

Fred schüttelte den Kopf. Er wollte es gar nicht hören. Schon längst war ihm bewusst geworden, was für ein Mensch sein Vater war und dass er von ihm kein Verständnis erwarten konnte.

»Du verlierst deine Manneskraft! Jetzt werden alle in der Stadt über dich lachen!«

Fred durchfuhr es heiß. Sein Vater sprach von Manneskraft, während er sich wie ein alter, kranker Mann der Trinkerei überließ. In ihm begann es zu brodeln. Beschwichtigend legte die Mutter ihrem Sohn die Hand auf die Schulter. Erst jetzt sah Fred, dass ihr Auge lila verfärbt war. Auch das noch.

In diesem Augenblick öffnete sich die Tür und Samuel trat in die Küche. Die Hitze des Ofens schien Fred unerträglich geworden. Angestachelt durch die Wut auf seinen Vater, die Hitze der Küche und die Anwesenheit seines Bruders, der immer auf seiner Seite war, wenn es gegen Vater ging, schrie er wütend: »Wenn es dir wichtig ist, was die Leute sagen, dann hättest du schon längst mit der Sauferei aufgehört!«

Bevor die Mutter ihn zurückhalten konnte, packte Fred seinen Vater an der hellblauen Arbeitsjacke und riss ihn hoch. »Warum schlägst du Mutter? Sie kann doch gar nichts dafür! Du Säufer!«

Vater, der nur schlaff in den Händen seines Sohnes hing, sah ihn verdutzt an. Dann sah Fred die Wut in ihm aufsteigen. Er packte Fred an den Armen und schob ihn mit voller Wucht in Richtung des heißen Ofens. Fred entwand sich seinen Händen und drehte sich mit einer schnellen Bewegung weg, sodass Vater, der vornüberkippte, sich mit den Händen auf den heißen Herd aufstützen musste.

»Ah!«, brüllte er wie ein altes, krankes Tier. Dann zog er die Hände von der heißen Eisenplatte und schüttelte sie, als könnte er die Hitze auf diese Weise loswerden. Alle um ihn herum erstarrten vor Schreck. Mutter hielt sich entsetzt die Hand vor den Mund.

Jetzt begann Vater vor Schmerzen zu weinen. »Du hast ja keine Ahnung, was ich durchgemacht habe. Du weißt nichts, gar nichts!«, schrie Vater. Fred bebte innerlich, seine Hände begannen zu zittern.

»Du solltest die Hände kühlen«, sagte Samuel ruhig, um nicht noch mehr Staub aufzuwirbeln. »Am besten draußen am Brunnen.«

»Geh mir aus dem Weg!«, schrie der Vater, fuchtelte mit seinen Armen und stob aus der Küche.

Die Jungen und ihre Mutter schauten sich ratlos an. Fred wusste nicht, was er fühlen, was er denken sollte. Einen Moment lang war alles still. Mutter schloss erschöpft die Augen und Fred nahm sie in den Arm. Sie zitterte am ganzen Körper. Er beruhigte sie. »Schon gut. Ist ja gut.«

Kapitel 11

Durst

*Westfront, Département Aisne
10. Kompanie, Schützengraben
Dezember 1914*

Die Fahrt an die Frontlinien hat die Soldaten müde gemacht. Manche haben ihren Kopf an die Plane gelegt und vor sich hin gedöst. Andere konnten vor Angst nicht schlafen, stetig den Blick auf die Straße gerichtet, um einen Hinterhalt zu vermeiden. Links und rechts auf der Bank sitzen die Männer, herausgeputzt und gestriegelt in Soldatenmontur für den Kriegsdienst, den sie nur mit halbem Herzen leisten werden.

Aus erschöpften Augen starren sie einander an, dann wieder weg. Ihnen sitzt die Angst in den Knochen. Wie lang ihre Kameradschaft an der Front da draußen wohl halten würde? Im Ausbildungslager haben sie an jedem Tag Zusammenhalt und Kameradschaft gepredigt. Nur so könne man einen Krieg gewinnen, meinte Knolle am Abend vor der Abreise. Danach, der Leutnant hatte sich bereits aufs Ohr gelegt, saßen sie noch lange im Speisezelt und tranken einen Whiskey, den jemand von zu Hause mitgebracht hatte.

Jetzt, wo sie endlich angekommen sind und auf schmalen Holzleitern in die feuchten, dunklen Gräben steigen, fasst sich Fred an seinen Schädel, der immer noch etwas brummt vom Alkohol. Nachdem er sich im Graben etwas umgesehen hat, verschlechtert sich seine

Gemütslage zusehends. Nichts als Dreck, Wasser und tote Ratten, sinniert er. Ob Samuel auch in einem solchen Grabenloch sitzen muss? Und woher kommt dieser bitterkalte Wind?

Er stellt sich an eine mit Holzpfeilern befestigte Erdmauer, zieht seinen Schreibblock aus der Manteltasche, wetzt mit seinem Taschenmesser den kleinen, stumpfen Bleistift und beginnt einen Brief zu schreiben.

Liebste Fanny,
wir sind in einem Zug über die Grenzen von Luxemburg gefahren. Wir lagen auf Stroh und bekamen Erbsensuppe mit Fleisch. Hier essen wir im Augenblick nur Erbsensuppe. Ich bin froh, wenn sie wenigstens heiß ist. Meistens ist sie nämlich kalt. Wir sind bei Bazancourt ausgestiegen und wurden mit Lastwagen in ein Schloss gefahren, in dem wir übernachten konnten.

Alles, was ich hier sehe, sind zerstörte Häuser, faule Garben und aufgereihte Bündel, die eilig verlassen wurden. Viele verrostete Erntemaschinen stehen verloren im Feld. Überall sind die Brücken gesprengt. Wenn wir darüberfahren, dann nur langsam und vorsichtig. Überall sehe ich offene Fenster und Türen, verlassene Häuser. Dauerhaftes Brummen der Geschütze begleitete uns. Am Straßenrand standen viele Landsturmmänner, um die Straßen zu kontrollieren. Manche von ihnen alt und knorrig, die armen Kerle. Werden vermutlich nicht lange überleben in der Kälte, ohne Schutz, Ausbildung und Überlebenstraining.

Ich wurde in die 10. Kompanie eingeteilt. Als wir im Dörfchen Oranville ankamen, krachten Geschosse über uns hinweg. Mehrere Männer wurden verletzt und mit Zeltbahnen weggetragen. Wir verschanzten uns hinter einer Böschung, bis der Spuk vorbei war. Erstaunlicherweise lachten viele Männer, obwohl es uns allen dreckig geht. Vermutlich, weil sie überlebt haben.

In der Fasanerie angekommen, die die Reserve für die Schützengräben beherbergt, mussten wir unsere Waffen laden, luden noch Reservewaffen auf die Lastwagen, Proviant, Helme und Kleidung. Wir liefen durch unendliche Verbindungsgräben, bis zum äußersten Schützengraben. Das ist so ein Gewirr von Gräben, dass sich immer wieder ein Soldat verläuft und nach dem Weg fragt. Zum Schlafen liegen wir in den engen Gräben der Hauptstellung hinter den vordersten Linien, teils halten wir Wache.

Das Schlimmste ist, dass dauernd geschossen wird, wenig, aber ständig. Einmal hat mich eine Kugel am Helm getroffen. Jetzt habe ich eine Delle direkt auf der Stirn. Ein Kamerad lief heute Nacht im Nebel an den Drahtverhau und schrieb den Tommys ein paar Worte auf einen Zettel, den er an den Draht heftete: »Beer is the best doctor.« Als er zurücklief, trat er auf eine Granate und wurde getötet.

Von der Adventszeit ist hier noch nichts zu spüren. Alles ist trostlos. Kaum vorstellbar, dass Samuel und ich letztes Jahr um diese Zeit Zweige für den Adventskranz gesammelt haben. Von meinem Bruder habe ich bis heute nichts gehört. Ich hoffe, wenigstens Mutter bekommt Nachrichten von ihm. Sie macht sich bestimmt noch viel mehr Sorgen als ich, auch wenn das kaum möglich ist. Ich bete jeden Tag dafür, dass Samuel da lebend rauskommt. Aber ich weiß nicht, ob Gott mich hört.

Wie geht es dir, Liebste? Und was macht die Schule? Dein Foto wird mich hier im Graben warm halten.

Ich vermisse dich, in Liebe,
Manfred

Der Schützengraben ist ein zwei bis drei Meter breiter und kilometerlanger Graben durch das sonst fruchtbare Land. Die üppigen Farben und herrlichen Formen der französischen Landschaft wurden innerhalb weniger Monate zu einem unkenntlichen braungrauen Brei aus Erde, Steinen und toten Bäumen verwandelt. Auf die Brustwehr, eine kleine Erdaufschüttung Richtung Niemandsland, legen die Männer ihre Gewehre und schicken, wenn nötig, eine Kugel ins Feindesland. Die meiste Zeit aber verstecken sie sich hinter dem Erdwall, rauchen, essen oder schreiben Briefe an ihre Liebsten.

An manchen Stellen ist der Graben schmaler, genau da, wo sie beim Ausheben auf Fels gestoßen sind, sodass nur ein Mann mit Gewehr durchschlüpfen kann. Hin und wieder ist eine offene Latrine anzutreffen, ein in den Boden gegrabenes Loch mit ausgesägtem Holzbrett für einen bequemen Sitz. Die Männer schlafen auf den Brettern an den Grabenwänden oder in einem Bett in einer Höhlengrube, wenn sie endlich einmal Zeit haben, ein Auge zuzutun.

* * *

Schon seit Tagen kämpfen die Männer gegen zahlreiche Maschinengewehrsalven der Engländer. Meist beschießen sie sich tagsüber, wenn etwas zu sehen ist. Nachts zu schießen wäre nur Verschwendung von Munition. Wenn das Essen ausgeht und der Schlaf immer kürzer wird, beginnen sich manche Männer anzuherrschen. Die einen schimpfen, weitere schweigen und wenige werden zynisch.

»Wenn du dich so tief in den Dreck legst, dann knabbern in ein paar Stunden die Ratten an dir«, sagt Rottmann spöttisch zu einem Neuen. Plötzlich kommt ihnen ein Schwall übel riechender Wind entgegen. Der widerwärtige Geruch stammt von den zahlreichen Gefallenen, die im Feld liegen geblieben sind.

Zehn Meter von ihnen entfernt steht die deutsche Maschinengewehrabteilung mit dem eisernen Schutzschild. Einem Mann, den alle Gebert nannten, wurde vor einigen Stunden direkt durch den Kopf geschossen. Er fiel nach hinten in den Graben und blieb benommen liegen. Obwohl die Sanitäter ihm direkt einen Druckverband anlegten, starb er wenige Stunden später an seinen Verletzungen.

Auch die Scheinwerfer, die nachts das Feld ausleuchten sollten, wurden zerschossen. Jetzt sitzen die Männer im Dunkeln und frösteln. Fred nippt an seinem Kaffee, den Rottmann für die Mannschaft gekocht hat, und fühlt sich elend. Das Gebräu schmeckt schrecklich bitter. Die Latrine, die sich in einem 45-Grad-Winkel rund zwei Meter zum Unterstand befindet, wurde in tausend Teile zerlegt. Aus diesem Grund stellen sich die Männer in eine ausgegrabene Ecke und pinkeln auf die Erde. Einer nach dem andern.

Mittlerweile dämmert es und ein samtiges Licht legt sich über den Graben. Alle blicken zum Himmel. Was er heute wohl bringen wird?

Granaten, Bomben, Schnee ... oder vielleicht doch etwas wärmende Sonne, um ihre steifen Glieder aufzuwärmen, die sie aus Angst vor Beschuss kaum auszustrecken wagen.

Gestern Nachmittag gab es eine Untersuchung des Regimentsarztes auf Krankheiten. Die meisten leiden an Ungeziefer, manche an Geschlechtskrankheiten, die sie bei den Damen im Dorf aufgelesen haben. Mit Puder und Quecksilbersalben versuchte der Arzt, das Ungeziefer und die Syphilis zu behandeln. Aber damit bewirkte er eher das Gegenteil. Es juckt mehr denn je und ein paar Stunden Schlaf sind bei der Kratzerei nicht möglich.

Mit dem Essen dasselbe. Anfangs war es noch sehr gut, die Köche bestellten bei den Bauern im Hinterland Fleisch und frisches Gemüse. Doch mittlerweile wird nur noch Dosenessen gebracht. Nur abends gibt es was Warmes, meist Schweinerüben, die kaum genießbar sind und die Kaumuskeln verärgern.

Ein junger Mann, wohl kaum 18 Jahre alt, legt sich in eine Vertiefung des Schützengrabens, um nach den Strapazen ein wenig zu dösen. Sein Gesicht ist verdreckt und schwarz, seine geschlossenen Augen im Gesicht kaum auszumachen. Aus seinem Rucksack hat er ein Kissen gemacht.

Fred kramt in der Tasche, nimmt ein Stück Schokolade aus dem Fettpapier und isst es hungrig zum nächtlichen Frühstück. Wenn ich nur etwas Wasser hätte, denkt er durstig. Es ist so schlimm, dass ihm beim Kauen die Zunge am Gaumen kleben bleibt. Hier an der Front gibt es massenhaft Wein und Bier, aber nur selten frisches Wasser.

Die Nacht scheint länger als der Tag, weil die Tommys nachts heranrobben und ihre Granaten in die Gräben werfen. In den Morgenstunden wurde niemand verletzt, aber in der vorletzten und letzten Nacht knallte es und zwei junge Männer haben ihr Leben verloren. Weil es dauernd dröhnt, donnert und kracht, reagieren alle nur noch instinktiv. Mittlerweile nimmt Fred Gerüche von allen Seiten wahr, hört überall Schritte, Stampfen und ein Knistern, geht stets in gebückter Haltung, flüstert die meiste Zeit.

Fred wirft einen Blick auf seine Uhr. Heute Morgen ist er verkatert vom schweren Wein, den sie gestern im Unterstand von der Maschinengewehrabteilung getrunken haben. Auch beim Kartenspiel mit den Männern hat er verloren. Vor ein paar Wochen noch haben sie um Geld gespielt. Jetzt, wo die Versorgungsketten immer wieder unterbrochen werden, spielen viele Infanteristen allein, um sich mit Proviant einzudecken. Obwohl keiner der Männer aus kalten Konserven essen möchte, werden sie dazu gezwungen. Fred wollte unbedingt den herrlich duftenden Speck gewinnen, den Pöpke aus dem anderen Korps auf den Tisch geworfen hat, und hat deshalb innerhalb weniger Stunden fast seinen gesamten Proviant an Keksen und Schokolade verspielt. Dieser vermaledeite Pöpke. Bestimmt hat er wieder die Karten gezinkt, denkt Fred.

Was gäbe er nur für ein ordentliches Essen und ausreichend Wasser.

»Frisches gibt's erst nach dem Krieg«, sagte Generaloberst Sprantzl den Männern, als er vor einigen Tagen den Graben inspizierte. Fred wurde sauer und fragte den Generaloberst, wie es denn mit frischem Wasser für seine Korporalschaft aussähe. »Sammeln Sie gefälligst Regenwasser und saufen Sie das!«, hat Sprantzl ihn angeschrien.

»Dieser bayrische Vollpfosten«, zischte Fred, als Sprantzl wegstolzierte und ihn alle auch noch grüßen mussten. Dabei konnten sie die Finger vor Kälte kaum bewegen.

»Wie sollen wir Wasser sammeln, wenn die Tommys uns ununterbrochen mit Salven eindecken?«, fragt er sich selbst.

»Diese Klauenfresse hat doch keine Ahnung, was wir hier tun. Mit Rasierwasser und manikürten Händen schreitet er durch unseren Graben«, ärgerte sich Bär, zog das Stück angenagte Wurst aus der Manteltasche, das er während der Inspektion hatte wegstecken müssen, und biss rein.

»Die werfen ihm sogar Holzbretter vor die Füße, damit er nicht im Dreck steht. Und wenn er weg ist, nehmen sie die Bretter wieder mit, die Schweine«, maulte Rottmann, mit roter Nase und tiefen Augenringen, und blickte dem sonderbar trippelndem Aufsichtstrupp nach, der im selben Moment hinter einer Abzweigung verschwindet.

Und nun, ein paar Tage später, sitzen sie immer noch hier, als wäre die Zeit stehen geblieben.

Es beginnt zu tropfen.

»Männer, Sprantzl bestellt und Petrus liefert. Verjagt die Läuse aus euren Helmen und sammelt Regenwasser«, spöttelt Rottmann und hält seinen Helm zum Himmel, an dem rabenschwarze Wolken aufeinanderprallen.

»Wenn ich nur mal eine Flasche Wasser trinken könnte, oder lediglich ein Glas«, bettelt Bär seinen Offizier an. »Ich hab' solche Bauchschmerzen. Werde den ganzen Grabenfraß nicht mehr los, weil alles stopft.«

Fred weiß nicht, was er sagen soll, doch Rottmann kommt ihm zuvor.

»Du frisst aber auch alles, was dir vor die Füße fällt. Am Ende machste dich noch über die Ratten her, Bär.«

Bär wird wütend und schlägt ihm hart den Ellbogen in die Seite. »Halt die Schnauze, Rottmann, sonst gibt's was auf die Löffel.«

Rottmann knickt ein, lacht aber nur hämisch.

Fluchend reibt sich Fred den Haarschopf. Flöhe sind überall.

Ja, wenn sie wenigstens Wasser hätten. Wasser sammeln ist kaum möglich bei dem Dreck, der jeden Tag im Gefecht rumfliegt. Und bei dem Gedröhne sind auch die Kopfschmerzen noch schlimmer geworden.

Fred hat gehofft, dass seine Mutter ihm hie und da ein Feldpaket schicken würde mit Eistee oder Schweppes, irgendetwas Flüssiges. Aber schon seit Wochen sind keine Pakete mehr angekommen. Immer wieder schickt Fred stumme Stoßgebete in den kalten Himmel. Immer wieder fragt er sich, ob Gott ihn hört.

Als kleiner Junge, Fred konnte kaum bis drei zählen, hat Mutter oft mit ihm und Samuel gebetet. Fred erinnert sich, wie sie sich auf seinen Bettrand setzte, Samuel auf ihren Schoß klettern ließ, die Hände faltete und mit leiser Stimme ein Kindergebet sprach. Gerade so, dass es eine rhythmische Melodie entwickelte.

Lieber Gott,
du hast heut' über mich gewacht,
beschütze mich auch diese Nacht.
Du sorgst für alle, groß und klein,
drum schlafe ich zufrieden ein.

Danach gab Mutter ihnen einen zärtlichen Gutenachtkuss und bettete sie unter die einfachen Wolldecken, die sie von Großvater geerbt hatten. »Ihr müsst wissen«, sagte Mutter jedes Mal, wenn sie die Hand auf die Türklinke legte, »dass Gott den Kopf voller Ohren hat und nur einen Mund zum Sprechen. Hören wird er euch immer.«

Manchmal kam es vor, dass Fred und Samuel mitten in der Nacht von Vaters Stimme geweckt wurden, wenn er dabei war, Mutter aus irgendeinem Grund auszuschimpfen. Dann legte sich Samuel in Freds Bett und sie hielten sich, von schrecklicher Angst gepeinigt, aneinander fest, bis Vater zu schimpfen aufhörte und sie einschlafen konnten.

Wie es Mutter wohl inzwischen ergangen ist? Das letzte Mal, als er mit ihr am Telefon sprechen konnte, war vor fünf Wochen. Sie konnten einen Ausflug ins Dorf Variscourt machen, waren die Straße entlangspaziert. In einem Lebensmittelladen, in dem es köstlich nach geräuchertem Schinken duftete, gab es ein Telefon, das sie gegen Geld benutzen durften. Der französische Ladenbesitzer war sehr freundlich und ließ ihnen Zeit, mit ihren Familien zu telefonieren. Fred konnte einige Minuten mit seiner Mutter sprechen. Ihre Stimme klang wie immer. Sie erzählte vom Dorf, das bis jetzt unversehrt blieb, erzählte von Fannys Mutter, die krank geworden ist, vermutlich Tuberkulose.

»Mein Sohn, ich bete jeden Tag für dich«, sagte sie und Fred spürte einen Knoten in seiner Brust. Er schluckte leer. Sie hielt fest an ihrem Glauben. Sie zweifelte nicht, sie betete – während er und Samuel in den Schützengräben saßen und jeden einzelnen Tag das Überleben in einem Krieg übten, den hier direkt an den Frontlinien niemand wollte, außer vielleicht Giftzwerg Knolle.

Plötzlich rauschte es im Hörer. Nach einem kleinen Übergangsgeräusch, das wie ein hohes Zirren kang, vernahm Fred wieder Mutters sanfte, aber besorgte Stimme.

»Manfred, bist du noch da. Hallo, hallo?«

»Ich kann dich hören, Mutter! Hast du Nachricht von Samuel?«, fragte Fred mit aufgeregter Stimme. Wieder ein Rauschen.

»Leider nicht. Wir haben keine Post erhalten«, sagte Mutter mit einem Mal befangen. Fred spürte, wie ihn ein beklemmendes Gefühl beschlich. Er hatte sich in den letzten Wochen Nachrichten von seinem Bruder gewünscht, aber nicht erwartet. Postsendungen innerhalb der Gefechtszonen waren ungewöhnlich, aber eine Nachricht an die Mutter wäre für Samuel eine Kleinigkeit gewesen. An der Front werden jede Woche Kartoffelsäcke voller Post an die Männer verteilt und auch wieder an die Familien in der Heimat verschickt.

Solange Fred konnte, zögerte er das Telefonat hinaus, um seiner Mutter nah sein zu können. »Wie geht es den Schweinen und den Pferden?«, fragte er. »Wie geht es dem Pony? Und hast du Fanny gesehen?«

»Den Tieren geht es gut. Vater sorgt wieder für sie, seit Samuel in den Krieg gezogen ist. Er weiß, dass er es verschuldet hat. Er weiß, was er getan ...« – dann konnte Mutter nicht mehr weitersprechen, weil ihr Vater den Telefonhörer aus der Hand riss. Ohne Höflichkeitsfloskeln kam er gleich zur Sache.

»Manfred. Schick deinen Sold nach Hause«, herrschte er seinen Sohn an. »Wir haben kein Geld mehr übrig!«

Aufgewühlt und mit einer Bitterkeit auf der Zunge, die ihm unangenehm war, gab Fred zur Antwort, er würde die paar Mark, die er verdient, an Mutter senden, ihm, seinem Vater, würde er keinen Pfennig geben. Mutter solle das Geld verwalten, sie könne das sehr gut und würde es auch nicht für nutzlose Dinge ausgeben. Vater wusste genau, wovon Fred sprach, wenngleich dieser es noch nie so deutlich ausgesprochen hatte. Das tat weh, richtig weh.

Freds Herz schlug auf und ab, hin und her, saß nicht mehr da, wo es sonst war, hüpfte wie ein wildes Pferd, das, nach langen Jahren der Gefangenschaft, endlich in Freiheit aufbrechen durfte. Über die Klarheit seiner eigenen Worte erstaunt, lauschte Fred in die Hörmuschel.

Stille. Eine Zeit lang schwieg Vater und Fred bemühte sich angestrengt, zu lauschen. Nichts.

Einige Augenblicke später, es kam ihm vor wie eine Ewigkeit, murmelte Vater am anderen Ende: »Was habe ich euch nur angetan, dass ihr mich so hasst?«

»Samuel und ich, wir können hoffentlich damit leben, was du getan hast, Vater, aber was du Mutter an Leid zugefügt hast, das kannst du nie wiedergutmachen«, brach es endlich aus Fred heraus. Er zitterte am ganzen Leib, atmete schnell, versuchte seine Tränen in Zaum zu halten.

Ohne zu antworten, legte Vater auf. In der Hörmuschel begann ein Rauschen, das so laut war, dass Fred verstört den Handapparat sinken ließ. Hatte Vater tatsächlich aufgelegt? War er so verletzt? Seinem Vater wehzutun, war doch nicht seine Absicht gewesen ... oder vielleicht doch? Hatte er es sich insgeheim nicht schon lange gewünscht, ihm endlich die Meinung zu sagen?

Betroffen blickte er auf das hölzerne Telefongerät, die schwarze Sprechmuschel, das in Stoff eingebundene Kabel. Mit einem lauten Klacken warf Fred den Telefonhörer auf die Gabel, stürzte aufgewühlt an Rauchschinken und frisch gebackenem Krustenbrot vorbei aus dem Laden und blieb verwirrt auf der Straße stehen.

»Halt doch einfach deine Klappe«, sprach er beschämt zu sich selbst, während mehrere Granaten wie feurige Pfeile über den Himmel schossen und in der Nähe des Städtchens einschlugen.

KAPITEL 12

Schulden

Bad Berleburg, Sauerland
September 1910

»Komm endlich!«, rief Samuel. Mit leuchtenden Augen und frisch gekämmtem Haar trat er vor seinen Bruder, der immer noch auf dem Bett lag und in einem Buch las. »Warum bist du nicht bereit? Los, wir wollen beim Leuchtfeuer dabei sein!«

Samuel nahm seinem Bruder das Buch aus der Hand und warf es auf sein Bett. Der Einband war aus dickem Leder mit der Aufschrift *Anatomie für Fortgeschrittene*. Die zahlreichen Buchseiten blätterten elegant auf.

»Mach mein schönes Buch nicht kaputt!«, warnte Fred seinen Bruder und sprang auf. »Das habe ich von Dr. Rendsgard erhalten! Das ist eine Sonderausgabe.«

»Lass mich bloß in Ruhe mit deinem Doktor und den vielen Sonderausgaben. Wir wollen jetzt aufs Fest, tanzen, essen, die ganze Nacht aufbleiben! Schau dich mal an, du bist schmutzig und stinkst.«

Fred roch tatsächlich nach Stall und den Tieren, die er jeden Tag mit voller Hingabe versorgte.

»Und du trägst mein bestes Hemd!«, warf Fred Samuel vor und legte sein schmutziges Hemd in einen kleinen Korb mit Wäsche, der im Zimmer stand.

»Ich will eben gut aussehen ...«, gab Samuel voller Eifer zurück und grinste. Mit den hochgekrempelten Hemdsärmeln sah er tatsächlich verblüffend gut aus, älter noch dazu.

Fred überlegte sich kurz, welches von den zwei Hemden, die noch im Schrank hingen, er anziehen sollte. Er wählte ein weißes mit schwarzen Knöpfen. Während er es überstreifte, drehte er sich nach Samuel um und hielt ihn am Arm fest. »Margareta?« fragte er ihn.

Samuel riss sich los und rannte die Treppe hinunter. »Geht dich nichts an«, rief er ins Treppenhaus.

»So, so«, sagte Fred lachend bei sich und zog das Laken von seinem Bett straff. In seinem kleinen Büchergestell über dem Bett standen eine ganze Reihe von Anatomie- und Physikbüchern, die Dr. Rendsgard dem jungen neugierigen Schüler ausgeliehen hatte.

Aus den kleinen Plaudereien, die der Mediziner anfangs mit Fred geführt hatte, waren tiefergehende Gespräche geworden. Anfangs hatten sie nur über Kleinigkeiten aus dem Alltag gesprochen, die Schule, die Mutter, die Arbeit auf dem Hof. Der Doktor besaß die Fähigkeit, zuzuhören und mit wohlwollenden Gesten seinen Schützling zum Sprechen aufzufordern. Nach und nach tauchten sie tiefer in die Materie ein, sprachen über die Entstehung der Welt, über soziale Fragen, das Wesen und die vielen Gesichter der Armut, über Gesundheitsfragen und den Aufbau einer starken Gesellschaftsform. Dr. Rendsgard verfügte über ein außerordentliches Wissen. Fred spürte, dass der Mann ihn und seine Fragen ernst nahm, auch wenn sie vielleicht unbequem waren.

Und weil sein Mut wuchs, Dinge anzusprechen, die ihn quälten, fragte er eines Tages: »Ich weiß, dass man sich die Familie nicht aussuchen kann, Doktor. Aber warum hat Gott ausgerechnet mir und meinem Bruder diesen Vater gegeben?«

Dr. Rendsgard sah ihn verblüfft an, schwieg einen Augenblick und sagte dann: »Ich glaube, dass Gott uns manchmal Dinge zutraut, die uns letztlich zu stärkeren Menschen machen. Manche besondere Erfahrungen befähigen uns dazu, Dinge zu verändern und aus der Welt eine bessere zu machen.«

Fred runzelte die Stirn und konterte: »Wozu sollte ein Mensch die Welt besser machen, als er sie selbst erlebt hat?«

Der Arzt schwieg einen Augenblick, dann gab er zur Antwort: »Weil er das Wesen des Leids erkennt und weil er es nicht einfach hinnimmt, sondern für das Gute kämpfen will.«

»Ich bin mir nicht sicher, ob ich das verstehe, Doktor.«

Dr. Rendsgard versuchte es auf eine andere Weise. »Unsere Empfindungen sind Wegweiser. Sie bringen uns die verworrene Welt näher. Sie sind unser geistiges Auge in einer Welt voller Schmerz. Und unser geistiges Auge erkennt die Schönheit, die die Schöpfung für uns bereithält, trotzdem. So findet der Mensch eine Heimat in der Welt aus Hoffnungslosigkeit. Gott lässt uns nie allein, er sagt uns, ihr seid umgeben von einer Ordnung, die euch trägt.«

Fred starrte ihn an. »Heißt das, dass, wenn ich Schmerz erkenne, ich auch die Fähigkeit erlerne, das Schöne in der Welt zu sehen und danach zu handeln?«

»Du hast es erfasst!«, sagte Dr. Rendsgard und legte zufrieden die Fingerspitzen aneinander. »Durchdringe deine Wut auf deinen Vater mit dem Willen, Besseres als er zu erschaffen. Trachte nach einem Leben voller Wahrhaftigkeit und Liebe. Dann wirst du für diese Welt ein Segen werden.«

An diesem Abend konnte Fred lange nicht einschlafen. Wie um alles in der Welt sollte er seine Wut auf seinen Vater in Segen verwandeln?

* * *

Rund dreihundert Menschen strömten in die Straßen von Bad Berleburg. Es duftete nach gebratenen Schweinswürsten, Bratkartoffeln und Schokoladenäpfeln, die überall in der Stadt an kleinen Marktständen verkauft wurden. Kinder drängten sich am Süßigkeitenmarktstand mit Lakritz, Pralinen und Gebäckriegel. In der Innenstadt waren lange Tische und Bänke auf der Straße aufgereiht, an denen schlingende Männer und trinkende Frauen saßen und feierten. Auf dem Marktplatz, wo eine kleine Bühne aufgebaut worden war, spielten Volksmusiker auf ihren Instrumenten und die Menschen tanzten dazu.

Als Fred und Samuel auf dem Marktplatz auftauchten, tanzten rund 20 bunte Paare auf der Holzbühne zu einer herrlich mitreißenden Melodie. Sie stampften und jauchzten, sprangen und lachten. Neben der Bühne rauften zwei junge Männer miteinander. Der eine, ein dicker, bärtiger Kerl, verpasste dem anderen, einem betrunkenen Schankwirt, eine Faust direkt auf die Nase. Das Volk stob auseinander und trieb sie mit Rufen und Lachen an.

Inmitten der schaulustigen Menge stand ein junges Mädchen, das zu ihnen hinüberblickte. Es war das Mädchen vom Fluss, Friederike, das ihn gerettet hatte. Fred wusste nicht, wohin mit seinen Händen, starrte hinüber, hob dann die Hand und winkte aufgeregt. Die Menge tobte, während das Mädchen nur dastand und ihn vertraut anblickte. Ihr Gesicht leuchtete, ihr Haar war zu einem Zopf geknüpft worden, und das grüne, festliche Kleid, das sie trug, glänzte in der Abenddämmerung. Jemand stieß sie versehentlich in die Seite, doch sie blieb stehen, wandte den Blick nicht von Fred ab, begann dann zu lächeln und hob ebenfalls die Hand. Fred durchfuhr es heiß. Die Menge um sie herum tobte, doch die Zeit zwischen ihnen schien zum Stillstand zu kommen.

Nach und nach begann Freds Verstand wieder zu arbeiten und er setzte sich in Bewegung, mehr instinktiv als wohlüberlegt. Während er sich durch die Menge drängte, spürte er den Drang, mit ihr zu sprechen, sich mitzuteilen, ihr zu sagen, dass er mit ihr tanzen wolle, wenigstens nur für einen Augenblick ihren Rücken zu berühren oder die Hand zu halten. Nur eine Sekunde oder zwei. Doch als er dort ankam, wo sie eben noch gestanden hatte, war sie verschwunden.

Das Verschwinden des Mädchens berührte ihn auf sonderbare Weise. Wäre ich doch schneller gewesen, dann hätte ich sie fragen können, ob sie mit mir tanzen will. Enttäuscht blieb er stehen und beobachtete die tanzende Paare, die allesamt glücklich wirkten. Die Musik war sehr laut, lustig und schwungvoll. Und gerade dieser starke Kontrast zu seinem Innern sorgte dafür, dass er noch trauriger wurde. Wo ist sie nur?, dachte er und spähte in die Menge.

Schon wollte er aufgeben und nach Hause gehen, als ihm jemand unversehens eine Zuckerwatte vors Gesicht hielt. Es war Friederike.

»Ich hoffe, du magst das Zeug«, sagte sie mit strahlenden Augen. Mit einem Mal leuchtete die Welt auf. Er nickte, nahm die Zuckerwatte und aß sie so schnell er konnte. Sie sah ihm amüsiert zu. Als er sich den letzten Rest in den Mund gestopft hatte, beeilte er sich, sie zu fragen: »Magst du tanzen?«

Sie nickte. Behutsam zog er sie auf die Tanzfläche und tanzte mit ihr eine Tampet, eine Maike und eine Varsovienne, schwungvolle Tanzvariationen, die sie zum Lachen brachten. Voller Glück hielt Fred seine Tanzpartnerin in den Armen und spürte ihre Wärme, Impulsivität und Freude. Das schöne Mädchen mit dem schmalen Gesicht, dem dunklen Haar und den wundersamen Augen, das ihn gerettet hatte, lag nun in seinen Armen. Ihm war, als hätte sie ihn von Neuem gerettet.

Als er sie spätabends nach Hause brachte – Samuel war bereits nach Hause gegangen –, sprachen sie über dies und das, über viele Dinge, die sie als junge Menschen beschäftigten. Er erzählte unaufhörlich von den Tieren auf dem Hof, von den naturwissenschaftlichen Themen, die sie in der Schule bearbeiteten. Wenn er schwieg und ihr zuhörte, war er aufmerksam und saugte ihre Worte auf. Er bemerkte, dass dieses Mädchen eine besondere Liebe zum christlichen Glauben und auch zu Büchern hatte, denn sie besaß ein außerordentliches Wissen zu diesen Themen.

Vor ihrem Haus, das Fred aufgrund seiner Rettung aus dem Fluss gut in Erinnerung geblieben war, blieb sie stehen und gab ihm freundlich, aber distanziert die Hand. Fred sah, dass ihre Mutter hinter den Gardinen stand und zu ihnen hinuntersah.

»Du bist ein guter Tänzer«, sagte Friederike zu ihm und er spürte ihre Bewunderung. Mutig und doch mit einer lästig krächzenden Stimme, weil er vom Tanzen und Reden doch sehr durstig geworden war, fragte er: »Können wir uns wiedersehen?« Sie jedoch schwieg und ging langsam ins Haus. Hatte sie ihn falsch verstanden? Vielleicht war sie einfach nur müde ... und ihre Mutter wartete schließlich auf sie. Fred versuchte, ihrem Schweigen nicht allzu viel Bedeutung zuzumessen, obgleich es ihm schwerfiel.

Als sie die Tür schloss, drehte er sich um und machte sich auf den

Weg nach Hause. Er schwor sich hoch und heilig, keine Gelegenheit auszulassen, das Mädchen wiederzusehen.

* * *

Vaters Gesundheitszustand verschlechterte sich zusehends. Und nicht nur das. Er trank von nun an Tag und Nacht, schlug sich den Schädel an den Türpfosten an, verlor immer öfter das Bewusstsein und jammerte, wenn Mutter ihm die offenen Wunden verarztete.

Dr. Rendsgard war bereits zweimal da gewesen, warnte ihn vor weiteren Alkoholeskapaden, drohte ihm: »Es ist bald aus mit dir, du alter Querkopf, wenn du so weitertrinkst. Du hast dicke Beine, dein Puls geht viel zu schnell und deine Leber scheint auch nicht mehr richtig zu arbeiten. Hör sofort auf mit dem Saufen. Schau dich mal an. Du hast ja bereits deine Familie ruiniert.« Dem Arzt war es nicht entgangen, dass an einer Schlafzimmertür im ersten Stock ein Loch behelfsmäßig repariert worden war und sich der Hof in einem schrecklichen Zustand befand.

Dass es Vater schlecht ging, blieb auch in der Stadt kein Geheimnis. Samuel und Fred wurden von ihren Schulkameraden aufgezogen: »Lass uns zu den Schellers gehen. Da gibt's im Keller immer genügend zu Saufen!«

Eines Tages kam ein alter Freund von Vater vorbei, dem er noch Geld schuldete. Sie tranken ein paar Bier und sprachen über eine Zeit, in der Vater noch ein erfolgreicher Bauer gewesen war. Sie lachten viel und Vater tat so, als sei in seinem Leben alles beim Alten. Doch nun brachte sein alter Freund, ermutigt durch Vaters aufgesetzte Unbeschwertheit, das Anliegen seines Besuchs vor: »Du schuldest mir noch 150 Mark für drei Stück Vieh. Ich brauche das Geld, will mir davon Schafe kaufen.«

Vor Scham wurde Vater ganz rot, dann begann es in ihm zu arbeiten. Mutter, die die Herren mit Käse, Brot und Wurst bewirtete, verließ vor Angst die Küche. »Hau ab!«, schrie Vater plötzlich aus voller Lunge.

Sein Freund erschrak, ließ sich aber nicht sogleich vertreiben. Stattdessen stellte er sich vor Vater und legte die Hände in die Hüften. »Ohne mein Geld gehe ich hier nicht weg!«, schrie er zurück.

Da Vater nicht zahlen konnte, jagte er den Freund vom Hof, warf leere Flaschen und Steine nach ihm. Er fluchte so lange, bis er erschöpft auf eine Bank vor dem Haus sank und schließlich einschlief. Als es zu regnen begann, wollte Mutter ihn wecken, aber er schlief sturzbesoffen weiter. Nachts stand er endlich auf, durchnässt und unterkühlt, und stolperte die Treppe hoch zur Schlafzimmertür der Mutter. Vor einigen Monaten schon hatte sie sich ein eigenes Zimmer im Haus eingerichtet, in dem sie sich nachts einschloss, um wenigstens im Schlaf ihre Ruhe zu haben. Natürlich war Vater dagegen gewesen, aber sie bestand darauf, weil sie es sonst mit ihm nicht ausgehalten hätte.

Die Tür war jedoch verschlossen. Als er aus der Scheune die Axt holte und gegen ihre Zimmertür polterte, erwachte Fred und versuchte ihn von der Tür wegzubringen. Während Fred ihn an den Armen festhielt, riss ihm Samuel die Axt aus der Hand und schrie ihn verzweifelt an. Nach diesem Zwischenfall, der ihnen allen einen gehörigen Schrecken eingejagt hatte, mussten sie ihn immer länger in seinem Zimmer einsperren.

Früher hatte das Ausschlafen des Alkoholrauschs nur wenige Stunden gedauert, nun waren es oft zwölf Stunden, manchmal auch mehr, in denen sie Vater im Zimmer festhielten. Irgendwann schlich er nüchtern und zerknirscht zum Abendessen, setzte er sich stumm an den Familientisch. Das unheimliche Schweigen am Esstisch war für die Mutter und die Jungen beinahe noch schlimmer, als den Vater im Rausch zu erleben. Dann wünschte Fred einfach zu verschwinden, an seinen Fluss, in seine Hütte, die er gemeinsam mit Samuel gebaut hatte.

Doch sobald die beiden Jungen Anstalten machten, den Tisch zu verlassen, begann Vater sich enttäuscht über die Brut auszulassen. Seine fromme Frau hörte ihm verzagt zu und verschloss dabei immer mehr ihr Herz, weil sie ihre Söhne liebte. Ihr Mann hatte sich zu einem Menschen entwickelt, den sie nicht mehr zu kennen glaubte. Und obwohl sie sich täglich um die Familie bemühte und vermittelte, gelang es ihr nicht, das liebevolle Gleichgewicht, das früher zwischen Vater und Söhnen bestanden hatte, wiederherzustellen.

Freds Leben nahm eine neue Richtung. Er reifte, wurde kritischer, begann seinen Vater zu verurteilen und immer mehr zu verachten, was ihm im tiefsten Innern nicht gefiel. Jedes Mal, wenn er ihn sah, zog sich etwas in seiner Brust zusammen und seine Hände ballten sich zu dicken Fäusten. Es war sein Herz, das immer enger wurde, bei jedem Anblick, bei jedem Satz, den Vater sprach. Doch zugleich schien Freds Rückgrat zu wachsen, und seine Fäuste lösten sich zu Händen, die lernten anzupacken und die Arbeit zu erledigen, die auf dem Hof anfiel.

Die beiden Jungen kümmerten sich nun noch intensiver um die jungen Ferkel, fütterten sie täglich mit Hingabe, bauten für sie einen größeren Auslauf an den Stall. Fred schlug die Pfähle ein und sein Bruder nagelte die Querbalken an die Pfähle. Dann schleppten sie einen großen Baumstamm ins Gehege, unter dem sich die Ferkel versteckten und an dem sie sich vergnügt die Hinterläufe schubberten.

Samuel, der gerne Fußball spielte, spielte jeden Tag mit ihnen Ball. Sie ließen sich darauf ein, schoben den Ball mit der Schnauze umher, quiekten vergnügt und schubsten sich gegenseitig vom Ball weg. Danach wälzten sie sich vergnügt auf der Erde, streckten ihre Beinchen gegen den Himmel, sprangen wieder auf und verfolgten Samuels Lederball, der über die Erdlöcher hüpfte und irgendwo in einer Kuhle liegen blieb.

Fred brachte den Jungtieren bei, gekochte Essenreste aus dem Trog zu fressen, in dem er seinen Kopf in den Trog steckte und so tat, als würde er fressen. Dabei drückte sich Milly, das kleine Ferkel mit einem großen Muttermahl auf der Nase, an ihn und grunzte laut. Fred streichelte es zärtlich, während es fleißig aus dem Trog fraß, dann nahm er es auf und trug es auf seiner Schulter herum.

»Siehst du, wie es da draußen aussieht, Milly?« fragte er sie. »Die Welt ist so groß, viel größer, als du vielleicht denkst. Der Horizont ist dort, wo die Erde aufzuhören scheint. Aber so ist es nicht. Die Erde beginnt erst am Horizont.« Er stellte das Ferkel auf die Erde und es rannte einmal rasch um den mächtigen Baumstamm, um dann mit

Schwung gegen Freds Beine zu stoßen. Dann ließ es sich auf seinem rechten Fuß nieder, als wolle es ihn am Weggehen hindern.

Fred lächelte es an und hob den Kopf. Die Sonne blendete ihn und er hielt die Hand über seine Augenbrauen, um in die Weite blicken zu können. Wunderschön war das Land, eine Farbenpracht. Doch wenn er sich zum Haus umdrehte, dann spürte er nur Dunkelheit.

Da hinten am Horizont ist kein Abgrund, dachte Fred. Hier ist ein Abgrund, und da, wo der Himmel in die Erde taucht, ist die Freiheit. Dabei fiel ihm Friederike wieder ein. Das Mädchen, das er unbedingt wiedersehen wollte – das Mädchen, das ihm das Leben gerettet hatte.

Er war sich sicher, dass das kein Zufall gewesen war. Weshalb sollte sich in dieser gottverlassenen Gegend gerade in dem Augenblick, in dem er zu ertrinken drohte, jemand ganz in der Nähe aufhalten? Das konnte einfach kein Zufall sein. Das war in seinen Augen Schicksal, Vorsehung oder Gottes Fügung. Mutter hatte ihnen das Beten beigebracht, aber nicht nur in Zeiten der Not, sondern auch in Phasen des Glücks.

»Dankbarkeit«, sagte sie immer und immer wieder, »ist Nahrung für die Seele und das Überlebenselixier für schlechte Zeiten. Wenn deine Seele gut genährt ist, dann kann dir ein einzelner Winter nichts anhaben.«

Er hatte verstanden, was sie damit sagen wollte. Wenn du stets auf deine Seele aufpasst, dann wirst du die Lebenswinter überstehen, egal, wie viel Schnee liegt.

* * *

In diesen Tagen regnete es stundenlang und Nebelschwaden zogen übers Land. Krähen setzten sich auf die Felder und krächzten heiser.

Fred zog es auch heute wieder zum Fluss, der nach den schweren Regengüssen Kies und Laub vor sich herschob. Als er zum Himmel blickte, sah er eine Schar Schwalben gegen Süden ziehen. Sie formierten sich zu einer großen schwarzen Wolke, schwirrten auseinander und ließen sich als Einheit vom Wind davontragen. Das Kreischen der Vögel legte sich über die Stille des Rothaarwaldes. Alles war in orangefarbenes Licht getaucht. Leises Rauschen der zitternden Blätter. Die dicken Herbstbeeren glitzerten im milchigen Licht wie dunkelblaue Juwelen. Es duftete überall nach frisch aufgeschossenen Pilzen und verrotteten Blättern.

Jetzt senkte Fred den Blick und sah, wie sich etwas am Fluss entlang der Birken bewegte. Vorsichtig ging er in die Knie und stützte sich mit einer Hand am Boden auf, um das Tier nicht zu erschrecken. Ein Schachtelhalm kitzelte ihn im Gesicht. Ganz in der Nähe hingen die Äste einer Schlehe schwer beladen auf das Gras hinunter.

Genau da sah er es. Das Tier schnupperte an einer Tanne, tappte gemächlich den Fluss entlang, steckte seine Nase zwischen zwei Steine, zog sie wieder zurück und hielt inne, sodass Fred es in Ruhe betrachten konnte. Es war grau und trug schwarze und weiße Streifen am Kopf. Ein Dachs, dachte Fred aufgeregt. Plötzlich schoss hinter einem Baum ein zweiter Dachs hervor, und die beiden rannten wie im Spiel davon. Einen Augenblick blieben sie stehen, schnupperten an einem buschigen Haselnussstrauch und huschten gemeinsam ins hohe Gras, das zärtlich zu flüstern schien.

Jäh flog eine Amsel aus dem Gebüsch auf und flatterte mit klapperndem Schnabel davon. Fred blickte zum Himmel, folgte mit seinen Augen der Amsel und sah, wie schwarze Wolken den Himmel immer mehr trübten. Plötzlich fuhr er zusammen. Nicht unweit des Orts, wo die Dachse verschwanden, stand ein Fuchs. Fred erkannte, dass es derselbe Fuchs war, den er bereits einmal beobachtet hatte.

»Na, wohnst du hier?«, fragte er und das Tier und sah ihm direkt in die Augen. Verwundert blieben sie beide stehen. Was wohl in seinem Kopf vorging? Sein Fell glänzte rötlich, der Hals blitzte weiß auf. Jetzt hob er die schwarze Nase und schien etwas zu wittern. Dann verschwand er so schnell wie er aufgetaucht war zwischen zwei goldgelben Sträuchern.

Wo auch immer dieses Tier hergekommen und wohin es verschwunden war, es war ein Meisterwerk der Schöpfung, gerissen, unabhängig und stark. Wenn ich doch auch nur unabhängig sein könnte, so stark, dachte Fred. Er setzte sich auf die Felsen nah an den Fluss, zog seine Schuhe und Strümpfe aus und stellte die Füße ins eiskalte Wasser.

»Ich wusste nicht, dass du halb Fisch, halb Mensch bist«, sagte plötzlich eine weibliche Stimme hinter ihm. Abrupt drehte er sich um. Friederike stand nur ein paar Schritte von ihm entfernt. Fred schluckte, dann fand er seine Sprache wieder.

»Habe ich dir das nicht gesagt?«, entgegnete er mit vorgerecktem Kinn und zog seine Füße aus dem Wasser.

»Zeig mal deine Flossen.« Sie lachte, es war aber kein höhnisches Lachen, sondern ein liebevolles, sanftes. Sie trug lange Hosen und eine weiße Bluse. Die Arbeitsschuhe, die sie anhatte, waren aus braunem Rindsleder und wurden von roten Schnürsenkeln zusammengehalten. An den Sohlen klebte Morast.

»Zwischen meinen Zehen, schau hier.« Zum Spaß streckte er ihr die Beine entgegen. Erstaunt begutachtete sie seine schönen Füße. Vom kalten Wasser waren sie rot, doch den Grundton erkannte sie mit Leichtigkeit: Braun gebrannt, die Zehen lang und elegant.

»Keine Bauernfüße«, sagte sie und setzte sich direkt neben ihn.

»Ich werde nie Bauer werden«, sprach Fred bitter.

»Manchmal ist es gut, wenn man weiß, was man nicht will«, sprach sie beiläufig und zog an einem Grashalm. Dann legte sie den Halm zwischen die Hände und an ihren Mund. Sie trompetete ein kleines Lied, das Tröten klang lustig und traurig zugleich. Dann lachte sie ihn an, hörte aber gleich damit auf, als sie seinen Gesichtsausdruck sah. Er blickte sehr traurig.

»Ich werde Tierarzt werden und dann werde ich an einer Universität unterrichten«, sagte er in einem wütenden Ton.

»Ah, ich verstehe. Weg von hier.«

»Was ist mit dir?«, fragte er sie. Die Beine angezogen, die Arme auf den Knien, legte sie ihren Kopf auf ihre Oberarme und blickte über das Wasser. Sie schwieg. Er sah sie herausfordernd an.

»Ach, ich bin ja nur eine Tochter. Ich werde wahrscheinlich nie von hier weggehen.«

Fred gab sich damit nicht zufrieden. »Nein, das war nicht meine Frage. Was willst du?«

Friederike schwieg weiter, wusste keine Antwort, blickte zwischen Linden und Birken hindurch gegen das Licht. Jetzt spürte sie die Sonne auf dem Gesicht, die einen Weg suchte, den Nebel zu durchdringen. Es wurde heller und die Nebelschwaden verschwanden flussabwärts. Über ihnen kreiste ein Mäusebussard. Er pfiff so laut, dass die beiden den Kopf hoben, zwei schwarze Flügel in grellem Licht. Dann blickte sie Fred in die Augen, ihr Blick flackerte aufgewühlt. Noch nie hatte sie jemand nach ihren Wünschen gefragt.

»Was ich will?«, wiederholte sie äußerst vorsichtig, als könnte sie in einem unbedachten Augenblick die Worte verlieren. »Ich möchte über mein Leben bestimmen, möchte einen Beruf erlernen, vielleicht sogar ein Studium absolvieren, möchte Musik machen.«

Dann hielt sie inne, weil sie sich für ihre Gedanken schämte. Sie senkte die Stimme und sagte leise: »Vielleicht werde ich irgendwann den Hof meines Vaters übernehmen, Kinder haben, eine Familie.« Doch sie war sich dessen nicht sicher. Was, wenn sich ihr Leben ganz anders entwickelte? Sie wusste, dass das Leben über sie bestimmte, nicht umgekehrt. Dass Dinge ihren Lauf nahmen, ohne dass man sie aufhalten konnte. Worauf hatte sie tatsächlich einen Einfluss?

Wieder schwiegen sie lange Zeit. Friederike strich mit ihrer Hand über die gefallenen Blätter.

Fred nahm das Gespräch wieder auf. »Einen Hof zu besitzen, ist schön. Die Verantwortung ist groß und die Arbeit ist gut.«

Sie sah ihn an. »Aber?«

»Alles, was mich mit dem Hof verbindet, hat mit meinem Vater zu tun.«

»Und weiter?«

»Deshalb werde ich den Hof meiner Eltern niemals übernehmen.«

»Aber du bist der ältere Sohn. Du bekommst den Hof.«

Aus dem Nichts wurde Fred wütend, sah sie zornentbrannt an. Die Wut jedoch galt seinem Vater. »Den Hof, den ich mir wünschen würde, gibt es nicht. Die paar Schweine, Kühe und Hühner ergeben noch keinen Hof. Mein Vater schafft es nicht, sich um alles zu kümmern. Er schafft gar nichts, pennt bis in die Mittagstunden, danach schreit er meine Mutter an und verteilt Ohrfeigen. Wenn ich in ein paar Jahren den Hof übernehmen sollte, ist nichts mehr von ihm übrig!«

Friederike, die erschrocken war über seinen Ausbruch, sagte erst mal nichts, überlegte, wie sie ihm begegnen konnte. Dann sagte sie, so ruhig und besonnen wie möglich: »Hör mal, das wusste ich nicht. Ich kann aber auch nichts dafür. Wenn du dich beruhigt hast, sag Bescheid.«

Fred war verstummt, versuchte sich zu beruhigen. Er ärgerte sich, dass er sich nicht besser im Griff gehabt hatte. Womöglich war sie nun wütend auf ihn, weil er so laut geworden war. Sie stand aber nicht auf und lief davon, wie es Samuel immer tat, wenn er wütend war. Sie warf auch keine Steine in den Fluss, sondern blieb ruhig und beharrlich sitzen, blickte in die Ferne, als gäbe es dort tausend Dinge zu sehen. Ihre Haltung verriet nichts Vorwurfsvolles, nichts Aufgebrachtes, eher eine reife Entschlossenheit, die ihn an einer so jungen Frau erstaunte.

Neugierig folgte Fred ihrem Blick zum Himmel. Der Mäusebussard verteidigte flügelschlagend und kreischend sein Jagdrevier gegen zwei Krähen, die ihn attackierten. Immer wieder griffen sie ihn von der Seite an, versuchten den mächtigen Bussard in die Mangel zu nehmen, zeterten und kreisten um ihn, bis er im gleißend hellen Licht verschwand. Seine Schreie verklangen jäh, während sich die Krähen ebenfalls davonmachten. Endlich zwängten sich richtige Sonnenstrahlen durch das Dickicht, die die beiden blendeten.

Wie Fred dieses Mädchen für ihre Offenheit bewunderte. Ein ungewohntes Gefühl überkam ihn. Fred spürte große Zuneigung und zugleich Sehnsucht nach Berührung, nach Nähe.

Wie an diesem Abend, als sie mir die Zuckerwatte schenkte und mit mir tanzte, genauso möchte ich sie halten, dachte er. Er holte tief Luft, so leise wie möglich, und legte schüchtern seinen Arm um ihre Hüfte. Und wenn sie ihn wegstoßen würde? Nur Mut, dachte er. Nur Mut.

Als er sie in den Arm nahm, blickte sie ihn unverwandt, ja fordernd an. Möchte sie dasselbe wie ich? Er war verunsichert. Wollte sie es wirklich? Dann legte er zaghaft seine Lippen auf ihre, schüchtern, knapp. Ein kurzer, kindlicher Kuss. Doch er konnte kaum Luft holen, da erwiderte sie ihn. Diesmal war der Kuss leidenschaftlich, fordernd und zugleich überaus zärtlich. Fred hörte sein wildes Herz in den Ohren hämmern und spürte sanftes Glück in seinem Bauch. Friederike fuhr mit ihrer Hand durch sein dichtes Haar und seufzte, während er seine Augen schloss.

»Fanny«, sagte er leise, »wie schön du bist.«

Lange lagen sie sich in den Armen, lauschten den Amseln und Staren und glitten in das Liebesglück hinein, das sie sich beide ersehnt hatten.

KAPITEL 13

Kindergesichter

Westfront
Dezember 1914

Keiner der Soldaten hat nur ein Auge zugetan. Das Zittern und die Angst, getroffen zu werden, steckt ihnen allzu tief in den Knochen. Fred fühlt sich elend, seine Schläfen pochen vor Kopfschmerz. Er hat in den letzten Stunden etliche Kameraden sterben sehen. Jetzt fröstelt er, seine Füße sind zu Eisklumpen geworden. Der Himmel über dem Graben ist stahlblau, während die Wintersonne wärmend über das Feld zieht, auf dem tote Soldaten liegen. Kolkraben krähen beharrlich und schweben über dem Feld in Kreisen.

Hungrig und blass reckt sich Bär und gähnt laut. Er setzt sich neben Fred auf einen wackeligen Stuhl und klopft ihm auf die Schulter. Seine Lider leicht geschwollen, seine Wangen schmutzig, doch die Augen freundlich. »Hast du deiner Freundin geschrieben?«, fragt er Fred, um von dem schrecklichen Angriff abzulenken. Dieser lässt sich Zeit, erst nach einer Minute antwortet er.

»Ja, ich schreibe ihr so oft ich kann. Und was ist mit dir?«, will Fred wissen.

»Meine Süße schreibt mir oft, aber es gibt Probleme mit der Feldpost. Komme nicht alles an, meint sie.«

»Ja, hab' davon gehört. Aber schreibst *du* ihr?«

»Nee, hin und wieder. Selten.«

Freds müder Blick stellt eine stumme Frage: Wieso schreibst du ihr nicht öfter?

Plötzlich tritt Rottmann an die beiden heran und tut sich ungeduldig hervor: »Der kann doch gar nicht schreiben. Der hat eine Krankheit. Wortblindheit.«

»Lesen kann ich, aber schreiben fällt mir schwer«, sagt Bär leise und beschämt. Jetzt nimmt er den Helm ab, lässt seinen zerzausten Kopf hängen und hustet.

»Na, dann helfe ich dir, die Briefe zu schreiben«, sagt Fred bereitwillig. Rottmann zieht eine Zigarette aus der Brusttasche und gibt sie Bär. Fred bekommt keine.

»Hier, nimm und rauch.« Das Friedensangebot hat Erfolg. Bär hebt den schweren Kopf, zieht den Helm über und lässt sich von Rottmann die Zigarette anstecken.

»Saubermännern wie dir gebe ich keine aus«, schnauzt Rottmann Fred unfreundlich an.

»Lass mal«, gibt Bär zurück und teilt den Tabakstummel mit Fred. Als Rottmann weg ist, sagt Bär: »Der hat ein Problem mit allen. Nicht nur mit dir.«

»Danke.« Fred raucht genüsslich, pustet den Rauch in die kalte Luft. Zauberhafte Rauchschwaden ziehen gegen den eisblauen Himmel.

»Denkst du, wir sind bald wieder zu Hause?«

»Ich glaube, das wird noch etwas dauern«, gibt Fred ehrlich zurück.

»Eigentlich wollte ich meine Süße heiraten, bevor ich in den Krieg ziehe, aber wir haben keinen Termin mehr bekommen in der Kirche. War alles ausgebucht. Alle wollten noch heiraten, bevor sie die Uniform angezogen haben«, erklärt Bär bedauernd.

Rottmann brüllt von seinem Unterstand herüber: »Die Weiber hoffen alle auf die Witwenrente.«

»Ich denke nicht, dass es um das Geld geht«, sagt Fred bestimmt. »Ich glaube, es geht um das Versprechen, aufeinander zu warten, füreinander da zu sein in einer sehr schwierigen Zeit.«

Bär spuckt auf den Boden: »Na, mein Bruder hat mich gewarnt.

In jeder Batterie gibt es einen Idioten wie dich, einen Philosophen, der alles hinterfragt.« Er zwinkert ihm freundlich zu, als wolle er seinen Worten die Härte nehmen.

Rottmann verdreht die Augen und reibt sich den Rücken, der schmerzt vom vielen Stehen.

»Ich glaube, die Frage nach dem Sinn ist nie falsch«, meint Fred dazu.

»O Gott, bewahre«, sagt Rottmann, verdreht erneut die Augen und drückt sich gegen die Brustwehr.

»Ich will die Dinge doch begreifen, sie in ihrer Einmaligkeit entdecken«, fährt Fred fort. »Sonst ...«

»Sonst was?«, fragt Bär neugierig.

»Es liegt doch in der Natur des Menschen, wissen zu wollen, wozu man etwas tut, warum Dinge geschehen? Gerade jetzt und hier!« Müde und ratlos blickt er Bär in die Augen, während seine Hand aufs Niemandsland zeigt. Bär glotzt ihn fragend an. »Hast du dir nie die Frage nach dem Ganzen gestellt? Jetzt gerade nach dieser höllischen Nacht? Wozu das alles geschieht?« Freds Herz klopft laut gegen den Brustkorb. Ein Bild nach dem anderen von dieser Nacht jagt ihm durch den Kopf und bleibt im Ohr hängen. Schreckliche Schreie, fallende Körper, ohrenbetäubendes Trommelfeuer.

Bär seufzt. »Ich frage mich die ganze Zeit, was wir hier verloren haben. Immer geht's nur ums Schießen. Die Tommys da drüben kennen wir nicht einmal. Sehen aus wie Pfadfinder und verhalten sich auch genauso dämlich.«

Sie sehen aus wie Kinder, überall nur Kindergesichter, Bär hat recht, überlegt Fred. Das trifft es genau.

»Vielleicht ist es besser, dass wir sie nicht kennen«, meint Fred erschöpft. »Oder würdest du auf jemanden schießen, der dein Freund ist?« Plötzlich spürt er einen Stich in seinem Herzen, eine tiefe Traurigkeit überkommt ihn. In seinem Unterbewusstsein regt sich etwas, doch er lässt es nicht an die Oberfläche kommen. Nur sein verschlossener Ausdruck zeugt von seinen inneren Kämpfen.

Als Bär Freds Gesicht sieht, versucht er ihn aufzuheitern. »Schlimmer als das hier ist dieser Wein, den sie uns jeden Tag andrehen.

Schmeckt nach Essigzucker und brennt höllisch. Ich habe schon erste Blasen auf der Zungenspitze.« Er klopft mit der Hand auf seine Manteltasche, in der eine Flasche steckt. Fred lächelt ihn an. Bär, was würden wir nur ohne dich tun?

Plötzlich hallt Knolles Stimme durch den Graben: »Scheller, antreten!«

Alle Soldaten starren in die Richtung des Zwergs. Sogleich trabt Fred beim Leutnant an, der in einem kleinen Holzverschlag abseits des Grabens sitzt, stellt sich vor den kleinen wackeligen Tisch und grüßt eilig.

»Sie sind im Studium, Scheller?«

»Ja, Herr Leutnant! Veterinärmedizin.«

»Das interessiert mich nicht, Vollpfosten. Hören Sie zu!«, sagt er ungehalten und wird dann sehr leise. Es ist beinahe ein Flüstern. »Wir haben zurzeit große Verluste überall an den Frontlinien bis nach Belgien erlitten. Das ist hier wie im verdammten Flohzirkus, überall schleichen die Tommys herum, springen in unsere Gräben und mähen alles nieder. Nun, Scheller. Bestimmt sind Sie informiert. Akademiker haben bei uns die Möglichkeit, wichtige Posten zu übernehmen. Falls mir etwas zustoßen sollte, dann übernehmen Sie die Männer. Ich ernenne Sie hiermit zum Reserveoffizier.«

»Danke, Leutnant Knolle!«, sagt Fred beunruhigt. »Aber denken Sie, ich bin der Richtige ...«

»Halten Sie die Schnauze, Scheller, und kommen Sie mir nicht mit Bedenken! Deshalb habe ich Sie nicht gefragt, Mann. Sie tun es einfach. Das ist ein Befehl!«

Fred ist verunsichert. Wie soll er all diese Männer anführen? Er hat doch keinerlei Fronterfahrung, außerdem ist er noch sehr jung für einen Offizier.

»Und Scheller«, zischt der Zwerg. »Verkneifen Sie sich hier im Graben gefälligst die Fragen nach dem Sinn. Sie machen nur die Männer verrückt! Ein Soldat denkt nicht nach. Er befolgt Befehle, Herrgottnochmal!«

* * *

Gegen Abend kommt die Post. »Aha, eine hellblaue Damenhandschrift!«, ruft Knolle, der die Post höchstpersönlich verteilen will, und wedelt mit dem Brief durch die Luft, wirft ihn dann Fred zu.

Fred prüft den Umschlag und erkennt Fannys Handschrift. »Endlich!«, entfährt es ihm. Ein Brief von Fanny! Mit unverhohlener Neugier betrachtet Knolle seinen Soldaten, doch Fred reagiert nicht. Um kein Geld in der Welt würde er den Brief vor den Männern öffnen, geschweige denn daraus vorlesen.

»Lassen Sie sich nicht ablenken von den Damen!«, belehrt Knolle. Und dann brüllt er alle an: »Wir haben hier einen Krieg zu gewinnen!«

Genau das ist es, was Knolle möchte, denkt Fred. Kontrolle.

»Beim nächsten Exerzieren überprüft er unsere Unterhosen, wenn er einen Grund dafür findet«, flüstert Rottmann sauer.

Nach einem langen Tag und dem mageren Abendessen – Kartoffelbrei und Steckrüben – legen sich die Männer für ein paar Stunden hin. Als Fred sich ein Nachtlager auf den Brettern sucht, sieht er zwei Ratten, die sich um ein Stück Brot streiten. Die eine, ein dickes, beinahe schwarzes Tier, hat ihre Zähne in das trockene, schimmelige Brot gekrallt und frisst, während die andere, ein etwas dünnerer, aber weitaus größerer Nager, eine Ecke des Brots für sich beansprucht und nicht loslassen will.

Angewidert dreht sich Fred weg und legt sich umständlich auf die Bretter. In der Zwischenzeit hat er den Brief mit seinem Finger geöffnet und das gute Papier mit klammen Händen aufgefaltet. Die Flamme einer kurzen Bienenwachskerze hilft ihm, die Worte zu entziffern. Fannys Handschrift wirkt auf ihn wie ein zartes Kunstwerk und er liest Linie für Linie sorgfältig, verfolgt jede elegante Windung, dabei übergeht er keinen einzigen Buchstaben.

Geliebter Fred,
ich danke dir für deine vielen Briefe. Leider habe ich selten die Möglichkeit zu antworten. Die Schule und das Leben fordern viel von mir. Das Studium beginnt bald.
Meiner Mutter geht es nicht besser. Sie wird vermutlich eine

Zeit lang im Krankenhaus bleiben. Ich hoffe und bete, dass sie wieder gesund wird bis Weihnachten.

Aber wie geht es dir? Ich gebe offen zu, ich sorge mich sehr um dich. Krankheiten grassieren, Nahrung ist knapp geworden. Auch bei uns.

In letzter Zeit, im Angesicht der Sinnlosigkeit des Krieges, musste ich viel über eine Frage nachdenken, über die wir schon oft gesprochen haben: Gehen Vernunft und der Glaube an Gott zusammen? Ich habe lange gebraucht, um eine Antwort zu finden. Vielleicht hilft sie dir.

Ich persönlich glaube, dass eine Welt hinter der Welt besteht, eine, die wir nicht sehen, aber dennoch spüren können. Dieses Empfinden ist seit meiner Kindheit tief in mir verankert, es gleicht einem Raum, in dem ich Gott jederzeit begegnen kann, indem ich ich selbst sein kann, so wie er mich schuf.

Meine Vernunft jedoch gibt mir das Verständnis für diese Welt, auch wenn ich sie oft nicht verstehen kann. Ich erkenne meine Welt hier und erahne die Welt dort. So ist es ein Balanceakt zwischen der Vernunft, dem Erkennen dieser manchmal sehr traurigen Welt, und der Welt dahinter, die ein großes Geheimnis bleiben wird und auf die ich hoffen darf. Ja, es ist möglich, wenn auch nicht einfach. Dazu bedarf es Glaube.

Küsse,
deine Fanny

Nachdem er den Brief dreimal gelesen hat, pustet er die Kerze aus und legt sich den Brief auf die Brust. Er starrt das milchige Gesicht des Mondes an, das langsam hinter den Wolken zerfließt. Mit geschärften Sinnen und langsam schlagendem Herz denkt er über Fannys Worte nach, die ihn glücklich machen. Die Vernunft gibt mir Verständnis für diese Welt ..., ein Balanceakt zwischen der Vernunft und dem Erkennen ... Und dann spürt er Heimweh. Sehnsucht nach seiner Geliebten.

Dennoch ist er nicht mit allem einverstanden, was sie schreibt. Ich kann mich nicht dazu durchringen, Verständnis für diese Welt hier aufzubringen, überlegt er. Ich kann es einfach nicht.

Und dann fallen ihm wieder Bärs Worte ein. Pfadfinder ... Wir kämpfen gegen Männer, die eigentlich noch Kinder sind ...

Bärs Worte haben sich resolut einen Zugang zu Freds Gewissen verschafft. Kindergesichter. Überall Pfadfinder und Kindergesichter. Genau wie das von Samuel, denkt Fred, während er in den Schlaf gleitet.

KAPITEL 14

Gymnasium

Bad Berleburg, Sauerland
1910

Mit der Liebe zu Fanny wuchs nicht nur Freds Selbstbewusstsein, sondern auch sein Mut, sich im Leben zu wehren, nicht alles zu schlucken, was Vater ihnen zufügte. Er war hochgeschossen, war größer geworden als Mutter und Vater, und wenn er durch die Küchentür trat, musste er den Kopf einziehen. Einmal hatte er sich sogar die Stirn verletzt, als er verschlafen hatte und zum Bahnhof rennen musste.

Seit er im Gymnasium war, begann sein Tag um fünf Uhr morgens. Er stand auf, zog sich an, meist ein dünnes, ausgebessertes Hemd – aus den meisten war er herausgewachsen und die Ärmel waren viel zu kurz –, eine alte Hose und seine Wanderschuhe, und fuhr mit dem Frühzug wie so viele andere Dorfbewohner, die Arbeit in der Fabrik gefunden hatten, in die Stadt. Unterwegs aß er mit großem Hunger sein Frühstück, das seine Mutter jeweils zubereitete, frisches Weißbrot, Kümmelsenf, manchmal mit Wurst oder Käse. Meist im Stehen, denn die Sitzplätze waren für die Erwachsenen gedacht. Aber das war ihm egal, denn bequem waren diese Plätze ohnehin nicht, meist auch schmutzig.

Sein Gesicht hatte etwas Kantiges, Unbändiges gewonnen, die rundlichen Züge der Kindheit – volle Wangen, große Augen – hatte es verloren. Die blauen Augen blickten nun ernst und herausfordernd in die Welt, und die schwarzen Wimpern umspielten das warme Glänzen elegant. Ihm wuchsen einzelne, blonde Bartstoppeln und seine Muskeln an Oberarmen und Oberschenkeln wurden beachtlicher. Seine Mutter witzelte: »Hast du wieder von der frischen Hefe gegessen?«

Er war ein guter Schüler, kein Streber, das war er nie, aber einer der wenigen Schüler seiner Klasse, die die Dinge zu Ende dachten, nicht einfach auswendig lernten. Anatomie und Biologie waren seine Lieblingsfächer. Meist rief der Anatomielehrer Fred auf, weil er den ganzen menschlichen Körper kannte, jedes Organ und seine Aufgabe nennen und ausführen konnte, wie es funktionierte.

Er lobte ihn, förderte ihn. Dr. Ludwig war ein stiller Mann, überlegt und gleichzeitig ein eifriger Dozent, der immer sorgfältig gekleidet war. Hohe Bundfaltenhose, weiße, perfekt gebügelte Hemden, Kurzarmpullover, seidene Krawatten mit dezenten Mustern, teure Lederschuhe. Sein Haar trug er etwas zu lang, sodass stets eine graue, wilde Strähne in sein faltiges, aber gepflegtes Gesicht hing. Handelte sein Unterricht zum Beispiel von der Leber, dann war es möglich, dass er zwei Stunden über ihre Zellen, ihre Aufgaben und Zusammenhänge im ganzen Körper referierte, dabei die Pause vergaß und so die Schüler mürrisch machte. Bei den meisten Schülern war er wegen seiner anspruchsvollen Art zu unterrichten unbeliebt, lediglich Fred und ein paar Streber in der Klasse mochten ihn und seine Exkurse in die Welt der Anatomie.

Einmal, es war kurz vor Ostern, wurde Fred von Dr. Ludwig in der Pause angesprochen, nachdem Fred im Unterricht ein kurzes Referat über das Herz gehalten hatte. Erneut hatte Fred Dr. Ludwig mit seinem Wissen beeindruckt.

»Scheller, ausgezeichnete Leistung!«, begann er mit leuchtenden Augen. »Das Herz ist das wichtigste Organ im Körper überhaupt. Merken Sie sich die Zusammenhänge, Lungenkreislauf, Blutkreislauf gut. Der Motor eines Menschen! In Zukunft wird man am Herz operieren, das kann ich Ihnen heute schon sagen. Die Forschung ist weit fortgeschritten. Man operiert bereits am Herzen von Versuchstieren. Angesicht der vielen Herzklappenfehler wäre es sehr bedeutend, auch bei Menschen Herzklappen operieren zu können.«

Fred sah ihn verdutzt an. »An Tieren werden Herzen operiert?«

»Nun ja, an Versuchstieren. Man möchte feststellen, ob es möglich ist, ein Herz außerhalb des Torsos operieren zu können und wieder einzusetzen. Natürlich überleben das die Tiere nicht.«

Fred durchzuckte ein heftiger Schmerz. Die Vorstellung, dass gesunde und unschuldige Tiere für wissenschaftliche Zwecke aufgeschlitzt wurden und dann sterben mussten, tat ihm körperlich weh. Dr. Ludwig fixierte ihn mit seinen konzentrierten Augen.

»Wollen Sie mir verraten, was Sie einmal studieren möchten?«

Fred sah ihn überrascht an. Dr. Ludwig erkannte, dass er Fred überrumpelt hatte, und ließ ihm Zeit zu antworten. Als Dozent hatte er gelernt, jungen Menschen niemals das Wort abzuschneiden, denn ihre Schüchternheit und Unsicherheit gebot es, erst einmal abzuwarten, bis sie sich dazu durchringen konnten, ihre Meinung kundzutun.

Für Fred war die Antwort nicht einfach, er tat sich schwer mit klaren Antworten. Was, wenn alles anders kam? Konnte er auf diese Weise sein Schicksal beeinflussen? Und wenn er die falsche Antwort gab?

Schließlich holte er tief Luft und sagte: »Ich möchte gerne Tiermedizin studieren, Dr. Ludwig. Ich mag Tiere sehr.«

Dr. Ludwig warf ihm einen überraschten Blick zu. Dann legte er ihm anerkennend die Hand auf die Schulter. Die anderen Schüler stürmten bereits wieder ins Klassenzimmer an ihnen vorbei, lachten auf, schubsten, klopften auf die Holztische.

Manche beobachteten Fred neidisch. Auch sie hätten sich die Gunst von Dr. Ludwig gewünscht. Aber sie hatten nicht wie Fred gelernt, sich die Anerkennung zu erarbeiten. Viele von ihnen aus reichem Elternhaus waren es gewohnt, Dinge zu erhalten, für die sie nicht arbeiten mussten. Eine Aufnahme ins Gymnasium, weil der Vater Gönner der Schule war, regelmäßiger musikalischer Unterricht, obwohl sie nicht wussten, wo bei einer Klarinette oben und unten war. Und jetzt zerrissen sie sich neidisch die Mäuler über Fred, der sich jedes einzelne Prüfungsergebnis selbst erarbeitet hatte.

»Na, dann hoffe ich, Scheller, dass Sie sich bewusst sind, dass die Arbeit als Tierarzt nicht immer schön und erfüllend sein muss, sondern auch einiges von Ihnen abverlangen wird.« Mit diesen Worten verschwand Dr. Ludwig aus dem Klassenraum.

* * *

Manchmal kam es vor, dass Fred sich um Samuels Angelegenheiten kümmerte, seinen Bruder anleitete, die Arbeit zu erledigen.

»Mach deine Hausaufgaben, sonst kommst du hier nie weg und musst Vater bis ans Ende deiner Tage die Schuhe putzen.« Freds Stimme klang fordernd, während er hinter seinem Bruder stand und ihm über die Schulter blickte.

Samuel drehte den Kopf, lächelte ihn unsicher an und legte seine Wange an Freds Brust. Dann sprang er auf, stellte sich in die Mitte des Raums und äffte seinen Vater nach. Er verzog den Mund zu einer grässlichen Grimasse, runzelte die Stirn und sagte mit tiefer Stimme: »Los, bis morgen in den Keller, wo dir die Gespenster den Rücken kraulen werden!«

Die beiden wünschten sich nur eins: weg von diesem Zuhause.

Weg von diesem gewalttätigen Vater, auch wenn sie ihre Mutter über alles liebten.

Fred blickte auf seine Bücher, die auf dem Esstisch lagen. Tierbiologie und Anatomie von Hunden und Pferden. Schon seit einigen Monaten studierte er die Bücher, ließ sich von seinem kleinen Bruder abfragen, obwohl Samuel Mühe hatte mit den Worten. Er las langsam und schwerfällig. So ganz anders als die anderen Kinder. Obwohl er schon zwölf Jahre alt war und eigentlich schon längst ganze Bücher lesen sollte, holperten seine gelesenen Sätze. Samuel war in der Schule immer hinterhergehinkt, vermutlich eine Folge seines geschädigten Gehörs.

Gerade deswegen bemühte sich Fred darum, dass sein Bruder regelmäßig lesen konnte, die Lücken schloss, Vokale richtig aussprach, richtig atmete beim Vorlesen, damit er nicht ständig die Worte verschluckte.

Plötzlich nahm Samuel einen alten, zerschlissenen Fußball hervor, den er im großen Schrank in der Stube versteckt hatte. »Komm, lass uns spielen!«

Nun jonglierte er umständlich den Ball auf seinen Füßen, bis er ihn fast verlor und Fred einschritt. »Hey, Großer, morgen spielen wir draußen. Wenn Vater dich mit dem Ball in der Stube erwischt, wird er dich erwürgen.«

Samuel lachte und gab ihm den Ball, ein Anflug von Enttäuschung in den Augen. »Hast du gewusst, dass José Brachi beinahe einen Torschnitt von eins hat?«

»Brachi? Du meinst Santiago Raymonda, der Linksaußenstürmer?«

Fred schüttelte den Kopf. »Nein, Signore Brachi, Brachi!«

»Brachi, der wie eine Maschine läuft? Der rennt wie ein Marathonläufer an der Olympiade.«

Fred gab zurück: »Marathonläufer laufen nicht so schnell wie Fußballer, Brüderchen. Die rennen ja viel weiter als beim Fußball.«

Fred zuckte die Schultern. »Was soll's. Fußball ist doch nur ein Spiel.«

»Manfred, du bist immer so ernst.« Samuel trat ein paar Schritte näher und umarmte seinen großen Bruder. Dann sagte er: »Ich werde einmal ein berühmter Fußballer.«

Fred lachte und Samuel fügte hinzu: »Und du ein berühmter Tierarzt.«

»Mal sehen«, gab Fred zur Antwort. Er war sich nicht sicher, ob er die Aufnahmeprüfung an der Münchner Universität schaffen würde. Aber einen Versuch war es wert, fand er.

KAPITEL 15

Prüfung

Universität München
Frühling 1913

Der große Prüfungssaal war gefüllt mit Studenten, die an kleinen Tischen saßen. Aufregung war zu spüren. Niemand sprach, alle lauschten, um keine Anweisung des seltsamen rothaarigen Professors zu verpassen, der vorne an der Tafel stand und fröhlich in die Runde blickte. Kühle Luft bewegte sich im Raum. Kurz zuvor war noch gelüftet worden und eine junge Frau, vermutlich eine Sekretärin, schlug die großen Fensterflügel zu, die leicht schepperten. Dann hallten ihre hohen Absätze gegen die weißen leeren Wände und eine Tür fiel ins Schloss. Stille.

Papier und Stift lagen auf allen Tischen bereit, manche hielten bereits einen Füllhalter, andere Bleistifte in der Hand. Weil es so viele waren – 230 Studenten hatten sich zur Aufnahmeprüfung angemeldet – und das Mobiliar nicht ausreichte, saß ein Dutzend von ihnen hinten an einfachen, langen Brettern aus Buchenholz, die von einem Hauswart auf Holzböcke gestellt worden waren.

Wie üblich hatte Fred weit vorne im Saal Platz genommen. Sein Blick fiel auf die schwarzen Dächer von München, über die weiße Schleierwolken zogen, während die Sonne die eleganten, beigen Stadthäuser, die noch von einem strengen, langen Winter ausgekühlt waren, aufzuwärmen versuchte.

Zwei sorgfältig gekleidete Studenten in der Mitte des Raumes flüsterten sich eilig etwas zu. Ein lautes Räuspern des Professors schallte über die frisch gekämmten, gefetteten Köpfe. Der Professor, ein Mann Mitte 40, verfilztes Haar, glatt rasiert mit schiefer, schwarzer Brille und gekleidet in einen ausgeleierten, karierten Anzug, begann etwas an die Tafel zu schreiben. Seine Kreide quietschte auf der Tafel.

Zeitplan: Drei Stunden Biologie, 30 Minuten Pause, zwei Stunden Mathematik, eine Stunde Mittagspause, zwei Stunden Physik, 30 Minuten Pause, eine Stunde Chemie, 15 Minuten Pause, eine Stunde Deutsch.

Bitte nicht sprechen. Bleiben Sie locker. Viel Glück.

Der Professor blickte auf seine Silberuhr, die an einer Kette um seinen Hals hing, und lächelte: »Sie dürfen beginnen.«

Auf dem kleinen Tisch, an dem Fred saß, lag die Uhr seiner Mutter. Eine kleine silberne Armbanduhr. Der Zeiger deutete auf 7:30 Uhr. Er musste sich beeilen. Er war ein sorgfältiger Schüler, fand sich aber eher mühsam zurecht in Prüfungen und brauchte oft mehr Zeit – nicht wie andere Studenten, die eben beides konnten: schnell und exakt Fragen beantworten.

Fred beugte sich über die zahlreichen Prüfungsblätter, drehte die Biologieprüfung um und blickte konzentriert auf die erste Frage.

Erklären Sie den Aufbau einer tierischen Zelle.

Er kniff die Augen zusammen, ein jäher Schmerz durchfuhr seine Gedanken. Sein Auge war blau angeschwollen. Die Haut über seinem Wangenknochen verfärbte sich bereits gelb. Vater hatte zwei Tage zuvor versucht, seine Reise nach München zu verhindern – auf seine übliche Weise.

»Du solltest deine Kräfte für den Hof sparen. Mutter braucht dich hier. Wie soll ein dummer Bauer wie du ein Studium stemmen können?«

Ja, er hatte tatsächlich Mutter ins Spiel gebracht. Von sich hatte er gar nicht erst gesprochen. Vielleicht, weil er eingesehen hatte, dass er keine tragende Kraft mehr war auf dem Hof. Vor wenigen Wochen hatte ihn dieser Umstand allerdings nur noch wütender gemacht.

Eines Abends, als Fred gerade im Schweinestall zugange war, stellte er sich seinem Sohn in den Weg und schrie ihn unvermittelt an. »Und genau hier ist dein Platz! Hier bleibst du auch!«

»Lass mich in Ruhe, alter Mann«, entgegnete Fred leise, während er mit der Heugabel das frische Stroh auf den Boden warf. Und plötzlich stieß Vater Fred mit seiner ganzen Kraft gegen die Stallwand und schlug ihm mit seiner rechten, zitternden Hand aufs Auge.

Vielleicht war es Absicht gewesen und er hatte gedacht, sein Sohn würde mit einem zerschlagenen Gesicht nicht zur Aufnahmeprüfung reisen, weil er sich schämte. Aber da hatte er sich getäuscht.

»Ich kann so nicht leben!«, schrie Fred und stieß seinen Vater beiseite. Hatten die Streitereien zwischen Vater und Fred immer dazu geführt, dass Fred heimlich an den Fluss lief und weinte, blieben seine Augen mittlerweile trocken. Derart verbittert war er.

Beide torkelten. Wutschnaubend sahen sie sich in die Augen. Die Schweine schrien vor Aufregung. Mit seinen Fingern tastete Fred nach dem Auge, das so schmerzte, dass er es nicht öffnen konnte.

»Ich kann nicht hierbleiben! Ich muss meinen Weg gehen, Vater! Ich will Tierarzt werden!«

Fred hatte es sich tausendmal durch den Kopf gehen lassen.

Was, wenn ich bleiben würde?

Er konnte nicht. Jeden Tag spürte er, wie seine Fäuste härter wurden, die Arme größere Lasten tragen konnten. So wie seine Muskeln wuchsen, wuchs auch die Wut auf Vater. Ich darf nicht bleiben, dachte Fred, sonst werde ich ihn eines Tages erschlagen.

* * *

Sein Hemd war nass, der Schweiß rann ihm von der Stirn, während er sich über das vollgeschriebene Blatt Papier beugte. Ein Tropfen fiel auf einen Buchstaben aus Tinte. Er zerlief. Fred schüttelte seine Schreibhand, die ihn schmerzte. Im Saal war die Luft dick wie Kartoffelsuppe. Papierrascheln, Stifteklopfen auf Papier, jemand schob stetig einen Fuß nervös hin und her. Wenn er nur etwas trinken könnte. Er fühlte sich ausgetrocknet und müde. Ein Glas Wasser war im Prüfungsraum nicht erlaubt.

»So, beenden Sie bitte den Satz, notieren Sie Ihren Namen und dann legen Sie die Prüfung hier auf meinen Tisch«, sagte der Professor, der mit der Hand auf den Tisch klopfte und in den Apfel in seiner anderen Hand biss. Nach der ersten Prüfung schwindelte es Fred. Er brauchte dringend eine Erfrischung.

Draußen auf dem Flur zog er sich in eine Fensterecke zurück, während die anderen Studenten sich lautstark austauschten, lachten und herbe Zigaretten rauchten. Fred fasste in seine Tasche und zog einen Stoffsack heraus, in dem seine Brotzeit steckte. Tief durchatmend stellte er sich mit dem Gesicht in die Sonne und aß genüsslich ein Stück Brot und einen der Äpfel, die ihm Mutter an ihrer Schürze glänzend gerieben hatte.

Mutter war nicht wie Vater. Sie hatte sich über seinen Entschluss, die Aufnahmeprüfung anzugehen, gefreut. Einen Tag zuvor war sie extra früh aufgestanden, hatte ihm am Morgen die Brotzeit eingepackt, mehrere Stücke Schwarzbrot mit Wurst, Äpfel, Birnen und eine Flasche Most. Zum Abschied hatte sie ihn auf die Stirn geküsst.

»Gott segne dich, mein Lieber«, sagte sie mit Tränen in den Augen. Sie blickten sich fragend an.

»Mutter, du nimmst mir doch nicht übel, dass ich studieren will?«, fragte er leise. Sie schüttelte den Kopf und schwieg. Einen Moment später sagte sie laut und bestimmt: »Ich wäre wütend auf dich, wenn du nicht zur Universität gehen würdest. Los. Verschwinde.«

* * *

Der Brief der Universität München kam an einem Montag. Geschmückt mit einem wunderschönen, herrschaftlichen Wappen. Fred legte ihn sachte auf den Küchentisch, während Vater ihn und seine wichtige Post ignorierte. Mutter, die gerade einen Brotteig knetete, wedelte mit den klebrigen Händen. Aufgeregt rief sie: »Worauf wartest du noch? Los, aufmachen!«

Die Wochen nach der Prüfung hatte Fred schlecht geschlafen, hatte von vermasselten Prüfungen geträumt – einer Fünf in Biologie –

hatte den rothaarigen Professor gehört, wie er ihm ins Ohr rief: »Vollkommen unfähig!«

Fred starrte auf den Brief. War er tatsächlich unfähig? Was, wenn er die Prüfung nicht bestanden hatte? Gab es überhaupt eine Alternative für ihn? Dann riss er mutig den Briefumschlag auf, öffnete das Briefpapier mit dem elegantem Wasserzeichen und las laut vor.

Geehrter Herr Scheller,
wir gratulieren Ihnen zur bestandenen Prüfung. Ihr Prüfungsschnitt beträgt 2,1.
Bitte immatrikulieren Sie sich an unserer Universität in Ihrem gewünschten Fach bis zum 1. Juni 1913. Die Studiengänge beginnen am 12. August 1913.
Hochachtungsvoll
Der Rektor
Professor Dr. Wilfried Mülinger

Fred fiel ein Stein vom Herzen. Bestanden, dachte er. Bestanden! Misstrauisch prüfte er das Schreiben. War es tatsächlich wahr? War das der Beginn eines anderen Lebens, seiner eigenen Zukunft? Er schwieg und las das Schreiben noch einmal, Wort für Wort. Tatsächlich.

Es kam ihm so vor, als würde sich zum ersten Mal im Leben eine Tür öffnen, die auf einen Weg ohne Hindernisse hinausführte, ohne Falllöcher oder von schwarzen Wolken überschattete Abschnitte. Alles kam ihm hell und klar vor wie nach einem Frühlingsregen. Es fühlte sich großartig an.

»Danke, Herr. Danke«, sagte er mit zitternder Stimme. Gott hatte ihn also doch gehört.

»Großartig«, sagte Mutter, als sie das Gesicht ihres Sohnes sah. »Stolz. Ich bin sehr stolz, mein Junge! Was für eine Freude!« Sie nahm ihn in die Arme und drückte ihn.

Samuel, der Mutter in der Küche half und alles mitbekommen hatte, sagte kein Wort. Stolz, Freude ... wie konnte Mutter das sagen?

Was er empfand, war alles andere als Freude. Ohne ein Wort zu sagen schlich er sich aus dem Haus und flüchtete mit dem Fahrrad zum Fluss. Alles, was er fühlte, war Traurigkeit. Trauer, dass Fred sie verlassen würde. Hatte Fred nicht versprochen, immer auf ihn aufzupassen?

Als Fred seinen Bruder suchte und sah, wie dieser eilig davonradelte, wandelte sich die Freude in Verunsicherung. Ein ganzes Stück Arbeit würde auf Samuel zukommen, wenn sie nicht mehr zu zweit waren. Das allein zu schaffen war schwierig. Besonders die Tiere mussten täglich stundenlang umsorgt werden. Fred hatte vor einigen Tagen mit Mutter darüber gesprochen. Sie hatte sich sogar lustig über ihn gemacht, sagte: »Es wird alles den Bach runtergehen. Wirst schon sehen!« Und dann hatte sie gelacht.

So kannte er seine Mutter gar nicht. Was war es, das sie ihm nicht sagen wollte oder konnte?

»Mutter!«, hatte Fred sie angefleht. »Ich muss es wissen. Kann ich euch allein lassen?«

Sie ließ sich nicht darauf ein. Wischte ihre Hände an der schönen roten Schürze ab und eilte in die Küche. So war sie immer. Sie wich den Problemen aus, flüchtete sich von einem Zimmer ins nächste, um keinesfalls über wichtige Dinge sprechen zu müssen.

»Mutter«, rief Fred erneut, »sprich mit mir! Wird es gehen ohne mich?«

Doch die Mutter wusste, wann sie reden und wann sie schweigen musste. Nein, dachte sie, während sie Kartoffeln schälte und ins Wasser legte. Es wird nicht gehen. Aber es muss gehen, weil Manfred ein eigenes Leben verdient hat!

* * *

Die letzte Nacht zu Hause verbrachte Fred an seinem geliebten Fluss. Er legte sich in die Hütte, die er mit Samuel gebaut hatte, deckte sich mit einer dicken Wolldecke zu und beobachtete, wie die kleinen schaumigen Wellen ans Flussufer herangetragen wurden und dann verschwanden. Wenn er den Kopf drehte, konnte er beobachten, wie ein Fischreiher einen Fisch nach dem anderen aus dem Wasser stibitzte und herunterschluckte.

»Na, du Schöner! Hast wohl Hunger«, sagte er leise zu ihm, damit er ihn nicht erschreckte. Die Fischreiher waren meist sehr schreckhaft. Dieser hier, mit grauem Federrock und eleganten schwarzen Schopffedern, drehte kurz den schmalen Kopf, blickte ihn teilnahmslos an und flog mit seiner zappelnden Beute davon. Fred sah ihm nach. Wie würdevoll er die Flügel hob und senkte und im Gegenlicht verschwand. Fred blinzelte ein wenig.

Der Himmel war weiß wie ein unbeschriebenes Blatt. Nun also begann sein neues Leben.

Er ließ die letzten Wochen und Monate noch einmal vor seinem inneren Auge vorbeiziehen. Unweigerlich dachte er an Fanny, seine Liebste. Hier, ganz in er Nähe, hatte sie ihn damals gerettet. Seitdem hatte sie einen festen Platz in seinem Herzen ... und er in ihrem.

Als sie sich heute Nachmittag verabschiedet hatten, war es ihr schwergefallen, den Schmerz zu verbergen. Sie spürte Freds Vorfreude, seine gespannte Erwartung. Für sie war der Abschied schlimmer als für ihn. Sie blieb zurück, während auf ihn etwas Neues wartete.

Hilflos hatte Fred ihr die Tränen von den Wangen gewischt, ihr zärtlich über das dunkle Haar gestrichen. »Ich werde dir schreiben«, versprach er ihr. Sie nickte wortlos und brachte ein leises Lächeln zustande.

Behüte dich Gott, sagten ihre Augen.

* * *

Die Reise nach München war lang. Sein Gepäck bestand nur aus einem kleinen, braunen Lederkoffer, der gefüllt war mit frischer Wäsche. Mutter hatte ihm gesagt: »Wenn du den Ort nicht kennst, wo es dich hin verschlägt, musst du immer viele warme Sachen einpacken.«

Fred kannte überhaupt keine Orte. Wie sollte er? Außer für die Aufnahmeprüfung war er ja noch nie in seinem Leben irgendwohin gereist. Auch hatte er noch nie irgendwo anders als in Bad Berleburg gelebt. Ihm war sonderbar zumute. Auf der einen Seite spürte er ein angenehmes Gefühl von Vorfreude in seinem Bauch, auf der anderen Seite tat es ihm leid, dass er Mutter und Samuel verlassen musste.

Die Tierärztliche Fakultät München bestand aus einem Haupthaus aus gelbem Naturstein, einem Zwischenbau und einem Anbau. Der Einlass für die Einschreibung war im Zwischenbau.

Fred war müde von der Reise, rieb sich das Gesicht und stellte den Koffer auf den Boden. Er hatte sich drei Hemden, einen dicken Pullover, zwei Hosen und fünf Paar Socken, sein Waschzeug und einen Rasierer eingepackt, obwohl er den nicht oft benutzte. Und dann noch ein kleines, rundes Hirsekissen, das seine Mutter genäht hatte. »Damit du immer gut schläfst.«

Weil es heute sehr heiß war, zog er die einzige Jacke, die er besaß – ein blaues Jackett, das ihm die Mutter genäht hatte –, aus und legte sie sorgsam über seinen Unterarm. Etwa zwei Dutzend Studenten hatten sich im Haus eingefunden, um sich einzuschreiben. Durch das Treppenhaus drang ohrenbetäubender Lärm. Dezente Lichtstrahlen erhellten die hohen, weißen Wände, die breiten Stufen und die aufgeregten Gesichter der Studenten, die sich einen Weg durch die Menge bahnten. Junge Stimmen und unzählige Schritte hallten an die Decke, sprangen von Wand zu Wand. Ein Drängen und Dröhnen im ganzen Raum.

Eine junge Dame in einem hochgeschlossenen, aber eleganten beigen Kleid saß im Eingangsbereich an einem großen Eichentisch und nahm die Angaben jedes Studenten auf. Mit ihren langen Fingern fuhr sie über ein Formular, hob ihren Kopf, zog die tiefschwarzen Augenbrauen hoch und fragte in ungeduldigem Tonfall: »Name, Geburtsdatum, Bezirk?« Dann schlug sie mit dem Füllhalter auf den Tisch, schob ihn in ihrer rechten Hand zurecht und schrieb alles mit fließenden Bewegung in das Formular.

Als Fred an die Reihe kam und gerade mit leiser Stimme zu sprechen begann, drängte sich plötzlich ein junger, groß gewachsener Mann mit blondem, kurzem Haar, wachen Augen und Sommersprossen vor, der mit zwei Koffern und einem Rucksack ziemlich viel Platz in Anspruch nahm.

»Madox, Tom. Medizinstudent!«, rief er und sah sich neugierig um, als ob ihn alle kennen müssten.

»Bitte stellen Sie sich hinten an, wir sind hier noch nicht fertig«, sagte die junge Dame unwirsch. Um ihr Gesicht schmiegte sich locker ihr braunes Haar, das im Nacken von einer hölzernen, verschnörkelten Klemme gehalten wurde.

Nun beugte sich Madox über den Tisch wie ein Storch, der von seinem Kirchturmnest aus die Gegend inspizieren will. »Wollen Sie heute mein Maskottchen sein?«, fragte er mit einem englischen Akzent und einem Lachen im Gesicht.

Die junge Dame errötete, obgleich ihr der Ärger noch ins Gesicht geschrieben stand. »Bitte, Herr Madox, wir brauchen hier noch einen Moment.« Ihre Hand kritzelte nervös Freds Namen aufs Papier, das Datum seiner Geburt und den Wohnbezirk. Als sie sich im Datum verschrieb, korrigierte Fred sie leise, sodass es niemand hören konnte.

»Sie braucht einen Moment«, sagte Fred höflich zu Madox, der den Hals reckte und unverhohlen auf das Geschriebene starrte.

»Oh, Nordrhein-Westfalen, that's great. Ich komme von United Kingdom«, lachte Madox. Es war offensichtlich, dass er aus reichem Hause stammte. Alles an ihm glänzte. Sein seidenes Hemd, die grüne Samtjacke, die zwei silbernen Ringe, die er an seinen Händen trug. Und seine Zähne blitzten tadellos. Fred freute sich trotzdem über die Begegnung. Madox nahm seine Hand und schüttelte sie.

Die Dame räusperte sich und sagte: »Willkommen, Herr Scheller, Sie wohnen im Studentenwohnheim, Zimmer 217. Es ist ein Zweierzimmer. Den Schlüssel holen Sie bitte beim Hausdienst. Diesen finden Sie ganz am Ende des Flurs, rechts. Alles Gute für Ihr Studium.«

»Vielen Dank«, sagte er freundlich, aber unsicher, ob die Dame nun tatsächlich so nett war, oder ob sie das nur vorgab.

Er nahm sein Gepäck und machte sich mit dem Gedanken vertraut, dass die Menschen hier ein wenig anders waren als in seinem Dorf. Obwohl alles fremd und ungewohnt war, fühlte er sich vom ersten Augenblick an wohl in dieser riesigen Universität, die voller Licht und Leben war.

»Gehen wir mal auf ein beer?«, rief Madox ihm nach. Plötzlich schien der Engländer es eilig zu haben, von der Dame wegzukommen. Er nahm seine vielen schweren Gepäckstücke auf und trabte Fred hinterher, der einfach weiterging. Das sah wohl lustig aus, denn einige Studenten drehten sich nach der kleinen Karawane um und lachten.

»Hey! Only one beer!«, rief er, doch Fred winkte ab.

»Ich weiß nicht. Ich glaube, ich habe dafür erst mal keine Zeit.«

»You have to. Für beer hat man immer Zeit«, rief Madox vergnügt.

Die beiden kamen an einem Hörsaal vorbei und da die Tür offen stand, sah Fred, wie ein Professor mit eleganter Robe den Kopf hob und etwas in die hinteren Ränge rief. Eine Studentengemeinschaft – es mussten mindestens 120 junge Männer sein –, hörte gebannt zu. Fred blieb an der offenen Tür stehen und beobachtete die Gesichter der Studenten. Manche schrieben mit eifriger Hand mit, was der Professor sagte, andere bohrten gedankenverloren in der Nase und wieder andere erhoben erwartungsvoll die Hand, wollten sich mitteilen. Aber der Professor, ein alter Mann mit grauem Haar, ignorierte sie. Den Zeigefinger in die Luft gestreckt, die Nase hoch erhoben, dozierte er weiter, offensichtlich sehr von der Bedeutsamkeit seiner Worte überzeugt.

»Wenn Sie wählen können, meine Herren, dann wählen Sie die Lust am Frieden. Otto von Bismarck sagte: Es wird niemals so viel gelogen wie vor der Wahl, während des Krieges und nach der Jagd.«

»Herr Professor«, rief ein schmaler Student mit blondem Haar, der weit vorne saß und somit unübersehbar war, »bestimmt wäre der Kaiser mit Ihrer Aussage nicht einverstanden.«

»Weshalb? Weil Bismarck in Ungnade fiel beim Kaiser?«

»Nein, weil der Kaiser ein herausragender Jäger ist!«

Ein Lachen ging durch die Reihen. Nun klopften die Studenten mit ihren Fäusten zustimmend auf die Tische. Und obwohl der Professor einen leicht mürrischen Eindruck machte, schmunzelte er, ließ die Studenten lachen und hob dann die Hand, mit der Bitte um Ruhe.

»Ich weiß um die Jagderfolge unseres Kaisers, jedoch weiß ich auch, wie Krieg zustande kommt. Ich habe eine unangenehme Vorahnung, meine Herren. Leider.«

Nun erhob sich ein junger Student mit schwarzen Locken und spitzem Kinn. Seine Augen blitzten eifrig auf. Er sprach laut und deutlich: »Ich melde mich freiwillig! Ich werde meinem Vaterland dienen und mit meinen Kameraden siegen!«

»Meine Herren, beruhigen Sie sich. Sachte, immer ganz sachte. Niemand zieht in einen Sieg. Krieg bedeutet Kampf, Verlust und Tod.«

Doch niemand schien seinen Worten Beachtung zu schenken. »Ja, ich melde mich auch! Wir werden kämpfen!«, schrien zahlreiche andere Studenten und warfen die Fäuste, die soeben noch auf den Tischplatten lagen, zustimmend in die Luft.

Ein Tumult entstand und der Professor griff nervös nach seinen Büchern, die er in eine Ledermappe packte. »Shakespeare sagte: Es wird mit Blut kein fester Grund gelegt, kein sicheres Leben schafft uns andrer Tod.«

Was der Professor damit wohl meint? Fred überlegte erstaunt. Blut bietet keinen festen Grund und auch der Tod macht das eigene Leben nicht sicher? Und was ist mit mir, überlegte er. Soll ich das Studium aussetzen, für Deutschland kämpfen, schießen, mein und andere Leben gefährden?

Plötzlich spürte er eine warme Hand auf seiner Schulter. Er wandte sich um. Es war Madox, der ihm gefolgt war und ebenfalls gebannt auf die Szene starrte. Er gab Fred einen freundschaftlichen Klaps. »This is not good, absolutely not.« In seinen sonst so unbekümmerten Wesenszügen stand Angst und Enttäuschung.

Im Saal wurde es immer lauter und rebellischer. Die Studenten begannen zu skandieren. »Krieg, Krieg, Krieg!«

Der Professor ließ den Kopf hängen, wiegte diesen sanft von links nach rechts, nahm seine Mappe und verließ den Saal. Auf dem Flur prallte er gegen Fred und Madox, die nicht schnell genug Platz gemacht hatten. Mittlerweile waren alle außer sich, begannen die deutsche Nationalhymne zu singen. »Ich muss gehen«, sagte der Professor eher zu sich selbst als zu Fred und Madox, »meine Studenten sind allesamt verrückt geworden.«

Als Fred mit Madox auf die Straße trat, blickte er hinauf zu den Saalfenstern, aus denen immer noch der plärrende Studentengesang hallte. »Deutschland, Deutschland, über alles in der Welt!«, brüllten sie. Es klang mutig und entschlossen, aber – und das irritierte Fred – vor allem schwärmerisch.

※ ※ ※

Bis zum Abend war es Madox schließlich doch noch gelungen, Fred zum Ausgehen zu bewegen. Er zog seinen neu gewonnenen Freund am Arm und schleppte ihn über das Universitätsgelände, die Straße entlang in eine kleine Kneipe in der Innenstadt, in der sich bereits einige Studenten der philosophischen und wirtschaftswissenschaftlichen Fakultät eingefunden hatten.

In der Luft hing ein Duft von Zigarettenrauch, Kaffee, Wein und Essigwasser, mit dem die Gläser gewaschen wurden. Die Kneipe bestand lediglich aus sechs kleinen Tischen und dazugehörigen wackeligen Stühlen. Vereinzelte schmutzige Fenster warfen nur wenig Licht in den Raum. Manche Studenten waren bereits betrunken, plärrten immer noch irgendein Kriegslied, das sie aufgeschnappt hatten, andere diskutierten eifrig über politische Aspekte, Fragen zur sozialen Lage und zur Wirtschaftlichkeit von Deutschland mit Blick auf den sich abzeichnenden Krieg.

Madox bestellte an der Bar zwei Bier und stellte sie auf den kleinen Holztisch, an dem Fred Platz genommen hatte. Sie prosteten sich zu.

»Wofür hast du dich eingeschrieben?«, wollte Madox wissen, bevor er einen Schluck nahm.

»Veterinärmedizin«, antwortete Fred ruhig.

»Mann, willst du Kühen in den Hintern fassen und Kälber entbinden?«, sagte Madox beinahe vorwurfsvoll.

»Nein, ich möchte Tieren helfen. Ich mag Tiere sehr.« Flugs dachte Fred an Piet, seinen Hund, der ihm so gern den Kopf aufs Bein gelegt hatte, an die kleinen hilflosen Schweine, die sie nach

Krankheit und Tod von Nana aufgezogen hatten, an ihre Pferde, die er über all die Jahre betreut hatte. »Tiere sind schön. Sie sind neugierig und weise.«

Madox betrachtete ihn mit großen Augen. »This is real love«, sagte er verschmitzt. Dann fuhr er fort: »Ich studiere Humanmedizin. Ich will Menschen operieren. Armbrüche, Beinbrüche vielleicht, oder die Leber. I will save Menschenleben!« Madox nahm einen großen Schluck Bier und schlug auf den Tisch. »In der Tiermedizin arbeitest du nur im Stall. Fred, der Tierarzt mit Dreckstiefeln. Weißt du, dass du niemals ein Mädchen findest, wenn du nach Stall stinkst?«

»Hör auf!«, entgegnete Fred verärgert. Du hast ja keine Ahnung, dachte er bei sich. »Ich mag Tiere, weil sie echt sind, weil sie nicht zerstören, sondern Respekt vor dem Leben haben, weil sie, weil sie ...«

Er dachte an seinen Vater, der Tiere grundlos verprügelte, der mit dem Besenstil die Kühe schlug, weil sie auf dem Weg von der Weide in den Stall trödelten und nicht gleich hineingingen, er dachte an ihren Hofhund Piet, der winselte, wenn er Durst hatte oder von Vater zu wenig Futter bekam, weil er nicht artig gewesen war. Doch seine Absicht war nicht, Tiere zu trösten, sondern Tiere zu heilen. »Wusstest du, dass es seit 1907 Tierärztekammern in ganz Deutschland gibt? Die Tiermedizin macht Fortschritte. Schneller als die Humanmedizin!«

»Kein Mensch glaubt das, Fred, that's not true. Die Humanmedizin ist der Tiermedizin weit voraus. Professor Robert Koch hat das Tuberkulin Bakterium analysiert und Emil von Behring hat mit seinem Heilserum die Diphterie im Griff! Und jetzt«, rief Madox mit rollendem englischen Akzent begeistert, »und jetzt arbeitet er an einem Wundstarrkrampfserum! Stell dir doch das mal vor! In wenigen Jahrzehnten können wir vielleicht fast alle Krankheiten dieser Welt heilen!«

Fred starrte ihn an. Wie sollte das bitte gehen? All die vielen abertausend Krankheiten heilen können? »Madox, die Heilseren müssen erst jahrelange Tests durchlaufen. Erst werden sie an Tieren getestet, dann an Menschen. Was denkst du, wie viele Fehlschläge und Rückschläge es gibt! Wir stehen ganz am Anfang, dazu braucht es Geduld.«

»Man, I know that. Aber die Möglichkeiten, die uns offenstehen! Deutschland ist führend in der Medizin, Fred. Deshalb bin ich hier!« Er warf ihm einen verwunderten Blick zu.

»Irr dich mal nicht. William Morton, ein amerikanischer Zahnarzt, hat die Narkose entwickelt. Und Pacini, ein Italiener, hat den Cholera-Erreger entdeckt. Leih dir mal ein paar Bücher aus der Bibliothek und lies das nach.«

Doch Madox gab sich noch nicht geschlagen. »Aber was ist mit Semmelweis und Langerhans?«

Fred antwortete ungehalten: »Semmelweis ist aus Österreich-Ungarn. Aber bei Langerhans hast du tatsächlich recht. Er ist Deutscher.«

»Mach doch nicht so ein Gesicht, Fred. Ich hatte einen Cousin, der an Rachendiphterie zugrunde ging. Erst konnte er nicht mehr sprechen, dann erstickte er. Stell dir vor, wir können all die üblen Krankheiten aus der Welt schaffen!«

Unvermittelt hörte Madox auf zu lachen. »Wäre mein Cousin ein paar Jahre später erkrankt, hätte er überlebt.« Dann wurde er ganz still, starrte beklommen auf den Boden. Sekunden später drehte er sich beschämt weg, um seine Trauer zu verbergen. Nun wurde Fred klar, worum es dem merkwürdigen Kollegen ging, der nicht lockerließ. Mit dem Studium der Medizin wollte er die Gespenster aus seiner Vergangenheit vertreiben.

Mit verständiger Miene fragte Fred: »Studierst du, weil du den Anblick deines Cousins nicht mehr aus dem Kopf bekommst?«

Der Engländer blickte aus dem Fenster und schwieg. Dann trank er einige Schluck Bier, wischte sich den Schaum vom Mund und sagte dann sehr ernst: »Ja, ein guter Arzt hätte ihm helfen können. Aber es war keiner verfügbar. Es gibt zu wenig Ärzte. Deshalb mache ich das. Mein Cousin würde jetzt noch leben. Er war der Bessere von uns. Ich denke, ich bin ihm das schuldig.«

Eine Wiedergutmachung, überlegte Fred. Ist es das auch bei mir?

Er legte Madox die Hand auf die Schulter. Gerührt von den Worten seines Kollegen sagte er: »Diese Gespenster verfolgen auch mich. Ich habe viel Tierleid erlebt und möchte es nun mit meiner zukünftigen Arbeit wiedergutmachen.«

»Ich weiß nicht, ob das ausreicht. Man muss doch noch mehr tun als Wiedergutmachung. Ausgleichen hilft nicht, es muss doch noch mehr geben. Es reicht nicht, eine Krankheit nur zu heilen. Wir müssen sie bekämpfen, mit unserem Wissen unschädlich machen. Wir müssen mit allen Mitteln die Gesundheit erhalten und Krankheit vermeiden.«

Ja, Madox hat recht, dachte Fred. Es muss doch noch mehr getan werden. »Was denkst du, könnte man auch Tiere impfen?«, fragte er nun.

Madox' Augen leuchteten: »Schau an! Schau an! Das ist eine grandiose Idee!« Er schlug ihm anerkennend auf die Schulter. »Du solltest in die Forschung gehen, my friend!«

Fred wusste zu Tierimpfungen noch nicht viel, hatte hie und da ein Buch darüber gelesen. Das letzte war ein Werk über den renommierten Schweizer Mediziner und Botaniker Albrecht von Haller, der unglaublich viele Katzen, Kaninchen und Hunde für seine Tierversuche geopfert hatte. Ja, in die Forschung zu gehen könnte Fred sich vorstellen, doch die Tieropfer in den Einrichtungen waren ihm ein Graus.

»Und was ist mit dir?«, fragte Madox ernst. Sein Gesicht hatte aufgehört zu leuchten. Obwohl er sonst immer als Erster sprach, wartete er nun geduldig.

»Was meinst du?«, erwiderte Fred.

»Wiedergutmachung ...« Madox zwinkerte ihm zu.

Fred überlegte konzentriert, gab schließlich leise zur Antwort: »Vielleicht geht es mir auch so. Ich will wiedergutmachen, was mein Vater alles kaputt gemacht hat.«

»Was hat dein Vater getan?«, fragte Madox neugierig. Fred schwieg. »Es ist schwer, ich weiß«, sagte Madox respektvoll. »Brauchst nichts zu sagen.«

Fred dachte an den Tag zu Hause, als Vater mit der Hacke Samuel am Kopf verletzt und ihn gegen die Stallwand geworfen hatte, um danach auf die Tiere loszugehen. Fred hatte ihm die Hacke entrissen und ihn mit seinen starken Händen zu Boden geworfen. Am liebsten hätte er ihn verprügelt, einen Tritt gegen den Brustkorb, einen Tritt gegen Rücken und Beine. Aber stattdessen brüllte er ihn an und trat dutzendmal gegen die Stallwand, bis er die Wut nicht mehr spürte und sein Fuß zu schmerzen begann.

Dann stieß er seinen Vater in einen Raum neben dem Kuhstall. Dieser war mit Stroh und Heuballen gefüllt, mit Bürsten und Salben für entzündete Kuhzitzen. Dort konnte Vater seinen Rausch ausschlafen. Danach drehte er den Schlüssel um. »Wie oft muss ich dich noch wegschließen, Vater?«, schrie er und polterte ein letztes Mal mit den Fäusten gegen das Holz. Als er aus dem Stall ging, hörte er, wie Vater weinte.

Niemals wollte er einem Tier Schmerzen zufügen. In seinen Augen waren Nutztiere wehrlose Wesen, die auf das Wohlwollen des Menschen angewiesen waren.

In einer Ecke der Kneipe begannen Studenten ein Lied zu singen. »Nie kehrst du wieder, gold'ne Zeit, so froh und ungebunden!«

Die beiden jungen Männer hörten eine Weile zu, bis Fred schließlich das Wort ergriff. »Vater ist ein Drecksschlund.«

»Was ist mit deiner Mutter?«, fragte Madox neugierig.

Fred blickte ihn traurig an. »Sie hat ihn nie aufgehalten. Aber sie kann nichts dafür.«

»Prügel machen hart. Du wirst dein Leben gut meistern!«, sagte Madox und bedeutete dem Wirt mit schnippenden Fingern, er solle noch zwei Bier bringen.

»Unsinn. Prügel machen krank.« Nun war Fred wütend, warf etwas Geld auf den Tisch und stand auf.

»War nicht so gemeint. I'm sorry«, sagte Madox laut. »Stay!«

»Ich muss jetzt gehen«, rief Fred ihm zu und drängte sich zwischen den anderen Gästen hindurch, Richtung Ausgang.

»Wait!«, schrie Madox erneut hinterher, doch Fred war schon bei der Tür angelangt. »Wir sehen uns im Wohnheim«, hörte er gerade noch Madox' Stimme. Fred drehte sich fragend um.

»Wieso?«

»Wir teilen uns ein Zimmer!«

Na, das kann ja mal heiter werden, dachte Fred überrascht und winkte seinem neuen Zimmernachbarn zu.

Als er aus der Tür trat, zog ein lauer Wind um die Häuser. Er spürte die Vertrautheit der Sterne, die ihn jedes Mal trösteten, wenn er mit Samuel Schutz im Wald suchte. Hier, auch in diesem Teil der Welt, der ihm immer noch unbekannt war, sah er den großen Bären und den Fuchs. Sterngebilde, die ihm so vertraut waren wie Piet, der anhängliche Hofhund. Nun sah er die Schlieren der Milchstraße, die den erleuchteten Himmel ausgestalteten.

»Wie zu Hause«, sagte er in die Dunkelheit hinein. Er kannte nur wenige Sterngebilde beim Namen, wusste auch, dass jeder, der sich die Sterne nachts ansieht, etwas anderes darüber erzählt. In der Schule hatten sie vom großen Hasen gesprochen und vom kleinen Stier. Er aber nannte das Sternbild, das aussah wie ein Strichmännchen, am liebsten »Wal«, weil er diese Säugetiere bewunderte. Es fühlte sich tröstlich an.

Es wird schon gut gehen, dachte er aufgeräumt. Und dieser Madox war im Grunde genommen gar nicht so schlimm.

Kapitel 16

Grabenschock

Westfront
Dezember 1914

Es ist dunkel, ein Abend im Dezember, 00:35 Uhr. Kalle hält Wache. Die Männer haben zu einem Eintopf aus Kartoffeln und Kohl viel Rotwein getrunken und einen Schnaps zum Verdauen. Jetzt haben sie sich hingelegt, schnarchen kreuz und quer im Graben, an der Grabenwand, auf den Brettern, doch die meisten liegen wach und schreiben ihren Liebsten. Es ist die einzige Beschäftigung, die sie in dieser Hölle bei gesundem Verstand hält.

Liebste Fanny,
wir stecken hier fest. Wir kommen keinen Meter weiter. Essen haben wir genügend, aber immer dasselbe. Suppe, Suppe und dann nochmals Suppe. Zu jeder Tageszeit. Ich vermisse den guten Kaffee, Fleisch, Süßigkeiten. Wir haben viel Zeit, warten tagelang, bis etwas passiert. Ich komme dann ins Grübeln, überlege dies und das. Am liebsten hätte ich meine Bücher hier, dann hätte ich wenigstens etwas zu tun.
Mich beschäftigt zurzeit, ob ich mein Handeln hier an der Front mit meinem Gewissen vereinbaren kann. Wir kämpfen hier nicht gegen gestandene Männer. Die meisten sind sehr jung, haben wahrscheinlich noch nicht einmal die Schule beendet! Sie sind

erstaunlich mutig und sehen deshalb die Gefahr nicht. Ich habe den Eindruck, sie fühlen sich unsterblich. Verstehst du, was ich damit meine?
...

Fred blickt auf, sucht nach Worten. Ein Stück weiter sieht er Kalle, der furchtbar zittert, klamme Finger, rote Nase. Sachte setzt er die Augen über die Brustwehr. Sogleich donnert das englische Maschinengewehr gegen die Bretter. Holzsplitter fliegen im Umkreis von drei Metern durch die Luft.

»Verflucht, die sind schneller geworden. Reaktionszeit vermutlich eine halbe Sekunde!«, stößt Kalle hervor.

Bär entgegnet schläfrig: »Egal, ob eine halbe Sekunde oder eine Sekunde, bei dir dauert's eh zu lang, Schnapsnase. Pass auf deinen Schädel auf.«

Fred schreibt weiter, er schüttelt den Füllhalter, weil er auszutrocknen droht, dann blickt er wieder auf. Das Maschinengewehr rattert erneut unerbittlich. Kalle bleibt ruhig, duckt sich, zittert aber immer noch. Jetzt zerschlägt eine Handgranate die Brustwehr und Kalle fällt nach hinten.

Leutnant Knolle, der sich in eine Militärdecke eingewickelt hat, springt auf und schreit: »Auf, Männer, die Tommys klopfen an. Wir heißen sie mit unseren Kugeln willkommen!«

Innerhalb von Sekunden stehen die Männer bereit, wischen sich mit schmutzigen Händen den Schlaf aus den Augen, kratzen sich die Läuse aus dem Haar. »Sehen Sie nach Ihrem Kameraden, los!«, befiehlt Knolle.

Bär schleppt sich hinüber zu Kalle, der noch am Boden liegt, aber langsam den Kopf hebt. Er scheint immer noch zu zittern. »Alles in Ordnung, hat nichts abbekommen, Herr Leutnant!«

»Hören Sie auf herumzuschreien, Volldepp! Die können uns hören!«

Bär hebt die Hände, um damit zu bedeuten: Alles klar, mach ich nie wieder.

Knolle beobachtet über die Brustwehr das Verhalten der Engländer. »Die haben noch nicht genug. Achtung, Männer! Wir halten uns bereit!«

Er wirft einen Blick auf seine Soldaten. Müde Augen, frierende Gestalten. Dann dreht er sich um, lädt sein Gewehr und richtet sich auf. Plötzlich knallt eine Handgranate dicht an die Brustwehr, dort wo der Zwerg steht. Knolle fliegt durch die Luft über den Schützengraben und wird auf die Erde geschleudert. Sein Schädel zertrümmert, der Brustkorb zerquetscht. Er bleibt leblos liegen.

»Leutnant Knolle!«, schreit Rottmann, »Leutnant!« Er klettert auf den Erdwall und zieht Knolle in den Schutz des Grabens. Der Leib des kleinen Mannes klatscht schwer auf die Erde, wie ein nasser Sack.

In der Meinung, der Leutnant sei noch am Leben, schlägt Rottmann mit der Faust auf seine Brust, um sein Herz anzutreiben. Das über und über mit Schmutz bedeckte Gesicht von Knolle zeigt keine Regung, die Augen starren reglos zum Himmel. Rottmann prüft den Atem. Nichts. Jetzt greift er nach Knolles Handgelenken und legt sie über seinen Kopf, dann wieder zurück, hebt sie erneut an, wieder zurück.

Derweil watet Fred mit schweren Schuhen durch den schlammigen Graben, kämpft mit dem Schrecken, versucht beharrlich Luft in seine Lungen zu pumpen, würgt dabei ein paar Worte hervor, die so etwas wie »bin gleich da« oder Ähnliches bedeuten. Als er endlich Rottmann und Knolle erreicht, schiebt er seinen Kameraden beiseite und beginnt auf Knien mit der Thoraxmassage, die er bei Professor Müller – eigentlich am Beispiel eines Tieres – an der Universität gelernt hat.

»Komm schon, komm schon«, ruft er, »atme!« Jetzt pustet er ihm mühsam Luft durch die Nase, pumpt weiter, dabei schwindelt ihm. Er muss sich beinahe übergeben, pumpt aber weiter, bis Rottmann nach einigen Minuten dazwischengeht.

»Junge. Man muss kein Arzt sein, um zu sehen, dass der tot ist«, flüstert Rottmann Fred ans Ohr. Kurz hält Fred inne. Knolles Augen stehen offen, der Mund aufgeklappt, keine Reaktion.

Es fällt ihm sehr schwer, sich den Tod seines Leutnants einzugestehen. Doch endlich, nach gewissen Augenblicken, die sich wie Stunden anfühlen, schließt er sorgfältig die Augen des Leutnants.

Jetzt erst werden auch die anderen gewahr, was hier abläuft.

»Knolle hat's erwischt«, schreit Bär verunsichert durch den Graben. »Is' er tot?«

Rottmann steht auf und starrt auf seinen toten Vorgesetzten. Nun gerät auch er, der immer einen lockeren Spruch auf den Lippen trägt, an seine Grenzen. Deshalb boxt er Bär wütend gegen den Oberarm.

»Aua!«, jammert Bär.

»Hör auf rumzuschreien ... So eine Schweinerei aber auch«, zetert Rottmann und deutet auf den Leichnam. Nun wandern alle Augen zu Fred, der Knolles Hände achtsam übereinanderlegt. Er beschließt, den Toten im Dunkeln 100 Meter hinter die Linien zu tragen und dort zu begraben. Einen Augenblick schweigen sie und betrachten den Verstorbenen, der sie vor wenigen Minuten noch angeführt hatte.

»Er war hart im Austeilen und mutig im Kampf«, meint Bär nachdenklich. Danach herrscht für eine Weile eine Stille, die Respekt und Wertschätzung verströmt, obwohl der Mann von niemandem richtig gemocht wurde. Aber alle schätzten ihn als Anführer, auf den immer Verlass war. So schnell greift der Tod in ein Leben ein, denkt Fred. Auch mich kann es jederzeit erwischen, Bär, Rottmann, Kalle und all die anderen.

Und plötzlich packt ihn mit eiskaltem Griff die Erkenntnis, dass er als Reserveoffizier in Knolles Fußstapfen treten wird, dass er – obwohl er keinerlei Führungserfahrung hat – die Männer in Zukunft anleiten und ihnen Schutz und Sicherheit bieten muss.

Wie es Knolle getan hat. Ohne Zögern, gleich hier und jetzt.

Er hebt den Kopf und blickt in die grüblerischen Gesichter seiner Kameraden, in denen er die Gedanken beinahe schon so gut ablesen kann wie bei seinem Bruder Samuel.

Etwas weiter hinten im Graben bewegt sich plötzlich ein Mann auf sie zu. Weil er von Kopf bis Fuß vor Dreck steht, ist kaum auszumachen, wer er ist. Den Bewegungen nach scheint es Kalle zu sein, der wie Espenlaub zittert und nun wie ein Sack Kartoffeln gegen die Grabenwand fällt.

Kalle. Den hatten sie fast vergessen.

»Er hat den Grabenschock!«, schreit Bär und läuft zu ihm hin.

Kalles Augen sind aufgerissen, er bringt den Mund nicht mehr zu, sein Körper bebt, als er auf dem Boden liegt.

»Mann«, sagt Rottmann. »Der jetzt auch noch.«

»Komm, Kalle. Ruh dich aus«, versucht Bär ihn zu beruhigen und ihn auf die Füße zu bekommen, doch Kalle bleibt, wo er ist. Wieder Beschuss des englischen Maschinengewehrs.

»Los, hilf mir mal«, sagt Rottmann nervös. »Er muss weg von hier.«

Fred und Rottmann tragen Kalle gemeinsam in den kleinen Unterstand, dort legen sie ihn auf die Pritsche, die bis eben noch Knolle gehört hat. »Nicht, dass der uns auch noch wegstirbt, Herr Reserveoffizier!«, sagt Rottmann abschätzig zu Fred.

»Schlaf ein bisschen, Kalle, du bist erschöpft. Schlaf wird dir guttun«, sagt Fred leise und blickt ihm in die Augen. Rot unterlaufen, starr und müde wirken sie. Als Fred aufblickt, ist Rottmann bereits an die Brustwehr verschwunden. Von Neuem versucht Fred damit klarzukommen, dass er nun verantwortlich ist für diese Männer. Er fasst sich an die Brust und atmet tief durch. Dann läuft er zu den anderen.

Kapitel 17

Meinungen

Universität München
September 1913

Die Universität war ein großes Gebäude mit mehreren altgotischen Gebäudekomplexen. Ein Labyrinth für Neulinge, die sich darin hoffnungslos verirrten. Das beeindruckende Bauwerk verfügte über ein monumentales Hauptgebäude und viele Nebengebäude, die alle akribisch und mit großen Schrifttafeln bezeichnet waren. Zwischen den einzelnen Gebäuden fanden sich immer wieder spartanisch eingerichtete Plätze, auf denen knorrige Eichen lebten. Kleine Parkbänke und hin und wieder ein Steinbrunnen dekorierten die Wiesen und Kieswege. In den Pausen wurde es laut auf den Plätzen, es tummelten sich Hunderte von Studenten, riefen einander zu, diskutierten, schwiegen in Gruppen oder legten sich an sonnigen Tagen gelöst auf den Rasen, wenn die anstrengenden Vorlesungen endlich vorüber waren. Dieses Jahr hatten sich über fünfhundert neue Studenten immatrikuliert.

Fred bewohnte abseits der großen Gebäudekomplexe ein kleines, knappes Studentenzimmer. Das Haus verriet, dass es sich um eine alte Bäckerei handelte, die von der Universität übernommen worden war. Seit vielen Jahren hatte das Haus leer gestanden, trotzdem duftete es noch immer nach Mehl, vermischt mit altem Staub, der sich in das morsche Holz der Treppenstufen und der dicken Balken gefressen hatte.

Sein Zimmergenosse Madox entpuppte sich als Sohn eines reichen Unternehmers. Er blieb jedoch sehr bescheiden in seiner Art. Er trug immer dasselbe Paar Schuhe, obwohl Fred damit gerechnet hatte, er würde den ganzen Schrank mit Schuhen füllen. Seine Lieblingsfarbe war grün. Tannengrüne Strickjacke, moosgrüne Hosen, grasgrüne Hemden. Sein rotblondes Haar passte sehr gut zu seinem Kleidergeschmack, der etwas altmodisch war. Fred jedoch war das egal.

Als Madox mit Sack und Pack in das Zimmer einzog, schlug er als Erstes einen Nagel in die Wand. Daran hängte er einen lateinischen Spruch: »Omne initium difficile est«. Aller Anfang ist schwer.

* * *

Der erste Tag an der Universität war ein Reinfall. Fred verirrte sich in den Fluren des Universitätsgebäudes. Im Gebäude roch es nach Schmierseife und mit jedem Schritt sprangen die Klänge von den Decken, sodass Fred verwirrt nach oben blickte und deswegen beinahe die erste Vorlesung verpasst hätte. Im ersten Stock, Hörsaal Nummer 4, standen dunkle Einzeltische mit unbequemen Holzstühlen. Der Hörsaal war klein, glich eher einem Klassenzimmer, in dem sich nur wenige Studenten eingefunden hatten. Alle Studenten saßen entweder in der ersten oder zweiten Reihe. Fred setzte sich allein in die dritte Reihe und wartete auf den Professor. Plötzlich stürzte ein rotblonder, sommersprossiger Student in das Zimmer. Es war Madox. Sein Blick ging suchend umher und als er Fred entdeckte, leuchteten seine Augen auf.

»Was machst du denn hier?«, begrüßte Fred ihn irritiert.

»I'm looking for my friend! Ich bin gespannt, was die hier so erzählen. Nein, im Ernst, meine Stunden sind ausgefallen. Mein Professor hatte einen Unfall mit einer Kutsche.« Madox schloss die Tür hinter sich und schritt ohne zu zögern an den anderen Studenten vorbei auf Fred zu.

»Oje, soll ja oft vorkommen hier«, murmelte dieser, unsicher, wie er den überraschenden Auftritt seines Zimmergenossen finden sollte.

»Bei dem ganzen Verkehr! Gibt hier viel zu viele Kutschen und Autos in den Straßen. Aber der Professor soll nicht schlimm verletzt sein. Nur eine Schramme am Kopf.« Madox ließ sich auf einen der freien Stühle neben Fred fallen, zog eine Zigarette aus seiner Jackentasche und bot Fred eine an. Fred nahm an und ließ sie sich von ihm anzünden.

»Bei mir zu Hause in Liverpool fahren die meisten Fahrrad, Straßenbahn oder gehen zu Fuß. Kutschen gibt es nur selten, können sich die wenigsten leisten.«

»Liverpool«, sagte Fred leise und versuchte sich eine Stadt in England vorzustellen. Auf Fotos hatte er einmal den Hafen gesehen, mit großen Segelschiffen und Mietkutschen für die ankommenden Passagiere.

»Der beste Fußballklub in England!«

Fred lächelte und zog an der Zigarette. Die Studenten in den Reihen vor ihnen warfen genervte Blicke nach hinten. Fred spuckte umständlich den Rauch aus seiner Lunge und begann zu husten. »Mein Bruder spielt auch etwas Fußball.«

»Oh dear, I love it! Du solltest sie in der Championship sehen. Haben Manchester mit 3:1 total in den Boden gerammt.«

Mit einem Ruck ging die Tür zum Hörsaal auf und ein magerer Mann mit weißem, langen Bart, Glatze und abstehenden Ohren betrat den Raum. Alle Studenten erhoben sich. Professor Müller warf seine dicke Tasche aus schwarzem Leder auf den Tisch. Dieser geriet nun ins Wackeln. »Wer kennt den Unterschied zwischen einem Wolf und einem Hund?«

Alle Studenten hoben pflichtbewusst die Hand. Der Professor blickte auf, schnupperte die Saalluft, die nach Rauch stank, und wählte einen Studenten in der zweiten Reihe aus, der ihm Antwort geben konnte. »Sie!«

Der junge Mann mit schwarzem Haar und einer dicken Brille sprach sehr langsam und deutlich. »Hunde sind Haustiere, die vermutlich ...«

Doch da hatte der Professor endlich entdeckt, woher der Rauch kam, und brüllte in die dritte Reihe: »Was tun Sie da?«

Fred und Madox blickten sich fragend an und versteckten ihre Zigaretten hinter ihrem Rücken. »Niemand darf hier rauchen!«, schimpfte der Professor. »Wenn wir hier Tiere aufschneiden, wollen wir keinen Tabak zwischen den Innereien.«

Eilig machten die beiden den aufgerauchten Stummel aus und setzten sich gerade hin. Manche Studenten lächelten, andere tuschelten, die meisten aber schwiegen. Ein eisiger Blick des Professors ging durch die Runde. Raunen und Tuscheln in den Reihen.

»Dass Sie hier an dieser Universität die Einzigen sind, die Tiermedizin studieren, besagt noch gar nichts. Bilden Sie sich nichts darauf ein. Ich rate Ihnen, meine Ratschläge zu befolgen. Sonst fliegen Sie.«

Er tat einen tiefen Seufzer. Dann, als ob nichts gewesen wäre, korrigierte er die Antwort des Studenten. »Falsch, der Hund stammt vom Wolf ab. Wölfe wurden von Menschen domestiziert. Als Wolfshunde konnten sie dem Lebensstil der menschlichen Lebensweise angepasst werden, sie brauchten keine Angst vor menschlichen Wesen zu haben, denn die Menschen nutzen ihre Fähigkeiten, Herden zu bewachen.«

Fred konnte diesen Ausführungen kaum noch folgen. Die Drohung, die Professor Müller an die Studenten gerichtet hatte, hing ihm noch in den Ohren. Von der Universität zu fliegen ... Er würde alles dafür geben, dass dies nicht passierte.

* * *

Fred versuchte sich in den Studentenalltag zu geben, lernte Leute kennen und meldete sich so oft es ging in den hitzigen Diskussionen zu Wort. Die Professoren bemerkten schnell sein Interesse und den Willen, alles Wissen aufs Genauste zu prüfen. Doch so manchen Professor machte er mit seiner Art beinahe verrückt.

»Herr Professor, weshalb ist es nötig, die Nutztiere oftmals in engen Käfigen zu halten?«

»Kühe auf dem Land haben genügend Auslauf!«

»Aber die Pferde! Ist es dem Zuchtergebnis nicht abträglich, Tiere auf diese Weise zu halten?«

»Dazu kann ich sagen, dass wir die Remonten, Pferde also, die wir für die Armee züchten, in ausgezeichneten Verhältnissen großziehen. Die Jungtiere werden von Remonten-Inspektoren betreut und in geeigneten Stallungen, Tummelplätzen, Kranken- und Kontumazställen gehalten. Das Futter wird regelmäßig gewogen und entsprechend ausgeteilt.«

Doch Fred gab sich damit nicht zufrieden, stellte weitere Fragen, holte sich Bücher über die Pferdezucht und las bis in die frühen Morgenstunden.

* * *

Einmal hielt Professor Müller eine Vorlesung über Tierversuche und die Entwicklung von Impfstoffen. Er zog an seinem Schnurrbart und stopfte seine Pfeife. Dann zündete er sie an und hauchte eine dicke Rauchwolke in Richtung Studentenschaft. Diese wartete gespannt.

Madox hatte sich an Fred gehängt, da seine Vorlesungen erst am Nachmittag begannen und er nie Lust zum Lernen hatte. Belustigt über die dampfende Pfeife des Professors sahen sich die beiden an. Madox zwinkerte Fred zu: »Look at him …«

»Meine Herren, die moderne Biomedizin ist aufgrund von Tierversuchen so weit fortgeschritten, dass wir bereits an Impfstoffen gegen Tetanus, Diphterie und Syphilis arbeiten, die zahlreiche Menschenleben retten werden. Tierversuche sind maßgebend in der Entwicklung von lebensrettenden Impfstoffen und Medikamenten.«

Madox flüsterte: »Mein Vater ist Mitglied einer Tierschutzbewegung in London. Bestimmt würde er jetzt seinen Gehstock nach dem Professor werfen.«

Fred hob augenblicklich die Hand, doch der Professor reagierte nicht. Gemächlich setzte er seinen Vortrag fort, während Fred minutenlang den Arm hob. Endlich gab der Professor Handzeichen.

»Ja, Sapperlot. Was ist denn?«

»Eine Frage, Herr Professor. Von Hallers Studien über Nerven und Muskeln der Tiere haben belegt, dass Tiere durchaus zu Empfindungen fähig sind. Müssen wir also davon ausgehen, dass Tierversuche dem Tier Schmerzen zufügen?«

Professor Müller fuhr sich mit der Hand über seine Glatze und antwortete aufgebracht: »Albrecht von Hallers Werk ist veraltet. Außerdem brauchen wir Tierversuche, um in der Forschung wichtige Schritte machen zu können. Reicht das?«

»Sie haben meine Frage nicht beantwortet, Herr Professor«, gab Fred leise zurück.

»Schluss jetzt!«, schrie Müller und pfefferte seine Pfeife auf den Arbeitstisch. Sie kippte um und ihr Inhalt verschmutzte seine Arbeitspapiere. Fred zuckte zusammen. Doch bevor er noch etwas sagen konnte, hatte der Professor bereits seine Unterlagen zusammengerafft und war aus dem Hörsaal gerauscht.

* * *

Vier Tage später bat Professor Müller Fred in sein Büro.

»Manfred Scheller also«, sagte er sehr ernst. Er saß hinter einem schweren Schreibtisch inmitten eines dunklen Zimmers, vollgestopft mit Unterlagen, Büchern und einer Menge voller Aschenbecher, die nach kaltem Rauch stanken. »Nehmen Sie Platz, na los.«

»Danke«, gab Fred zurück.

»So, Student Scheller. Ich habe Sie beobachtet. Sie sind nicht faul. Aber Sie sind ein wenig langsam oder vielmehr zögerlich. Sie wissen schon, dass dieses Studium eins der schwierigsten ist und dass 60 Prozent meiner Studenten durch die Abschlussprüfung fallen.«

»Ja, Professor. Ich bin informiert. Ich habe sogar ...«

Der Professor unterbrach ihn. »Nun, dann will ich Ihnen diese Frage stellen. Und ich hoffe, Sie sind ehrlich zu mir. Das erwarte ich sogar, ich bin ein Mensch, der sein Leben auf Ehrlichkeit aufgebaut und gute Erfahrung damit gemacht hat. Was *tun* Sie eigentlich hier, Scheller?«

»Herr Professor, ich bin auf einem Bauernhof aufgewachsen, mag

Tiere deshalb sehr.« Fred, dem seine eigenen Worte plötzlich dumm vorkamen, war verunsichert.

Der Professor schien das zu merken und schlug sogleich einen strengeren Ton an. »Ist das ein Grund, um Tiermedizin zu studieren – Schweine und Kühe in einem Stall?«

»Für mich schon, Herr Professor.«

»Ich habe eher den Eindruck, dass Sie einem Helfersyndrom erlegen sind, Scheller. Und ich kann Ihnen versichern, dass ein Helfersyndrom eine Eigenschaft ist für Klosterfrauen, Krankenschwestern, Mütter, alte Frauen und vielleicht Kinder, aber bestimmt nicht für einen Studenten der Tiermedizin. Das wird Ihnen nur hinderlich sein.«

»Ich habe kein Helfersyndrom, Herr Professor.«

»Nun, das werden wir ja sehen«, gab der Professor zurück und warf seine kalte Pfeife, an der er die ganze Zeit über kraftlos gezogen hatte, in eine freie Ecke auf seinem Schreibtisch.

»Ich gebe Ihnen ein Jahr, Scheller. Wenn Sie sich bis dahin bewiesen haben, können Sie bleiben. Ansonsten werfe ich Sie raus.«

Fred durchlief es heiß, sein Herz sprang gegen die Brust. Was, wenn er sein Studium nicht schaffen würde? Ich will nicht zurück nach Hause, dachte er. Ich kann nicht.

KAPITEL 18

Der Feind

Westfront
Dezember 1914

Seit gestern erzählen sich die Männer, dass Feldpostpakete verschwinden, besonders die guten, großen, sorgfältig eingewickelten. Die Männer sagen, dass die Pakete bei den Feldwebeln an den hinteren Linien verschwinden und sie ihre Mädchen in den Etablissements damit verwöhnen. Im Augenblick ist es niemandem möglich, nach Hause zu fahren. Heimaturlaub ist im Moment ein begehrtes Gut, wenn die Tommys es jeden Tag krachen lassen.

In den vergangenen Tagen ist es noch kälter geworden und tiefe schwarze Wolken spannen sich heute über den Winterhimmel. Im Graben herrscht soweit Stille, die kalte Luft gepaart mit Feuchtigkeit wirkt wie ein gutes Schlafmittel. Besser als Wein und Schnaps.

Mittlerweile haben die meisten der Männer gelernt, sich auf einen merkwürdigen Tag-Nacht-Schlafrhythmus einzustellen. Wenn keine Schüsse fallen, wird sogleich – meistens innerhalb weniger Minuten – geschlafen. Sie nennen dies den »Lückenschlaf«, weil sie bei jeder Gelegenheit, die sich ihnen bietet, wegdämmern, egal, ob sie an den Wänden stehen, auf den Brettern sitzen oder auf den Sandsäcken liegen. Natürlich ist der Schlaf oberflächlich und nicht sehr erholsam. Aber immerhin besser als gar kein Schlaf wie in anderen Kompanien, in denen zwei bis drei Stunden Schlaf pro Nacht üblich sind.

Weil Bär heute wieder etwas kränkelt – er hat blaue Lippen und ist äußert blass –, sorgt sich Fred um ihn. »Ich besorge uns Wasser«, sagt er zu seinem Sorgenkind, das unaufhörlich leise jammert.

Bär nickt und seine schläfrigen Augen folgen Fred, der bei der spärlichen Verpflegung im Graben bereits drei Kilogramm verloren hat. Seine Uniform, an deren Rückseite Erdkruste klebt und die am linken Ärmel etwas zerrissen ist, lottert an seinem Körper.

»Danke, du bist der Beste«, sagt Bär schlapp. Im Gegensatz zu Freds ist seine Uniform eher zu eng geworden. An der Jacke fehlt bereits ein Knopf, eine Folge von seiner Fettleibigkeit. Bär bekommt regelmäßig Fresspakete von seiner Mutter. Jetzt beißt er in ein Stück getrockneten Schinken, den seine Mutter vor ein paar Tagen ihrem Liebling per Post zugestellt hat. Immerhin teilt er sein Essen mit den anderen. Mit fast allen. Rottmann, der unablässig schimpft, bekommt nur selten etwas ab.

Als Fred übermüdet und durstig den Unterstand verlässt, sieht er, wie ein paar seiner Leute auf die Brustwehr klettern. Er zieht eilig den Helm über, ohne ihn festzubinden, umklammert das Gewehr schussbereit, springt zu seinen Leuten und flüstert: »He, was ist los?«

Die Kameraden würdigen ihn keines Blickes. Das, was hier vorne abläuft, ist weit interessanter. Alle starren wie Wachhunde, atmen dabei lautlos. Manche halten die Luft an und ziehen den Kopf ein.

Plötzlich hört Fred einen Engländer sagen: »Hey, Kaiser Willhälm, do you have some cigarettes? We've got bred and cookies!«

Jetzt bleibt sein Mund offen. Hat er sich verhört? Ist das möglich? Ist es wirklich möglich, dass die Tommys einfach so nach Zigaretten fragen? Nach all den nächtlichen Kampfhandlungen, Donnergrollen, Leuchtkugeln, nach all den Toten und Verletzten auf beiden Seiten, den feindlichen Splittern, die überall durch die Luft flogen und seinen Leuten und den Engländern Arme, Gesicht und Beine malträtiert haben, quatschen die Tommys seelenruhig seine Leute an?

Nun klettert Fred mit den schweren Stiefeln auf eine mühsam zusammengeflickte Holzleiter mit fünf Sprossen und schiebt langsam den Kopf über die Brustwehr. Vor Aufregung atmet er oberflächlich und seine Hände zittern. Damit er nicht von der Leiter fällt, krallt er sich mit seiner rechten Hand an der obersten Sprosse fest, in der linken das Gewehr. Irgendetwas sticht ihm in die Hand. Vermutlich ein kleiner Holzsplitter. Egal. Er spürt den Schmerz nicht.

Wie die anderen hält auch er jetzt die Luft an. Weil er seinen Augen nicht traut, kneift er sie zweimal zusammen, um dann festzustellen, dass ihn seine Sinne nicht im Stich lassen.

Zwei deutsche Sappeure in Vollmontur, mit Stahlpanzer um die Brust, stehen vor zwei Engländern und reden in leisem Ton. Was soll das denn jetzt? Weil alles ruhig ist, beobachtet Fred die vier Leute – all seine Muskeln zum Zerreißen gespannt, schieß- und fluchtbereit wie ein Tier. Er beißt die Zähne zusammen und lauscht aufgeregt.

Nur langsam dringt die Wirklichkeit in sein Bewusstsein. Unmöglich, unmöglich, sagt er sich immer wieder. Seine Leute sprechen mit den Engländern. Friedlich und vernünftig. Sie fragen nach Kuchen, Zigaretten, Zündhölzern, Wein, nach Esswaren aller Art, zeigen sich Kompass, Taschenmesser, Flaschenöffner, versuchen sich auf eigenartige Weise näherzukommen, obwohl sie doch Feinde sein sollen.

»Madox«, sagt Fred leise.

Gleich da, wo jetzt Deutsche und Engländer miteinander plaudern, könnten auch er und Madox stehen. Wie es ihm wohl geht? Ob er überhaupt noch lebt? Freds Gedanken kreisen um seinen Freund, den humorvollen jungen Studenten, der sein Leben durcheinandergewirbelt hat, mit dem jeder neue Tag einem Abenteuer gleicht.

Was, wenn er ihm jetzt plötzlich gegenüberstünde, gegen ihn kämpfen müsste? Was, wenn Madox hinter der Feindeslinie säße und auf ihn schießen würde? Würde er mit Gewehrsalven antworten?

»Nein«, sagt Fred verunsichert. Er schüttelt leicht den Kopf. Wie könnte er gegen seinen Freund kämpfen?

Plötzlich hört er ein Geräusch, wie das Schnauben eines wilden Tieres. Doch es ist ein Kamerad neben ihm, der die Augen auf etwas in der Ferne gerichtet hat. Wieder keucht er auf, Fred folgt seinem Blick.

Hier, im gefahrvollen Sappenposten, der weiter vorne als die Wache liegt, haben die Soldaten nahezu freie Sicht auf die schlammige

Landschaft, die zu einer einzigen Ebene zerfließt. Dichter Nebel zieht auf das Land und trotzdem gibt dieser so viel von der Fläche preis, dass einige der Männer sich schockiert mit der Hand übers Gesicht fahren oder den Hinterkopf reiben.

»Mein Gott«, sagt Fred traurig mit dem Blick auf die kümmerliche Ebene. »Mein Gott.«

Und dann starrt auch er schweigend auf den graubraunen Landstrich, der hie und da flankiert wird von Stacheldrahtzaun, Hügeln, ein paar einzelnen Büschen ohne Blätter und zahlreichen toten Bäumen.

Fred erinnert sich, dass damals vor einigen Wochen, als sie die Schützengräben bezogen, im Osten noch Laubbäume standen, die der Herbst rot und golden eingefärbt hatte, abwechselnd zu den runden lila Stauden, welche die Felder auffüllten und sich wie Freunde locker um die Birken und Eichen gesellten. Sie hatten Lavendelduft in der Nase, Blätterrauschen und das Zwitschern von Vögeln im Ohr. Damals waren die Unterstände voller Proviant, Fleisch- und Bohnenkonserven, Süßigkeiten, Bier und Wein, Schnaps gewesen. Es gab frische Laken in den Betten, warme Wolldecken, trockene Kerzen, die sogleich brannten, wenn man den Docht entfachte. Ja, damals.

Jetzt blickt Fred auf die Ausbeute dieses Krieges. Alles ist in dieselben Farben getüncht; schwarz, braun, grau. Auch die Männer – oder das, was von ihnen übrig geblieben ist –, die vor Stunden oder Tagen von Granaten durch die Luft geschleudert wurden, liegen noch da. So viele Tote. So unglaublich viele …

Jeweils nach den Gefechten hilft Fred, wo Hilfe nötig ist. Meist aber überkommt ihn eine schreckliche Taubheit, dabei steht er neben sich, die Schreie der Männer wie durch Watte. Obwohl er sich dagegen wehrt, wird die Gefühllosigkeit mit jedem Mal größer. Sie bewahrt ihn davor, durchzudrehen.

Und nun stehen sie hier, diese Tommys, wenige Meter von ihnen entfernt, und fragen nach Zigaretten! Verrückt, denkt Fred. Sind die denn alle verrückt geworden?!

Dann wird er plötzlich aus seinen Gedanken gerissen, weil ihm einfällt, dass er inzwischen Offizier ist. Was hätte Knolle getan?, ist sein einziger Gedanke.

»Seid ihr denn jetzt vollkommen übergeschnappt?«, schreit er seinen Kameraden zu. »Los, zurück, alles runter in den Graben. Gleich schießt unser Maschinengewehr!«

Die beiden Sappeure drehen sich fragend um. Ihnen vergeht sogleich das Lachen, das für einen kurzen Moment auf ihren Gesichtern aufgeleuchtet ist. Hastig übergeben sie den Engländern ein paar wenige Zigaretten, nehmen im Gegenzug etwas entgegen, das wie zerquetschtes Brot aussieht, und machen sich aus dem Staub. In großen, schweren Schritten hechten sie zur Brustwehr und lassen sich mit einem Sprung in den Graben auf ein paar blutige Säcke fallen, die oft als Notbett für Verletzte dienen, bis sie vom Sanitätskorps abgeholt werden. Das viele Stahl – drei Schutzschilde für Brust, Leisten- und Beinbereich – knallt gegeneinander und scheppert laut.

Etwas hinter den englischen Linien setzt sich eilig in Gang. Fred erkennt Sanitäter mit Rotkreuzbandage. Sie waten durch den Morast und bergen zwei Verletzte aus dem Dreck.

»Go away!«, schreit Fred. »Leave the field! Hurry up!« Seine Kameraden haben sich mittlerweile fast alle in den Schutz des Grabens fallen lassen, haben sich müde auf die nassen Säcke gesetzt, den Kopf beinahe zwischen den Knien. Diejenigen, die noch stehen, starren Fred fragend an, als hätte er soeben zum Tee mit frischen Brötchen gebeten.

Was bitte soll das jetzt? Wozu warnt er die Engländer?

Fred sieht im Schutz der Brustwehr, wie ein schwer verletzter Soldat weggetragen wird. Er trägt lediglich eine halbe Uniform, der Rest des Stoffs ist zerfetzt, die Beine blutüberströmt. Und er winkt unablässig. Seine dreckverschmierte Hand fällt hin und her wie der Zeiger eines Metronoms. Darin befindet sich ein Buch, ein kleiner schmutziger Band.

Und obwohl der Soldat bereits geborgen wurde, schreit er so etwas wie »Help me!«. Jetzt klingt es mehr wie ein ersticktes Röcheln, nicht wie ein Schrei.

Fred springt zurück in die Grube, die sich erneut mit Regenwasser gefüllt hat. Es ist eiskalt. Die Dauernässe führt zu dicken, offenen Füßen, Entzündungen, Schmerzen. Die Grabenfüße.

Er sieht sich um und blickt seinen Kameraden direkt in die Augen. »Was gibt's da zu sehen?«, ruft er aufgebracht und läuft mit harten Schritten in seinen Unterstand zurück. Fred weiß, was der schwer verletzte Soldat bei sich trägt. Es ist eine Bibel.

Nach einem spärlichen Abendessen aus lauwarmem Bohneneintopf und trockenem Brot setzt er sich hin und schreibt auf den Knien einen Brief. Seine Hände zittern leicht, während er schreibt. Immer wieder hält er ein und legt sinnierend den Finger an seinen Mund, um danach weiterzuschreiben.

Liebste Fanny,
wir sind hier rund 150 Meter vom feindlichen Graben entfernt. Die Granaten platzen 50–100 Meter vor unserer Stellung. Das beruhigt uns. Wir können so auch besser schlafen. Aus den Dörfern in der Nähe steigt schwarzer Rauch auf. Viele von uns sind krank geworden aufgrund der Kälte und dem schlechten Essen. Anfangs waren es die vielen Verletzten und Toten, die uns zusetzten. Doch wir gewöhnen uns langsam daran, was ich kaum zu erzählen wage.

Die Feuchtigkeit setzt uns mittlerweile mehr zu als alles andere. Überall Schlamm. Weil wir uns nicht waschen können, erkennen wir uns manchmal nur noch an unseren Stimmen. Ach ja, bei uns ist ein Hund, der uns nachgelaufen ist. Er wollte nicht bei seinem Herrchen bleiben. Dummerweise ist es Generaloberst Sprantzls Hund, Bruno. Nun, wir kümmern uns um ihn, bis Sprantzl bei uns auftaucht. Leider haben wir nicht genügend Futter für das arme Tier. Fleisch gibt es hier in letzter Zeit selten.

Morgen müssen wir Winterhütten ausheben, damit wir sicherer schlafen können und nicht erfrieren. Ich hoffe, dass wir uns zu Weihnachten darin ein wenig ausruhen dürfen.

Wie geht es deiner Mutter, ist sie immer noch krank? Ich wünschte, ich könnte bei dir sein. Vermisse dich sehr.
Küsse, in Liebe,
dein Manfred

Als er den Brief in einen Umschlag steckt, mit seiner Zunge den Kleber befeuchtet, spürt er die Kälte, die in seine Füße beißt, und die Flöhe, die am Nacken nagen. Leichte Bauchschmerzen dehnen sich in seinen Gedärmen aus. Er kratzt sich, stampft kurz mit den Füßen auf, obwohl er weiß, dass das nichts bringt, und atmet tief durch. Der Atemdunst verfängt sich in seinem Haar.

Dann blickt er den Graben entlang und sieht seine Kameraden, die gleichgültig auf die feuchten Grabenwände starren. Manche heben den Blick, schniefen kurz, spucken auf den Boden oder husten. Einige Augenpaare beobachten Fred konzentriert. Vor wenigen Stunden sind sie Zeuge einer merkwürdigen Begegnung mit den Engländern gewesen, von einem kleinen Tauschhandel im Niemandsland, an dessen Ende ihr Offizier die Tommys vor Schüssen warnte. Alle wissen, dass hier etwas verkehrt ist. Weder der Tauschhandel mit dem Feind noch die Warnzeichen gehören ins Repertoire eines geschulten Soldaten, der auf Sieg aus ist.

Eine geheimnisvolle Stille breitet sich im Graben aus. Aus einiger Entfernung jedoch dringt Pfeifen und Knallen von schweren Geschossen an ihr Ohr. Erwartungsvoll blickt Fred zum Himmel, dann wieder auf die Gesichter der erschöpften Soldaten. Es scheint, als hätten sie eine Frage, die sie aber nicht auszusprechen wagen: Was genau haben wir hier eigentlich zu schaffen?

KAPITEL 19

Unentschlossenheit

Universität München
Juli 1914

Die Jahreszeiten zogen dahin und Fred bemerkte kaum, dass beinahe ein Jahr vergangen war. Er bemühte sich mit Leidenschaft zu lernen, Forschung zu betreiben und Wissen zu mehren, wie Dr. Rendsgard es ihm beigebracht hatte.

Hin und wieder hatte er mit Mutter telefoniert, die sich nach ihm und seinen Studien erkundigte. Bescheiden erzählte er, dass er einer der besten Studenten geworden war, vermied es aber zu berichten, dass Professor Müller immer noch ein prüfendes Auge auf ihn warf, jederzeit bereit, den bäuerlichen Studenten bloßzustellen. Kürzlich erst hatte er Fred erneut verspotten wollen, indem er nach der Wallace-Linie von Thomas Huxley fragte, einer biogeografischen Trennlinie zwischen asiatischer und australischer Flora und Fauna. Der Versuch war gründlich misslungen. Fred hatte alle Bücher von Dr. Rendsgard über Biogeografie gelesen, außerdem die Evolutionstheorie von Charles Darwin und Bücher über den Empirismus von David Hume. Meistens las er nachts, weil er viele Stunden täglich in den Vorlesungen saß.

Sein kleines Studentenzimmer war zu seiner neuen Heimat geworden. An der Wand ein Foto seiner Familie, ein schönes Porträtfoto von Fanny auf seinem Tisch, die Bücher von Dr. Rendsgard im Regal.

Sein Bett, eine kleine Pritsche mit dünner Matratze, Leintuch und dunkelbrauner Wolldecke, war ordentlich gemacht, wie er es zu Hause von Mutter gelernt hatte. Auf seinem Arbeitstisch, der direkt am Fenster stand, lagen noch mehr Bücher, Schreibpapier, Bleistifte und ein Füllhalter bereit. Jede freie Minute recherchierte er in Büchern, schnüffelte in der Universitätsbibliothek nach neuen Werken und verbrachte die halbe Nacht mit Studien über Tieranatomie und Operationstechniken des Veterinärwesens.

Obwohl Fred das Gefühl für die normale Tages- und Nachtzeit verloren hatte, ertappte er sich immer wieder dabei, wie er Fannys Foto in den Händen hielt und dabei unruhig aus dem Fenster starrte. Vor einer Weile hatte er ihr geschrieben. Waren es bereits zwei Wochen seit seinem letzten Brief?

Liebste Fanny,
ich habe viel an dich gedacht und an unser letztes Gespräch über die Vernunft. Weißt du noch? Deine Frage war, kann ich meiner Vernunft trauen und gleichzeitig an Gott glauben? Oder schließen sich Vernunft und Glaube aus? Ich habe nochmals darüber nachgedacht und meine, dass die Liebe Gottes erst recht zur Vernunft verleitet, weil Gott uns in unserer Vernunft liebt. Ein Mensch ist das Werk von Gott und seine Vernunft ebenso. Wie sollte Gott diese denn nicht lieben? Was denkst du darüber?

Ich vermisse dich unglaublich und wünschte, du wärst hier bei mir in München. Bitte schreib mir.
Für immer,
dein Manfred

Er verschloss den Brief und versuchte sich an ihr Gesicht, ihre Lippen, ihren Geruch zu erinnern, und dabei spürte er, wie er sie herbeisehnte. Dann sagte er leise: »Wann kann ich dich endlich wiedersehen …«

* * *

Das frühe Aufstehen machte Fred nichts aus, aber das Studium war hart. Hinzu kam, dass die Sehnsucht nach Fanny jeden Tag wuchs und beinahe unerträglich wurde.

Jeweils am Abend, wenn Madox und Fred stundenlang zusammen gebüffelt hatten, gingen sie in die Kneipe und tranken ein paar Bier. So auch an einem milden Samstagabend, nach einer anstrengenden Woche hinter Büchern und Schriften. Eine Weile sprachen sie über medizinische Phänomene und deren Auswirkungen auf die Forschung, als sich die Tür öffnete.

Eine junge Frau betrat die Kneipe und Freds Blick blieb sogleich an ihr hängen, obwohl er sie durch die Menge der Menschen hindurch und im spärlichen Licht der Kneipe kaum recht sehen konnte. Sie trug ein einfach geschnittenes Kleid aus glatter Baumwolle, einen Hut und weiße Handschuhe. Weil sie das Gesicht abgewandt hatte, offenbar auf der Suche nach etwas, sprach er weiter und zwang sich, seine Aufmerksamkeit wieder ganz dem Gespräch mit Madox zu widmen.

Madox runzelte die Stirn. Als die junge Frau an Freds Tisch vorüberging, pfiff er durch die Zähne. »Look at this wonderful women. What's your name, girl?«

Plötzlich blieb sie stehen, als hätte sie die Frage durch das Stimmengewirr gehört. Fred erkannte sie sogleich.

Sie blickte nur kurz über die beiden Köpfe hinweg auf der Suche nach jemandem. Ihr suchender Blick wirkte beinahe verzweifelt. Sie war es tatsächlich.

Fred sprang auf und hielt sie an ihrem Arm fest. Sein Herz pochte bis in seinen Kopf. »Fanny, du hier?«

Bevor sie antworten konnte, nahm er sie in den Arm, drückte sie so fest er konnte. Sie lächelte, klopfte ihm auf die Schulter. »He, lass mich am Leben.« Als sie sich aus seinen Armen wand, nahm sie seine Hände und blickte ihm in die Augen. »Du siehst schrecklich müde aus. Wann hast du das letzte Mal geschlafen?«

»Ein paar Stunden reichen mir aus.«

Nun schaltete sich Madox ein. »Sein Zimmer besteht aus Büchern. Er schläft auf Büchern und isst über den Büchern.« Fannys

Blick huschte von Fred zu dem jungen Engländer, sie musterte ihn einmal von oben bis unten. »Hi, I'm Madox«, ergänzte dieser nun freundlich und küsste ihre Hand.

Fred strahlte sie an. Sie sah gut aus, gebräunt von der Sonne, ihre Haut glänzte, die Lippen ebenso.

»Ich war das Briefeschreiben leid«, sagte sie lächelnd.

Er umarmte sie erneut überschwänglich, zog sie dann an sich und küsste sie lange und innig. Dann sah er sie an – war sie dünner geworden? Er meinte, einen Anflug von Sorge in ihrem Blick zu sehen. Oder war sie einfach müde von der langen Reise?

»Hast du Hunger? Ich kann dir etwas bestellen«, sagte er eifrig, obwohl er kaum noch Geld bei sich hatte.

Sie nickte leicht und sie setzten sich gemeinsam an den Tisch, an dem Fred mit Madox gesessen hatte. Nun begann ein älterer Mann mit grünem Filzhut und schwarzem Hemd auf dem Piano zu spielen, das in einer Ecke der Kneipe stand. Er spielte gefühlvoll ein Stück von Franz Liszt. Sogleich gesellten sich zwei junge Damen zu ihm hinzu, um der Musik zu lauschen.

Madox, der Freds und Fannys Vertrautheit anscheinend bemerkt hatte, verzog sich ans Klavier zu den beiden Damen und ließ die beiden allein.

Sie saßen eng nebeneinander. Er legte seinen Arm um sie und lauschte ihrem Atem. »Es ist so schön, dass du hier bist«, sagte er glücklich. »Warte, ich hole uns etwas zu trinken.«

Fred stand auf und drängte sich durch die Menge der Studenten an die Bar. Der alte Keeper ließ sich Zeit. Erst wischte er mit einem schmutzigen Lappen die Theke, dann blickte er Fred gelangweilt in die Augen.

»Zwei Bier, schnell, bitte.«

»Schnell geht gar nicht«, gab der Alte zurück, nahm ein Bierglas und füllte es bis obenhin. Nachdem er das zweite Glas hingestellt hatte, bedankte sich Fred und ging mit den Getränken zum Tisch zurück. Als sein Blick durch den Raum schweifte, entdeckte er, dass sein Freund Madox bereits an eine der jungen Damen herangerückt war. Beide flirteten wild miteinander, während ihre Augen leuchteten.

»Na«, rief Fred ihm zu, »habt ihr Spaß?« Er grinste, doch Madox war so beschäftigt, dass er ihn nicht zu hören schien. Um ihn brauchte Fred sich heute Abend wohl keine Sorgen mehr zu machen.

Nachdem er mit Fanny angestoßen hatte und sie den ersten Durst gelöscht hatten, stellten sie die Biergläser auf den Tisch und blickten sich an. Fred nahm ihre Hand. Mit Leichtigkeit erhob sie sich und ließ sich auf die kleine Tanzfläche führen. Er nahm sie in den Arm und drückte sie eng an sich. Sie ließ es geschehen und legte ihren Kopf auf seine Schulter. Während sie zur Musik tanzten, erzählte Fred ihr von seinen Befürchtungen, er könne von der Universität fliegen und Samuel würde nicht ohne ihn zurechtkommen auf dem Hof. Fanny hörte ihm geduldig zu, strich mit der Hand zärtlich über seinen Nacken und küsste ihn immer und immer wieder auf seine Wange.

»Du duftest wundervoll«, flüsterte er ihr zu.

»Fred«, sagte sie leise. »Ich möchte, dass du etwas weißt.« Da war es wieder. Irgendetwas beunruhigte sie. Fred lauschte gebannt.

Sie holte tief Luft, fesselte ihn mit ihren Augen. »Ich liebe dich.« Zärtlich fuhr Fred mit der Hand über ihr schönes Gesicht. Sie lächelte.

»Hast du den langen Weg auf dich genommen, um mir das zu sagen?«, fragte er gerührt.

»Nein, ich möchte nur, dass du es weißt, bevor du Entscheidungen triffst.«

»Welche Entscheidungen?«

»Es wird vermutlich Krieg geben.«

»Ja, leider. Meine Kollegen sprechen schon seit geraumer Zeit davon.«

»Wenn du die Zeitungen liest, dann weißt du, dass es jetzt ernst werden könnte.«

»Wie sollte ich. Sie haben mir gedroht, mich von der Universität zu werfen, da lese ich nichts außer Bücher!«, sagte er vorwurfsvoll. Doch dann überkam ihn der Ärger auf sich selbst, dass er nicht informiert war. »Entschuldige«, sagte er leise und nahm sie wieder in den Arm. »Tatsächlich Krieg?«

»Kaiser Wilhelm wird Österreich-Ungarn unterstützen. Russland verbündet sich mit Serbien. Was denkst du, wo das hinführt?«

Lange blickten sie sich an.

»Ich weiß nur«, sagte Fanny, »dass ich dich nicht verlieren will. Ich bin gekommen, um dir das mitzuteilen.«

Unaufhörlich schaute Fred ihr in die Augen, die sanft schimmerten. Wenn er Fanny in den Armen hielt, überkam ihn ein Gefühl von vollkommener Innigkeit, das in ein Sehnen nach noch mehr Nähe mündete. Langsam ging ihm auf, was es bedeutete, zu lieben und geliebt zu werden. Es war die Hingabe zweier Menschen, ein unablässiges Suchen und Zusammenfinden.

Er legte seine Hand auf ihre Wange, küsste sie erneut, sodass eine Glut in ihm aufstieg.

Der Pianist spielte nun eine adaptierte Version von Chopins Nocturnes. Die Musik lenkte beide für einen Augenblick ab, umspann sie mit ihren sanften Klängen. Fred küsste Fanny innig. Nach dem Kuss sagte er: »In meinem Herzen werde ich dich nie verlassen.«

Sie hielt ihn fest und streichelte zärtlich seinen Rücken. Die Musik wurde leiser, als Fanny zu weinen begann. Das war nicht die Antwort, die sie sich von ihrem Geliebten gewünscht hatte.

* * *

Draußen sog er die Luft ein, die nach Ruß, Fett und Abfällen stank. An einer Mauer auf der anderen Straßenseite prangte ein Plakat: *Gibt es bald Krieg?*

Fanny wohnte in einer kleinen Dreizimmer-Pension in einer Seitenstraße, in deren erstem Stockwerk noch Licht brannte. Als sie klopfte, öffnete eine freundliche, dicke Frau in den Fünfzigern, die die beiden herzlich begrüßte. Ihr Dialekt verriet, dass sie Österreicherin war. »Scheen, Sie kennenzulernen, werter Herr. Haben's vielen Dank für das Geleit des jungen Fräuleins.«

Dann bot sie beiden an einzutreten, doch Fred verabschiedete sich höflich. Er sah Fanny noch einmal in die traurigen Augen. »Ich hole dich morgen früh ab. Wir trinken Kaffee in der Bäckerei an der Wittelsbacherbrücke.«

»Ich kann nicht«, gab sie bedauernd zurück, »mein Zug geht um sieben Uhr.«

Enttäuscht gab er Fanny einen Kuss.

»Schreib mir so oft du kannst«, sagte sie bittend. Ihr Blick war so tief greifend, als spannte sich ein zärtlicher Faden zwischen Herz und Augapfel.

Als Fred endlich in seinem Bett lag, grübelte er bis tief in die Nacht. Den Duft von Fanny auf seinen Lippen, kreisten seine Gedanken vor allen Dingen um sie, das Studium und um den Krieg, der sich ankündigte.

Was, wenn er bald Militärdienst leisten müsste? Und was, wenn er deswegen sein Studium nicht abschließen konnte? Im Bett warf er sich hin und her. Wenn er nun alles verlöre? Sein Stipendium, die Zukunft mit Fanny, sein Leben? Und dann verspürte er eine Angst, die ihm die Kehle zuschnürte, weil ihm bewusst wurde, dass diese Begegnung mit Fanny vielleicht seine letzte gewesen war.

Draußen begann es leise zu regnen. Die Tropfen schlugen gegen sein kleines Studentenfenster, das bei jedem Öffnen im Holz wackelte, sodass sie befürchteten, es könnte herausrutschen. Madox schien schon seit Stunden zu schlafen und drehte sich kaum einmal um. Er atmete leise. Fred war dankbar, dass er nicht schnarchte wie damals Samuel. Wie es seinem Bruder wohl erging?

Instinktiv spürte er, dass sich etwas abzeichnete, was sein Leben verändern würde. Das alles beunruhigte ihn, allerdings konnte er nicht ausmachen, was es war. Es war wie der Blitz eines entfernten Gewitters ... etwas Machtvolles, das sich in seine Richtung bewegte.

KAPITEL 20

Der Pfarrer

Westfront
Dezember 1914

An diesem Dezembermorgen liegt dichter Nebel über dem Feld, als ein junger Mann in einem blauen Anzug und langem Lodenmantel in den Schützengraben steigt. Er hat schwarzes, lockiges Haar, den spärlichen Bart frisch rasiert, eine schmale Nase und rote Wangen von der Kälte. Seine grüngrauen Augen blinzeln, mit Kopfnicken grüßt er jeden, an dem er vorbeigeht. Die Männer, die beim Frühstück sitzen, Kaffee trinken und Haferkekse kauen, blicken sich an. Was will der denn hier?

»Is' das ein Anwalt?«, fragt Bär seinen Kameraden neben sich, der gerade ein Stück Käse in den Mund stopft. Sie schätzen den jungen Herren auf knapp 30 Jahre. Neben den Infanteristen sieht er aus wie ein herausgeputzter Student der Jurisprudenz, die runde Brille dicht an den Augen, schwarze, glatte Augenbrauen. Ein Hut bedeckt das gekämmte und gescheitelte Haar. In der rechten Hand trägt er eine braune Ledertasche, die in all dem Grau der Erde und der Militärkleidung fast schon bunt anmutet.

»Ein verirrter Hampelmann«, flüstert Rottmann leise zu Kalle, der sich die schwarzen Fingernägel mit einem kleinen Messer säubert und den Dreck am Messer an der Hose abputzt. Dieser sonderbare Fremde erinnert Rottmann an das Kinderspielzeug, das an der Tür seines Sohnes Till hängt. Wenn man am Faden zieht, springen Arme und Beine hoch und der Hampelmann wackelt mit dem Kopf. Nur selten lässt er einen Gedanken an seine kleine Familie zu. Der Gedanke, sie alleingelassen zu haben, im Glauben, für eine gute Sache zu kämpfen, und in der Hoffnung, an Weihnachten wieder zurückgekehrt zu sein, bricht ihm fast das Herz.

Auf dem kleinen Tisch liegt Käse, Zwieback, Roggenbrot, eine angeschnittene Wurst. Einen Augenblick bleibt der Fremde stehen, dann zieht er den Hut, grüßt die Männer: »Guten Tag die Herren, wo finde ich denn den diensthabenden Offizier?«

»Der ist beim Käfersammeln im Wald!«, ruft Bär und lacht, die andern lachen mit. Jemand klopft auf den wackeligen Tisch. Bruno, der Hund von Sprantzl, schmiegt sich an Freds Bein und beginnt zu bellen. Fred beruhigt ihn mit einem Klopfen auf den Hinterkopf. Sanft legt er seine Schnauze auf den Oberschenkel seines neu erwählten Herrchens.

Jetzt wischt sich Fred den Mund mit dem Ärmel ab und steht auf. »Ich bin der Diensthabende. Aber lassen Sie bitte Ihre Hand unten. Grüßen kostet die Offiziere den Kopf. Was kann ich für Sie tun?« Er streckt ihm die Hand entgegen. Umständlich stellt der Pfarrer seine Tasche auf den Boden und zieht sich die Handschuhe aus. Dann gibt er ihm vorsichtig die Hand, als wäre sie zerbrechlich. Nie wäre es ihm eingefallen, militärisch zu grüßen.

Die beiden jungen Männer stehen sich gegenüber. Misstrauisch beschnuppern sie sich. Prüfen Gesicht, Kleidung, Schuhe. Die Knöpfe des Pfarrers wirken stumpf, nicht poliert oder gefiedelt. Ein gutes Zeichen, findet Fred. Mutter hat ihn immer gewarnt vor Leuten, die ihre Knöpfe wienern. »Diese Leute geben den falschen Dingen Beachtung. Achte auf die Augen. In ihnen erkennst du die Seele.«

Sie verharren auf der Stelle, blicken sich in die Augen. Des Pfarrers Augen wirken liebenswürdig, aber fragend, als wolle er alles wissen über den Menschen, der vor ihm steht.

Er kann es sich nicht erklären, aber dieser Mann scheint ihm durch und durch ehrlich zu sein, scheint nichts vorzugeben, nichts zu verheimlichen. Freds Misstrauen schwindet allmählich. Vor einigen Tagen hat sich zwei Kilometer abseits ihrer Stellung, in Abschnitt C, ein englischer Soldat als deutscher Soldat ausgegeben und ist in einen Graben gesprungen, hat Handgranaten geworfen und wurde daraufhin von deutschen Soldaten erschossen.

Maulwürfe und Spione lesen überall die Feldpost, um den Stand der Dinge zu erfahren. Demgemäß wurde vor zwei Tagen für die Soldaten ein Schreibverbot verhängt, was Fred und seine Kameraden schmerzt. Gerade in den leeren Stunden schreiben die Männer oft nach Hause, erzählen von den aufwühlenden Tagen im Schützengraben, von der Langeweile, den Kartenspielen, von der Einsamkeit auf der nächtlichen Wache. Das Schreiben von Briefen hat etwas Tröstliches. Jetzt wird der einzige Lichtblick in ihrem Soldatenalltag auch noch von einem Verbot überschattet.

Endlich stellt sich der fremde Mann vor. »Mein Name ist Koslowski, ich bin Militärpfarrer und habe den Auftrag, Sie und Ihre Männer in den nächsten vier Tagen zu begleiten. Aufgrund der gewaltigen Angriffe in den letzten Wochen möchte ich Ihnen helfen, die Männer, die Sie verloren haben, zu begraben.«

Koslowski und Fred tauschen nun mildere Blicke aus. Trotzdem wird es Fred anders zumute.

Die letzten Tage waren von zahlreichen Verlusten geprägt. Freds Herz zieht sich wie eine harte Faust in seinem Brustkorb zusammen. Von seinen 30 Männern sind nur noch 14 übrig. Er kannte sie alle beim Vornamen: Helmut, Florian, Siegbert, Gottfried, Jakob, Hermann, Otto ... Manche von ihnen hatten Familie, die meisten aber waren sehr jung gewesen, im Studium und in der Ausbildung. Siegbert hatte gerade sein Studium der Architektur begonnen, Jakob wollte nach Amerika auswandern und Otto das Handwerk des Kochs erlernen. Doch dann kam alles ganz anders.

Vor wenigen Monaten war es noch ruhig gewesen am Himmel, doch seit Oberbefehlshaber General Barès von der französischen Armee den Ausbau auf 65 Flugstaffeln forderte, begannen die systematischen Angriffe der Kampfflugzeuge auf die deutschen Linien. Viele Männer haben ihr Leben in den Kampfhandlungen verloren. Manche von ihnen haben sie sogleich auf dem Soldatenfriedhof an den hintersten Linien begraben, andere haben sie nie gefunden. Bisher ist es nicht möglich gewesen, die gefallenen Männer, die im Ödland zwischen den Schützengräben liegen, zu bergen.

»Studium ist noch nicht lange her, oder?«, fragt Fred den Pfarrer. Dieser nickt kurz.

»Evangelische Theologie habe ich in Tübingen studiert. Habe es mir allerdings anders gewünscht. Gleich nach dem Studium an die Front ... Aber ich möchte meinem Land dienen.« Ein bedachtsames Schweigen folgt. »Und was ist mit Ihnen?«, fragt der junge Theologe und dabei kräuselt er seine Stirn.

Fred blickt ihm erstaunt in die Augen. Die Frage kommt überraschend. Es ist lange her, dass ihn jemand nach seinem Studium gefragt hat. »Veterinärmedizin in München, ein Jahr. Ich möchte es fortsetzen, sobald es geht.«

»Gut, gut«, sagt der junge Pfarrer. Er scheint nachdenklich zu werden. Verloren blickt er sich um, nickt den anderen Soldaten freundlich zu, die ihn mittlerweile alle unverhohlen anstarren. Um die unangenehme Stille zu umgehen und weil ihm niemand einen Platz anbietet, fragt er sogleich weiter. »Weshalb möchten Sie Veterinär werden?«

Einen kurzen Moment überlegt Fred. Ja, weshalb eigentlich? Früher hat er einmal geglaubt, die Antwort zu wissen.

»Dort, wo ich herkomme, waren außer meinem Bruder die Tiere meine besten Freunde ...« Er muss an die Kühe vom Hof denken, die ihm immer, wenn sie ihn sahen, die Stirn entgegenreckten, um von ihm gestreichelt zu werden. Diese unverblümte Echtheit der Tiere liebte er. Ohne Umschweife gaben sie ihre Zuneigung oder Abneigung preis. »Ich mochte schon immer die Aufrichtigkeit der Tiere. Echte Zuwendung. Kein Verstellen, keine Lügen.«

Koslowski beobachtet den jungen Offizier interessiert. Er schiebt die Brille auf seiner Nase zurecht. Ein Mann, der Tiere respektiert und nicht verachtet, denkt er. Ungewöhnlich, gerade in diesen Zeiten ... wo der Mensch zum Wolf des Menschen geworden ist.

Sein Blick fällt auf den Hund, der seinem Gegenüber immer wieder beharrlich mit der Nase gegen das Knie stößt. Auch er scheint diesen Mann zu schätzen. Neugierig fragt der Pfarrer: »Haben Sie schlechte Erfahrungen gemacht mit Menschen?«

Fred gibt keine Antwort und Koslowski bereut sogleich seine Frage. Schnell fügt er hinzu: »Hoffen wir, dass dieser Krieg bald vorbei ist«, obgleich er ahnt, dass die Kämpfe noch längere Zeit andauern werden.

»Wie sind Sie eigentlich hierhergekommen?«, will Fred nun wissen.

»Jemand vom Ausbildungslager hat mich gefahren. Dauerte eine Weile. Wir haben übrigens noch Proviant mitgebracht.« Er zeigt auf einen Kartoffelsack mit gepökeltem Fleisch, frischem Brot, Wein, Kuchen und getrocknetem Obst, den sein junger Fahrer eilig an die Brustwehr geschleppt hat, um gleich wieder aus der Schusslinie zu entkommen. Die Augen der Männer beginnen zu leuchten.

»Mensch, was zu beißen. Holen wir es uns, bevor ein englischer Trottel das Essen massakriert«, ruft Bär und beeilt sich, die guten Sachen von der Brustwehr zu hieven.

»Wir haben Glück, dass Sie unterwegs nicht erschossen wurden!«, lacht Kalle.

»Oder von einer Tretmine in tausend Stücke gerissen ...«, sagt Bär spöttisch.

»Ja, kann man so sagen«, gibt der Pfarrer mit einem Lächeln zurück. Er bleibt gefasst und blickt freundlich in die Runde, seine eisblauen Augen liegen ruhig auf den misstrauischen Gesichtern der Männer.

»Der lernt noch Respekt vor dem Tod«, sagt Rottmann, steht auf und verschwindet in der Latrine, die nach einem Angriff, bei dem sie schwer beschädigt wurde, behelfsmäßig zusammenflickt wurde. Überhaupt befindet sich der ganze Schützengraben in einem schrecklichen Zustand. Die horizontal gelegten Rundholzpalisaden sind nur leicht beschädigt worden, aber die rund 150 Sandsäcke, die den Graben seitlich hin zu den Engländern aufgeschichtet wurden, sind von gewaltigen Granaten zerstückelt worden. Manche wurden gleich bei den Angriffen zerfetzt, die anderen bröseln leise vor sich hinunter in den Graben, bis sie leer sind. Das Ganze ergibt einen schleimigen Morast. Die Männer stehen knöcheltief im Wasser.

»Die verdammten Flöhe«, ruft Bär nun und kratzt sich im Schritt, dann auf der Kopfhaut. Sein fettiges Haar steht in alle Richtungen.

»Morgen ist wieder ärztliche Inspektion im Zentrallager«, wirft Kalle ein.

»Ohne mich, da geh ich nicht mehr hin. Ich lass die Hose nicht mehr runter vor einem Mann«, sagt ein alter Werftarbeiter, den alle Olli nennen.

»Musst aber, Weisung vom Kaiser!«, witzelt Bär.

»Wenn sich der Kaiser neben uns in den Schützengraben stellt, dann zeige ich meinen Arsch sogar den Franzmännern. Sonst kann er es vergessen.«

»Die verdammten Dinger fressen mich noch auf«, jammert Bär.

»Los, rasieren wir uns, die haben gestern unseren letzten Spiegel zerschossen«, lenkt Kalle ab. »Für jeden gibt's ein Stück!«

»Na, dann lass doch gleich noch ein Bad für mich ein«, brüllt Bär ihm zu und kratzt sich unter den Armen.

»Entschuldigen Sie meine Männer, setzen Sie sich doch«, sagt Fred zu dem Pfarrer, der nun am großen Tisch Platz genommen hat.

Bär kippt seine Kaffeereste aus der schmutzigen Blechtasse, wischt den Tassenrand mit seinem Ärmel ab und füllt die Tasse mit Kaffee aus einer Blechkanne. »Hier, trinken Sie. Heiß und stark, das beste Gesöff in diesem Abschnitt.«

»Nein, vielen Dank. Aber ich trinke keinen Kaffee«, sagt der Pfarrer leise.

»Los, trinken Sie«, gibt Bär zurück. »Vielleicht ist es der letzte. Man weiß hier vorne nie, was kommt.«

»Na, entweder der Engländer oder der Franzos!«, schreit Kalle und pinselt sich Rasierschaum ins Gesicht. Sein Gewehr steht neben ihm, den Mantel trägt er offen, seine Hände und Nägel sind immer noch schwarz vor Dreck. Bär schüttet dem Pfarrer den letzten Tropfen Kaffee, eine beinahe schwarze, dünne, lauwarme Brühe, in die

Blechtasse. Der Pfarrer blickt ihn erstaunt an, sagt: »Danke, sehr aufmerksam.«

»Bär, kommst du endlich? Musst die Rasierklinge noch wetzen.«

»Mann, das tu ich hier doch jeden Tag.«

»Nicht so laut«, sagt Fred zu seinen Männern. »Die haben bis ein Uhr Kugeln verteilt. Wir wollen sie nicht wecken.«

Koslowski, der nun am Tisch Platz genommen hat, verschafft sich einen Überblick. Gestern noch war er in Abschnitt 5a, hielt einen kurzen Gottesdienst ab, der damit endete, dass die Hälfte der ausgezehrten und nervlich angespannten Männer weinte, und sprach mit den Soldaten, die den schweren Angriff der 75-mm-Kanonen überlebten, welche die Franzosen in großer Zahl aufgestellt hatten. Wie viele Männer er gestern begraben hat, weiß er nicht mehr. Seit er im September 1914 in einem Abschnitt einmal 44 Männer auf einmal begraben musste, hat er aufgehört zu zählen.

Bär, der sich nun zu Kalle begeben hat und das Rasiermesser an einem Lederband wetzt, beobachtet den Popen. Koslowski blickt auf die Blechtasse, nimmt sie in die Hand und tut so, als trinke er daraus einen Schluck.

»Scheiß Pfarrer«, flüstert Rottmann misstrauisch und wischt sich nach der Latrine die Hände an den Sandsäcken ab. Nicht einmal die mitgebrachte wohlriechende Verköstigung konnte ihn überzeugen. Immer, wenn Fremde – ein Hauptmann, ein Ausbildner oder eben der Pfarrer – im Schützengraben auftauchen, wird den Männern schmerzlich bewusst, was hier in ihrem Abschnitt wirklich abläuft. Es ist, als ob ihnen jemand einen Spiegel vorhalten würde. Bei jedem Schuss ziehen die Besucher die Köpfe ein, versuchen mit großen, gezielten Schritten dem tiefen Morast und dem stehenden Wasser auszuweichen, bleiben auf Körperdistanz, weil sie keine Flöhe wollen, und vermeiden sogar, den Männern die Hand zu reichen. Das Unterlassen der Handreichung verletzt die Soldaten am meisten.

»Wir sind doch nur Ungeziefer für die. Diese verwöhnten Scheißkerle«, flucht Rottmann und setzt sich auf ein Sitzbrett, das aufgrund der Beben bereits sehr schief steht.

Plötzlich pfeifen Geschosse über ihre Köpfe und schlagen in der Nähe ein. Die Männer ducken sich, klammern sich an ihre Gewehre und laufen zu den Leitern. »Nicht mal zum Frühstück hat man Ruhe!«, schreit Kalle, der sich mit einem Handtuch den Rasierschaum aus dem Gesicht wischt und sich den Helm aufsetzt.

Fred sieht, dass seine Hände zittern. »Passt auf eure Köpfe auf, Männer!«, schreit er. Vorgestern hat es einen Kameraden durch Kopfschuss erwischt. Es war Gottfried, der Architekturstudent. Er trug zwar seinen Helm, doch der Schuss ging direkt in seine Schläfe. Der junge Soldat war sofort tot.

Wenigstens etwas, hat Fred in seinem Schmerz gedacht. Wenigstens ging es schnell. Besser, als stundenlang im Morast mit offenen Wunden auf die Sanitäter warten zu müssen.

Wieder ein Pfeifen, ein Einschlag, faustgroße Erdballen, die ihnen um die Ohren fliegen. Ein Stück landet direkt in der Kaffeetasse von Koslowski. Es riecht nach Rauch und Kälte. Koslowski schließt die Augen und hält sich die Hände über den Kopf. Rottmann beäugt die sauberen Hände missmutig und duckt sich mit einer gewissen Gelassenheit.

Als Ruhe einkehrt, setzt sich Fred wieder an den Frühstückstisch, die Männer gesellen sich dazu. Rottmann und Kalle halten Stellung und rauchen eine Zigarette. Über ihnen kreisen zwei Krähen. Sie krächzen ein Lied. Jetzt setzen sie sich auf die zerschossene Eiche, die ganz in der Nähe des Schützengrabens steht. Stille. Plötzlich, aus heiterem Himmel, schreit jemand: »Good morning, gentlemen!« Ein Engländer brüllt vergnügt aus seinem Graben.

»What the hell, George. Why don't you wait after breakfast?«, schreit nun Rottmann missgestimmt hinüber.

»Hi, Rotti, d'you want some coffee?«, gibt der Engländer zurück. Wieder Gelächter. Rottmann spuckt ein Stück Zigarette gegen die Erdwand.

»What the hell, George. Shut the hell up. We are still asleep.« Sie hören die Engländer lachen. Jemand hustet und spuckt Schleim aus. »Diese verfluchten Tommys halten sich aber auch an nix!«, schnauzt Rottmann.

Unweigerlich öffnet Koslowski die Augen. »Sie sprechen mit den Engländern?«

»Ja, klar. Wir hören die Scheißkerle da drüben furzen, da kann man auch mal nachfragen, wie's läuft«, sagt Kalle und steigt von der Leiter, um sich weiter von Bär rasieren zu lassen. Zu Rottmann sagt er: »Lass sie. Du kennst das doch. Die lenken sich ab. Haben Schiss. Heute zum Mittagessen gibt's was gesalzen.«

Der Pfarrer kann es kaum fassen. »Ist das Ihr Ernst?« Seine wachen Augen sind nun auf Fred gerichtet, gerade so, als hätte er soeben einen neuen Kontinent entdeckt.

Fred nickt. »Wir tauschen uns regelmäßig aus. Ist gar nicht schlecht, wenn man weiß, dass es den Leuten da drüben auch nicht besser geht als uns.«

Augenblicklich zischen Granaten über sie und knallen 30 Meter vor dem Graben schwer in die Erde, reißen die Wintererde auf. Die Brocken sind einen halben Meter groß und werden durch die Wucht des Aufschlags in die Luft geschmettert. Es pfeift und knallt. Alle Männer halten sich die Ohren zu. Das Rattern der Maschinengewehrsalven folgt. Fred hat sich mit seinen Männern in Stellung gebracht. Gewehr schussbereit, Helm aufgesetzt. Fred schiebt seinen Kopf über die Erde. Was läuft da?

Nun hat sich in den Nebel dichter Rauch gemischt. Plötzlich knallt ein Schuss gegen Rottmann, der ihn in den Graben zurückfallen lässt. Hart knallt er auf die Erde, bleibt stöhnend liegen und ruft: »Getroffen, ich bin getroffen!«

Fred, der es nur im Augenwinkel mitbekommen hat, schreckt auf und schreit laut: »Aufpassen!«, stellt sein Gewehr an die Erdmauer, springt Rottmann hinterher in den Graben. »Rottmann, hörst du mich?«

Sein Kamerad hat die Augen geschlossen. Weil er am ganzen Leib zittert, hält ihn Fred an beiden Armen fest, als ob er ihn auf diese Weise beruhigen könne. Mit geschlossenen Augen beginnt Rottmann undeutlich zu sprechen.

»Jetzt haben sie mich erwischt. Ich werde nie wieder Fußball spielen, nie wieder. Ich bin tot.«

Fred atmet erleichtert auf. Solange Rottmann spricht, wird es hoffentlich nicht so schlimm sein. Zur Sicherheit tastet er Arme und Beine von seinem Kameraden ab.

»Rottmann, du bist nicht tot. Du lebst. Außerdem bist du ein schrecklicher Außenverteidiger«, sagt Fred laut.

Rottmann sieht ihn an. »Aber meine Mitte ist immerhin besser als deine elenden Torwartversuche. Du springst wie eine Kuh von einer Ecke in die andere. In meinem ganzen Fußballkarriere habe ich keinen so miesen Torwart gesehen wie dich.«

»Welche Fußballkarriere?«, proviziert Fred.

Beide sehen sich an und schmunzeln. Die Kameraden, die besorgt von der Brustwehr auf die beiden herunterblicken, atmen auf. »Noch nicht Zeit zu sterben, du Scheißkerl«, sagt Fred.

Rottmann klopft ihm beipflichtend den Arm. »Na, mal gut gegangen, Herr Unteroffizier.«

Fred zieht ihm den Helm vom Kopf, auf dem Stahl ist eine tiefe Delle sichtbar. Er hält ihm den Helm dicht vor die Augen. Das Zittern hat aufgehört. »Na, wenn nichts drin ist, ist wenigstens was außenrum.«

Fred gibt Rottmann aus seinem Flachmann einen Schluck Apfelschnaps, den dieser dankbar seine Kehle hinabtröpfeln lässt. Nach einigen Minuten steht er wieder auf, macht Schritte auf die Brustwehr zu. Ein unerhörtes Getöse, das die Luft verdreckt und die Ohren verstopft, folgt. Jetzt schreit Fred: »Rottmann, spinnst du, los, mach eine Pause. Das ist ein Befehl.«

Weitere Einschläge, Maschinengewehrsalven, Fred blickt auf. Macht sich Sorgen um seine anderen Männer. Rottmann sackt auf einen Sitzbrettverschlag, fällt mit dem Oberkörper zur Seite und legt die Beine hoch. Erschöpft schließt er die Augen. Nun setzt sich der Pfarrer erstaunlich gefasst zu Rottmann und sagt zu Fred: »Ich kümmere mich um ihn. Tun Sie, was Sie tun müssen.«

»Danke«, sagt Fred und klettert wieder auf die Brustwehr. Sie geben etliche Gewehrsalven in den Nebel ab, doch niemand sieht etwas.

Eine Weile schweigt der Pfarrer. Dann beginnt er leise zu sprechen.

»Wissen Sie, ich komme gerade vom Hinterland, wo noch vieles steht, wo die Leute noch auf den Markt gehen, wo Kinder noch auf der Straße Fußball spielen. Aber hier, es erschreckt mich zutiefst, ist alles vom Krieg erstickt worden. Gebäude wurden zerschlagen, Bäume entwurzelt, Brunnen zerbombt, das fließende Leben der Menschen durchbrochen. Ich befürchte, wir vernichten hier so viel, dass auch alles Große, Schöne dem Krieg zum Opfer fällt.«

Obschon Fred den Pfarrer versteht, ja sogar berührt ist von dessen Worten, zischt er: »Bitte schweigen Sie. Wenn die Männer das hören, dann verlieren sie ihren Kampfwillen.«

Die beiden hüllen sich in zähes Schweigen.

Doch was Koslowski gesagt hat, lässt sich nicht allzu rasch abschütteln. Spielende Kinder, sinniert Fred, Menschen auf dem Markt. Das Leben im Hinterland geht einfach so weiter, als sei nichts geschehen. Und wir sitzen hier in diesem Dreckloch. Wie es wohl Samuel ergeht?

Früher, wenn Vater ihn bedrohte, dann hat er immerhin seinen Bruder Fred gehabt. Er erinnert sich an die vielen Nächte, die sie im Wald in der Hütte verbracht hatten. Vögel und Fuchs waren ihre Freunde. Und jetzt?

Fred reißt sich aus seinen Gedanken und sagt an den Pfarrer gewandt: »Ja, ein Scheißkapitel ist das im Leben von uns allen. Aber es ist, als müssten wir da alle durch, als könnte sich niemand rausstehlen.«

»Sie haben recht, da müssen wir durch. Die Frage ist nur, wie wir uns schlagen und was wir daraus lernen.«

Erstaunt blickt Fred dem Pfarrer in die Augen. »Denken Sie, Gott hat hier die Finger im Spiel?«, fragt er leise.

Koslowski zögert. Dann sieht er sich im Graben um. Verängstigte und wütende Gestalten drängen sich an die Erdwände. Ein Soldat schläft im Stehen, das Gesicht in seiner Armbeuge versteckt, ein anderer schreibt auf seinem Knie einen Brief und zittert am ganzen Leib. Koslowski kratzt sich das Kinn. Ja, tatsächlich, wo ist hier Gott einzuordnen? Ist er das überhaupt?

Fred wartet noch auf seine Antwort. »Denken Sie, wir könnten die Gefallenen heute begraben?«, fragt der Pfarrer stattdessen.

Verwirrt sieht Fred ihn an. »Ich denke schon, solange der Nebel anhält, können wir die Männer einsammeln und hinten auf dem Dorffriedhof beerdigen.«

Jetzt hat der Pfarrer eine Ratte im Blickfeld, die Brotkrumen vom Boden sammelt. Jemand schlägt mit dem Gewehr nach ihr, doch sie ist schneller und verschwindet in einem Erdloch unter einem Stehbrett.

Zögerlich steht Fred auf, sammelt seine Gedanken, fragt sich, weshalb der Pfarrer nicht auf seine Frage antworten will. Dann blickt er vorsichtig über die Brustwehr. Der Nebel baut sich vor ihnen auf wie eine Wand aus aufgeschichteter Watte. Es ist kühl und feucht. Sicht auf zwei Meter.

»Achtung«, ruft Fred. Seine Soldaten wenden sich den beiden Männern zu. »Wir werden die Gefallenen bergen und auf dem Dorffriedhof begraben. Kein einziger Kamerad bleibt liegen. Aber achtet auf die Tommys.« Die Männer blicken sich erstaunt an, bleiben aber stehen. Die Furcht vor dem Niemandsland ist groß. Als der Pfarrer zu sprechen beginnt, hören sie gebannt zu. Nur Rottmann gibt sich ungeduldig, klettert bereitwillig über die Brustwehr und kniet sich dann hin, um auf seine Kameraden zu warten.

»Der Mensch muss sich davor in Acht nehmen, alles mit Gott erklären zu wollen. Wo Menschen versagen, kann Gott nicht für alles in die Bresche springen. Das wünschen wir uns vielleicht, aber so ist es nicht. Es ist eher so, dass der Mensch seine heldenhafte Geschichte schreiben möchte und eine Milchmädchenrechnung macht, in der Gott gar nicht vorkommt. Gott schreibt vollkommen andere Geschichten, die nichts mit Ehre und Medaillen zu tun haben.«

Aufgebracht und wütend steht Fred auf. »Aber wo ist Gott denn hier?«

Koslowski nimmt die Brille ab, zieht sein Taschentuch aus der Hosentasche und beginnt sie zu putzen.

»Seine Disziplin ist vielmehr die Sanftmut und Barmherzigkeit.«

Einen Augenblick stutzt Fred, bleibt wie angewurzelt stehen und reibt sich das Gesicht mit schmutzigen Händen.

Verzweifelt denkt er: Sind wir denn alle Monster? Hat uns Gott deshalb verlassen?

Jetzt springt Rottmann von der Brustwehr in den Graben und macht einen Schritt auf Koslowski zu. »Halten Sie die Schnauze, sonst lernen Sie meine Disziplin kennen!«, schreit er den Pfarrer an.

Vollkommen ratlos blickt Fred auf die beiden Männer, die sich gegenüberstehen. Sie hauchen sich die Atemluft ins Gesicht. Rottmann scheint vor Wut zu schnauben, der Pfarrer jedoch bleibt ruhig. Sein gelassener Gesichtsausdruck verrät, dass er bereit ist, Rottmanns Frust und Bitterkeit verstehen zu wollen.

»Vor zwei Monaten ist mein Vater gefallen, eine Granate hat ihn getötet! Hat ihm die Beine abgerissen. Er ist verblutet. Sagen Sie, wo ist die Sanftmut Gottes in diesem Tod?« Rottmann schreit so laut, dass er ins Gesicht des Pfarrers spuckt.

Doch Koslowski macht keine Anstalten zu wanken oder sich von ihm abzuwenden. »Wo? Wo ist Ihr Gott?«, schreit Rottmann weiter.

»Hör auf«, zischt Bär von der Brustwehr herunter. Den Kopf an das Brett gelehnt, das Gewehr an der Brust, seine Hände zittern. Er friert. »Du machst unsere Freunde da drüben verrückt. Verdammt. Du bist nicht der Einzige hier, der jemanden verloren hat.«

Beruhigend legt Fred Rottmann die Hand auf die Schulter. »Los, leg dich für ein paar Stunden schlafen.«

Störrisch dreht sich Rottmann weg und geht in die einzige Unterkunft im Graben, in der drei verlauste Betten stehen. Er stellt das Gewehr in eine Ecke, wirft sich auf die Pritsche und legt seine Hände um den Brustkorb, als könnten sie ihn wärmen. Es dauert keine Minute, da schläft er ein.

»Entschuldigen Sie«, sagt Fred, »in letzter Zeit rastet immer mal wieder jemand aus.«

Koslowski nickt verständig. »Wissen Sie, es wäre nicht normal, wenn Ihre Leute das alles ruhig ertragen würden«, findet er ernst. Sie sitzen noch eine Weile da und sprechen über die letzten Tage. Der Verlust der Männer habe sie mitgenommen. Freunde zu verlieren sei hart, meint Fred nachdenklich.

Plötzlich muss Fred wieder an Madox denken. Madox, sein Freund ... und zugleich Feind.

Er verstummt und versinkt in Gedanken. Als der Pfarrer ihn fragend anschaut, meint Fred nur eine Frage in seinen Augen zu lesen: Wie gehen Sie damit um, auf Menschen zu schießen?

»Ich kann nicht gut damit umgehen«, sagt Fred so leise wie möglich. Jetzt stockt ihm der Atem. »Ich will mich auch nicht daran gewöhnen.« Er spürt einen dumpfen Schmerz in seinem Magen, der bis zum Herz zieht. Als säße etwas in seiner Brust, das ihm unaufhörlich zuflüstert: Es ist nicht in Ordnung.

Leise fährt er fort: »Dieser Krieg ist für viele von uns eine schwere Bürde.« Dann, als hätte er sich selbst entlarvt, sagt er besorgt: »Aber sagen Sie nichts den Männern. Sie dürfen ihren Kampfwillen nicht verlieren. Uns bleibt doch nichts anderes als weiterzumachen ...«

... so sinnlos es auch sein mag, ergänzt er stumm in Gedanken.

Kapitel 21

Krieg

Universität München
Juli – August 1914

In den frühen Morgenstunden begann Madox sich anzuziehen. Er war sehr fürsorglich, wollte Fred auf keinen Fall wecken, aber all seine Bemühungen waren für die Katz. Denn der Holzboden quietschte bei jedem Schritt so laut, dass Fred aus einem feinen Traum gerissen wurde.

»Schon Zeit?«, fragte Fred.

»Erst sechs Uhr. Ich muss noch zur Bibliothek«, flüsterte Madox, der sich nun das rotblonde Haar vorsichtig kämmte.

Die Sonne warf bereits ein paar Strahlen ins Zimmer, die den Raum aber kaum aufhellen konnten, deshalb drehte sich Fred zur Wand und versuchte weiterzuschlafen. Madox zog die Zimmertür leise hinter sich zu. »Go back to sleep, brother.«

Im Halbschlaf sah er seinen Bruder Samuel, wie er auf dem Hof hart schuftete. Vater forderte von ihnen, dass sie 15 Stunden arbeiteten, erst die Kühe aus dem Stall trieben, dann mit der Sense die großen Wiesen schnitten. Wie oft die beiden Jungen wie ausgetrocknet waren, weil sie viele Stunden kein Wasser tranken, wie oft sie erschöpft waren, weil sie nichts zu essen bekamen.

Plötzlich schreckte Fred hoch, weil ihm klar wurde, dass Samuel bald Geburtstag hatte. Er stellte seine nackten Füße auf den Holzboden, wo sich jede Menge Bücher stapelten. An der Wand stand ein kleiner Holztisch aus Eiche, den Madox und er sich teilten. Er war zerkratzt und wackelig. Deshalb hatten sie ihn direkt an die Wand geschoben. Oberhalb des Schreibtischs hingen unzählige Zettel, auf denen chemische Formeln standen, Adressen von Professoren und von Restaurants, die billiges Essen verkauften. Auf einem Zettel stand, wann und wo die Abschlussprüfungen stattfanden.

War der Geburtstag von Samuel heute oder war er vielleicht schon gestern gewesen? Fred konnte sich beim besten Willen nicht erinnern, welcher Tag heute war. Er warf einen Blick auf seinen Kalender. *28. Juli 1914.* Plötzlich nahm er wahr, wie Lärm von draußen durch das kleine Fenster drang. Auf der Straße entstand gerade ein Gejohle und Gezeter. Er stellte sich ans Fenster und sah Handwerker, Studenten und ältere Männer in teurer Kleidung die Straße entlangrennen.

»Krieg, jetzt gibt es endlich Krieg!«

Nun fuhr die Sonne über die Dächer der Studentenstadt und leuchtete direkt in Freds Gesicht. »Endlich ist Krieg!«, hörte er die wilden Schreie. Er riss das Fenster auf und beugte seinen Kopf so weit es ging hinaus. »He, was ist passiert?«, rief er in die tobende Menge.

»Es gibt Krieg! Wir wollen Krieg!«, brüllte ein eifriger Student, der mit einer roten Mütze und offenem Hemd die Straße hinunterlief.

»Was ist denn los?«, versuchte es Fred in Richtung eines älteren Herren mit Stock und Hut, der etwas langsamer unterwegs war. Dieser antwortete: »Österreich hat von Serbien eine Untersuchung der Vorkommnisse gefordert und Serbien hat abgelehnt! Das Deutsche Kaiserreich wird mitziehen. Wir wollen den Krieg!«

Fred trat vom Fenster zurück, er musste sich hinsetzen. Krieg? Was hatte das zu bedeuten? Natürlich war er bereit, für sein Land zu kämpfen, aber jetzt gleich? Verstört und unfähig, einen klaren Gedanken zu fassen, wurde er von Madox aufgeschreckt, der jetzt rumpelnd und lärmend in den kleinen unordentlichen Raum zurückkehrte.

»Fred, mach dich auf etwas gefasst! In Europa wird es Krieg geben.«

Jetzt nahm Fred ein Glas und schenkte sich Wasser aus einer kleinen Porzellankanne ein. »Meinst du, der Krieg löst die Probleme Europas?«

Sein Zimmergenosse Madox starrte ratlos ins Leere.

»Was wird dieser Krieg mit Europa anstellen?«, fragte Fred tonlos. »Ist es möglich, dass auch England ...«

Jetzt blickten sie sich an und erkannten die Furcht in ihren Augen.

»Ich weiß nicht, was der Krieg bringen wird, Freddy. Aber jedenfalls bin ich mir sicher, dass ich nicht gegen meinen Freund kämpfen will«, sagte Madox ernst und bestimmt.

Er hatte »Freund« gesagt. In Freds Ohren klang es wie eine Anerkennung. Abgesehen von seinem Bruder Samuel und von Piet, seinem Hund, mit dem er aufgewachsen war, hatte er noch nie einen richtigen Freund gehabt. Und jetzt wurde diese erste Freundschaft in seinem Leben unter Umständen von einem Krieg auf die Probe gestellt.

Fred schwieg beharrlich, weil er sich davor fürchtete, mit einem falschen Wort diese Stille zu zerstören, die ihre Verbundenheit ausdrückte.

Jetzt blickten sie beide aus dem Fenster auf die sonnigen Dächer, auf denen kleine Spatzen saßen und fröhlich gegen den Himmel sangen, auf dem ein samtiger, grauer Flaum lag. Sie spürten, dass der Sommer 1914 alles verändern würde. Auch das Leben ihrer Familien.

Samuel, schoss es Fred durch den Kopf. Ich muss mit Samuel sprechen.

Er sprang hoch, riss die Tür auf, sodass die Jacken, die an den Türhaken hingen, auf den Boden fielen. Wenn sein Bruder eine Möglichkeit sah, vom Hof wegzukommen, dann würde er sie nutzen, das wusste Fred.

»What the hell is going on, Fred?«, schrie ihm Madox überrascht durch den Flur hinterher. Als er keine Antwort bekam, schimpfte er und warf die Tür nachlässig in die Angel.

Die Treppe war nicht beleuchtet, deshalb tastete Fred sich im dunklen Treppenhaus das Treppengeländer entlang Richtung Parterre, wo das Wandtelefon hing. Ein moderner Kasten aus Eichenholz mit großen goldenen Glocken und hölzerner Halterung am metallenen Hörer. Dieses Telefon war grundsätzlich immer besetzt bei 42 Studierenden im Haus, aber die jungen Männer kamen damit zurecht. Jetzt, bei Kriegsbeginn, hatte sich eine Schlange am Telefonautomaten gebildet. Fünf Studenten hatten sich angestellt. Damit jeder nicht zu lange warten musste und damit die Vermittlung nicht überlastet wurde, hatten sie eine Sprechzeit von fünf Minuten ausgemacht. Als Fred endlich dran war, ließ er sich von einer alten, mürrischen Telefonistin verbinden.

In der Leitung hörte er ein Knacken und Knirschen, dann vernahm er die Stimme von Mutter.

»Hallo? Wer spricht da?«

»Mutter, wie geht es euch?«, erwiderte er.

»Oh, Manfred. Es ist so gut, deine Stimme zu hören.«

»Wo ist Samuel. Kann ich mit ihm sprechen?«

Mutter schwieg und Fred hoffte, dass es nicht bereits zu spät war.

»Du musst es verhindern, Mutter. Er darf nicht in den Krieg ziehen.« Wieder nichts. Fred klopfte das Herz bis in die Schläfen. Erst jetzt hörte er, dass sie leise wimmerte.

»Bitte gib mir Samuel! Bitte, Mutter.« Sie weinte und reichte den Hörer weiter.

Da erklang Samuels Stimme. »Ich dachte mir schon, dass du meinen Geburtstag beinahe vergisst.«

»Ja, ja, ich gratuliere dir, alles Gute zum Geburtstag, Sam. Aber mach Mutter nicht unglücklich.«

»Sie wird endlich stolz sein auf mich, Fred. Und ich kann weg von hier und ziehe mit unseren Leuten in den Sieg.«

»Keine Menschenseele ist jemals in den Sieg gezogen, Samuel. Das ist Krieg. Siehst du nicht ein, wie gefährlich das ist? Du bist zu jung für den Krieg. Du bist gerade erst 16!«

Es knackte erneut in der Telefonleitung. Ein ungeduldiger Student, der hinter Fred stand, flüsterte ihm in den Nacken: »Noch zwei Minuten.«

»Vater war im Deutsch-Französischen Krieg. Frag ihn, was er erlebt hat!« Fred merkte, wie seine eigene Stimme laut wurde. Er musste Samuel aufhalten. Was, wenn er auf dumme Gedanken käme, wenn er trotz seines Alters ...

»Vater schläft die ganze Zeit. Und du hast mir nichts vorzuschreiben, Fred. Ich entscheide selbst.«

»Samuel, ich bitte dich. Bleib zu Hause, beende die Schule. Danach sehen wir weiter.«

»Wenn du mich hier nicht allein gelassen hättest, dann könnte ich vielleicht auf dich hören. Also lass mich endlich in Ruhe.«

Einige Sekunden schwiegen sie. Freds Kopf hing schwer in den Gelenken. Dann sagte Samuel: »Fred?«

Fred richtete sich hoffnungsvoll auf, lauschte gebannt.

»Danke für die Glückwünsche zu meinem *17.* Geburtstag.« Samuels Tonfall war unüberhörbar sarkastisch, verhöhnte Fred in seinem Kummer.

»Nein, tu das nicht!«, sagte Fred mit Nachdruck. Ihm schwindelte, dann hörte er ein Knacken und Rauschen. Sein Bruder hatte aufgehängt.

* * *

Von diesem Tag an begann die Mobilisierung. Alle Männer ab 17 Jahren wurden verpflichtet. Das ganze Land war auf den Beinen. Alle wollten den Krieg gewinnen.

Fred beobachtete in den nächsten Tagen, wie die Bäckerei um die Ecke auf Plakaten neue Angestellte suchte, die Brot für die Armee backen sollte. Der Schmid beschlug alle Pferde der ganzen Gegend neu, damit sie kriegsbereit waren. Der Schneider begann Schlafsäcke für Soldaten zu nähen, Stoffkisten reihten sich vor seinem Laden auf, das Licht brannte sogar nachts um eins, weil rund um die Uhr gearbeitet wurde. Viele Bauern begannen auch abends zu arbeiten, sie bauten jede Menge Kartoffeln an und bereiteten sich auf den Krieg vor. In den Fabriken wurde Kochgeschirr für Soldaten gestanzt. Wenn Fred mit seinen Freunden an den Läden und Fabriken vorbeispazierte, hörte er ein immerwährendes Stanzen und Klopfen. Aus den Kaminen dampfte und rauchte es. In manchen Fabriken hatten sie Musiker angestellt, um den Arbeitern das herausfordernde Schaffen etwas zu versüßen.

Im Universitätstreppenhaus, das rund 20 Meter breit und 50 Meter hoch war und über dem eine elegante, bunte Glaskuppel thronte, traf Fred auf Madox. Er wirkte sehr zerknirscht und Fred schien es, als hätte er plötzlich seinen jugendlichen Charme verloren. Eilig und rücksichtslos stieg er die Treppen hinauf und rempelte vier oder fünf Studenten mit seinen breiten Schultern an.

»Madox!«, rief Fred, »wo warst du? Hast du die Prüfungen geschwänzt?«

Verwirrt blickte Madox Richtung Treppenabsatz, auf dem Fred stand. »Holy shit, Freddy, du hast mich erschreckt.« Gleich fuhr er fort: »Ich muss zurück auf die Insel. Mein Vater will meinen kleinen Bruder an die Front schicken. Ich muss das verhindern. Sobald es geht, bin ich zurück, Freddy!« Jetzt machte er einen Schritt auf ihn zu und stellte sich so nah vor Fred, dass dieser seinen Atem spüren konnte. »Versprich mir, dass du nicht in diesen verdammten Krieg ziehst. Promise me.«

Fred gab keine Antwort. Jetzt drehte sich Madox um und rannte die Treppe hinunter.

»Sehen wir uns wieder?«, schrie Fred hinterher.

»Of course!«, gab Madox zurück, wild entschlossen, sein Studium auf dem Kontinent abzuschließen. »Ich habe noch eine einzelne Karte fürs Schiff kaufen können, dritte Klasse! Mein Vater wird mir den Hals umdrehen, wenn ich Flöhe mitbringe. But my brother is much more important to me!«

So wie Madox sprach, war er offenbar schon auf halbem Weg in Richtung Heimat. »You must come back!«, rief Fred hinterher.

Madox drehte sich noch einmal um: »Finally, dein Englisch ist wirklich gut geworden.«

Fred lächelte, nahm seinen Geldbeutel aus der Hosentasche, hielt ihn hoch. »Du musst zurückkommen, du schuldest mir nämlich noch eine Menge Geld!«

Madox' Augen leuchteten. Dann hob er den Zeigefinger, richtete ihn auf Fred. »We'll see us, brother.«

Fred sah ihm nach, wie er mit fliegendem Mantel die Treppe hinunterrauschte. »Omne initium difficile est!«, rief er ihm nach und spürte, dass er in diesem Augenblick einen guten Freund gehen lassen musste. Was wohl aus Madox wird, wenn er in den Krieg zieht?, dachte Fred.

* * *

Kaum war sein Studienfreund im Treppenhaus verschwunden, setzte auch Fred sich in Bewegung.

»Ruhe bewahren. Nicht so eilig!«, schrie ein kleiner Professor, der seinen Kopf aus einem der Hörsäle gestreckt hatte. Von allen Seiten strömten Studenten durch den Flur. Im Sonnenlicht, das auf die Wände fiel, sah Fred, wie der Staub aufgewirbelt wurde. Er blickte über Dutzende von Köpfen hinweg, die sich auf der Treppe und dem Flur des Geländes tummelten.

Fred, der vor dem offenen Hörsaal stehen geblieben war, warf einen Blick hinein. Der kleine Professor hatte sich inzwischen wieder hinter sein Pult verzogen und machte keinen Hehl daraus, dass er den freiwilligen Dienst im Krieg verabscheute. Aufgebracht schrie er die Studenten an: »Im Krieg sind die Herren doch am völlig falschen Platz. Was wollen Sie da? Was die Kriegsherren dort zwischen Landesgrenzen und Niemandsland veranstalten, ist wahnsinnig und dumm. Bleiben Sie lieber hier bei Ihren Müttern und Schwestern, bei Ihren Büchern und dem Wissen, das Sie im Leben weiterbringen wird.«

Fred ärgerte sich über den Professor. Wenn niemand in den Krieg zöge, wer würde dann das Land verteidigen? Wer würde die Bevölkerung schützen, die Mütter und Schwestern, von denen er gesprochen hatte? Was würde aus den deutschen Kulturgütern werden, all dem Wissen, der Sprache, wenn fremde Staaten Deutschland besetzten? Aus diesem Grund, fand er, sollten Männer in den Krieg ziehen. So ein Professor hatte leicht reden!

Doch die Worte des Dozenten nagten an ihm. Er dachte an Mutter und an Samuel.

Auch später, als er endlich allein in seinem Zimmer war, ein Brot mit Zwiebeln aß und an seinen Bruder dachte, hörte er wieder Samuels Worte: »... zu meinem *17.* Geburtstag.«

Obwohl Samuel derjenige gewesen war, der das Telefonat beendet hatte, machte Fred sich Vorwürfe. Er konnte seine Tränen nicht mehr zurückhalten, schniefte laut, gleichzeitig gewillt, in einem seiner Bücher weiterzulesen.

Samuel würde schneller an der Front sein als er. Sein kleiner Bruder mit einem Gewehr, während er sich hier auf die Prüfungen vorbereitete!

Mühsam versuchte er, sich auf die Buchstaben vor seinen Augen zu konzentrieren, doch nichts brachte ihn ab von seinen Gedanken. Mit den Fingern fuhr er über den Buchtitel, öffnete das Buch zögerlich. Aber mit jeder Überlegung, die seinen Bruder betraf, schloss er es wieder. Fuhr erneut zaghaft über den Titel.

Dann versuchte er sich auf die Worte von Dr. Rendsgard zu besinnen. »Verwandle deine Wut in Segen ...« Würde es ihm auch gelingen, seine Verzweiflung in Segen zu verwandeln?

Er holte tief Luft. Er musste es versuchen. Sich darauf besinnen, worin er gut war.

Die Anatomie von Hunden. Es erinnerte ihn an Wendel. Abduktions- und Adduktionsmethoden von Hundebeinen. Er dachte an Piet zu Hause, dachte an sein schwarz-weißes Fell, das sehr struppig war, überlegte, wie er sich bewegt hatte, wenn sie mit ihm spielten. Piet war ein verspielter Hund. Manchmal, da schnappte er sie nach den Waden, wenn sie ihm einen alten Stock zuwarfen, den sie auf einem Streifzug durch den Wald mitgenommen hatten.

Hunde hatten die Fähigkeit, das Wesen von Menschen zu lesen. Das hatten schon einige der Professoren hier an der Universität erklärt. Das sei kein Ammenmärchen mehr. Die Forschung mache hier große Fortschritte. Und Piet, daran konnte sich Fred sehr gut entsinnen, hatte ihn und Samuel allen anderen vorgezogen.

Fred schlug das Buch zu. Es war zwecklos, seine Gedanken schweiften immer wieder ab. Was würde aus Mutter werden, wenn ihre beiden Söhne in den Krieg ziehen würden? Das durfte nicht geschehen.

* * *

Einige Wochen später standen die Prüfungen an. Über das Universitätsgelände hatte sich eine eigentümliche Stille gelegt, die von Anspannung zeugte. Alle Geräusche erschienen wie gedämpft, die Gesichter der Studenten blass und erwartungsvoll.

Freds Semesterprüfungen begannen mit einem Debakel. Seine Taschenuhr, die er von seiner Mutter geschenkt bekommen hatte, lief seit wenigen Tagen einige Minuten nach. An diesem Morgen waren es mittlerweile zwölf Minuten.

Er stand um 5:30 Uhr auf und lernte, danach kochte er Tee, wie er es oft für Madox getan hatte. Im Zimmer roch es nach Schwarztee, abgestandener Atemluft und alten Socken. Fred riss das Fenster auf und eine Taube flog auf. München lag noch im Schlaf. Nur im Haus gegenüber öffnete sich im ersten Stock ein Lichtauge, das seinen zärtlichen Strahl in die Gasse warf. Auf dem Kopfsteinpflaster lag ein sanfter Wasserfilm, der nur den Rücken der Steine berührte. Über der gesamten Stadt lag ein graublauer Schleier, Tauben gurrten und die Kühle des Frühherbsts ließ sich auf Freds Gesicht nieder.

Morgens um neun Uhr begannen die Prüfungen. Anatomie und Chemie. Fred eilte die Treppe des Hauptgebäudes hinauf – sein Prüfungstermin war auf 11:20 Uhr angesetzt.

Im ersten Stock saß Robert, der Hochstapler, wie ihn alle nannten, der die Prüfungen nur durchlaufen konnte, wenn er andauernd schummelte. Er winkte Fred zu.

»Klappt scho!« Dann senkte er den Kopf und flüsterte mit Franz, der einen gedrechselten Schnauzer trug und sich mit Fliege und Anzug sowie glänzendem Schuhwerk herausgeputzt hatte. Doch sein Gesicht hatte einen gelblichen Ton, auf der Stirn lagen Schweißtropfen. Fred sah ihm die Angst an, die er vor den Fragen der Professoren hatte.

Als er im vierten Stock ankam, setzte er sich auf den bereitgestellten Stuhl. Er war sehr nervös und sein Bauch rumorte laut.

Plötzlich schoss die Tür auf und sein Professor raunzte ihn an: »Scheller, Sie sind zu spät. Was ist denn los? Is' ja nich' zum Aushalten! Ich dachte schon, Sie seien mit den anderen Idioten auf den Zug aufgesprungen, um in Frankreich zu kämpfen!«

»Nein, Herr Professor, ich bin hier«, entgegnete Fred verunsichert.

»Haben Sie keine Uhr, Sie Volltrottel?«

»Doch, Herr Professor, hier!« Er zeigte mit Stolz die elegante Taschenuhr. Versilbert, leicht angelaufen, dunkelblaue Zeiger auf weißem Zifferblatt. Römische Ziffern. Doch was war das ... Fred durchfuhr es heiß.

»Die geht über zehn Minuten nach, Matschkopf. Was sind Sie nur für ein Depp! Na, kommen Sie schon rein.«

Fred wurde schwindelig. Er ließ sich von seinem Professor in den Prüfungsraum schubsen. Er war klein und mit glänzendem Holzboden ausgestattet. Drei übel gelaunte Prüfungsexperten saßen an zwei kleinen, dunklen Tischen. In der Ecke stand ein Klavier. Vermutlich hatte schon seit Jahren niemand mehr darauf gespielt. Freds Professor setzte sich schwungvoll zu ihnen und brummte: »Seine Uhr geht nach.«

»Na, da sind Sie ja doch noch!«, sagte plötzlich einer der Wissensvertreter, der ihn schief, aber nicht unfreundlich anlächelte. »Sie haben Glück, dass nach Ihnen Mittagspause ist.«

Vor ihnen lagen Unterlagen, eine Auswahl an Prüfungsfragen. Einer der Prüfer schien die Fragen noch einmal umzusortieren. Fred begann zu schwitzen, er ahnte, dass er aufgrund der Verspätung in Ungnade gefallen war, und setzte sich sogleich auf den ihm zugewiesenen Stuhl. Sein Mund war trocken. Er sah, wie einer der Herren aus einem Wasserglas trank. Dann ging es los. Die Herren prüften in allen Teilgebieten, quetschten ihn aus, wollten alles über das Wachstum von Kalb zum Rind bis zur Mutterkuh wissen, erfragten Krankheitsbilder von Hühnern und Behandlungsmethoden von verschiedenen Nutztieren, Innen- und Außenparasiten bei Schafen, die Klauenkrankheit bei verschiedenen Paarhufern. Als die Viertelstunde vorüber war, fiel ihnen nichts mehr ein, was sie hätten erfragen können, denn ihr Ziel war es, ihn auf Glatteis zu führen und seinen Sturz zu beobachten. Es gelang ihnen nicht. Freds Antworten waren brillant.

Fred war stolz auf sich. Er nahm sich vor, heute Abend Fanny anzurufen, um ihr von seiner Prüfung zu erzählen.

* * *

In der Mittagspause saßen Fred und seine Studienkollegen im Park, aßen eine Kleinigkeit, einen Apfel, ein Stück Brot, manchmal ein Stück Kuchen. Alles wurde gerecht aufgeteilt. Auch die Zigaretten teilten sie. Wenn sich jemand keine Zigaretten leisten konnte, dann brach Fred eine entzwei und verschenkte eine Hälfte.

»Heißt das, du wirst nicht von der Universität fliegen?«, fragte Fanny, als Fred sie etwas später anrief.

»Nein, ich kann es schaffen!«, gab er lächelnd zurück.

»Großartig, Fred, ich bin stolz auf dich«, sagte sie zärtlich. »Ich wusste immer, dass du dieses schwierige Studium tatsächlich schaffen kannst. Nun steht dir nichts mehr im Wege.«

Fred blickte verunsichert auf den Hörer.

»Hörst du mich?«, fragte Fanny.

Er sah auf und sein Blick fiel auf ein Dutzend Studenten draußen auf dem Gehsteig, die Parolen schrien.

»Gebt uns Waffen, gebt uns Munition!«

Stand ihm tatsächlich nichts mehr im Weg?

»Ja«, sagte er leise zu Fanny und sein Glück über die gelungene Prüfung schwand augenblicklich, denn ein düsteres Gefühl einer Vorahnung überkam ihn.

Kapitel 22

Ein Lied

*Westfront
Dezember 1914*

Fred schließt die Augen und zieht die kalte Luft ein. Immer noch gehen ihm die Worte nach, die er eben zu dem Pfarrer gesagt hat und die ihm plötzlich unwirklich vorkommen. »Für viele von uns ist dieser Krieg eine schwere Bürde ... aber sagen Sie nichts den Männern, sonst verlieren sie ihren Kampfwillen ...«

Ja, wo war eigentlich sein Kampfwille? Hatte er je einen besessen?

Die Atemluft tanzt über ihren Köpfen, während sie, nur einige Minuten vielleicht, zur Ruhe kommen wollen. Manchmal reicht es auch schon, etwas Warmes zu essen, das nach Essbarem schmeckt. Im Krieg freuen sich die Männer über jede Kleinigkeit, über ein Stück Schokolade, einen richtigen Kaffee oder ein Stück frisch gebackenes Brot, weil es nicht allein den Hunger stillt, sondern an zu Hause erinnert.

Damals, und doch vor wenigen Monaten erst, glich Freds Einberufung in den Krieg einem Todesurteil für das Studium. Alles, was er bis dahin geschafft hat, würde er vermutlich verlieren. Das wurde ihm klar, als er Hals über Kopf einrücken musste.

Dabei wollte er sich ja gar nicht drücken vor seinen Pflichten für das Vaterland. Obwohl es bedeutet, und das setzt ihm immer mehr zu, gegen seinen Freund Madox kämpfen zu müssen, gegen Männer wie er, Studenten, Familienväter und Arbeiter, die alles verlieren würden, sogar ihr eigenes Leben. Er ist einer von ihnen. Fred hat sich den Krieg anders vorgestellt, und auch wenn er kein Melancholiker war, dachte er, der Krieg besäße etwas Heldenhaftes, Stolzes. So wie es auch die Vorstellung von Samuel gewesen war, in einen Sieg zu ziehen.

Was für ein Trugschluss.

Er erinnert sich an ein Gemälde von Georg Bleibtreu, das er einmal in einem Museum in München gesehen hat und das »Die Schlacht von Königgrätz am 3. Juli 1866« zeigt, Österreicher gegen die preußischen Ulanen und Husaren. Madox, mit dem er das Museum besuchte, hat sich lustig gemacht, gesagt: »Schau, das hier ist der Nationalstolz von Bleibtreu in Farbe.«

So viel überragender Kampfeswille ist auf diesem Ölgemälde zu sehen, ein ganzes Heer an berittenen Soldaten, aber nur ein einzelner Verletzter auf einer Trage. Ist es nicht eher andersherum? Dutzende Verletzte und Tote gegenüber einem heldenhaften Soldaten? Und dabei hat der Krieg doch erst vor fünf Monaten begonnen.

Lange Zeit sitzen Fred und der Pfarrer stumm da und starren gegen den aufgerissenen Boden, der sich vor ihnen zu einer dunklen Mauer auftürmt. Hie und da, besonders während eines Gefechts und wenn es nicht gefriert, fallen Massen an Erdbrocken in die Grube, die dann mit schwerer Schaufelarbeit wieder herausgebracht werden müssen.

Als es heller wird, reckt der junge Pfarrer seinen Schädel gegen den Himmel. Allmählich drängt sich gleißendes Sonnenlicht durch die Wolken und die Männer kneifen die Augen zu oder ziehen den Schutzhelm ins Gesicht. Koslowski nimmt einen tiefen Atemzug, und Fred tut es ihm gleich, als würden sie sich verstehen. Unverhofft meint der Pfarrer: »Ich denke, es ist Zeit. Der Nebel ist jetzt noch dicht genug. Wir sollten die armen Männer einsammeln, bevor die Kämpfe wieder losgehen«, und seine Stimme ist plötzlich tiefer als sonst und sehr ernst.

»Los, Männer. Wir nutzen den Nebel, um unsere Kameraden zu

beerdigen«, ruft Fred eilig mit den Augen auf Koslowski, der sich nun zum Gehen anschickt. »Wir vermeiden es zu sprechen, und wenn der Nebel verschwinden sollte, dann rennt so schnell ihr könnt zurück in die Grube.«

Alle machen sich bereit. Sogar Bruno, Sprantzls Hund, steht parat, als wüsste er, dass etwas Besonderes im Gange ist. Rottmann, der einen erfrischenden Kurzschlaf von 20 Minuten genossen hat, schnäuzt sich laut die Nase. Sie schnallen ihr Gewehr auf den Rücken, klettern die schmalen, lottrigen Leitern – zwei an der Zahl – aus dem Graben hoch, stellen sich langsam und äußerst behutsam auf die Erde, als bestünde sie aus rohen Eiern.

Fred, der als Erster oben ist, legt den Zeigefinger an seine Lippen und bedeutet den Männern: Psst, leise! Die Sicht ist derart schlecht, dass Fred den Männern flüsternd befiehlt, sie sollen sich nicht mehr als zwei Meter voneinander entfernen. »Im Nebel erkennt ihr weder Freund noch Feind!«

Wenige Schritte reichen aus und er tritt an die erste Leiche heran. »Otto«, flüstert er. Der junge Soldat, knapp 20 Jahre alt, hat eine tiefe Kopfwunde von einer Kugel. Der kleine Mund geschlossen, die Augen weit offen, das Gesicht eingefallen und fahl. Fred entdeckt in seinen Händen eine goldene Kette, ein kleines Kreuz, welches die heilige Maria, Mutter Gottes, ziert. Bestimmt ist er schon zwei Tage tot. »Hierher« zischt Fred. Bär hebt den jungen Mann an den Füßen, während Fred seine Hände unter die Schultern schiebt. Die Totenstarre hat sich bereits wieder gelöst, doch der Körper ist von der unsäglichen Kälte steif geworden. Als sie ihn anheben, gleitet sein Gewehr auf den Boden, es kracht. Fred und Bär ziehen den Kopf ein, lauschen. Hat sie jemand gehört?

Koslowski, der sich keine Angst anmerken lässt, geht langsam und behutsam neben ihnen her, betet und schenkt dem Mann so sein letztes Geleit. Sorgfältig legen sie ihn etwas abseits unter eine alte, dicke Eiche, deren zahlreiche Äste wild verstreut herumliegen und die nur noch drei mächtige Arme besitzt. Ihr Wuchs ist knorrig und wild, die Schusslöcher zahlreich, doch der Ausdruck stets kräftig und friedvoll.

Wir müssen weitermachen, sagt Freds Augenausdruck. »Beeilt euch.«

Mit leisen Worten beschließen sie, alle Gefallenen hier an diesem Ort abzulegen, um sie später mit dem Laster, den sie per Funk angefordert haben, ins Hinterland zu fahren und zu begraben. Kalle deckt die leblosen Männer mit einer Stoffplane aus dem Graben ab. In der Zeit kniet sich Koslowski vor jeden einzelnen Gefallenen, schließt ihm die Augen und spricht einen Segen.

Im Vorbeigehen sagt Bär zu ihm: »Wir haben nicht den ganzen Tag Zeit zu beten, Herr Pfarrer.« Dieser dreht sich sachte um und antwortet: »Nun, was glauben Sie, was in diesem Augenblick passender wäre?«

Bär schweigt betroffen. Ja, was wäre angemessener als ein Gebet und ein Segen? Ihm fällt beim besten Willen nichts ein. Wenn ich anstelle von dem da läge, wäre ich sicherlich damit einverstanden, überlegt er beschämt.

»Das ist alles, was den Männern noch bleibt. Ein Gebet und die Gedanken der Hinterbliebenen«, meint Koslowski nun mit einer Klarheit, die Bär sichtlich bewegt.

Er nickt kurz und sammelt die Erkennungsmarken bei jedem einzelnen der Männer ein. »Der Nebel lichtet sich, wir sollten uns beeilen«, meint er, als er sie Fred überreicht. Dieser bedankt sich bei ihm und späht mit zusammengekniffenen Augen Richtung Osten.

Tatsächlich. An einer Stelle drückt die Sonne durch die Nebeldecke und im selben Augenblick lichten sich die Pfosten der Stacheldrahtabwehr wie kleine Männchen, die aus der Erde steigen.

Plötzlich erschrickt Fred zu Tode, denn neben den Erdmännchen bauen sich plötzlich große Erdmänner auf. Bär versucht gerade die Erkennungsmarke von Otto abzubrechen, als er vor sich einen Mann stehen sieht.

Obwohl Fred weiß, wer diese Gestalten sind, bleibt er stehen und hält den Atem an. Während Kalle einen Mann hinter sich herzieht, starren Koslowski, Bär, Rottmann und Fred gebannt in den Nebel.

Bruno, der sich dicht an Fred geschmiegt hat und die Ohren gespitzt hält, knurrt leise.

Es ist Koslowski, der als Erster die Sprache wiederfindet. »We want to bury our soldiers. Please, let us some time to do our work.«
Die Engländer reagieren nicht.

Koslowski versucht es noch einmal: »Please, give us some time to bury our men.«

Fred schluckt leer. Jetzt spürt er seinen Herzschlag im Kopf. Doch dann findet auch er Worte. Rottmann, der neben ihm steht und die Sprache besser beherrscht als er selbst, übersetzt Freds Sätze ins Englische.

»Seit Tagen konnten wir unsere Männer nicht mehr begraben.« Fred zeigt mit der linken Hand auf den Ort, an dem die Leichen liegen. »Und jetzt haben wir sie abgeholt für ihren letzten Weg. Diese tapferen Männer haben ein Begräbnis verdient.«

Es herrscht absolute Stille. Und obwohl die Sonne versucht, den Nebel zu verdrängen, wirkt in diesem Moment alles dämmrig, in der Schwebe. Die Männer schweigen. Zwei Krähen kämpfen direkt über ihren Köpfen gegen einen viel größeren Milan, der pfeifende Laute von sich gibt und mit weiten Flügeln durch die Luft gleitet. Mit einem lauten Krächzen antworten die dicken Krähen und versuchen, den Milan aus ihrem Jagdgebiet zu vertreiben. Dieser jedoch hält sich standhaft und schwebt direkt über dem von Geschossen zerstörten Erdboden mit tiefen Mulden. Inmitten der Wundlinien ragen Stacheldrahtverschläge aus dem Boden, einsame Helme, verlorene Tornister und ein Stiefel sind im Gemetzel liegen geblieben.

Mittlerweile schält sich die Sonne erfolgreich aus den Schwaden. Sie blendet derart stark, dass die Männer, um etwas sehen zu können, ihre Augen beinahe schließen müssen. Kalle, der endlich am Baum angekommen ist und vom Gespräch mit den Engländern nichts mitbekommen hat, lässt die Füße seines leblosen Kameraden fallen und schreit: »Scheiße, Engländer!«

Alle in Alarmbereitschaft. Die Engländer recken ihre Hälse und Gewehre. Ein englischer Soldat hebt sein Gewehr, hält es direkt auf den Kopf von Fred. Nun hebt er zögernd die Hände, schiebt sich langsam vor seine Leute, die alle mit Kalles Gebrüll erstarrt sind.

»Wartet!«, flüstert Fred. Er weiß nicht genau, wen er damit meint.

»Wait, wait!«, sagt Koslowski in unaufgeregtem, ernstem Ton zu den Engländern. Er hebt die Hände ebenfalls, stellt sich nun vor Fred und Bär, die unschlüssig abwarten. Unter dem Mantel des Pfarrers lugt ein hölzernes Kreuz hervor, das die Tommys sogleich erkennen. Ah, ein Geistlicher.

Nun legt Kalle die Hand auf das Gewehr. »Die Schweine erwische ich alle«, zischt er. Sein Zeigfinger liegt auf dem Abzug, doch die Büchse hängt noch um seine Brust. Sein Herz im Hals, die Pulswellen in Armen und Beinen. Er zittert, der Atem geht schnell. Atemdunst schießt aus der Nase.

»Karl«, zischt Fred und versucht ruhig zu wirken, »lass dein Gewehr, wo es ist!« Fred hebt seine Hände auf beide Seiten und will damit bedeuten, ruhig bleiben.

»Seid ihr verrückt?« Kalles Stimme zittert. »Die knallen uns ab! In einer Sekunde liegen wir gleich hier, neben denen!« Er schiebt sein Kinn vor, deutet auf die toten Kameraden, die vor ihnen auf der Erde liegen.

Unvermittelt taucht aus dem Nebel das Gesicht des Engländers auf. Fred erkennt, dass es dreckverschmiert ist. Die müden Augen mit tiefdunklen Augenringen betrachten ihn misstrauisch.

Das Gewehr an den Rücken geschnallt, hebt der Mann beide Hände. »Don't shoot. Please.«

Koslowski und der englische Leutnant stehen sich jetzt direkt gegenüber. »Let us bury our men, before they are eaten by rats«, sagt Koslowski respektvoll.

Beide starren sich stoisch an, dann verändern sich die Gesichtszüge des Engländers langsam und werden weicher.

Als er zum Sprechen ansetzt, geht Kalle einen Schritt auf die Männer zu. Wut steht ihm im Gesicht. Doch Fred versperrt ihm den Weg, bedeutet seinem Kameraden: Halt, nicht weiter.

»We agree mit dem Vorschlag von Ihnen. I am Randolf Kane, wir wollen um peace bitten für ein paar Stunden. Auch wir wollen begraben our friends. Was halten Sie von sechs Stunden?«

Er hat Freunde gesagt, überlegt Fred. Jemand, der seine Kameraden Freunde nennt, kann keine falschen Absichten haben.

Jetzt gibt Fred seinen Leuten ein Zeichen, ruhig zu bleiben. Während Kalle etwas brummelt, starrt Bär den Leutnant an, als wäre er ein Gespenst.

Ruhig und besonnen nickt Fred dem englischen Leutnant zu. »It is okay. Let us get our friends.«

Die Soldaten werfen sich verwirrte Blicke zu. Sind die noch ganz bei Trost? Kalle ist unter Strom. Er raunzt etwas, dann sagt er: »Scheller, haben dich die Schweine im Galopp gebissen?«

»Lass mal, ist schon in Ordnung, Karl.« Fred war sich selbst nicht sicher, was er nun tun oder sagen sollte. Um sicherzugehen, fragt er nochmals auf Englisch nach: »We call a truce?«

»Yes, we do«, spricht Kane.

»Call a truce?«, fragt Kalle verunsichert mit dem Finger auf dem Abzug, obwohl der Lauf auf den harten Boden starrt.

»Wir rufen einen Waffenstillstand aus«, erklärt Bär mit leuchtenden Augen und wirft eine Faust in die Luft.

»So eine bescheuerte Idee«, findet Rottmann, klingt aber unsicher. Die Engländer nicken bereitwillig, die Köpfe der Deutschen folgen zustimmend, doch die Minen der Männer bleiben starr und eisig. Kein Zwinkern.

Niemand möchte es zugeben, aber alle haben sich danach gesehnt. Eine Feuerpause, eine Weile absolute Stille – und wenn es auch nur wenige Stunden sind.

»Es ist Weihnachten. Gehen wir an die Arbeit«, führt Fred nun seine Leute an. Einige Sekunden stehen die Männer noch in Habachtstellung, misstrauisch und aufgewühlt, weil sie nicht wissen, was folgen wird. Dann macht sich Fred auf und fasst die Beine eines jungen Soldaten, den eine Schussverletzung in die Brust niedergestreckt hat. Der Mund steht offen, als wollte er noch etwas sagen, die Hände erstarrt an seinem Gewehr.

Als Kalle sieht, wie sein Offizier den Mann anzuheben versucht, um ihn wegzuschleppen, wirft er sein Gewehr auf den Rücken und eilt ihm zu Hilfe. Auch die Engländer atmen langsam aus und setzen sich endlich in Bewegung. Mann für Mann wird weggetragen.

Kalle und Bär helfen den Engländern, die toten Soldaten vom Feld zu heben. Mittlerweile ist der Lastwagen angekommen, und der Fahrer, ein 24-jähriger Fabrikarbeiter, der ununterbrochen starke Zigarren raucht, macht keine Anstalten, sich über die Engländer zu brüskieren. Er springt aus seinem Führerhäuschen und verteilt erst mal Schnaps an alle, weil seine Frau vor zwei Tagen eine Tochter geboren hat.

»Beide gesund. Ein Hoch auf das Leben!«, sagt er lachend, und als er all die toten Soldaten sieht, prostet er ihnen schweigend zu, ebenso den Engländern. Langsam und so behutsam wie möglich laden sie die Männer in den Lastwagen und steigen ebenfalls ein. Das heisere Bellen von Bruno begleitet ihre Abfahrt.

An einem französischen Friedhof, auf dem eine winzige, weiße Kirche steht, in der höchstens 20 Menschen auf Holzbänken Platz finden, halten sie an. Dort heben die Männer mit ihren Klappspaten ein großes Grab aus. Bevor sie die Toten hineinlegen, finden sie in ihren Taschen persönliche Gegenstände. Fotos von den Eltern, von der Ehefrau, der Verlobten, einen Rosenkranz vielleicht, ein kleines Erinnerungsstück von Freunden und Familie. Alles, was sie finden, legen sie den Toten zwischen Kinn und gefalteten Händen auf die Brust.

Aufgewühlt starren Fred und seine Kameraden auf die Gegenstände. Das alles lassen sie nun zurück, überlegt Fred gerührt. Ein reiches Leben.

Die Engländer stellen sich ans Grab und falten ihre Hände. Die Deutschen tun ihnen gleich. Koslowski zieht seine Bibel aus der Manteltasche, eine kleine Lutherbibel, in der auch Liedtexte stecken, die er aus einem Gesangbuch herausgerissen hat. Papierrascheln, er sucht nach einem passenden Lied, und beginnt zu singen.

»O Haupt voll Blut und Wunden,
voll Schmerz und voller Hohn,

*o Haupt zum Spott gebunden
mit einer Dornenkron,
o Haupt, sonst schön gekrönet
mit höchster Ehr und Zier,
jetzt aber frech verhöhnet:
Gegrüßet seist du mir!*

*Wenn ich einmal soll scheiden,
so scheide nicht von mir,
wenn ich den Tod soll leiden,
so trittst du dann herfür.
Wenn mir am allerbängsten
wird um das Herze sein,
so reiß mich aus den Ängsten
kraft deiner Angst und Pein.*

*Erscheine mir zum Schilde,
zum Trost in meinem Tod,
und lass mich sehn dein Bilde
in deiner Kreuzesnot.
Da will ich nach dir blicken,
da will ich glaubensvoll
dich fest an mein Herz drücken.
Wer so stirbt, der stirbt wohl.«*

Er singt in feinem Ton, leise, zurückhaltend, mit einer warmen Tenorstimme. Die Männer haben ihre Helme abgezogen und schauen zu Boden. Feind an Feind. Koslowskis Stimme klingt klar, kein Zittern mischt sich in den schönen Gesang, der manche wehmütig werden lässt. Zwei oder drei von ihnen kennen das Lied aus der Kirche und singen leise mit. Und die Stimmen legen sich sanft auf das Grab der jungen Männer. Hoch über ihnen schweben die Raben, diesmal neugierig lauschend. Sobald das Lied zu Ende ist, verstummen alle betreten. Die Stille in einer Welt voller Lärm tut den Seelen der Männer gut. Sie gibt ihnen Gelegenheit, einen Gedanken zu Ende zu denken und in ihr Innerstes zu hören. Nun beginnt Koslowski abwechselnd auf Deutsch und Englisch zu sprechen.

»Wenn uns der Tod ereilt, werden wir alle an unsere Endlichkeit erinnert.«

Bär schluckt leer und starrt auf die Toten. Ja, wann ist meine Zeit gekommen?, überlegt er betreten.

Der Engländer namens Randolf Kane, der neben ihm steht, hat Tränen in den Augen, als er an den letzten Kuss seiner Frau denken muss. Ist unser Kind bereits geboren worden?

»Auch der Tod unserer Kameraden geht uns nah. Er ist ungerecht, viel zu früh, gewalttätig. Dieser Tod macht wütend, wir lehnen ihn ab, weil wir ohnmächtig sind. Wo zwischen Wut und Ohnmacht hat Gott seinen Platz?«

Das Wort von Koslowski erreicht nicht alle Männer. Rottmann wird unruhig. Das tut er immer, wenn Geistliche in der Nähe sind. »Dieser verdammte Pfaffe soll endlich mal mit dem Geschwafel zu Ende kommen. Ich muss pissen«, flüstert er Bär zu. Doch der hört ihn nicht. Er ist ganz in seinen Gedanken an seine Geliebte und seine Familie gefangen.

Koslowski hebt seinen Blick. Alles, was er sieht, sind bedrückte Gesichter, traurige Gestalten, ein Haufen Menschen, die nicht im Mindesten wissen, was sie hier überhaupt sollen. Der Krieg kennt kein Alter. Junge Männer lässt er innerhalb von Wochen altern, oder der Tod holt sie, bevor sie erwachsen werden. Und alte Männer müssen am Leben bleiben, um Land und Leute zu verteidigen.

»Die Frage nach Gott scheint in diesem Zusammenhang eine Zumutung zu sein, denn unsere Kameraden sind seit wenigen Tagen tot. Gefallen in einem Krieg, den wir, offen gesagt, alle nicht wollen.«

Rottmann wirft seine Hand in die Luft. »Das muss ich mir echt nicht anhören.«

Er trampelt einige Schritte weg und stellt sich an eine dünne Birke, so schlank wie ein Tischbein, wo er sich schimpfend auf den gefrorenen Boden erleichtert. Urin spritzt ihm an die Hose und er zetert deswegen weiter. »So ein Mist aber auch. Hab's immer noch nicht gelernt.«

Stoisch und abwesend blicken manche der Trauernden zu ihm hinüber. Erst recht fährt Koslowski mit seiner Predigt fort.

»Natürlich können wir Gott für das alles verantwortlich machen, ihn fragen, wie er das zulassen kann, aber es wird uns kein Trost sein, denn wir werden darauf keine Antwort erhalten.« Nun hebt er den Blick und schaut in fragende Augen, auf das Feld und die Bäume hinter ihnen. Alles gefroren. »Wenn ich zurückschaue, dann bringe ich nichts zusammen. Weder die Barmherzigkeit Gottes mit dem großen Verlust der Männer noch die Schöpfung unseres Herrn mit diesem zerstörten Land. Ich habe viele Fragen und Zweifel. Gerade jetzt vermutlich so viele, wie auch mancher Atheist Zweifel hat. Mit Recht. Nichts wird unseren Schmerz stillen, weil Wut keine leeren Worte braucht, sondern Antworten sucht.«

Fred zieht seine Schultern zu den Ohren. Sein Herz erstarrt zu Stein. Ich bin schuld, denkt er plötzlich. Ich allein bin schuld am Tod dieser Männer. Er spürt ein Zittern am ganzen Körper und ein tiefer Seufzer dringt aus seiner Kehle.

»Aber was wir haben, ist vorausschauend. Eine Hoffnung in Zukunft, die Zusage, dass sich das Warten auf Gott lohnen wird. Das ist es, was wir haben. Und die Gewissheit, dass wir hoffen auf eine Liebe, die größer ist als jede militärische Macht. Auch wenn manche von uns die Hoffnung bereits verloren haben, ist und bleibt sie doch hier. Wir dürfen uns nur erinnern.« Eine Weile schweigt Koslowski, die Hände gefaltet. Dann richtet er kurz seine Brille und tupft sich die tropfende Nase ab. Nachdem er umständlich sein Taschentuch in die Manteltasche gesteckt hat, spricht er leise weiter. »Also stehen wir nun ratlos hier und übergeben unsere Kameraden feierlich dem Jenseits.«

Er beugt sich zur gefrorenen Erde und wirft etwas Schnee auf die toten Soldaten.

»Christus, unser Herr, nimm sie in deine Arme.«

Jetzt beginnt er erneut zu singen. Alle starren betreten auf den Boden. Was singt dieser merkwürdige Pfarrer hier abseits vom Schlachtfeld? Doch sein Gesang ist derart bezaubernd, dass einige ergriffen mitsummen, andere gegen die Tränen ankämpfen. Kalle zittert vor Rührung. Seine glasigen, roten Augen verabschieden jeden einzelnen Soldaten.

»Erscheine mir zum Schilde,
zum Trost in meinem Tod,
und lass mich sehn dein Bilde ...«

Unerwartet stimmt Bär ebenfalls ein. Seine Stimme klingt überraschend schön, sanft und heiser. Auch Kalle, Fred und George singen nun mit und der Gesang gleitet zart über die toten Leiber. Weitere englische Soldaten summen leise, weil sie kein Deutsch können.

»Unser Vater im Himmel,
geheiligt werde dein Name.
Dein Reich komme.
Dein Wille geschehe
wie im Himmel so auf Erden ...«

Die Engländer sprechen das Gebet auf Englisch, manche laut, andere leise.

Eine unverhofft heilige Ruhe legt sich über ihre Köpfe, die hängenden Schultern und die schweren Herzen. Sie sprechen im selben Rhythmus und Koslowski gibt ihnen sprachliches Geleit. Jemand beginnt die Leichen mit Erde zuzuschütten und andere gesellen sich dazu, nehmen ihre Schaufeln und graben, während die meisten von ihnen still am Grab stehen und gerührt zusehen.

Das Gebet ist so berührend, dass die Männer den Bombenregen keine Beachtung schenken, den eine französische Fliegerpatrouille wenige Hundert Meter abseits des Friedhofs über ihrem Schützengraben abwirft.

Als Fred endlich zum Himmel blickt, verschwimmen seine Eindrücke zu einem merkwürdigen Gebilde aus stiller Trauer und brüllendem Kriegsgeschehen. Wie unter einer Glasscheibe scheinen die Bomben auf das Land zu fallen, das sie unter schweren Kämpfen eingenommen hatten und jetzt wieder verlieren würden.

Freds Kopf arbeitet, während sein Körper wie gelähmt dem Grollen folgt. Was für sonderbare Dezembertage sie hier erleben; auf dieser Seite die vielen toten Männer, die sie beerdigt haben, und da die Lebenden, die versuchen, auf irgendeine Weise dieser Hölle zu entkommen.

Und doch spürt Fred, wie das Gebet nachklingt, das sie gemeinsam mit dem Pfarrer gesprochen haben. Es fühlt sich tröstlich an. Aber noch tröstlicher ist der Gedanke, dass sie gemeinsam mit den Engländern Gottesdienst gefeiert haben. Inmitten in diesem Krieg. Diese Tatsache schürt in ihm sogleich die Hoffnung, dass er Samuel bald wiedersehen wird.

Denn wenn Feinde zusammen Kameraden begraben und beten ... muss dann dieser vermaledeite Krieg nicht bald zu Ende gehen?

Kapitel 23

Wo ist Bruno?

Westfront
Dezember 1914

Schlagartig kehrt Freds Bewusstsein in das Kriegsgeschehen zurück. Unerhörter Lärm fährt an sein Ohr, und als er aus einiger Entfernung erkennt, dass der Schützengraben, der in den letzten Wochen zu ihrer Wohnstätte geworden war, unter Feuerbeschuss steht, gerät er in Panik. Wie ein rauschender Fluss schießt sein Blut durch die Adern, durchdringt Herz, Lungen, Gehirn, Muskeln. Nun ist er vollkommen wach. Er sieht, wie die Erde brennt, sieht, wie die dicke Kruste der Brustwehr aufgerissen wird, Bretter, Pfosten und ein Eisenbett – vermutlich das alte Bett von Knolle – durch die Luft fliegen.

Plötzlich dringt den Männern ein jammerndes Geheul ans Ohr. Es klingt wie das Weinen eines Tieres.

»Bruno«, hört sich Fred sagen. Das kann nur Bruno sein, Sprantzls Hund.

»Bruno!«, schreit Fred wie unter Strom, legt die Finger an die Lippen und pfeift so laut er kann. Doch Bruno reagiert weder auf seinen Namen noch auf den lauten Pfiff, der ihn sonst sofort zu Fred locken würde.

Blitzartig schauen sich die deutschen Soldaten um, starren besorgt, suchen einander in ihren Augen die Antwort auf eine einzige Frage: Wo ist das Tier? Auch die Engländer kommen in Bewegung, sehen, wie die Deutschen mit ängstlichem Blick die zerstörte Landschaft absuchen.

Bruno, der sich mit seiner natürlichen, liebenswerten Weise in ihr Herz gestohlen hat, die Männer in den schlimmsten Augenblicken zu trösten vermag und der, gerade weil er nicht sprechen kann, immer ein offenes Ohr für alle hat, ist wie vom Erdboden verschluckt.

»Bruno?«, brüllt nun auch Kalle und sucht forschend und mit großen Schritten den Friedhof ab, blickt hinter jeden Grabstein.

»Warum ist er nicht hier?«, fragt Bär und es klingt wie ein Vorwurf.

»Suchen Sie den Grabenhund?«, fragt Koslowski verwirrt und besorgt.

»Ja, unser Bruno!«, zischt Kalle genervt und deutet mit einer Hand die Körpergröße des Hundes an.

»Bruno!« Alle Männer, Deutsche und Engländer, reiben sich die Gesichter, halftern die Gewehre auf den Rücken, strömen kreuz und quer auseinander und beginnen nach dem Hund zu suchen. Sie laufen über den Friedhof, dann weiter über das Feld, Bär sucht nervös und kopflos in einem kahlen Strauch, nichts.

»Los, zeig dich Köter!«, schreit Rottmann wütend. »Brunooo, where are you!«, ruft nun auch George aus voller Kehle. Erneut hören sie ein herzzerreißendes Jaulen.

»There.« Ein englischer Soldat zeigt auf den deutschen Schützengraben, in dem hohe Flammen lodern.

»Da drüben!«, brüllt Fred aufgewühlt, rennt los.

»Get on the truck!« George winkt den Männern zu, die sogleich auf den brummenden Lastwagen klettern. Verärgert beobachtet Rottmann das Prozedere und schüttelt nur den Kopf. »Nicht mehr alle Tassen im Schrank! Das is' doch nur ein Hund!«, sagt er in den aufziehenden Nebel hinein. »Mensch, was für ein Irrenhaus.«

Fred läuft so schnell er kann, er schwitzt, atmet regelmäßig, um das hohe Lauftempo halten zu können. Springt über gefallene Baumstämme, fällt in ein Erdloch, rafft sich auf, rennt auf das Feuer zu, das hell lodert und schwarzen Rauch in den Himmel schickt. Immer wieder schlägt ihm der Gewehrkolben an den Helm, klong, klong.

Doch er hört nicht einmal das. Seine Gedanken sind viel lauter: Ich muss ihn retten, Bruno, halte durch, ich bin gleich da, nur noch wenige Minuten. Das laute Brummen der französischen Fliegertruppen wird leiser und verzieht sich.

Als Fred keuchend am Schützengraben steht, erkennt er die Lage. Alles liegt in Schutt und Asche. Ihre wenigen Habseligkeiten liegen im Umkreis von 50 Metern herum. Die ganzen Dosenvorräte, wenn sie auch spärlich gewesen sind, die Brustwehrleitern, oder Stücke davon, eine Ecke des Unterstands, zerrissene Decken, eine zerfetzte Kaffeekanne, kaputte Tassen, ein Tischbein, ein Stuhl, ein zerbrochener Rasierspiegel und weitere unkenntliche Dinge.

Als er sich dem leisen Winseln nähert, rutscht er in eine freie Stelle des Schützengrabens, schiebt ein breites Eichenbrett zur Seite, sieht sich um, hört das Winseln nun etwas lauter, beginnt eilig an einer Stelle zu graben, an der er den Hund vermutet.

»Bruno ... wo bist du?« Er gräbt mit den Händen wie wild, endlich stoßen die anderen vom Lastwagen hinzu, reichen ihm eine kleine Schaufel, die es oben auf die Brustwehr geschmettert hatte, steigen selbst in den Graben hinab. Bär gräbt ebenfalls und die Engländer folgen ihrem Beispiel. Die Schaufeln schlagen auf Holz, Stein, Metall.

Es folgt ein Klimpern und Klappern, bis Kalle plötzlich schreit: »Ihr Idioten, hier ist er. Hier müsst ihr graben!« Kalle springt in den Graben hinab, greift sich einen Brettsplitter und beginnt damit zu schaben.

»Kommt«, schreit Fred. »Hierher!«

Sie klettern über Hölzer, Erde und Steine und gehen Kalle zur Hand, der endlich eine Pfote ausgegraben hat. »Is' ja schon gut, wir sind ja hier, mein Großer, wir sind ja hier!«, krächzt Kalle laut und weinerlich. »Nicht aufgeben, nicht aufgeben! Gib nicht auf!«

Als sie eine weitere Pfote aus der Erde graben, stoßen die Engländer hinzu, werfen sich auf die Knie und graben wie Verrückte. Rottmann kommt ebenfalls angelaufen. Unzufrieden bellt er sie an: »What d'you want? Go home!«

»Nobody can go home. Everybody is trapped in this damn war!«, sagt ein Engländer.

»Is this Brunoe?«, fragt George, der nun die Pfote entdeckt hat. Niemand antwortet.

Jetzt klopft Freds Herz gegen die Brustwand, schlägt so laut, dass es jedes Geräusch zu übertönen scheint. »Komm schon!«, brüllt Bär. »Schneller graben!«

Rottmann flucht ununterbrochen. »Was hat ein Hund hier überhaupt verloren? Wenn ich den zu Gesicht kriege, dann mache ich Eintopf aus ihm!«

Nun graben 14 kräftige Hände nach dem verschütteten Tier. Endlich entdeckt George ein weiteres Bein. Vorsichtig, als müssten sie eine Porzellanvase aus dem Schmutz heben, graben sie die Glieder, den Kopf und den Rumpf des Hundes aus.

Jetzt können sie Bruno unter der Erde hervorziehen. Bruno winselt ununterbrochen und ist in einem schrecklichen Zustand.

»Vorsichtig!«, ruft Kalle. »Vorsichtig! Vielleicht is' er ja verletzt!«

Bruno ist vollkommen mit Erde bedeckt, seine Augen hält er geschlossen. Sie beginnen ihn mit den Händen zu putzen. Vorsichtig wischen sie den Dreck von seinem Gesicht, dem Rumpf, den Pfoten.

»Breathe, little friend!«, flüstert George dem Schlammwesen zu.

Nicht Bruno, bitte nicht unser Bruno, schreit es in Freds Innern. Seine Hand zittert, als er prüfend über Brunos Fell streicht. Da, der Bauch hebt und senkt sich. Keine Knochen gebrochen.

»Gott sei Dank!«, flüstert Bär, als er Fred die Erleichterung ansieht. »Er schnauft!«

»He is alive!«, schmettert George glücklich den deutschen Soldaten entgegen, die sich alle um den Hund gekniet haben. Dutzende Hände streichen dem Tier nach und nach über das schmutzige Fell. Eine Zeit lang schweigen alle gerührt.

Dann blickt Fred auf. Georges Worte, voller Dankbarkeit und Freude, hallen noch in ihm nach. Auf Englisch fragt er: »Woher kennt ihr Bruno?«

»A few days ago, he came over to visit us.« In den Augen des Engländers sieht Fred etwas, das ihm bekannt vorkommt. Eine besondere Freundlichkeit, die Hingabe und Liebe für die Geschöpfe, die

Gott geschaffen hat und die auch ihm so viel bedeuten. Ihm, der alle Tiere respektiert und um ihr Wohl besorgt ist. Dass er das in diesem Krieg einmal in den Augen eines anderen sehen würde, ist etwas ganz Besonderes. Und dann noch bei seinem Feind.

So ist das also, denkt Fred. Bruno hat sich mit den Engländern angefreundet und vermutlich schlägt er sich dort auch den Bauch voll, bevor er wieder zu uns zurückkehrt.

»Drecksköter!«, zetert Rottmann erleichtert. »Warum kannst du denn nicht besser aufpassen!«, sagt er mehr zu sich selbst als zu dem Tier. Sichtlich heiter und froh streichelt, klopft und putzt er den Hund, nimmt dazu sogar das Taschentuch, das er von seiner Frau geschenkt bekommen hat.

Fred flößt Bruno ein wenig Wasser aus seiner Wasserflasche ein. Das Tier streckt seine Zunge heraus und bedeutet ihm: mehr, mehr. Die Soldaten bedauern das schmutzige, kleine Bündel. Sie schweigen und warten, bis Bruno wieder regelmäßig atmet.

»Ja, die korrekte Rückzugstaktik bei einem Angriff liegt ihm nicht so«, meint Bär spöttisch.

Jetzt öffnet Bruno seine Augen und blickt in eine Gruppe von besorgten Soldatengesichtern. Als er noch etwas wackelig auf den Beinen aufsteht, streichelt ihm Rottmann behutsam über die Nase, an der noch Erde klebt. »Braver Bruno.«

Dann drückt er ihn und stellt sich sofort auf, um nicht in Verdacht zu geraten, ein verweichlichter Tierfreund zu sein. Beiläufig fragt er in die Runde: »Hatte der dreckige Köter schon Frühstück?«

»Nein«, sagt Fred.

»Bär, gib doch mal die Essensreste von gestern, du hast die doch eingepackt – oder haste die auch schon aufgefressen?«, fragt Rottmann interessiert.

Fred kniet sich langsam und sachte vor Bruno hin, als würde er gleich wie ein verschrecktes Schaf davonspringen. Er hält ihm die Hand hin, die Bruno nun leckt. Dann tastet er ihn noch einmal etwas sorgfältiger ab. Beine unversehrt, auch Sehnen und Bänder, Organe und der Kopf in Ordnung.

»So, kleiner Freund, du bist wohl aus gutem Holz geschnitzt. Er ist unversehrt«, sagt Fred zu seinen Soldaten. Alle atmen erleichtert auf. Lächeln sich an. Bär reicht einem Engländer die Hand und gratuliert.

George hat Fred beobachtet, Überraschung huscht durch seinen Blick. »Are you a veterinary?«

»Ich werde einer sein, bin aber nur ein Student«, antwortet Fred auf Englisch. Sie blicken sich tief in die Augen. »Why?«, fragt Fred.

George antwortet in seiner Sprache. »Weil wir verletzte Tiere haben.«

»Was für Tiere?«, fragt Fred, neugierig geworden.

»Wir haben Pferde und eine Katze, die uns zugelaufen ist.«

Fred lächelt. »Tatsächlich?«

Rottmann schnaubt. »Katzenalarm. Bald können wir einen Zoo eröffnen in diesem Scheißlager.«

Pferde überraschen Fred nicht, sie sind nicht weiter verwunderlich. Alle Militäreinheiten benutzen Pferde als Transportkräfte, als Reittiere für Angriffe oder, wenn die Tiere schwer verletzt waren und den Gnadenschuss erhielten, als Fleischration.

Aber eine Katze? Woher kommt denn nun diese Katze?

»You have a cat?«, will er sich versichern.

»Yes, man. Sie ist uns zugelaufen und lebt bei uns im Graben. Keine Ahnung, was sie bei uns will.« Umständlich schiebt George seinen Helm nach hinten und sein ganzes Gesicht kommt zum Vorschein. »Can you help us?«

Endlich hat Fred unverstellte Sicht auf das Antlitz seines Feindes. Es wirkt müde, aber freundlich, und seine Augen strahlen Geduld aus wie sie Fred bei seiner Mutter immer gesehen hat. Über dem rechten Auge klafft eine tiefe Verletzung. Ein Riss, rund drei Zentimeter lang und so tief, dass die Haut nach unten hängt.

»You are hurt. Let me see«, sagt er, etwas verwirrt über sein eigenes Wohlwollen.

Kalle tritt von hinten an die beiden heran und zischt seinem Vorgesetzten ins Ohr. »Herr Reserveoffizier, bitte, lass uns endlich abhauen. Wir verlieren sonst unsere Köpfe.«

Fred weiß, was Kalle damit meint. Aber er hört nicht auf ihn. Ihm ist klar, dass sie zu diesem Zeitpunkt nicht mehr in den zerstörten Schützengraben zurückkönnen. Außerdem hat er vor zwei Tagen telefonisch von Sprantzl den Befehl erhalten, hier die Stellung zu halten. Sie müssen sich also eine Unterkunft graben. Aber ist das überhaupt möglich mit fünf Mann?

Kapitel 24

Ein Frischling

*Westfront
Dezember 1914*

»Bleibt hier und geht gefälligst in Deckung«, sagt Fred zu seinen Leuten, die ratlos herumstehen. Schnell laufen sie auf ein Granaterdloch zu und setzen sich gemeinsam auf die gefrorene Erde. Koslowski, der sich etwas ungelenk bewegt, fällt hin und schlägt sich das Knie auf. Er macht keinen Mucks, sondern richtet sich schnell auf und fügt sich schweigend zu seinen Leuten.

Einen Augenblick hält Fred inne. Was, wenn die Tommys ihn unter dem Vorwand, ihn zu den Tieren zu führen, begleiten und ihn dort von hinten erschießen? Vielleicht sogar während er diese Katze untersucht, von der George sprach. War das alles nur eine Finte? Führt er sie nun alle mit seiner zwanghaften Hilfsbereitschaft, seinem Helfersyndrom, wie Professor Müller dazu sagte, in eine Falle? Verunsichert lässt er seinen Blick hin- und herschweifen. Wie soll er dem Feind trauen?

Vielleicht ist es doch der falsche Weg. Ich bin Offizier, ich muss meine Leute schützen, schreit eine Stimme in seinem Kopf. Idiot! Idiot! Lass deine Leute nicht verrecken, weil du rumspinnst, weil du den Tieren helfen willst.

Als hätte George Freds inneren Konflikt erkannt, gibt er seinen Leuten ein Handzeichen. Jemand wirft kleine Tannenbäume aus dem Graben. Ein anderer Soldat reißt ein Streichholz an, obwohl es noch hell ist.

»Verdammt, was soll das?«, ruft Fred. Sein Blut gerät in Wallung.

Da, in der Einöde, stehen fünf einsame Tannenbäumchen, auf die die Soldaten Kerzen gesteckt haben, die nun nach und nach angezündet werden. Sterne aus silbernem Karton prangen an ihren Spitzen.

Die Soldaten stellen sich neben die Bäumchen, die Gewehre auf den Rücken geschnallt, die Hände in den Manteltaschen, als wollten sie ein Zeichen setzen: Schaut her, es ist Weihnachten!

Obwohl es noch längst nicht dunkel ist, werfen die Kerzen ein helles, zartes Licht auf den düsteren Kriegsschauplatz. Monatelang haben die Männer kein Feuer entfachen dürfen und nun strahlen kleine Dochte entlang der Kampflinie. Das Kerzenlicht verströmt eine Wärme, nach der sich die Männer schon seit Monaten sehnen. Im Niemandsland ist die Kälte nicht nur eine äußere, sondern auch eine innere – so ausufernd, dass man buchstäblich nach ihr greifen kann.

Und jetzt wird ihr Wunsch Wirklichkeit. Verblüfft und beinahe gerührt starren sie ins Licht, das sie auftauen lässt.

George nimmt zur Beruhigung einen Schluck seines starken schottischen Whiskeys aus der Wasserpulle, um sicherzugehen, dass er noch lebt und nicht einer verrückten optischen Täuschung erliegt. Der Schnaps brennt in der Kehle. Ja, es ist echt, was hier geschieht. Das tut gut. Er reicht die Wasserpulle mit dem scharfen Hochprozentigen weiter an seine Männer. Alle trinken wehmütig. Dann reicht er die Pulle den Deutschen, die über das edle Wässerchen sehr glücklich sind.

»Das brennt!«

»Ah!«

»Ich will auch was!«, raunzt Bär, während Rottmann zufrieden an der Pulle nuckelt.

»Please«, sagt George nun an Fred gewandt, wieder etwas mutiger. »Please.« Es klingt wie eine ehrliche Bitte.

»Herr Offizier, alles gut, aber wir ziehen jetzt Leine«, flüstert in diesem Augenblick Rottmann. »Komm, los, komm endlich.«

Fred jedoch reagiert nicht auf seine Leute, sondern starrt müde in das Kerzenlicht, das so viel Helligkeit in den Tag wirft, wie er es schon lange nicht mehr gesehen hat. Er schaut nach oben, wo die Kolkraben kreisen, blickt zur Seite, wo seine Leute auf ihn warten.

Wie ist so etwas überhaupt möglich im Schützengraben? Haben wir jetzt tatsächlich mit dem Feind die Toten begraben? Und haben wir diesen Schnaps nun wirklich in der Kehle gespürt? Wollen wir, diese Männer und ich, lediglich überleben, oder geht es hier in diesem merkwürdigen Augenblick um etwas viel Größeres?

Fred kann sich nicht helfen. Frage über Frage überfällt ihn.

Werde ich zum Feigling, wenn ich nicht auf die Bitte, den Tieren zu helfen, eingehe? Kann eine Hilfeleistung in dieser Situation auch eine Heldentat sein, obwohl ich meine Männer gefährde?

Er blickt zu seinen Soldaten, tapfere, mutige Männer mit ihren schwierigen, aber auch glücklichen Geschichten im Gepäck.

Und ich? Was ist mit mir? Dr. Rendsgard sagte damals: »Überwinde deine Wut auf deinen Vater und werde zum Segen.« Das ist es also. Die Wut bezwingen und für das Gute kämpfen.

Langsam setzt er sich in Bewegung.

»Come on«, sagt er ungeduldig zu George, der ihn erstaunt mustert, um ihm gleich darauf zu folgen. Während Fred auf den englischen Graben zuläuft, schreit Rottmann hinterher: »Du eitler Rossarzt, für ein paar Pferde und eine Mieze lässt du uns hier verrecken! Lass wenigstens den Schnaps hier!«

Doch da folgt in Windeseile auch schon Koslowski dem verrückt gewordenen Offizier. Bruno, der sich mittlerweile erholt hat, rennt ebenfalls hinterher und bellt fröhlich. Schließlich folgen auch Kalle und Bär zögerlich der merkwürdigen Meute aus Hund, Pfarrer, Engländer und deutschem Offizier, der eigentlich ein Tierarzt ist.

Rottmann zischt ein paar Flüche in die Luft, dann sagt er sich: Niemals allein bleiben. Lieber erschossen werden als erfrieren. Also geh ich halt mit.

So schnell er kann läuft er hinter der Gruppe her, pfeift nach Bruno, der aber bereits am vorderen Ende seine Meute anzuführen glaubt.

Sie müssen durch den englischen Schützengraben klettern, der etwas anders ausgelegt ist als der deutsche, aber genauso nass und ungemütlich wirkt wie der ihre. Gemeinsam mit George und einem weiteren Infanteristen geht Fred auf einen kleinen Stall zu. Schon aus 20 Meter Entfernung kann er den würzigen Pferdegeruch ausmachen.

Als George die breite Stalltür öffnet, liegt vor ihnen auf wenig Stroh eine schwarze Stute. Daneben stehen acht weitere, schöne Pferde. Sie sind unruhig, stampfen mit den Hufen, ziehen am Zaumzeug. Ihr Fell ist stumpf und schmutzig. Niemand hat sich in den letzten Wochen die Mühe gemacht, die Pferde abzureiben. Die Stute scheint schwer zu atmen. Behutsam nähert sich Fred dem Tier, kniet sich neben den Kopf des kräftigen Pferdes und streichelt es. Sie fiebert und er sieht ihren runden Leib.

»Sie bekommt ein Junges«, sagt Fred leise.

»She is pregnant?«, fragt George.

»Yes«, gibt Fred besorgt zurück. »I will stay here, until the little horse is here«, meint er fürsorglich.

»Your soldiers can stay with us, until you have done your work«, sagt George und weist seinen Infanteristen an, die deutschen Soldaten zu holen, die vor dem Stall warten.

Die Engländer rüsten den angehenden Veterinär mit einer Schüssel Wasser, einem Tuch und einem Seil aus, falls das Junge Hilfe braucht und man die Füße binden muss, um es herauszuziehen.

Die Männer sorgen für Kerzenlicht – Kerzen haben sie in ihren Tornistern – und Essen, Wein und Zigaretten. In einer Ecke richten sie einen gedeckten Boden ein, auf dem allerlei Leckereien stehen. Lebkuchen, Speck, Ölsardinen, frisches Brot mit Kruste. Niemand fragt sich, woher das Zeug kommt. Alle füllen sich den Magen und trinken dazu Rotwein. In diesem Augenblick ist es, als hätte es diesen Krieg nie gegeben und Freunde säßen an einem Tisch.

»Mensch, Rotti, die Engländer backen ja wie die Meister. Was erzählst du da von schlechter Küche und so«, sagt Bär begeistert.

Während seine Männer essen und mit den Engländern Karten spielen, kümmert sich Fred um die weiteren Tiere, die Verletzungen an Nüstern, Rücken und Flanken aufweisen.

Als George Fred während einer Pause ein Glas Wein reicht, nimmt er dankend an und trinkt einen Schluck.

»Merry christmas!«, sagt George.

»Merry christmas!«, rufen alle, nur Kalle, der sich in eine Stallecke gelegt hat, schläft einen süßen Schlaf.

»Frohe Weihnachten«, sagt Fred und lächelt.

»Stille Nacht, heilige Nacht,
alles schläft, einsam wacht
nur das traute hochheilige Paar.
Holder Knabe im lockigen Haar,
Christ, der Retter, ist da,
Christ, der Retter, ist da.«

Koslowski singt und die Männer stimmen mit ein. Die Engländer summen mit, danach setzen sie mit »Silent night, holy night« ein. Staunend betrachten die Pferde die Gruppe von Männern, die sehr zufrieden wirken.

Jetzt aber will sich Fred noch um die anderen Tiere kümmern. Mit dem rauchigen Überbleibsel von Whiskey, den die Engländer herantragen, entfernt er Schmutzteile aus den Wunden, desinfiziert sie und verbindet sie mit Verbandszeug, das er in seinem Rucksack bei sich trägt. Die Tiere spüren sein Wohlwollen und lassen ihn gewähren.

Koslowski, dem die großen, schnaubenden Pferde anscheinend nicht ganz geheuer sind, stellt sich an den Kopf des zu verarztenden Tieres und streichelt umständlich die kauenden Kiefer, Mähnen, die Köpfe der Pferde. Eine rötliche Stute legt ihre Nüstern an seinen Arm, schnuppert daran, wirft den Kopf auf und ab und Koslowski sagt erschrocken: »Es ist ja gut.«

Jetzt, da er spürt, etwas beitragen zu können, etwas ganz Besonderes gemeinsam mit dieser kleinen Truppe von Männern bewerkstelligen zu können in diesem schrecklichen Krieg, legt er seinen Kopf an den Hals des Tieres und beginnt beruhigend und sehr leise zu summen. Es ist ein Kirchenlied. Das Licht der Kerzen fällt sanft auf die

Pferderücken, die blassen Gesichter der jungen Männer und ihre leblosen Augen.

So weit weg von zu Hause, denkt der Pfarrer. Und sie können ihre Familien nicht einmal anrufen. Müde blickt er ins Kerzenlicht, das sich gegen die Wände wirft und munter flackert.

Niemand spricht. Es ist still. Fred arbeitet sich von einem verletzten Pferd zum nächsten, überprüft die Hufe, fährt mit der Hand über ihre Beine, Gelenke. In der Wärme des Stalles überkommt sie alle die Müdigkeit. All die Nachtwachen und schlaflosen Nächte im Graben fallen ab von ihnen in der schützenden Wärme des Strohs, die Glieder werden schwer. Ein englischer Soldat setzt sich an eine Holzwand und gleitet in tiefen Schlaf. Sein regelmäßiger Atem ist der Herzschlag der Nacht.

Nur ein Rappe, der ganz hinten im Stall steht, etwas abseits der anderen, tritt nach Fred, wenn er versucht, sich ihm zu nähern. Deshalb lässt er ihn in Ruhe.

Morgens um 4:45 Uhr kann das Fohlen mit hilfe von Fred geboren werden.

Der hellbraune Frischling, mit großen Augen, glänzendem Fell und dünnen Beinen, liegt auf dem Stroh und hält inne. Er lauscht, schnuppert und blickt in eine ihm fremde Welt, die es nun zu entdecken gilt. Die Männer, die vor der Niederkunft Strohballen herangetragen und ausgebreitet haben, stehen um das kleine Wesen herum und bestaunen es wie eine übernatürliche Erscheinung.

»Schaut euch mal diesen Frischling an!«, sagt Bär mit heiserer Stimme und wischt sich mit dem Ärmel die Tränen aus den Augen. Auch George, zwei seiner Männer – die anderen haben sich schlafen gelegt – und Rottmann nehmen Anteil an dem besonderen Geschehen, das ihnen diese wundersame Nacht beschert.

»Sonderbar«, flüstert Fred mit erstickter Stimme, »dass wir gerade hier so etwas erleben dürfen.«

Mit glänzenden Augen blickt Fred auf das kleine Wesen, wendet sich dann aber Bär zu, der aufgelöst neben ihm steht. Nun ist er es, der Bär Trost spendet.

»Hör auf zu flennen, du Memme«, raunzt Rottmann, doch in

seiner Stimme ist die Rührung deutlich zu hören. Es mögen einige Minuten sein, zehn oder fünfzehn vielleicht, in denen sie schweigend um die kleine Familie stehen und staunen.

Dann legen sich die Männer zum Schlafen hin. Nur Fred bleibt wach und beobachtet das Verhalten der beiden. Nach einer Stunde etwa stellt sich das Fohlen auf und sucht bei der Mutter die Zitzen, findet sie aber erst nach einer Weile. In einem Buch hat Fred gelesen, dass das Fohlen innerhalb von drei Stunden saugen sollte und dass die Nachgeburt zu diesem Zeitpunkt bereits abgegangen sein soll. Bereitwillig und behutsam bringt sich die Stute in Stellung, damit das Kleine seine Milch bekommt. Dann geht auch die Nachgeburt ab.

Die meisten Männer schlafen schon längst, als Fred sich auch zur Ruhe legt. Zwei von ihnen jedoch sind noch wach, starren zum Dach, in dem Fledermäuse Quartier genommen haben. Sie schlafen eingehüllt in ihre Flügel den Winterschlaf.

Auch Koslowski hat sich aufs Ohr gelegt, bringt vor Aufregung aber kein Auge zu.

Fred träumt von seiner geliebten Fanny und von Samuel, während bereits die ersten schwachen Strahlen Tageslicht in den warmen Stall einströmen.

Bär hat wieder Hunger, aber nicht genug, um sich aus seinem Strohbett erheben zu wollen. So eine herrlich warme Nacht hat er schon lange nicht mehr erlebt. Schon döst er wieder weg.

Kalle, der als Erster geschlafen hat, ist auch als Erster wach. Als er die Stalltür öffnet und die frische Winterluft tief einatmet, tritt George neben ihm aus der Tür.

»Morning«, sagt George freundlich. »Morgen«, antwortet Kalle schläfrig. Schweigend blicken sie auf die Ebene hinaus. In der Nacht ist ein wenig Schnee gefallen, der die Wiese, den Hain und das gesamte Plateau in ein neues Kleid hüllt.

Die beiden schweigen noch immer, erfüllt von der Freude über das gemeinsame Feiern, die Gespräche, das geteilte einfache Essen, das aber im Antlitz der Weihnachtsfeier wie eine Delikatesse geschmeckt hat. Nachdem sie sich spätabends noch persönliche Fotos gezeigt haben, ist Kalle nach langem Nachdenken zur Einsicht gelangt, dass die

Tommys auch nur Menschen sind, die sich nach ihren Familien sehnen. Weil jetzt kein Essen mehr übrig ist, reicht George ihm eine Frühstückszigarette und gibt ihm Feuer aus seinem silbernen Handfeuerzeug.

»Danke«, sagt Kalle. George antwortet mit einem Kopfnicken. Abwechselnd pusten sie zufrieden den Rauch zum Himmel, bis George plötzlich aufhorcht. Etwa 200 Meter abseits der Linien hat sich etwas bewegt. Er wirft die Zigarette in den Schnee, zerstampft sie mit seinem Stiefel und greift nach dem Fernglas. Mit flinken Händen stellt er das Glas scharf, atmet den letzten Rest Rauch aus und flüstert: »It's a deer.«

Nun reicht er Kalle das Fernglas: Da ist ein hellbraunes, schlankes Reh, das über die Ebene stakst, ein zweites, etwas kleineres Reh folgt ihm.

Kalle lässt das Fernglas sinken. »Uff, Glück gehabt«, sagt er. Die beiden Männer lächeln sich angestrengt an. Sie wissen, dass sie hier unentdeckt bleiben müssen, weil auf Kollaboration mit dem Feind die Todesstrafe steht.

Kapitel 25

Fußballspiel in der Hölle

Niemandsland, Westfront
Dezember 1914

Als Fred von Bruno an seinem Schlafplatz im Stall geweckt wird, fühlt er ein Glücksgefühl, das er schon lange nicht mehr gespürt hat. Ich konnte all diesen Tieren helfen, das Fohlen zur Welt bringen, ja sogar die Katze untersuchen, die ziemlich abgemagert ist, weil ihr die meisten Zähne fehlen und die deshalb keine Mäuse mehr fressen kann. Das ist der Grund, weshalb sie bei den Engländern im Graben wohnt. Sie füttern sie.

Wie immer leckt Bruno sein Gesicht und stellt dann seine Pfote auf die Schulter seines Freundes. Zärtlich streichelt Fred ihn, rappelt sich auf und streckt sich. Hier und da schmerzen ihn seine Knochen. Die anderen sind alle schon wach, trinken noch einen Kaffee, den Rottmann mit seinem letzten Trinkwasser und ein wenig Kaffeepulver über einem Feuer gebraut hat.

Als Fred mit Bruno den Stall verlässt und vor dem zertrümmerten Schützengraben steht, hängt er seinen Gedanken nach. Wie es wohl Samuel ergeht? Ob er gesund ist, etwas zu essen hat, Weihnachten feiern kann wie er hier in diesem Stall, in dem die Engländer die Pferde unterbringen? Und Mutter? Hat sie wenigstens ein wenig Weihnachten feiern können, auch wenn Vater sich schon lange nicht mehr für Feiertage interessiert ... Hat sie gekocht, Kerzen angezündet, den Kuchen gebacken, den sie so sehr liebt?

In weiter Ferne sieht er einen Reiter. Es ist ein Artillerist. Zu Weihnachten ist es den Männern erlaubt worden, die Post zu empfangen, und da die Briefe und Pakete lange Zeit zurückgehalten wurden, hat sich eine ganze Menge an Post angesammelt, die nun verteilt werden muss.

Als der Artillerist vom Pferd steigt, klopft Freds Herz höher. Hat er etwa eine Nachricht für mich? Vielleicht von Fanny? Oder von Mutter, die von Samuel berichtet?

Der Reiter, ein Hüne, der alle Anwesenden um mindestens einen Kopf überragt, blickt verdrießlich.

»Was is' denn hier passiert?«, will er wissen und reibt sich das von der Kälte gerötete Kinn. Überhaupt macht der Mann einen unfreundlichen Eindruck, sieht ungepflegt, ja fast schäbig aus. Auch das Pferd, ein goldener Rappe mit schwarzen Ohren, wirkt durstig und müde. Bestimmt haben sie eine lange Strecke zurückgelegt, keine Verschnaufpause gemacht, denkt Fred. Instinktiv streichelt er das schöne Tier, das erschöpft den Kopf hängen lässt.

»Ah, das war ein Weihnachtsgruß der Franzosen«, sagt Fred, beschäftigt mit dem Tier.

»Mist aber auch, konnten Sie den Hauptmann informieren?«, will der Artillerist wissen, der auf die Erde spuckt.

»Keine Möglichkeit, das Funktelefon ist vergraben mit all den Ratten, die an unseren Laken genagt haben, wir sitzen hier auf dem Trockenen.«

»Obwohl die Chose hier nach Morast stinkt«, gibt der Artillerist zurück, der nun auf Freds Revers blickt.

»Können Sie Generaloberst Sprantzl informieren, dass wir hier nicht bleiben können? Wir versuchen das Zentrallager zu Fuß zu erreichen, um weitere Befehle zu erhalten.«

Endlich sieht der Artillerist Schellers Namensschild. »Scheller?«

»Ja, der bin ich«, sagt Fred müde.

Der Hüne blickt ihn traurig an, dann endlich redet er – merkwürdig leise, als müsse er beichten.

»Ein Scheller ist gestern im Feld gefallen, es tut mir sehr leid.« Er reicht Fred eine zerlöcherte Identifikationsmarke, auf der nur noch der Name »Scheller« und der Geburtsort zu lesen ist.

Fred schießt eine Hitzewelle durch den Körper, es ist, als würden ihn lodernde Flammen innerlich entzünden. »Das ist nicht möglich, das kann nicht sein«, stottert er und starrt die Marke an, ohne sie zu nehmen. Was soll er damit? Das alles hat doch nichts mit ihm zu tun!

Nun stellen sich Freds Soldaten um ihren Offizier, Bär legt ihm vorsichtig die Hand auf die Schulter.

»Bestimmt gibt es viele Soldaten mit dem Namen Scheller«, fährt Fred fort und versucht, seinen eigenen Worten zu glauben.

Ratlos sieht ihn der Hüne an, immer noch die Marke in der Hand. Ja, wie soll er die Nachricht bekräftigen? Vielleicht ist es wirklich der falsche Scheller. Dann fällt ihm etwas ein.

»Ach, das hätte ich fast vergessen.« Er zieht etwas aus seinem Postsack und reicht es Fred. Es ist ein Taschentuch mit einer gestickten Inschrift: *Scheller, Bad Berleburg*.

Fred keucht auf. Bär, der das schreckliche Ausmaß der Nachricht erkennt, hält seinen Offizier an den Schultern fest. Fred aber sackt weg, fällt jetzt auf die Knie. Er hält die Hände vor das Gesicht, sein Magen krampft sich zusammen. Dann bleibt er erstarrt in dieser Position, schweigt. Plötzlich dringt ein tiefer Schluchzer aus seiner Brust, während ihn alle betroffen und aufgewühlt anstarren.

Samuel ist gefallen. Getötet. Im Krieg.

Seine Befürchtung, seinen einzigen Bruder zu verlieren, hat sich bewahrheitet. Niemand wagt zu sprechen.

Rottmann, der näher getreten ist, scheint ungehalten über die Trauer und Zerbrechlichkeit seines Offiziers. »Was ist passiert?«, schnauzt er verärgert den Nachrichtenüberbringer an.

»Ein Scheller wurde getötet. Man sagte mir, er habe eine Handgranate zu spät geworfen. Er hat nicht überlebt. Wir haben unter den Überresten das hier gefunden.« Beinahe schüchtern weist der Hüne nun auf die Überbleibsel, Marke und Taschentuch.

Fred wimmert immer noch lautlos, krümmt seinen Oberkörper,

verbirgt mit den kräftigen Händen sein Gesicht. Er stöhnt: »Samuel!«

Bär hat sich neben ihn gesetzt, klopft ihm nun vorsichtig auf den Rücken. Um nichts Falsches zu sagen, hält er seinen Mund und achtet darauf, dass auch die anderen, besonders aber Rottmann, kein unpassendes Geschwätz von sich geben.

Doch das ist nicht nötig. Alle haben begriffen, dass Fred etwas zugestoßen ist, dessen Auswirkungen sein gesamtes Leben verändern werden.

Fred sieht seinen Bruder vor sich, das schöne Gesicht, sein Lachen, und er hört seine Stimme.

Samuel ... du bist immer der Schnellere von uns gewesen. Wie oft hast du unsere Rennen gewonnen, wie oft hast du mehr Fische gefangen als ich.

Er will etwas sagen, doch ihm bleiben die Worte im Hals stecken.

Wie oft hatten sie am Fluss ausgeharrt, wenn Vater wütend war? Und sich gegenseitig getröstet, wenn das Schlimmste vorüber war, sich bestärkt und angetrieben auf dem Hof und in der Schule.

Rottmann reißt dem Hünen die Marke aus der Hand.

»Und jetzt ab! Na los, los, aufs Pferd. Hopp, hopp.« Mit schwingenden Armen vertreibt er ihn, flucht laut und zetert.

Eilig steckt der Hüne Bär die Feldpost zu, steigt wieder aufs Pferd und reitet davon.

* * *

Mit starrem Blick sitzt Fred da, inmitten des Niemandslands und blickt in die weite Ferne. Nachdem Kalle, Bär und Rottmann versucht haben, ihren Unteroffizier dazu zu bewegen, sich in Deckung zu begeben, haben sie sich nun mit dem Gewehr um ihn herum positioniert, rauchen eine Zigarette nach der anderen und warten. Koslowski hat sich dazugesellt, mit wenigen geflüsterten Worten hat Bär ihn informiert, was geschehen ist.

Bruno hat sich neben Fred gelegt, die Pfote auf seinem Arm. Er winselt, spürt den Schmerz seines Freundes. Fred bleibt eine ganze

Weile so sitzen, legt sich dann auf die Erde und schließt die Augen. Versucht die ganze Welt außen vor zu lassen. Erschöpft tritt er einen Augenblick ins Reich der schwarzen Träume.

Weil Koslowski den Kampf spürt, der in Fred vorgeht, hat er sich behutsam neben ihn gesetzt. Bruno, der Vermittler, zwängt sich zwischen die beiden und hofft auf Streicheleinheiten. Der Pfarrer legt ihm lediglich die Hand auf den Kopf. Hin und wieder klopft er ihm die auf die Schnauze und den Nacken. Bruno ist nicht begeistert, hebt aber bereitwillig den Kopf, wenn Koslowski ihn unbeholfen abklopft.

Indessen hat Fred nicht bemerkt, dass Bär ihm einen Brief in die Seitentasche des Rucksacks geschoben hat.

Als er nach einer kleinen Weile aufwacht, fühlt er sich sehr niedergeschlagen. Er fröstelt und spürt eine bohrende Wunde in seinem Herzen.

Eine körperliche Verletzung wäre mir lieber gewesen. Damit hätte ich vermutlich besser umgehen können, denkt er verdrossen. Jetzt hat mir der Krieg nicht nur mein Studium gestohlen, sondern auch meinen einzigen Bruder.

In seinem Gehirn rumpeln tausend Rädchen, Scheiben und Riemen.

Er spürt eine unstillbare Wut, die wie ein Feuer in ihm emporklettert. Verzweifelt versucht er sie in Schach zu halten, aber es gelingt ihm nicht. Die Verbitterung zwängt sich durch seine Brust in den Hals, in den Kopf, der brummt. Er setzt sich auf und schreit: »Scheiß auf den Krieg!«

Dann legt er den Kopf auf seine Knie. Er zittert am ganzen Leib. Koslowski schweigt. Obwohl er gerne etwas gesagt hätte, ist ihm klar, dass in einem Augenblick wie diesem die Stille die heilsamste aller Kräfte ist.

Dann verändert sich etwas in Freds Blick. Er öffnet seinen Rucksack, zieht einen Fußball heraus und hält ihn seinen Kameraden wie ein Fundstück hin. Sie starren ihn erstaunt an. Rottmann öffnet den Mund für einen dämlichen Spruch, schließt ihn aber gleich wieder.

Freds Stimme ist brüchig. »Samuel. Ich habe diesen Ball für dich mitgetragen. Nur für dich, weil du immer alles verlegst. Du ...«

Dann schweigt er lange. Sein ganzer Körper scheint zu vibrieren, seine Hände zittern, das Herz flattert, ihm wird übel. Fred blickt in ratlose Gesichter. Rottmann öffnet zum zweiten Mal seinen Mund, um kundzutun, was er davon hält, doch Bär flüstert: »Wenn du jetzt was sagst, kriegste gleich eine gedonnert.«

Fred ist wütend, aufgewühlt und zugleich niedergeschlagen. In seinem Innern spielt sich ein heilloses Durcheinander aus Gefühlen ab. Vor allem Schmerz. Es ist ihm, als hätte ihm jemand einen Teil seines Herzens weggeschnitten. Unvermittelt überkommt ihm ein Gedanke, der ihn gefrieren lässt.

Bin ich schuld an seinem Tod?

Und dann zieht vor seinem inneren Auge eine Kaskade an Ereignissen vorüber, die diese Erkenntnis erhärten. Freds Wegzug an die Universität. Dann das Telefonat, die Vorwürfe, die er Samuel gemacht hat. »Bleib bei Mutter. Bitte, geh nicht zum Militär.«

Genau wie Vater habe ich ihm Druck und Vorschriften gemacht, habe sein Leben bestimmen wollen, obwohl ich über mein eigenes frei verfügte. Kein Wunder, dass er ausbrechen wollte. Es ist meine Schuld.

Mit letzter Kraft richtet er sich auf, reißt sich zusammen und schreit:

»Wir sind hier in der Hölle, aber wir spielen trotzdem! Ihr könnt uns mal!«

Auch die anderen beginnen zu brüllen.

»Ihr könnt uns mal den Buckel runterrutschen!«, schreit Bär.

»Ihr könnt uns mal! Ihr Vollidioten!«, brüllt jetzt Kalle voller Freude und springt in die Luft.

Rottmann packt Fred an den Armen und schüttelt ihn.

»Hör auf du Spinner, Sprantzl wird dich eigenhändig erschießen, wenn du so weitermachst! Gleich steht er hier. Du kennst ihn doch. Schleicht sich immer an die Truppen heran, der elende Schleimer.«

Entgeistert blickt ihn Fred an, zieht seinen Arm weg. Dann macht er unverhofft einen Schritt auf Rottmann zu, der augenblicklich zurückweicht.

»Mein Bruder ist tot! Mein einziger Bruder! Weißt du, was das bedeutet?« Seine roten Augen scheinen zu glühen, das Gesicht ist verzerrt, der ganze Körper in gebeugter Haltung, aber unter ungeheurer Spannung.

Deswegen lässt Rottmann ab von ihm, schämt sich sogar ein wenig, weiß, dass alles, was er jetzt sagen würde, kein Gehör finden, geschweige denn auf Verständnis stoßen würde. Er sagt sich, dass sich Fred schon wieder fangen wird, in ein paar Minuten, wenn die nächsten Geschosse einschlagen, könnte er, der Offizier, schon wieder zur Realität zurückkehren, oder wenigstens zu dem, was sie hier dafür halten.

Die Engländer, geplagt von Kopfschmerzen, weil sie einen Tag zuvor zu viel irischen Whiskey tranken, schauen dem Tun gebannt zu. Niemand braucht für sie zu übersetzen. Längst haben sie durchschaut, worum es geht. Der Verlust eines Bruders oder eines Kameraden hat immer dasselbe Gesicht. Wenn ein Mensch stirbt, gleitet die Seele ins Jenseits, während die körperliche Hülle auf der Erde zurückbleibt.

Aber gerade die Seele des Menschen ist es, nach der sich die Zurückgebliebenen am meisten sehnen.

Fred blickt ratlos zum Himmel und schreit: »Warum nimmst du mir meinen Bruder, Gott? Gibt es einen Grund? Dann sag ihn mir!« Jetzt fällt sein Kopf schwer auf die Brust, und er steht schwer atmend da.

Verlegen starren die meisten Männer zu Boden, schieben die Hände in ihre mit viel Kleinkram gefüllten Manteltaschen oder stecken sich eine Zigarette an, an der sie sich festhalten.

»Kommt, lasst uns Fußball spielen«, ruft Bär und reißt Fred den Ball aus den Händen. »Für Samuel! Wir spielen für ihn!«

Er kickt den Ball in die Luft und die Männer sehen dem runden Leder verwundert nach, das in ein Erdloch kugelt.

Ohne gegen den Himmel zu blicken oder die Landschaft nach Fahrzeugen oder Soldaten abzusuchen, lassen die Engländer bereitwillig die Gewehre fallen, werfen ihre Zigaretten auf den Boden, ziehen die Mäntel und Helme aus und laufen auf unebenem Boden dem Ball hinterher.

Kalle und Bär, die sich gegenseitig mit leuchtenden Blicken bestärken, übergeben Koslowski ihre Gewehre. Aufgrund des Gewichts sackt der Pfarrer nach vorn, die Brille rutscht ihm über die Nase und fällt auf die Erde. Er sieht nur noch verschwommen. Wie um alles in der Welt kommt er jetzt wieder an seine Brille?

»Was ... was soll ich damit ...?«, fragt er leise und deutet mit seinem Kopf auf die Gewehre.

Mit Erstaunen und unscharfem Blick schaut er auf die zwei unterschiedlichen Soldatenmannschaften, die dem Ball hinterherlaufen.

Endlich fällt ihm etwas ein. Er legt erst das eine Gewehr, zählt zehn Schritte und legt dann das andere auf die Erde. »Hier, das Tor!«, ruft er laut und zeigt mit den Händen auf die beiden Enden.

Ein Lächeln steht ihm auf dem Gesicht. Aber wo ist seine Brille? Randolf, einer der Engländer, der an Fred herantrabt und ihm den Ball klauen möchte, bleibt plötzlich stehen und hebt die Brille auf.

»Is this yours?«, fragt er Koslowski, der ein unangenehmes Gefühl von Nacktheit verspürt ohne scharfe Nasengläser. Koslowski sieht nicht, was der Engländer hochhält, doch in großer Hoffnung auf die Brille schreit er: »Yes, yes, I can't recognize anything!«

»I feel exactly the same, my friend. Nobody knows what we are doing here«, gibt Randolf zur Antwort und übergibt ihm die verschmutzte Brille.

Fred beginnt nun auch zu laufen, er läuft und schwitzt, gibt den Ball Kalle, der behände über den Acker wirbelt, ihn mit Leichtigkeit weiter zu Bär schiebt. Bruno rennt ebenfalls dem Ball nach, blafft jeden an, der ihm zu nahe kommt. Einmal erwischt er den Ball mit den Zähnen, lässt ihn aber sogleich wieder los, während die Männer laut murren. »Uff, das war knapp!«

»He, hör auf, unseren Ball aufzufressen, Köter«, ruft Rottmann dem spielenden Hund zu.

Der Ball hopst über größere Steine, Wiesenballen, Erdklumpen. Bär gerät in seinem Lauf ins Schnaufen, atmet wie ein Pferd, aber auch nur deswegen, weil er ständig lachen muss. Und obwohl er behäbig und keinesfalls schnell ist, läuft er wie ein Stier über den Platz, hält die Engländer mit dem üppigen Arm hinter sich, übergibt den Ball Fred, der vorläuft, springt über ein Granatenloch, nimmt das Leder wieder an den Fuß und schießt den Ball zwischen die beiden Gewehre.

»Tooor! Bär, du gigantische Dampfwalze!«, ruft Kalle und klopft seinen Kameraden auf die Schulter.

Sie stellen sich zusammen und umarmen sich, versuchen Luft zu holen. Rottmann steht an der Seitenlinie und kaut auf seiner Zigarette, während er schwarzen Dreck unter den Fingernägeln herausklaubt.

»Mensch, ihr lauft ja wie die Hennen. Wisst ihr nicht, wie Fußball geht?«

Die englischen und deutschen Soldaten japsen, schnappen nach Luft wie Fische auf dem Trockenen. Manche stellen ihre Hände auf die Knie, blicken mit zusammengekniffenen Augen nach vorn aufs Spielfeld und überlegen sich eine Taktik.

Erst jetzt wirft Rottmann das Gewehr und seinen Mantel auf die Erde, lässt den Helm aber auf und rennt los.

»Los, Dumpfbacken, bewegt euren Hintern!«, brüllt er, dabei fällt ihm die Zigarette aus dem Mund direkt in eine Pfütze, in der noch Granatsplitter liegen.

Angestachelt durch Rottmanns Einsatz schnellen die Engländer nach vorn.

Das Fußballfeld ist ein tief zerfurchter Acker, den es zu überwinden gilt. Die Männer springen über Bombentrichter, lachen laut, wenn sie hinfallen, raffen sich wieder auf und kämpfen weiter.

Sie spielen eine Stunde Fußball, schreien, kicken, was das Zeug hält.

Danach, als er sich von den Engländern verabschiedet, fühlt sich Fred nur noch leer. Sie geben sich die Hand. Es ist ein warmer, freundschaftlicher Händedruck und George flüstert mitfühlend: »I am very sorry about the loss of your brother.«

Gerührt und aufgewühlt blickt Fred dem Engländer in die Augen. In diesem Augenblick sind sie weder Soldat noch Feind, sondern lediglich Mensch.

Während George sich das Gewehr wieder auf den Rücken schnallt, ruft er noch: »Thanks for your help!«

Alle ziehen die Handschuhe aus und geben sich die Hand. Rottmann, der Fleisch liebt, tauscht noch mit Randolf Zigaretten gegen Fleischdosen aus, obwohl er weiß, dass die Fleischkonserven der Engländer nicht besonders delikat schmecken. Besser als nix, sagt er zu sich.

»Come and visit us in London!«, sagt der Engländer.

Rottmann blickt ihn freundlich an, dann gibt er schmunzelnd zurück: »Wär' ja noch schöner! Forget it.«

»Komm, Bruno, komm«, sagt Rottmann zum Hund. »Allerdings hätte ich den Londoner Tower gerne mal gesehen – aber psst, sag es keinem.« Auf gar keinen Fall möchte Bruno noch einmal lebendig begraben werden, deshalb folgt er Rottmann auf Schritt und Tritt aufmerksam und bellt ihn freundlich an.

»Bye, Bruno!«, rufen die Engländer der Gruppe nach, heben die Hand und winken.

George, der sich mit einem Taschentuch den Schweiß vom Nacken reibt, ruft Fred hinterher: »Save your soul, veterinary.«

Kapitel 26

Die Fuchshöhle

Niemandsland, Westfront
Dezember 1914

Während sie am zertrümmerten Schützengraben vorbeistapfen, dringt ihnen ein knatterndes Geräusch ans Ohr. Entgeistert blicken sie zum Himmel. Das Dröhnen und Rattern stammt von einer französischen Fliegerstaffel im Anflug. Sie donnern mit lautem Getöse von Westen langsam über den grauen Himmel in ihre Richtung. Bald schon werden Fred und seine Männer in Sichtweite sein. Rottmann ruft: »Wir haben aber auch ein scheiß Pech heute!«

»Kommt! Schnell! Zu dem Wäldchen da hinten«, brüllt Fred und gibt ihnen Handzeichen. Bär ist bereits ermüdet vom Fußballspiel und lässt sich von den anderen abhängen, die rund 20 bis 30 Meter vorauslaufen. Bruno, der Hund, bleibt immer wieder stehen, blickt nervös zurück, rennt zu Bär, dem der Schweiß in die Augen tropft, und treibt ihn mit seinem Gekläffe an.

»Ja, ich komm ja schon! Du gehst mir aber auch auf den Sack, Bruno. Bin doch kein Schaf.«

»Eher ein langsamer Hornochse!«, brüllt Rottmann über das Feld.

Es ist matschig und unwirtlich. Kalle stampft in ein tiefes Loch und fällt direkt in den Dreck. Der Flugzeugdonner scheint immer näher zu kommen und Rottmann hilft Kalle wieder auf die Beine. Er gibt ein leises »Danke« von sich und rennt weiter.

»Los, kommt, schneller!«, insistiert Fred. Er ist vollkommen außer Atem. Die Männer sehen die Angst auf seinem Gesicht. Als sie sich endlich im Wäldchen einfinden, brummt der erste Flieger über sie. Maschinengewehrschüsse prasseln neben Bär auf das Feld hinunter. Sie werfen Schnee und Erde auf, doch die Kugeln treffen ihn nicht. Die Männer im Wald ducken sich unter den Maschinengewehrsalven, endlich flüchtet sich auch Bär in das Waldstück.

»Verdammt, verflucht!«, schimpft er. Er bleibt erschöpft liegen und kriegt kaum Luft. Um sicherzugehen, dass sie im Waldgebiet nicht erwischt werden, verkriechen sie sich noch weiter in den Wald hinein.

Fred ist kaum in der Lage, einen klaren Gedanken zu fassen. Samuel ist tot, die Schützengräben zerschossen, seine Leute und er Freiwild für die Alliierten.

Wie kann ich uns nur schützen? Wie nur?

Da fällt ihm die Fuchshöhle ein, die er früher einmal mit Samuel gebaut hat und in der sie sich vor Vater versteckt hielten. Nie, niemals hat Vater sie gefunden, weil sie sich wie scheue Tiere verborgen hatten.

Aber was ist zu tun? Einen Graben muss man ausheben, so tief, dass der Platz für Fred, Koslowski, Kalle, Rottmann, Bär und Bruno reicht. Fred gibt seinen Männern die Anweisung, so schnell wie möglich zu graben, damit sie sich vor Einbruch der Dunkelheit dort verschanzen könnten. Sogleich machen sie sich an die Arbeit, obgleich Rottmann und Bär murren wie zwei alte Männer.

Nach zwei Stunden ist der Graben fast zur Hälfte ausgehoben. Rottmanns rotes Gesicht glüht beinahe vor Hitze, Bär atmet viel zu schnell und Kalle wirkt blass und übermüdet, als Fred die Anweisung gibt: »Wir machen eine Pause von 15 Minuten. Bis es Nacht wird, dauert es noch ein paar Stunden, wir schaffen das schon. Los, Rottmann, du gehst Essen holen in der Fasanerie. Wir sind am Verhungern. Gibst Bescheid, dass wir hinter den Linien sitzen. Wir warten auf Befehle.«

»Was, wieso ich?«, bringt Rottmann wütend hervor. »Ich habe keine Lust in der Gegend herumzuirren. Die Engländer haben ihre Scharfschützen überall.«

Fred, der sich gerade auf die Erde gesetzt hat, steht wieder auf und stellt sich vor Rottmann. Er spricht leise, aber klar. »Du läufst am schnellsten von allen, bist flink wie eine Katze, springst über Gräben und ein Dauerlauf von einer Stunde macht dir nichts aus. Die anderen beiden schaffen das heute nicht mehr, auch wenn Kalle denkt, er sei der Sportlichste. Also los!«

Rottmann, der sich geschmeichelt fühlt, lächelt ein wenig, ist aber gleich wieder ernst und klaubt sich Essensreste aus den Vorderzähnen. »Na, wenn du's sagst, Herr Reserveoffizier.«

Dann rennt er los.

* * *

Liebste Fanny,
ich weiß nicht, ob du diesen Brief überhaupt erhalten wirst, denn die Post wird bei uns nur noch selten zugestellt oder abgeholt. Die letzten Tage waren schrecklich. Zurzeit sind wir umgeben von Tod und Elend. Und dann kam der Postbote und überbrachte mir die Nachricht, dass Samuel gefallen sei. Ich bin tieftraurig. Samuel war erst 16 Jahre alt ...

Ich hätte ihn von Anfang an nach Hause schicken sollen, ohne Wenn und Aber. Es ist mein Fehler. Ich bin schuld an seinem Tod. Wenn ich jetzt sterben würde, wäre es kein Verlust.
In Liebe,
dein Manfred

Artilleriefeuer. Lichtflimmern und dröhnender Alarm. Rauch und Nebel ziehen über ihre Köpfe. Alles riecht nach verbranntem Wald.

In Freds Augen spiegeln sich die aufflammenden Bombeneinschläge. Obwohl es Nacht ist, entzünden sie die gesamte Landschaft. Baumleichen, Stacheldrahtverzäunungen, eine zertrümmerte Scheune.

»Schneller, los«, flüstert er nervös. Er stößt den Spaten in die halb gefrorene Erde und kippt die schwere Erde in den Sandsack.

Seit ein paar Stunden füllt Fred mit seinen Kameraden die Sandsäcke mit Erde, um den Eingang der Erdhöhle zu verschließen. Sein Kamerad Kalle jammert. »Jetzt schon 12 Stunden wach und noch nichts im Magen. Sauerei.«

»Armeezwieback ist besser als nichts zwischen den Zähnen«, sagt Bär, der keuchend die gefüllten Säcke vor der Höhle präpariert.

»Ich fass diesen stinkigen Zwieback nich' an, bin ja nich' krank«, raunzt Kalle ihm zu.

Die Männer sind erschöpft. Seit heute Morgen um fünf Uhr schaufeln sie neben einer 30 Meter hohen Kiefer ein Loch frei. Weil der Boden steinhart ist, kommen sie kaum voran. Schon längst hätten sie im Schutz des Unterstandes liegen sollen. Aber die Kälte, körperliche Schwäche, Hunger und vor allen Dingen der um sie herum tobende Krieg sorgen dafür, dass sie kaum mit ihrer Arbeit vorankommen.

Fred zischt: »Hier musste so graben, da geht's nicht, wegen der Wurzeln. Das ist eine 30 Meter hohe Fichte, die hat Wurzeln wie Stierbeine, und zwar spinnennetzartig. Ist kein Durchkommen. Also grab lieber hier, etwas abseits.«

Kalle strengt sich an. Koslowski, der körperliche Arbeit nicht gewöhnt ist, schuftet so lange, bis er erschöpft auf dem nackten Waldboden einschläft. Fred wirft seinen dicken Soldatenmantel über ihn. Obgleich Minustemperaturen herrschen, hat er unter seinem Mantel geschwitzt.

»Der verfluchte Helm, viel zu schwer und zu heiß!«, ruft Kalle und wirft ihn in hohem Bogen hinter sich auf die Erde. Überrascht blicken die Männer auf.

»He, Freund, der wird dir mal noch das Leben retten«, sagt Fred ruhig.

»Keine Bange, passiert schon nichts«, meint Kalle beiläufig. Jetzt schnäuzt er sich in sein schmutziges Taschentuch.

»Leise«, warnt Fred.

»Den ziehste aber nicht aus?«, flüstert er, während er einen sperrigen Sack Erde vor die Höhle wirft.

»Den Tornister? Auf keinen Fall!« Er klopft mit der rechten Hand auf seinen widerstandsfähigen Tornister. »Da drin ist doch meine Schöne.«

Umständlich kramt er herum, dann deutet Kalle auf das Foto seiner Verlobten, Marie-Anna, eine junge Frau mit schwarzem langem Haar und einem leichten Silberblick. Zwei Jahre vor dem Krieg haben sie sich auf einer Gartenausstellung kennengelernt, weil er in ein Tulpenbeet trampelte und von ihr dafür gerügt wurde. Das Foto von Marie-Anna würde er nie aus den Händen geben. Niemals.

Fred schmunzelt und nickt. Er legt die linke Hand auf sein Herz, genau da, wo Fannys Zeichnung in seinem Mantel steckt. Eine Bleistiftzeichnung von ihr und Fred am Fluss beim Angeln. Ja, was würde wohl aus ihm und Fanny werden? Geliebte Fanny.

Unvermittelt lässt sich vor ihm jemand auf den Boden plumpsen. Er erschrickt, doch als er Bärs Stimme hört, ist er erleichtert. Schon wieder ist es der phlegmatische Soldat, der sich eine Pause leistet.

Kalle schimpft: »He, musst du schon wieder was fressen?«

Nickend greift Bär nach einem Zwieback und der Schokolade aus dem Tornister. »Jede Gelegenheit nutzen, mein Freund, du weißt nie ...« Kalle fällt ihm ins Wort: »... wann es die letzte Mahlzeit ist. Wenn du so weitermachst, überlebst du den Krieg nicht, weil du zu fett bist und im Graben stecken bleibst.«

Nachdem Bär den Flachmann gefunden hat, schüttet er etwas Schnaps in seine trockene Kehle. Dann reicht der den Flachmann weiter.

»Gib her.« Kalle trinkt genüsslich und dankbar. »Hast ja recht. Vielleicht ist das mein letzter Schnaps. Drum mach ich ihn nun gleich leer!«

»He!«, ruft Bär. »Lass den anderen auch noch was.«

Pflichtschuldig reicht Kalle den Schnaps an Koslowski weiter. Auch er gönnt sich einen Schluck, murmelt ein höfliches »Danke«, und arbeitet dann gleich weiter.

Plötzlich hebt Fred den Kopf. Ein Gewölbe aus Ästen über ihnen. Dazwischen rieselt Asche auf die schneebedeckte Erde. Die Männer halten einen Moment inne und wischen sich den Dreck aus den Gesichtern.

»Vor einigen Stunden haben wir noch mit den Engländern gefeiert, und jetzt hocken sie wieder in der alten miesen Patsche wie zuvor«, bedauert Bär.

»Bald wird es hell. Wir müssen schneller graben«, treibt Fred seine Männer an.

Er sieht vor dem Schützengraben, der sich 100 Meter östlich wie eine große Wunde durch das Land wühlt, einen brennenden Wagen mit Anhänger. Erneut Trommelfeuer. Dann unvermittelt leuchtendes Granatfeuer, das auf den Schützengraben niederprasselt.

Fred und seine Kameraden lassen die Notspaten fallen, an denen die nasse Erde klebt, und halten sich mit klammen Fingern die Ohren zu. Erstarrt harren sie einen Augenblick aus und graben dann eilig weiter. Wann kommen endlich die Reserven? Haben sie uns einfach vergessen? Wo bleibt bloß Rottmann? Hat es ihn auf dem Weg durch den Laufgraben erwischt?

Wie die Kälte treibt sie der Hunger ebenso an. Bär hustet schwer.

Dieser Husten klingt wie das Bellen einer dänischen Dogge, denkt Fred. Wahrscheinlich Tuberkulose. Das auch noch. Mist aber auch. Weshalb muss Bär jetzt auch noch krank werden? Hat schon genug von uns erwischt.

Er denkt an seine Korporalschaft, damals, ganz am Anfang, waren sie 30 Mann. Und jetzt?

Wenn die nur nicht alle so verstreut wären, flucht Fred innerlich. Hab' ich jetzt davon, dass ich ihnen so viele Freiheiten gab. Kartenspiel bei den berittenen Husaren, Essen im Kasino. Manche sind einfach nicht mehr aufgetaucht. Wahrscheinlich ein Flugzeugangriff von Osten, oder ein schreckliches Besäufnis? Wenn das Leutnant Bremer erfährt, dann macht er mich zur Schnecke, denkt Fred. Bremer, Zugführer und Freund vom Generaloberst Sprantzl, der mit dem Holzbein, ist ein freundlicher Mann, aber bei Entscheidungen scharf wie eine Klinge.

Erneut beginnt es zu schneien. Die kalte Winterluft scheint ihren Atem zu gefrieren. Fred knetet seine Finger. Die Kälte spürt er kaum mehr, vielmehr eine unerträgliche Starre innen wie außen.

Nach dem großen Verlust vor wenigen Tagen scheint bei den Männern eine trügerische Ruhe eingekehrt zu sein. Sie sprechen nur noch selten, legen sich, wenn sie müde sind, einfach an einen Baumstamm und schlafen etliche Sekundenschlafe, um von den Strapazen im Gewehrfeuer endlich ein wenig Erholung zu erhalten.

Fred geht es genauso wie seinen Männern. Jedoch ist der Sekundenschlaf unbefriedigend, Fred fühlt sich danach noch müder als zuvor, ans Essen mag er gar nicht denken. Immer wieder fällt ihm das unwiderstehliche Essen bei seiner Fanny am Familientisch ein, geräucherter Schinken, Schwarzbrot mit Kruste, frisches Apfelmus mit Sahne und selbst gemachte Karamellbonbons, noch warm und cremig süß.

Die Zehen spürt er schon seit Stunden nicht mehr. Wenn nur endlich diese Höhle fertig wäre. Zwei Meter tief, das sollte für vier Leute reichen, überlegt er. Sie können in der Höhle schlafen, sich darin ausruhen, besonders Bär, der es wahrscheinlich nicht mehr ins Lazarett schafft. Wenn ihn wenigstens Hauptmann Arnold, der nur kurz aufgetaucht ist, mit dem Auto ins Lager mitgenommen hätte.

Nach drei Stunden Schaufelarbeit ist das Loch bereits beachtlich. Sie setzen sich in die ausgeschürfte Narbe, nehmen große Kieferäste, die sie zuvor abgesägt haben, und legen sie über sich, damit sie rauchen können. Niemand kann sie so sehen. Der Schnee schmilzt auf den langen Mänteln, die sie tragen. Die dicken Lederschuhe klammnass. Auch Bär raucht, obwohl er dauernd husten muss.

Da. Die Männer schrecken auf. Westlich von ihnen bewegt sich etwas im Wald. Ein Schatten, der eilig auf sie zukommt. Fred sieht lediglich eine schwarze Gestalt mit glühender Kippe auf Mundhöhe. Er erkennt weder Abzeichen, Uniform oder Helmgröße.

Ist das einer von uns? Oder etwa ein Franzmann? Eilig steht Fred auf, nimmt sein Gewehr und zischt seinen Männern zu: »Liegen bleiben!«

Die dunkle Gestalt bleibt hinter einem Baum stehen. Plötzlich ist alles in eine unheimliche Stille getaucht. Die Männer halten den Atem an. Wenn das Franzosen sind, dann gibt's jetzt ein schnelles Ende, überlegt Fred. Wir sind ihnen hier hoffnungslos ausgeliefert, hier im Niemandsland der Wälder.

In ihrer Nähe ruft ein Uhu. Obwohl er breitbeinig und schussbereit auf den Angreifer lauert, vor Kälte die Waffe kaum halten kann, überkommt ihn augenblicklich ein Gefühl von Sehnsucht nach seiner Heimat. Der Gesang des Uhus war ihnen lieb geworden in der Zeit, in der sie im Wald übernachten mussten, sein Bruder und er. Uhus können sehr alt werden. Manchmal bis zu 60 Jahre, hatte Professor Müller an der Uni erzählt.

Jedes Mal, wenn der Uhu seinen typischen Laut durch die Bäume hallen lässt, blickt Fred auf und lächelt. Wie schön es ist, etwas so Vertrautes zu hören. Es ist ihm, als wolle er ihm etwas mitteilen, doch Fred kann sich nichts zusammenreimen. »Ich werde hier noch verrückt!«, flüstert er zu sich selbst und gleitet zurück in die Wirklichkeit.

In diesem Augenblick fällt ihm wieder ein, wo sie sich befinden. Sie liegen weit abseits von ihrer Heimat in einem französischen Wald an der Aisne, die Franzosen im Nacken, die Engländer auch nicht weit.

»He«, schreit Rottmann plötzlich, »ich bin's, Idiot!«

Rottmann scheppert mit dem großen Topf, den er am eisernen Henkel in der Hand hält.

»Rottmann, endlich. Wolltest du uns verhungern lassen, Saukerl?«, murrt Kalle.

»Danke, Herr Rottmann, dass Sie sich die Mühe gemacht haben, uns Verpflegung zu holen«, sagt der Pfarrer, sichtlich froh, dass Rottmann nicht dem Feind angehört.

»Bin zwar beinahe erfroren, aber die schweren Geschosse der Franzosen haben mich wach gehalten.«

Auflachen, Entspannung, Erleichterung. Mit zittriger Hand senkt Fred die Waffe und hängt sie über seine Schulter. Erschöpft, aber zufrieden setzt er sich auf den Waldboden und reibt sich die Hände.

»Es gibt Eintopf. Diesmal vom Feuer, weil unser lieber Chefkoch den Schnaps schon zum Frühstück säuft. Sagte, er brauche auch mal eine warme Mahlzeit. Besonders zu Weihnachten. Dieser kalte Fraß macht krank, schrie er immer wieder.«

Alle wissen, wovon Rottmann spricht. Feuer anmachen ist verboten. Deshalb auch diese schreckliche Kälte. Mit Feuer wäre es hier draußen allerdings wesentlich einfacher.

»Außer Hofer war keiner mehr in der Feldküche«, sagt Rottmann lauter, als es Fred lieb ist. »Haben alle Urlaub bekommen.«

Er grinst schief. »Hofer war schon bis obenhin abgefüllt, weil er sich so vor Überfällen fürchtet. Aber wer will schon seinen Fraß klauen? Die Franzosen sicher nicht. Er lallte nur noch rum und rührte in seinem dicken Eintopf. Sagte, die Offiziere seien alle für zwei Tage abgehauen. Feiern *ihr* Weihnachten ohne uns. Lassen uns hier draußen verrecken«, sagt Rottmann verbittert.

Alle atmen aus. Nichts interessiert sie jetzt mehr als der Inhalt des Topfs. Vor Freude und Erleichterung über das warme Essen lacht Bär und beginnt gleich wieder zu husten. Diesmal rasselt seine Brust. Es ist ein tiefer, bedrohlich klingender Husten.

»Danke dir, Rottmann. Vielen Dank«, sagt Fred.

»Wir dachten schon, du hättest es nicht geschafft.«

Rottmann zischt: »Bin am Anfang durch den Laufgraben Richtung 23. Korps gerannt, doch da stürzte der Stollen ein und die mussten zwei Leute ausgraben. Die Tommys haben uns heftig mit Maschinengewehren beschossen. Drei Schulterwehren brachen ein, einige Männer hat es erwischt. Ich hab' gewartet, bis sie das Feuer einstellten, damit ich aus dem Graben aussteigen konnte in den Wald.«

»Bist du verrückt geworden, allein durch den Wald zu rennen?«, fragt Bär hustend.

»Was sollte ich tun, ich musste doch zur Feldküche!«, gibt Rottmann vorwurfsvoll zurück.

»Schon gut, Männer«, sagt Fred. »Jetzt mal entspannen, ging ja alles gut.«

Jetzt äußert Kalle seinen Unmut über die Offiziere, die sich in ihre Hotelzimmer verzogen haben. »Die Schweine, ich habe auch um Urlaub gebeten, wurde abgelehnt«, sagt er und zieht an der Zigarette, die aufglimmt.

Bär beginnt zu spotten. »Na, die guten Leute behalten sie halt an der Frontlinie, Kalle. So einen wie dich gibt's eben nur einmal. Den schicken sie nicht ins traute Heim wie die anderen Schnepfen.«

»Und die Offiziere nehmen ein Ölbad und lassen sich von den Schnecken den Rücken schrubben?«, entgegnet Kalle wütend.

Dass sich die Offiziere oftmals an die hinteren Linien verdrücken oder sogar tagelang in gute Gasthäuser und noble Hotels verschwinden, um sich aufzuwärmen, ist allgemein bekannt und für die einfachen Soldaten sehr ärgerlich. Kalle spuckt wütend aus, weil ihm bei diesem Gedanken beinahe übel wird.

»Aber wir haben was Besseres!«, ruft Rottmann in gespielter Festlaune. »Hier, Kerzen, Leckereien und Hochprozentiges. Hat die Heeresleitung zu Weihnachten an alle Soldaten verschickt. Hofer hat mir seine verschenkt. Seinen Hilfsköchen trägt Hofer nichts nach. Reicht, dass sie Urlaub bekommen haben und er allein am Feuer stehen muss. Hat uns die gesamten Liebesgaben der Dummköppe verschenkt.«

Er wirft seinen Rucksack zwischen die Füße der Kameraden und öffnet mit einem Ruck die Schnalle. Dann packt er Honigkuchen, Zigaretten, eine Pfeife, Tabak, Trockenfleisch, Kakao, Wein, Kerzen, Seife und Tee aus.

»Rottmann, du bist der Größte!«, schreit Bär jetzt wiederum gut gelaunt. Doch es kommt noch besser. Nun zaubert Rottmann weitere Gaben aus seinem Rucksack: drei Paar Ohrwärmer, vier Paar Socken, zwei warme Unterhosen, unzählige Stauchen, eine Leibbinde und fünf Paar Wollhandschuhe. Er zieht gerade das letzte Paar Handschuhe heraus, als plötzlich ein ohrenbetäubendes Zischen durch den Wald schlägt.

»In Deckung!«, schreit Fred und wirft sich der Länge nach hin. Die anderen Männer tun es ihm gleich. Eine Granate fliegt über die vier Kameraden und knallt direkt in eine große, alte Fichte ganz in ihrer Nähe. Alle heben den Kopf. Nichts geschieht. Fred setzt sich den Helm wieder richtig auf und erhebt sich langsam. Lauscht in die tiefe Ruhe, der er nicht trauen will.

»Mensch, haben wir ein Glück!«, ruft Bär erfreut.

Doch jetzt fällt der Baum, der von dem Geschoss getroffen wurde, knarzend und mit voller Wucht gegen andere Bäume, sodass Äste knallen, Blätter rauschen, ein unheimliches Geräusch von zwei aneinanderreibenden Stämmen folgt. Dann zerbricht der Baumstamm und splittert 15 Meter in alle Richtungen. Spitze Holzspäne, dick wie Ofenscheitholz, schießen durch die rauchende Luft.

Fred versucht sich schützend über seine Leute zu werfen. Zu spät. Bär schreit heulend auf, als ein Splitter ihn trifft.

»Was is' los?«, will Kalle wissen.

»Ist sonst noch jemand verletzt?«, fragt Fred.

»Nee«, meint Rottmann.

»Kümmer' dich um Bär«, befiehlt Fred seinem Kameraden. In dieser bewölkten, von Rauch erfüllten Nacht ist das Licht so spärlich, dass niemand sehen kann, was in Bärs Bein steckt.

Bär spürt einen unerträglichen Druck im Knie, etwas, das sein ganzes Bein blockiert. »Aah«, brüllt er jetzt unter heftigen Schmerzen.

Fred tastet sein Bein ab. Es ist ein Splitter, nur ein Fingerbreit, aber er steckt tief in Bärs Knie.

Als Student im dritten Semester der Tiermedizin hat er gelernt, mit schwierigen Wunden umzugehen. Vorsichtig bindet er mit seinem Gürtel das Bein seines Kameraden ab und versucht auf diese Weise, die Blutung für den Augenblick zu stoppen. Dann schiebt er seinem Freund eine Zigarette in den Mund.

Bärs Hand zittert. »Hoffentlich bekomm' ich ein wenig warm«, wimmert er, »mir ist so kalt.«

»Wir werden dich gleich in den Unterstand legen, Bär. Dann kannst du in Ruhe schlafen.«

»Und mein Bein? Sind wir da überhaupt sicher?«, fragt Bär schwer atmend.

Fred antwortet nicht. »Sind wir in diesem Erdloch sicher, Scheller?«, will nun Rottmann wissen.

»Ja, hier sind wir sicher«, sagt Fred laut, um sich selbst Mut zuzusprechen.

Das Feuerzeug flackert auf. Im Schein der Flamme sieht Fred, dass Bär noch kränker wirkt als vorher. Tiefe Augenringe haben sich unter seine schönen, aber glasig wirkenden Mandelaugen gelegt. Nun streift Fred beiläufig Bärs Stirn. Er scheint zu fiebern. Fred behält es für sich, um ihn nicht noch mehr zu beunruhigen.

»Danke, mein Freund«, sagt Bär leise und dankbar für die Zigarette.

»He, für dich tu ich doch alles.«

Sie ziehen langsam an ihren Zigaretten, atmen den Rauch zögerlich aus. Es ist still. Nur das Klappern von Rottmanns Löffel im Eintopfkessel ist zu hören.

Jetzt stellt er den Topf in ihre Mitte. »Nehmt eure Löffel, wir essen aus dem Kessel.«

Alle holen ihre Löffel aus ihren Manteltaschen oder Hosentaschen. Schweigend essen die Männer den Schweinefleischeintopf mit Kartoffeln, Möhren und Sellerie. Die Soße ist sehr dick. Hofer hat wieder zu viel Stärke hineingekippt.

Nur Fred lässt sich Zeit. Die letzten Stunden haben ihn abgelenkt, doch nun holt ihn die Wirklichkeit wieder ein, mit voller Wucht. Fassungslos über den Tod seines Bruders verspürt er keinerlei Hunger. Was er spürt, ist lediglich eine tiefe, endlose Trauer.

Von irgendwoher erklingt eine Vogelstimme, die so wunderschön klingt, dass die Männer innehalten und lauschen. Sogar Rottmann lässt den Löffel sinken und staunt. Wie ist so etwas möglich? Eine Vogelstimme mitten in der Nacht?

»Vögel singen nie in der Nacht«, meint Fred verwundert.

»Als würde er uns Mut zusprechen«, antwortet Koslowski leise.

Erschöpft und durchfroren von den anhaltenden Schneefällen sind alle schläfrig geworden. Kalle schlürft seinen Löffel leer und stellt Bruno seine Essensreste hin. Eilig macht sich der Hund über das Essen her, das Rottmann durch den Wald schleppen musste.

»Du wirst sie schon wiedersehen, deine Fanny«, flüstert Bär plötzlich.

Fred nickt ihm freundlich zu, insgeheim jedoch macht er sich Sorgen. Wenn wir hier nur wieder heil rauskommen, denkt er. Ich habe keine Ahnung, wo wir hier sind.

KAPITEL 27

Das Delikt

Zentrallager, Westfront
Dezember 1914

Sie schlafen bis Mittag. Erst, als die Sonne direkt auf ihre Gesichter fällt und den Wald in ein eigentümliches Licht hüllt, erwachen sie. Doch Bruno winselt schon seit einer Weile.

»Was ist los, Bruno?«, fragt Fred besorgt und schnellt hoch. Er greift nach seinem Gewehr und robbt aus der Höhle. Im Umkreis von 100 Metern ist niemand zu sehen.

Als die anderen langsam wach werden, meint Koslowski: »Ich glaube, Bertram geht es nicht gut.«

Bruno, der Bärs Gesicht unaufhörlich leckt, winselt immer noch. Bär ist blass wie ein Leintuch, seine Finger blau, er röchelt nur noch oberflächlich.

»Wir müssen Bär ins Lazarett bringen!«, befiehlt Fred und bedeutet mit Handzeichen, die Männer sollen sich beeilen. Nicht unweit der Stelle, an der sie übernachtet haben, befindet sich die Landstraße. Während sie die Landkarte betrachten, die Fred im Tornister mitträgt hat, um sich Orientierung zu verschaffen, hören sie das Geräusch eines Lastwagens. »Los, verstecken!« flüstert Fred.

Doch sie haben Glück. Es ist ein deutscher Militärlastwagen, der mit Nahrungsmittelkisten bestückt ist. Der Fahrer, ein alter Mann mit Pfeife, erlaubt ihnen hinten aufzusteigen. Sie müssen Bär in den

Lastwagen heben, er hat keine Kraft mehr. Vorsichtig legen sie ihn auf den Holzboden und setzen sich in einem Kreis um ihn.

Als der Lastwagen losfährt, entdecken sie eine Kiste herrliche Trockenwurst. Rottmann nimmt eine und teilt sie unter den Männer auf. Als Bär nicht reagiert, macht sich Rottmann Sorgen. »Mann, wir müssen uns beeilen!«, sagt er mit Nachdruck. Er geht nach vorne zum Fahrer und schreit: »Los, alter Mann, drück auf die Tube!«

Der Lastwagen rumpelt mit 60 Stundenkilometer über die Landstraße. Bruno weicht nicht von Bärs Seite und schmiegt sich sorgenvoll an seinen Kopf.

»Du schaffst es schon, Bär, du schaffst das«, flüstert Kalle und tupft ihm die Stirn, obwohl er nicht schwitzt.

Koslowski hat sich neben den Verletzten gesetzt und spricht leise ein Gebet. Das laute und regelmäßige Schnurren des Motors lässt die Männer nach wenigen Stunden in den Schlaf gleiten.

Erst als es schon dunkel ist, erreichen sie das Zentrallager. Ein großes altes Fabrikgebäude überragt die Feldküchenzelte, das Nachrichtenzelt und das Zelt, in dem sich die Soldaten auf einfachen Pritschen hinlegen können. Dort, wo kein Platz ist, liegen die Infanteristen auf Decken am Boden.

Die Offiziere hingegen haben sich in der Fabrik bequem eingerichtet. Sogar eine französische Köchin wurde engagiert. Sie kocht täglich dreimal gute Mahlzeiten, ganz annehmbar jedenfalls für eine Feldküche. Hinter den zerstörten Glasscheiben leuchten Petroleumlampen. Männer lachen, singen, ein Hauptmann rülpst gerade um die Wette.

Als Fred gemeinsam mit Rottmann Bär aus dem Lastwagen hebt, beginnt Bär schrecklich zu husten. Sie setzen ihn kurz auf den Boden. Die Reise im Lastwagen hat ihn angestrengt. Bär atmet schwer, zieht die Schultern hoch, beginnt sogleich wieder zu schlottern.

»Langsam atmen, Luft holen«, versucht Fred ihn zu beruhigen. »Komm, komm«, sagt er zu Rottmann. »Er muss sofort ins Lazarett. Sonst stirbt er uns weg, los!«

Rottmann, Koslowski, Kalle und Bruno springen aus dem Lastwagen und sehen sich im Zentrallager um. Ein unübersichtliches Gewirr an Soldaten, Gepäck, Munitionslieferungen auf Lastwagen, Motorrädern und Sanitätern, die herumstehen und verletzte Soldaten befragen.

»Eine Trage, wir brauchen eine Trage«, schreit ihnen Rottmann nervös zu. »Wir haben hier einen Verletzten!«

Ein etwas älterer Sanitäter mit einer kleinen Gesichtsverletzung, der gerade einem blutenden Soldaten einen Kopfverband anlegt, sagt: »Sind gleich da!«

Manche Soldaten glotzen die sonderbaren Heimkehrer fragend an, als sprächen sie nicht ihre Sprache.

»Wir brauchen sofort Hilfe!«, zetert Rottmann entrüstet und geht auf den Sanitäter zu. Dieser jedoch lässt sich nicht antreiben. Im Gegenteil, er scheint noch langsamer zu werden.

»Hier hat niemand eine Trage«, meint Koslowski enttäuscht und packt gleich selbst an. Er nimmt Bärs Beine und sagt: »Kommen Sie, wir tragen Bertram ins Lazarett. Wenn mich nicht alles täuscht, ist es da hinten.«

Alle Männer recken die Hälse in Richtung Zelt, das rund 100 Meter entfernt liegt. Ein großes, etwa 30 Meter langes, beleuchtetes Zelt.

Jetzt stöhnt Bär, jammert, die Schmerzen seien unerträglich. »Er stirbt uns weg!«, ruft Kalle.

»Los«, meint Fred entschlossen, drängt Koslowski zur Seite. Mit einem Kraftgebrüll, das alle Blicke auf sich zieht, hebt er den schweren Körper von Bär an und wirft ihn über seine Schulter, beeilt sich, ins Lazarett zu kommen. Das Bein hält er so, dass der Keil nicht noch weiter reingestoßen wird.

Dann läuft er in die Richtung, wo die Lichter am hellsten leuchten. Koslowski, Karl und Rottmann bleiben erschöpft zurück. Kurz dreht sich Fred um und ruft: »Ich danke euch!«

Kalle hebt gerührt die Hand. »Guter Mann«, sagt er zu Koslowski und Rottmann.

»Ja, das ist er«, gibt ihm Koslowski recht.

Kalle nickt bekräftigend. »Fred hat uns das Leben gerettet.«

»Wenn Herr Offizier Scheller nicht gewesen wäre, wären wir jetzt alle tot«, pflichtet Koslowski feierlich bei, und er spürt eine große Dankbarkeit.

Endlich spricht auch Rottmann, mit einem Lächeln auf den Lippen. »Ein cleverer Scheißkerl ist das ...« Koslowski und Kalle missbilligen seine Wortwahl, blicken ihn verdrossen an. Deshalb beeilt sich Rottmann, den Satz zu vollenden: »... und ein großer Mann.«

Zufrieden hebt Koslowski zum Abschied die Hand, winkt Fred und Bär nach. »Hoffentlich schaffen sie es«, sagt er leise, dabei denkt er besonders an Bär.

»Los, essen wir was.« Kalle ist hungrig, sein Magen knurrt schon seit Stunden. Die beiden anderen folgen ihm, ohne Worte zu verlieren. Sie werden im sicheren Nachtlager und mit vollem Magen bestimmt gut schlafen.

* * *

Als Fred Bär durch das unübersichtliche Zeltlager schleppt, starren ihm die Soldaten erstaunt nach. Jemand zeigt auf ihn und spricht gleichzeitig mit einem Mann, der im Dunkeln steht. Da niemand zur Seite tritt, muss sich Fred einen Weg durch die Soldaten suchen.

Wie aus dem Nichts stellt sich ihnen ein Mann in den Weg.

Es ist Oberveterinär Bauer. Der Tierarzt, der sich im Ausbildungslager hauptsächlich um sein eigenes Wohl bemüht hat, nicht aber um die Gesundheit der Pferde. Und obwohl Fred damals eine ganze Nacht lang die Tiere verarztet und operiert hat, weil Bauer unauffindbar war, ist seine Leistung bisher weder vom Oberveterinär noch von Sprantzl anerkannt worden.

Bauer steht bolzengerade und mit starrem Rückgrat vor Fred. Gerade hat er sich eine Rasur gegönnt. Rasierschaum klebt ihm noch an den Lippen. Nicht zu knapp duftet er nach einem scharfen Rasierwasser, Moschus, süß. Er hat vor, heute Abend ins Casino zu gehen.

Fred mag diesen Duft nicht und versucht die Luft anzuhalten. Bauers Augen blitzen ihn an.

»He. Sind Sie nicht dieser selbst ernannte Tierarzt, der meine Tiere operiert hat?«

Bär hustet weiter. Fred spürt, wie er schlaff über seiner Schulter hängt und ihn die letzte Kraft verlässt.

»Lassen Sie mich bitte vorbei. Mein Freund stirbt sonst.«

Jetzt hebt Bauer elegant die Hand und gebietet ihm, gefälligst stehen zu bleiben. »Augenblick. Sie haben sich erst zu erklären!«, brüllt er. »Wieso haben Sie ohne Einwilligung meine Tiere versorgt? Nur ein ausgebildeter Veterinär ist dazu befähigt. Sie haben sich strafbar gemacht. Sie gehören vor das Kriegsgericht!«

Nun ist Fred nicht mehr zu halten. »Treten Sie endlich zur Seite!«, erwidert er ungehalten. Seine Hände schwitzen und er spürt an der Spannung der Muskeln, wie Bär langsam, aber sicher das Bewusstsein verliert, schwerer und schwerer auf ihm lastet.

Doch Bauer macht keinen Schritt und sieht ihm vorwurfsvoll in die Augen. Voller Wut tritt Fred auf ihn zu, schiebt den Tierarzt vor sich her, sodass er rücklings in den Dreck fällt.

Dann läuft er auf das Lazarettzelt zu. Als er endlich dort ankommt, trägt er Bär ins Zelt, legt ihn auf eine freie Pritsche und schreit: »Bitte helft ihm, er kriegt keine Luft.«

Sogleich kümmern sich ein Sanitäter und ein Arzt um Bär, geben ihm mit einer Sauerstoffpumpe Luft, legen eine Infusion.

»Das war knapp«, sagt der zuständige Arzt zu ihm, nachdem er Bär versorgt hat. »Er hat sehr viel Blut verloren. Den Holzkeil im Bein müssen wir gleich operieren, aber der arme Kerl hat noch eine Lungenentzündung. Bei dem Blutverlust hätte er da draußen wohl nicht überlebt.«

»Danke«, sagt Fred erleichtert. »Ich habe schon genügend Männer verloren.«

Als er aus dem Zelt tritt, stehen zwei Militärpolizisten vor ihm. »Festnehmen!«, schreit Bauer. »Los, nehmen Sie diesen Mann fest und buchten Sie ihn ein!«

Bruno, der Fred auf Schritt und Tritt gefolgt ist, setzt sich demonstrativ vor die Füße seines Herrchens. Die Militärpolizisten bleiben eingeschüchtert stehen. Plötzlich tritt Oberveterinär Bauer nach dem Hund, der geschickt ausweicht und doch erschrocken winselt.

»Verschwinde!«

»Halt!«

Plötzlich erscheint General Sprantzl und tritt zu der Gruppe Männer. »Bruno!«, ruft er aufgeregt und sichtlich beglückt. »Wo warst du so lange? Geht es dir gut?«

Der üppige General trägt ein Leuchten auf seinem Gesicht und streichelt seinen verloren geglaubten Hund, der nun aus vollen Kräften mit dem Schwanz wedelt.

Als der General sich danach Bauer zuwendet, beginnt er sogleich zu brüllen. »Was glauben Sie eigentlich, was Sie hier tun! Das ist mein Hund, den Sie treten! Sie Vollidiot! Und so was nennt sich Veterinär. Ein volldepperter Waschlappen sind Sie! Das wird noch Folgen haben!«

Fred starrt die beiden wütenden Männer an, die sich noch einen Moment lang anfunkeln und nun ihn beäugen.

»Haben Sie meinen Bruno gerettet?«, sagt General Sprantzl in harschem Ton.

Fred möchte sich erklären, möchte ihm sagen, dass Bruno ihm nachgelaufen ist und er ihn nicht zurückschicken konnte, weil sie bereits zu weit weg vom Ausbildungslager waren, er will am liebsten auch erzählen, dass Bruno sie mit den Engländern zusammengebracht hat, dass sie zusammen die Männer begraben und Weihnachten gefeiert haben. Ja, dass sie zusammen gesungen haben. Ein paar Lieder mit dem Feind ...

Doch das darf er nicht. Auf Kooperation mit dem Feind steht die Todesstrafe.

»Bruno hat sich um uns gekümmert«, sagte er deshalb nur und fügt hinzu: »Und wir uns um ihn.«

»Na, das ist ja mal eine Antwort. Ja, mein Guter, ist ja gut.« Obwohl General Sprantzl sich nie besonders für seinen Hund zu begeistern schien, ihn häufig wie eine lästige Fliege wegscheuchte, zeigt er nun unverkennbar eine Zuneigung für dieses liebenswerte Tier.

Dann mustert er Fred erneut. »Woher kommen Sie überhaupt?«

»Südlich von Fricourt.«

»Was, du warst so weit weg«, sagt Sprantzl wieder über seinen Hund gebeugt und Bruno dreht mehrere Runden um sein Herrchen, bellt vergnügt, weil er die Aufmerksamkeit liebt. »Na, da war ja was los. Die Franzosen haben dort alles platt gemacht. Gut gemacht,

Scheller. Haben Ihren verletzten Mann und meinen Hund zurückgebracht. Los, gehen Sie zum Lazarett und danach mit Ihren Leuten was essen. Und nehmen Sie eine Dusche. Sie riechen wie ein toter Fisch.«

Er steht auf und klopft Fred auf die Schulter. Dann fällt sein Blick auf Oberveterinär Bauer, der im Hintergrund kauert und nicht recht weiß, was hier gerade vor sich geht.

»Und Sie, Bauer, Sie kommen mit mir!«, brüllt Sprantzl aus vollen Kräften. »Sie haben Schaum im Gesicht, Mann. Schauen Sie eigentlich nie in den Spiegel? Sehen ja aus wie ein Idiot!«

Sprantzl läuft mit schnellen Schritten in Richtung alte Fabrik, wo sich sein spärlich eingerichtetes Büro befindet.

»Das wird Konsequenzen haben, Bauer!«, sagt er vor sich her. Bruno folgt seinem Herrchen eher unwillig, dreht sich noch einmal um, wedelt mit dem Schwanz, springt dann noch mal zu Fred zurück.

Fred kniet auf die Erde und streichelt zum letzten Mal seinen treuen Freund.

»Wir haben viel zusammen durchgemacht«, flüstert er. »Pass gut auf dich auf.«

Bruno schmiegt sich an Freds Schulter, legt seine Schnauze in seine Ellbeuge, schließt die Augen, während Fred ihn streichelt.

»Los, komm, na komm«, sagt Sprantzl in freundlichem Tonfall zu Bruno. Bruno wendet sich ab und folgt artig seinem Herrn. Bauer schleicht in einiger Entfernung hinterher.

»Schneller, Bauer!«, ruft Sprantzl genervt und gibt deutliche Handzeichen. Bauer läuft verzagt hinterher, die Schultern eingefallen: »Jawoll, Herr Generaloberst!«

* * *

Einen Augenblick steht Fred alleingelassen und erschöpft auf dem Hof des Zentrallagers. Gut, dass Generaloberst Sprantzl nichts von der kleinen Weihnachtsfeier erfahren hat. Bestimmt wäre er nicht so freundlich mit ihm umgesprungen.

Langsam sieht er sich um. Er ist sehr müde. In der Dunkelheit sieht er nur die Umrisse der Männer. Bär müsste zu dieser Zeit nun operiert werden, denkt er. Er kann es schaffen. Dieser Gedanke macht ihn glücklich. Er kann es schaffen. Dann wird er wieder zu seiner Geliebten zurückgehen, sagt er zu sich.

Die Männer, die noch immer unschlüssig herumstehen, verziehen sich in ihre Zelte und plötzlich wird es still. Einige Minuten steht Fred nur da und blickt zum Himmel, ein schwarzer Seidenteppich mit silbernen Knöpfen.

Plötzlich öffnet sich ein Fenster in der Fabrik.

»He, Scheller, weshalb haben Sie mir das nicht gesagt?«, brüllt Sprantzl erneut das ganze Zentrallager zusammen.

Fred zieht den Kopf ein. Also weiß er es doch! Jetzt buchtet er mich ein oder ich verliere mein Leben, denkt er verschreckt. Hat uns jemand verraten?

»Bitte was, Herr Generaloberst?«, gibt er zögerlich und zitternd zur Antwort. Schwer fällt sein Kopf nach vorn, während sein Blick den Boden nach einer Lösung des Problems absucht.

»Dass Sie noch keinen Urlaub hatten, Mann. Soeben wurde ich von meinem Assistenten informiert, dass Sie vor zwei Monaten um Urlaub gebeten haben. Und niemand hat Ihnen geantwortet. Diese verfluchten Versager. Was ist das nur für ein verwirrter Misthaufen hier!«, krächzt Sprantzl. »Liegt das an diesem Fraß, den sie uns servieren?«

Fred sieht ihn ungläubig an, als hätte er den Frieden ausgerufen.

»Ja, Herr General, das ist wahr. Ich hatte noch keinen Urlaub«, antwortet er nun aufgeregt.

»Also essen Sie was und dann hauen Sie ab, Mann. Und wenn ich Sie in den nächsten zwei Wochen hier noch mal sehe, dann stecke ich Sie in den Bau! Da können Sie von mir aus verfaulen!«

Freds Herz springt auf und ab. Nach Hause, es geht nach Hause, denkt er glücklich. »Jawohl, Herr General. Danke, Herr General!«, ruft er Sprantzl zu und salutiert.

In Sprantzls Gesicht steht der Unmut. Er ist unzufrieden mit seiner Entscheidung, mit der ganzen Situation überhaupt. Und aus diesem Sauhaufen soll er eine taugliche Armee machen?

»Die Alliierten jagen uns an den Linien Blei in den Arsch und meine Männer fahren zur Kur«, knurrt er vor sich hin. »Und nun zu Ihnen, Bauer«, brüllt er dann und schlägt das Fenster zu.

* * *

Endlich fällt die Stille der Nacht über das Zentrallager. Die Männer legen sich nach ein paar Gläsern Wein schlafen und auch die Sanitäter und Ärzte sinken für wenige Stunden in den Schlaf, bis der nächste Tag erwachen wird.

Jetzt, nach zehrenden, gefährlichen und ohrenbetäubenden Wochen im Krieg, fühlt sich diese Ruhe an wie ein warmer Seidenumhang, der alle Geräusche einhüllt. Eine große Müdigkeit überfällt Fred und er schließt für kurze Zeit die Augen, weil ihn die Lautlosigkeit in einen sanften Schlaf zu tragen scheint. Und obgleich er die Stille genießt, überfallen ihn traurige Gedanken an Samuel.

Wo er jetzt wohl ist? Und wenn es einen Gott gibt, ist Samuel bei ihm?

Bis zu diesem Augenblick hatte er noch keine Gelegenheit, über den Tod seines Bruders nachzudenken. »Ich habe dich geliebt, Bruder«, spricht er beinahe geräuschlos. Und dann blickt er zum Himmel, an dem sich weiße Wolken mit den Sternen paaren, und schweigt lange Zeit.

Ich hoffe, der Tod ist ein Ort des Lichts, Bruder, überlegt er. Ich hoffe, du bist an einem Ort, wo die Seelen ineinanderfließen, als wären sie nur für die Liebe geschaffen worden. Ich wünschte mir, Samuel, ich könnte dir noch einmal sagen, dass du für mich der einzige Mensch warst, der mich wirklich kannte. Dieses Gefühl, gesehen und verstanden zu werden, ist das nicht das Einzige, was in einem Leben wirklich zählt?

Fred hat so viele tote Menschen wie in diesem Krieg noch nie gesehen. Beinahe täglich hat er Kameraden verloren, beinahe jeden Tag einen Menschen, den er – wenn auch nur flüchtig – kannte.

Bei seinem Bruder ist das nochmals etwas anderes. Es ist ihm, als greife der Tod ins eigene Leben hinein, reiße einen Teil aus dem lebendigen Körper und mache sich dann davon wie ein Dieb. Der Tod, ein Dieb.

Sein ganzer Körper fühlt sich eingeschnürt an, als er daran denkt, wie jung Samuel gewesen ist, 16 Jahre. »In einem Alter, in dem sich das Kind zu einem Mann entpuppt«, hätte Mutter gesagt.

Jetzt sieht er Samuels schönes Gesicht vor sich, das dunkelbraune Haar, das sonnengebräunte Gesicht, sein spitzbübisches Lachen, die Momente am Fluss, als sie in der Höhle übernachteten, weil sie sich vor Vater verstecken mussten.

Er legt die Hand auf sein klopfendes Herz und spürt, dass es ihn von innen her zerreißt. Stille.

Stumm blickt er in die Nacht, spürt seinen Kummer. Unvermittelt hebt er seine Hände und legt sie vor das Gesicht. Es ist, als würden Trauer, Schmerz und Leben aus ihm entweichen und die gesamte Erde unter ihm zusammenstürzen.

KAPITEL 28

Heimfahrt

Frankreich/Deutschland
Neujahr 1915

Dass die Armee seine Kosten für die Heimreise übernimmt, scheint Fred wie eine Ironie des Schicksals. Schließlich sind es ja die Bomben der Artillerie, die in diesem Krieg alles zu Kleinholz machen, Bahnlinien eingeschlossen. Und gleichzeitig beschießen sie die Geleise, damit sie nicht mehr zu gebrauchen sind für die Franzosen.

Der Krieg macht aus der Welt ein Irrenhaus, denkt Fred und kämmt sich auf dem Bahnsteig mit einem kleinen Kamm das dichte Haar. Dazu zieht er seine Mütze vom Kopf. Seine Augen wirken müde, sein Körper ist von den Strapazen dünn und sehnig geworden. Seiner kleinen Reisetasche entnimmt er ein Stück Brot, das er sich in der Lagerküche geholt hat, einen Apfel und ein Stück französischen Schimmelkäse, den er nicht besonders mag. Aber der Hunger ist stärker. Gedankenverloren starrt er auf die Geleise und beißt in das Schwarzbrot.

Die deutsche Armee hat in Frankreich einige Feldbahnen gebaut, schmalspurige Kleinbahnen, die Proviant, Waffen und Werkzeug vor Ort bringen und auch für den Straßenbau im Krieg genutzt werden. Um nach Hause zu kommen, fährt Fred jedoch in einem normalen Zug von Amien über Lüttich und Köln nach Siegen. Die französische Eisenbahn ist weit komfortabler als die deutsche und auch einiges älter. Die Franzosen haben mit dem Ausbau der Bahngeleise bereits früh begonnen. 1837 ging die erste Strecke in Betrieb.

Allerdings hat sich Fred nicht in die zweite Klasse des Passagierwaggons gesetzt, wie es für Infanteristen vorgesehen ist, sondern hat den Schaffner gebeten, ihm den Waggon mit den Pferden zu öffnen, die ebenfalls nach Hause auf ihre Bauernhöfe transportiert werden. Auf Französisch sagte der Schaffner: »Sie müssen Tiere lieben, ich habe noch niemanden erlebt, der freiwillig in einem Tiertransport mitfährt, außer dem Metzger.«

Fred geht durch die Reihe der Pferde. Alle Pferde sind versehrt, über und über mit Wunden und Dutzenden von Verletzungen, das Werk von Schrapnellen, tödlichen Geschossen, die aufsplittern, wenn sie detonieren. Alle blicken sie verängstigt oder wirken sogar abwesend, müde, erschöpft. Als er leise mit ihnen spricht, zeigen zwei von ihnen keinerlei Reaktion.

Unter Umständen sind sie taub, denkt Fred. Kein Wunder, der Krieg kostet viele Männer das Gehör, wie soll es bei Tieren anders sein? Vorsichtig nähert er sich ihnen und streichelt sie sanft. »Was habt ihr nur durchmachen müssen«, sagt er mit großem Bedauern.

Und jetzt sind die Tiere nicht mehr zu gebrauchen, werden vermutlich in die nächste Metzgerei gefahren, getötet, ordentlich zerkleinert, das verletzte Fleisch herausgeschnitten und dann als Fleischration an die Front zurückgebracht.

Zehn Pferde stehen in einem engen Waggon eingepfercht. Die schmutzigen Wunden beginnen bereits zu riechen. Fred zieht eine Flasche Desinfektionsalkohol aus seiner Tasche, den er seit den zahlreichen unerwarteten Operationen immer bei sich trägt, und reinigt mit seinem Taschentuch die Wunden der Pferde. Sie schrecken zurück, doch als er leise mit ihnen spricht, lassen sie ihn bereitwillig gewähren. Nachdem er die Wunden sorgfältig gereinigt hat und einige der Pferde im Stehen eingeschlafen sind, setzt er sich in eine Ecke und gleitet ebenfalls in tiefen Schlaf.

Zwei Tage verbringt er in diesem Waggon, kümmert sich um die Pferde, gibt ihnen Wasser und frisches Heu, das der Schaffner bereitgestellt hat. In dieser Zeit pflegt er die Wunden der Tiere, die sich schnell bessern.

Als Fred erwacht und durch einen Luftschlitz nach draußen späht, sieht er, dass sie sich in einem dichten Waldstück befinden. Aus irgendeinem Grund hat der Zug angehalten.

Nun weiß er, was er zu tun hat. Er zieht an der breiten Waggontür und schiebt sie mühevoll zur Seite. Dann bindet er die zehn Pferde los und treibt sie aus dem Waggon. Die Pferde laufen in den dichten Wald hinein. Es wird einige Zeit dauern, bis sie von der Armee wieder eingefangen werden, von einem Bauer oder von einem Tierzüchter. Aber bis dahin haben sie ihre geliebte Freiheit.

Nach drei Tagen Fahrt kommt er endlich in Bad Berleburg an. Obwohl schon seit Monaten Krieg ist und schon einige Aufklärungsflugzeuge und Bomber der Franzosen über das Land geflogen sind, scheint das Städtchen unberührt zu sein. Auf den Dächern liegt ein wenig Schnee, der sich allerdings unter den warmen Strahlen der aufgehenden Sonne mehr und mehr auflöst.

Manche Bewohner im Städtchen sind bereits auf den Beinen. Fred hört das Hämmern des Schreiners aus seiner Werkstatt, riecht den Duft von frischen Brötchen und aus der Stadtwäscherei schießen Dampfschwaden auf die Straße. Als er durch die Straßen geht, grüßen ihn die Leute freundlich, die mit ihren Hunden unterwegs sind, ziehen ihren Hut, sagen: »Herzliches Beileid, Manfred. Es tut uns wirklich leid, was passiert ist. Vermutlich wirst du nun den Hof übernehmen, oder?«

Fred versteht nicht. Weshalb soll er jetzt den Hof übernehmen? Bisher haben Vater und Mutter immer für den Hof gesorgt.

Endlich kommt er zu Hause an. Offensichtlich haben Mutter und Vater sich um alles gekümmert, denn der Hof sieht ordentlich bestellt aus. Der Garten wirkt geharkt, alles Unkraut entfernt, weder Holzbretter, alte Zäune noch Metalldrähte liegen in den Beeten herum wie früher. Auch die Fenster des Wohnhauses sind frisch geputzt und die zerstörten Fensterläden in Ordnung gebracht worden.

Fred fragt sich, wie es Mutter mit dem Tod von Samuel ergangen ist. Er ahnt Schreckliches. Wenn eine Mutter ihren Sohn verliert, bricht eine Welt zusammen.

Als er den Kiesweg zum Hof entlanggeht, kommt ihm seine Mutter staunend entgegen und nimmt ihn in die Arme, sie weint. »Du lebst! Gott sei gedankt!«

»Mutter, es tut mir unendlich leid!«, meint Fred und blickt ihr in die verweinten Augen. In den Monaten, in denen er weg war, ist sie noch stärker gealtert. Das zerzauste grausträhnige Haar fällt ihr in die zerfurchte Stirn. Kleine Falten bilden sich über ihrem Mund und Fred küsst sie behutsam auf die Wange. Nur die gesunde Gesichtsfarbe ist von früher geblieben. Und ihre schönen Augen.

Verunsichert sagt er leise: »Mutter, weißt du es schon?«

»Ja, Manfred«, antwortet Mutter und versucht ihn zu beruhigen. »Vater war sehr krank. Hatte eine kaputte Leber, seine Hände zitterten, er hatte schreckliche Schmerzen. Manchmal hörte ich ihn nachts weinen ... doch trotz allem ist er an die Front gegangen ...«

Wovon spricht sie?, denkt Fred. Was will sie damit sagen? Vater ist in den Krieg gezogen?

»Oh nein, Vater«, sagt Fred mit Bitterkeit. Ihm ist plötzlich klar, dass Vater nicht nur nachlässig mit seiner Familie umging, sondern auch schlecht gegen sich selbst war. »Warum nur?«, flüstert er aufgewühlt.

Mutter erzählt und Fred hört ihre Worte wie durch Wasser, in seinen Ohren rauscht es. Dabei fügen sich allmählich all seine Gedanken und Vermutungen zu einem vernünftigen Bild zusammen. Mit zitternden Händen kann kein Mensch eine Handgranate werfen, nicht einmal jemand, der es unbedingt erzwingen will. Doch Vater wollte es erzwingen, wollte zum Held werden, den anderen Soldaten in nichts nachstehen, ließ sich als Freiwilliger – er war viel zu alt für den Wehrdienst – rekrutieren und zwang sich vermutlich unter Schmerzen und Ängsten an die Front.

Jetzt erinnert sich Fred an den Hünen auf dem Pferd, der ihm die Todesnachricht überbrachte, er erinnert sich an die zerstörte Erkennungsmarke, auf der der Name »Scheller« zu lesen war. Nur der

Nachname. Der Vorname fehlte! »Ein Scheller ist gefallen ...«, hat der Bote gesagt.

Und dann, wie ein schwerer Fels, der ins Wasser stürzt, schlägt die Erkenntnis eine Schneise durch Freds verworrene Gedanken. Es ist, als bekommt er plötzlich wieder Luft.

»Aber wenn es Vater war, der gefallen ist, dann ist Samuel am Leben!«, bricht es aus ihm heraus. »Und mir haben sie erzählt, dass ...«

Erst jetzt begreifen die beiden, dass ein unheilvolles Missverständnis vorliegen muss. Ungläubig blickt Fred Mutter an. »Samuel ist nicht tot! Er lebt! Ha! Er lebt!«, ruft er laut und erleichtert.

Mutter nickt, senkt betroffen den Blick und meint mit einem halben Lächeln: »Oh, Manfred. Es tut mir leid. Du dachtest, Samuel sei gefallen. Hast du meinen Brief denn nicht erhalten?«

»Welchen Brief?«

»Dann wusstest du das alles gar nicht?«

»Samuel lebt!«, sagt Fred immer noch fassungslos. Etwas Warmes läuft ihm über die Wangen, er schmeckt Salz. Dann umarmt er Mutter und drückt sie, hebt sie hoch, dreht sich mit ihr im Kreis. Schwer atmend kommen sie wieder zum Stillstand. Mit einem schmutzigen Taschentuch tupft sie ihm die Tränen aus dem Gesicht. Sie starrt ihn an.

»Manfred«, sagt Mutter ernst, »Vater wollte auch dienen. Er war stolz auf sein Land, stolz, ein Reichsdeutscher zu sein.« Aus den tiefen Ringen unter ihren Augen schließt Fred, dass sie in den letzten Tagen viel geweint hat. »Für Vater war es wichtig, zu dienen wie alle anderen auch«, meint Mutter mit ruhiger Stimme.

Sie schweigen, sehen sich ratlos an.

»Samuel lebt?«, will Fred erneut wissen, er kann es immer noch nicht richtig fassen.

»Aber ja, er lebt und er ist hier«, sagt Mutter.

»Hier? Wo ist er?«

»Am Fluss«, sagt sie leise und lächelt erneut. »Na, geh endlich! Los!«

Er küsst sie auf die Wange und rennt los, über die Wiese, durch den Wald. Es ist ein schöner Tag, sonnig mild. Vogelgezwitscher begleitet seinen eiligen Lauf. Vollständig außer Atem kommt er am Fluss an, sucht das Ufer ab.

Dort steht sein Bruder, neben ihm Piet. Dieser beginnt sogleich anzuschlagen, rennt zu Fred hin und umkreist ihn bellend vor Freude.

Fred begrüßt ihn, küsst ihn auf den struppigen Schädel und rennt weiter zu seinem Bruder. Samuel trägt einen Kopfverband, sein Auge wurde abgedeckt.

Fred sagt: »Du Schweinehund!«

Samuel schmunzelt, dann nimmt er seinen Bruder in die Arme und drückt ihn fest an seine Brust.

»Selber Schweinehund.«

Als Fred fragend auf seinen Verband blickt, fährt er fort: «Das war ein Streifschuss. Hätte beinahe mein Auge verloren. Sie hatten keinen Platz mehr im Lazarett, warfen mich raus, weil ich noch Arme und Beine habe. In drei Wochen muss ich zurück.»

Lange Zeit stehen sie am Fluss und blicken in die Strömung, die sich elegant an den Sand schmiegt und schwarze Zeichen auf den Steinen hinterlässt. Vertrocknete Blätter haben sich am Rand gesammelt und in abgebrochenen Ästen verfangen. Fred findet, dass die Strömung gar nicht mehr laut ist. Nach dem unerträglichen Lärm der Geschosse und Bomben ist alles abseits des Krieges leiser geworden.

»Ich fange heute die größte Forelle, die du je gesehen hast!«

»Kannst du gar nicht. Ich bin derjenige, der die größten Fische fängt.«

»Ja, aber jedes Mal muss ich dir dabei helfen, die rauszuziehen, sonst ersäufst du!«, lacht Samuel.

Beide lachen erleichtert auf, sich in Gemeinsamkeiten gefunden zu haben. Doch dann bleibt ihnen das Lachen im Hals stecken. Sie verstummen, jeder hängt seinen Gedanken nach. So viel ist passiert ...

Plötzlich sagt Samuel aus dem Nichts heraus: »Mutter scheint erleichtert zu sein. Ich kann sie verstehen. Es war schwer für sie.«

»Es war auch schwer für dich«, sagt Fred bestimmt. »Ich bin froh, dass *du* lebst.«

»Im Graben hat mir ein Arzt erzählt, dass die Sauferei wie eine Krankheit ist. Ein Alkoholiker zu sein bedeutet alles der Flasche unterzuordnen. Wenn er nichts zum Saufen hatte, hat er den Putzalkohol von Mama getrunken, wusstest du das?«, erzählt Samuel.

»Tatsächlich?«, staunt Fred. Er stellt sich Vater in der Küche vor, mit der braunen Flasche, den scheußlichen Geschmack des Putzalkohols. Dabei verzieht er das Gesicht, spürt den stinkenden Alkohol auf der Zunge. Schrecklich.

»Auch wenn er uns verprügelt und Mutter unglücklich gemacht hat, den Tod hat er nicht verdient« sagt Fred beinahe lautlos. »Nur Mörder verdienen den Tod.«

Das Rauschen des Wassers durchwirkt ihre Gedanken, die flussauf, flussab treiben.

Ja, wie ist das eigentlich mit dem Töten? Schließlich haben sie auch auf den Feind geschossen, haben ihren Graben verteidigt, haben gesehen, wie Engländer und Franzosen im Gewitter von Bomben und Granaten gefallen sind. Und wie stellt sich Gott zu dieser Frage?

Wieder schweigen sie lange, begleitet vom wunderschönen Geräusch des Wassers und vom Flüstern des Windes.

»Sind wir nicht alle Monster?«, sagt Fred plötzlich, klaubt sich einen Stein aus dem kalten Wasser und wirft ihn auf die andere Flussseite. »Oder hast du da draußen etwa nicht geschossen?«

Bestürzt sehen sie sich mit Tränen in den Augen an.

Auf Samuels Gesicht sammeln sich tiefe Furchen. Warum fängt sein großer Bruder auf einmal damit an? Jetzt, wo er endlich zu Hause ist, soll er sich noch mit Moralfragen beschäftigen? Wut und Ärger schießen aus ihm heraus.

»Natürlich habe ich mich freiwillig gemeldet und geschossen! Sie zwingen uns doch zu schießen! Sie erwarten das doch! Weißt du, wie viele Männer ich habe sterben sehen im Krieg? Kameraden, ja Freunde sogar! Was willst du von mir, verdammt noch mal!« Aufgebracht wendet sich Samuel von seinem Bruder ab.

Auf der Stelle tut es Fred leid, was er gesagt hat. Hätte ich doch die Klappe gehalten, denkt er gequält.

Eine Weile schweigen sie sich an, stieren immer auf dieselbe Stelle im Wasser. Die dunkle Flussoberfläche zieht ruhig an ihnen vorbei, als wäre nichts vorgefallen, langmütig und gelassen, ein jahrtausendaltes Rauschen, das niemals aufhört. Im Unterholz entdecken sie ein Reh, das sie neugierig beäugt. Schlank und zart streift es sogleich weiter zwischen den Büschen hindurch, ohne dass sie es hören. Wie schön das hier alles ist, denkt Fred, während er spürt, wie sein Herz wieder an den Ort seiner Kindheit zurückkehrt.

Jetzt versucht Fred seinen Bruder zu beschwichtigen, legt ihm besänftigend die Hand auf die Schulter. Die wunderschöne Landschaft zieht Samuel ebenso in ihren Bann, doch sie kann ihn noch nicht zähmen. Zu viel aus seiner Kindheit ist noch verschüttet, weil er es vergessen wollte. Auch all das Schöne, das sie erlebt haben.

»Du hattest übrigens recht«, sagt Fred plötzlich.

»Womit?«

»Ich war wirklich verbittert. Ich war so wütend auf Vater.«

Samuel gibt zu bedenken: »Da warst du nicht allein. Wir alle waren wütend.«

Plötzlich setzt sich in ihrer Nähe ein Eichelhäher auf einen Ast. Beide blicken den schönen, rötlich gefärbten Vogel an, lauschen seinem aufdringlichen Krächzen, das durch den ganzen Wald hallt. Es ist ein Warnruf. Sein helles Gesicht trägt einen schwarzen Bartstreif.

»Der Eichelhäher sammelt im Herbst zwölf Stunden lang Nüsse für den Winter. Was für eine unglaubliche Ausdauer«, spricht Fred leise wie ein Lehrer. »Nur ein Teil dieser Vögel verlässt die Heimat im Winter. Die anderen bleiben zurück.«

Das Verlassenwerden kann tiefe Spuren hinterlassen, überlegt er. Dann fährt er fort: »So wie ich dich zurückgelassen habe, als ich an die Universität gegangen bin.«

Der Eichelhäher springt weiter, von Ast zu Ast, bis er in der Baumkrone einer nackten Birke sitzt und die Umgebung überblicken kann.

Gerührt räuspert sich Samuel, aber erst Minuten später erwidert er:

»Oder so, wie ich dich verlassen habe, als wir im Ausbildungslager waren.«

Nun wendet sich Fred ganz seinem Bruder zu, blickt ihm in die Augen: »An dem Tag hast du mir etwas zugerufen, als du mit dem Lastwagen wegfuhrst. Weißt du noch? Erinnerst du dich, was es war? Ich habe es damals nicht verstanden.«

Samuel schaut ihm erstaunt in die Augen. Auf Freds Gesicht zeichnet sich die Anstrengung des Kriegs ab. Harte, aber auch beherzte Züge umgeben seine Augen, die jetzt – in seiner Gegenwart – eine herzliche Wärme ausstrahlen.

»Ich wusste nicht, ob wir uns wiedersehen würden. Und deshalb wollte ich dir das unbedingt sagen.« Samuel scheint sich rechtfertigen zu wollen, druckst herum. Offenbar ist es ihm peinlich.

Oh Samuel, denkt Fred gerührt, immer noch der kleine Bruder ... Dabei haben wir beide an der Front gekämpft, hatten das Leiden und Sterben von Kameraden vor Augen, so viel Gewalt und Trauer!

»Willst du mir nicht endlich sagen, was du mir damals zugerufen hast?«, fragt Fred ungeduldig und seine Stimme überschlägt sich beinahe vor Neugier.

Samuel richtet sich auf, atmet tief durch. Es fällt ihm merklich schwer, die Worte über die Lippen zu bringen. »Ich liebe dich, Bruder«, flüstert er. »Das war es, was ich dir sagen wollte.«

Fred versucht seine Tränen zu verbergen, doch das Zittern am gesamten Leib verrät seine Rührung. Nun legt Samuel seinen Arm um Fred und schweigt.

Die schönste Art des Trostes.

KAPITEL 29

Erleichterung

Bad Berleburg, Sauerland
Januar 1915

Am nächsten Tag hört Fred in der Frühe den krähenden Hahn. Das Krächzen fliegt über den ganzen Hof, weckt Mensch und Tier und holt die Sonne aus ihrem Versteck. Als Fred sich den Schlaf aus den Augen reibt und aus dem kleinen Zimmerfenster blickt, sieht er Mutter bereits bei den Ställen. Schnell zieht er sich an, weckt Samuel, der immer noch in den Träumen hängt, springt die Treppe hinunter, nimmt zwei Stufen auf einmal und eilt zu ihr.
»Wieso stehst du so früh auf?«, möchte er wissen.
Sie dreht sich um, blickt ihn an. Sie trägt rosa Wangen und ein Lächeln auf dem Gesicht. »Ich versorge die Tiere«, erwidert sie.
»Das übernehmen wir«, gibt Fred bestimmt zur Antwort. »Samuel ist auch gleich hier.«
»In den letzten Monaten habe ich die Tiere allein versorgt, weshalb soll sich das nun ändern?«, gibt sie selbstbewusst zurück und verschwindet im Kuhstall, um die Tiere zu füttern und zu melken. Er folgt ihr, nimmt beim Vorbeigehen eine Heugabel von der Wand, um ihr zu helfen. »Kommt gar nicht infrage, Manfred. Das schaff ich jetzt auch allein.«
Fred beginnt mit der Arbeit, stockt plötzlich, blickt auf. So viele Dinge erinnern an Vater, die Stiefel in der Stallecke, der Melkstuhl

mit dem Gurt an der Tür, der alte, schwarze Filzhut am Fenster. Als die Mutter die Traurigkeit in den Augen ihres Ältesten erkennt, weiß sie, an wen er sich erinnert.

Eine Weile stehen sie stumm da, nicht fähig, irgendetwas aus ihrer Vergangenheit anzusprechen. Fred kommt es so vor, als müsse er erst eine Sprache finden für all die Gefühle, die ihn nach der Ankunft überkamen; die Fehlannahme, Samuel sei tot, und dann die Nachricht von Vaters Ableben, die genauso überraschend kam und ihm erst Stunden später einen Stich ins Herz versetzte. Im tiefsten Innern ist er erleichtert über diese Wendung. Doch er fragt sich, ob er mit ganzer Offenheit darüber sprechen darf, ohne seine Mutter zu verletzen.

Und als ob sie seine Gedanken gelesen hätte, sagt sie: »Ich vermisse diesen Idioten ja auch, verdammt. Aber das hier muss doch irgendwie weitergehen.«

Verwundert blickt er sie an. In seiner Gegenwart hat sie noch nie geflucht. Dann seufzt er auf und kratzt sich am Kopf. »Ich habe wohl vieles versäumt in den Tagen an der Front.«

Seine Mutter erwidert ernst seinen Blick. »Ich wollte dir das eigentlich nicht sagen, und anfangs war ich noch überzeugt, dass dieser Krieg einen Sinn hat. Aber jetzt nach dem Tod von Vater, nach den Söhnen und Vätern, die wir verloren haben, glaube ich, dass jede einzelne Stunde an der Front eine Einbuße ist für uns und unsere Nation.«

Sie schüttelt bedauernd den Kopf, während Fred sie ungläubig anblickt. Von dieser Seite kannte er seine Mutter nicht, nachdenklich und kritisch. Dann fügt sie hinzu: »Wenn ich bedenke, dass du für diesen Krieg dein Studium unterbrechen musstest.«

Jetzt nimmt sie den kleinen, hölzernen Hocker aus der Ecke, setzt sich an den Bauch der Kuh, beginnt das üppige Euter zu melken, zieht mit beiden Händen zügig an den Zitzen, sodass die schneeweiße, fette Milch in den Kessel spritzt. Fred steht immer noch neben ihr. Sie blickt auf und schickt ihren glasigen Blick an der Kuh vorbei an die beiden schmutzigen Wände des Stalls.

»Wenn der Krieg vorbei ist, musst du weiterstudieren«, sagt Mutter mühevoll und traurig. Ihre Stimme bricht und sie schluckt schwer.

»Samuel und du, ihr habt euer eigenes Leben. Ich sorge weiterhin für den Hof. Ich habe meiner Cousine Bernadette aus Bayern geschrieben. Sie ist alleinstehend, wird bei mir wohnen und mir den Haushalt besorgen, solange ihr im Krieg seid.«

Wie sollte das gehen? Allerdings hat sie in den Monaten zuvor bewiesen, dass sie den Hof alleine bestellen kann, überlegt Fred. Und mit ihrer Cousine würde es allemal gehen.

»Die Bernadette, die den besten Zitronenkuchen von ganz Bayern backt?«

»Ja, die, und denkt ja nicht, sie kommt nur zum Backen hierher. Nun, ab und an kann ich was schicken. Allerdings weiß man nie bei dieser unzuverlässigen Feldpost!« Jetzt lächelt sie und legt ihren Kopf an den warmen Bauch der Kuh.

Dann beginnt sie plötzlich zu schluchzen. Verwundert schaut die Kuh rückwärts, begutachtet das warme Wesen an ihrem Bauch, das nun aus tiefster Seele heraus weint. »Das Schlimmste ist, dass ich ihm nicht alles habe sagen können. Meine Wut, meine Ratlosigkeit, dass ich manchmal nicht mehr ein noch aus wusste, weil er so versoffen war.«

Fred streichelt seiner Mutter geduldig die Schultern, versucht ihre Trauer in sich aufzunehmen, zu verstehen. Doch es gelingt ihm nicht. Immer noch spürt er Verdruss und Bitterkeit gegen seinen Vater.

»Und dann wurde er auf dem Soldatenfriedhof an den Linien begraben. Ich hoffe, er hat wenigstens ein anständiges Begräbnis erhalten«, sagt sie mit zitternder Stimme.

Fred sieht die Bilder des Begräbnisses vor sich, das sie vor einigen Tagen gemeinsam mit Koslowski und den Engländern ausgerichtet haben. In seinem Innern hört er das Lied, das sie für die toten Kameraden und Engländer gesungen haben. War es Moll oder eher Dur gewesen?

Um auf ihre Frage zu antworten, sagt er: »Ja, bestimmt, Mutter. Es war bestimmt schön.«

Dann fällt ihm etwas ein, womit er sie abzulenken versucht: »Weißt du noch, wie Vater dir zum Geburtstag ein Seidenhuhn geschenkt hat?«

Mutter nickt und schluckt: »Die dumme Henne hat alle meine Hühner verrückt gemacht mit ihrem nervösen Herumgepicke. Außerdem hat sie im Sommer keine Eier gelegt ...«

Fred fährt fort: »Du hast dich so über das Huhn geärgert, dass du es schlachten wolltest.«

Mutter erinnert sich, während sie zügig melkt. Jetzt lächelt sie verhalten. Manchmal gab es auch gute Zeiten mit Vater, obwohl er die meiste Zeit betrunken war. Sie wirkten wie kleine Lichtinseln im harten Familienalltag. Mutter hat keine davon vergessen.

Mitten im Melken hält sie inne. »Ich weiß noch, wie klein das Huhn war. Es hätte nicht einmal eine anständige Suppe hergegeben«, sagt sie schmunzelnd.

»Vater wollte das nicht, er wollte das Seidenhuhn retten. Schließlich war es ein Geschenk an dich. Einmal habe ich ihn dann im Stall erwischt, wie er der Seidenhenne das Ei einer anderen Henne unterlegte, damit du sie nicht schlachtest«, berichtet Fred glücklich.

Nun hebt sie den Blick. In ihren Augen blitzt ein Lachen auf.

»Ich verstehe wirklich nicht, warum ein Huhn nur während einer Jahreszeit Eier legt«, sagt sie und schüttelt verständnislos den Kopf. »Und weshalb nur im Winter?«

»Aber im Winter backst du doch die köstlichsten Butterkekse, Mutter«, sagt Fred. »Das hat doch gepasst.«

Ihr Haar ist vollständig zerzaust, ihre Wangen glühen rot, die Augen geschwollen. Weil ihr bewusst wird, was Vater für sie getan hat, schluckt sie erneut und wischt sich mit der Hand die Tränen aus dem Gesicht.

Fred kniet sich zu seiner Mutter hin. Ratlos blickt sie ihn an. Jetzt, da er lächelt, versteht sie. Es war Vaters Gebaren in Liebe.

Weil Mutter sichtlich aufgewühlt ist, hilft ihr Fred beim Melken und Füttern der Tiere. Während der Arbeit überlegt er, sinniert seinem Vater nach, grübelt, wer der Mann tatsächlich gewesen ist. Er hat sich freiwillig zum Dienst gemeldet, obwohl er schwach und krank war. Schuldgefühle haben ihn dazu bewogen, ins Feld zu ziehen.

Aber auch wenn er es versucht, er kann Vaters Entschluss nicht nachvollziehen.

Plötzlich hält er inne und stützt sein Kinn auf die Heugabel. Doch, da ist etwas, was er nicht berücksichtigt hat. Vielleicht hatte Vater trotz seiner Sauferei ein Gewissen, was ihn dazu bewogen hat, ebenfalls in den Krieg zu ziehen. Unter Umständen wollte er seinen Söhnen folgen, weil er sie vom Hof vertrieben hatte. Ja, vielleicht war es so.

Fred sieht sich im Stall um, während er sinniert. Die Tiere fressen zufrieden das Heu, kauen, legen sich bequem ins Stroh.

Kenne ich meinen Vater überhaupt?

Nun beschleicht ihn ein schlechtes Gewissen. Die meiste Zeit hat er seinen Vater entweder für einen hoffnungslosen Säufer gehalten oder dann für einen kranken Mann. Doch eigentlich, und dieser Einsicht ist Fred sich auf einmal sicher, war er ein Mann, der seine Familie liebte, aber nicht genügend dafür getan hat, es auch zu zeigen.

Samuel hat recht. Wenn Alkoholabhängigkeit eine Krankheit ist, dann war Vater ein sehr kranker Mann. Und vielleicht kommen auch Mutter und Samuel mit dieser Erklärung zurecht. Vielleicht ...

Er steckt die Gabel ins getrocknete Heu und wirft es mit Schwung den Kühen hin. Die Arbeit tut ihm gut. Er kann wieder seinen Gedanken nachgehen. Hier ist es anders als im Schützengraben. Hier hat er einen freien Kopf. Im Graben aber schien sein Kopf verbaut gewesen zu sein, wie alles in seiner Umgebung; Unterstände, Kammern, Aussparungen, Lücken und die Fuchshöhle, in der sie sich vor wenigen Tagen noch verkriechen konnten, als Bär so krank war.

Jetzt spürt er wieder seine Muskeln, spürt, wie er die Arbeit im Stall vermisst hat. Die Arbeit mit den Tieren, das Füttern, Werkeln und Räumen, das Säubern der verschmutzen Böden. Er liebt den Geruch der Tiere und ihr friedvolles Muhen, als würden sie sich gegenseitig etwas zurufen, fühlt sich hier zu Hause. Er spürt ein Gefühl von Glück und Zufriedenheit, etwas, das er schon lange Zeit nicht mehr gespürt hat.

Als im Stall endlich alles erledigt ist, geht er durch die Reihe der Kühe, begutachtet ihre Köpfe, Augen, Hörner, Hufe, tastet den Bauch. Dann spricht er mit ihnen, redet ihnen gut zu, jedes Wort eine Wohltat für die Tiere. Mutters Kühe scheinen alle gesund zu sein.

Er zieht die Stallkleidung aus und wäscht sich die Hände am Brunnen. Das Wasser ist eiskalt, aber es macht ihm nichts aus. Im Gegenteil. Er genießt es, sich Zeit beim Waschen zu lassen, der Stille zu lauschen, während die Wintersonne sein Gesicht wärmt.

Er blickt über die schneebedeckten Felder, die hohen Bäume, sieht, wie zwei Kolkraben auf einer Eiche sitzen und ihn beobachten. Als er minutenlang ihren Blick erwidert, stellt der eine Rabe den Kopf schief und fliegt davon. Der zweite folgt ihm. Sie krächzen sehr laut.

»Wusstest du, dass Raben ihr Revier niemals verlassen?«, fragt unvermittelt eine Stimme. Fred wird es heiß und kalt auf einmal.

Als er sich umdreht, steht sie vor ihm. Ihre Augen sind auf ihn gerichtet, ihr Blick ernst. Auf ihrem langen, offenen Haar trägt sie einen eleganten blauen Hut, passend zum dunkelblauen Mantel. Die schwarzen Schuhe gut gepflegt. Ein blutroter Schal liegt locker um ihren langen, weißen Hals.

Fanny. Fred macht einige Schritte auf sie zu. Dann nimmt er ihre Hand, zieht ihr den Handschuh aus und küsst vorsichtig den weißen Handrücken.

»Ja, das weiß ich«, sagt er leise. Zärtlich führt sie die Hand an sein Gesicht, streichelt seine Wangen. Jetzt beginnt sie zu lächeln.

»Ich bin froh, dass du am Leben bist«, sagt sie zu ihm.

Sie tritt auf ihn zu, nimmt ihm die Befangenheit, seine Angst, er würde ihr nicht mehr genügen nach alldem, was geschehen ist und was der Krieg aus ihm gemacht hat.

In ihren Augen Erleichterung. Dankbarkeit, dass er vor ihr steht. Sie küsst ihn lange und innig.

Als er seine Geliebte nach dem Kuss ansieht, stockt Fred der Atem. Ihr Gesicht ist noch schöner geworden. Ihre Wangenknochen hoch, der Mund zart geschwungen, aber fordernd, eine hohe glatte Stirn, die auf Klugheit schließen lässt, wie Mutter einmal meinte, darüber glatt gekämmt das seidige Haar. Es ist, als habe er sie von Neuem getroffen, ja, als habe er sie noch nie zuvor erblickt und ein vollkommen anderes Mädchen stehe vor ihm.

Doch dann fällt ihm ein, dass *er* ja weg gewesen ist. Vermutlich war es sein Gesicht, das sich verändert hat, nicht ihres. Die Wochen und Monate, die er in diesem Krieg erlebt hat, haben alles durcheinandergebracht.

Während er sie an seine Brust drückt, muss er an seine Kameraden denken, die er an den Linien verloren hat, obwohl er sie kaum kannte, an Bruno, den Hund von Sprantzl, der so anhänglich und verängstigt war wie ein kleines Kind und der sie mit den Engländern zusammenbrachte. An den Fuchsgraben, kaum auszuheben, weil der Boden erbittert und steinhart war, und an all seine Kameraden, die ihn begleitet haben.

Nicht Fanny, er ist es, dessen Inneres sich gewandelt hat mit den Bildern, den vielen Geschehnissen, den Verlusten und Wirren des Kriegs.

Hier neben Fanny scheint die Zeit anzuhalten, zurückzudrehen in die Vergangenheit. Er sieht vor sich den glänzenden Fluss, in dem er mit Samuel geangelt und aus dem Fanny ihn gerettet hat, als er zu ertrinken drohte. Die hohen Eichen über dem Wasser, die mächtige Tore formten und den Tieren Schutz gewährten.

Jetzt, da es Winter ist, saugt er die kalte Luft des Rothaargebirges wie ein Elixier ein, das ihn und vor allen Dingen seine tausend Gedanken heilen soll.

»Was hast du?«, fragt Fanny und nimmt seine Hand in ihre Hände, hält sie vor ihr Gesicht.

Fred weiß keine Antwort. Er fühlt Erleichterung über seine Rückkehr nach Hause, über die Nachricht, dass Samuel lebt und dass Mutter wohlauf ist. Und nun steht Fanny hier, seine Geliebte.

Und doch empfindet er Trauer und Ratlosigkeit, eine Leere, die er kaum beschreiben kann.

»Ich weiß, was in dir vorgeht«, sagt Fanny nun mit sanfter Stimme.

»Weißt du das wirklich?«, fragt er sie und setzt sich auf eine Bank nah dem Haus.

Als sie sich neben ihn setzt, blicken sie gemeinsam über die Felder, den Schnee, zu den nackten Laubbäumen, die sich wie magere Hände gegen den Himmel recken. Die Kraft, die von dieser Landschaft ausgeht, saugen sie in sich auf und schweigen.

Fred will diese Schönheit in sein Inneres aufnehmen, atmet tief durch, schließt die Augen, spürt, dass etwas in ihm geradegerückt wird, das in Schieflage geraten war. Schon seit Langem hat er nicht mehr so viel Frieden in seinem Herzen gespürt wie in diesem Augenblick.

Fanny schweigt lange Zeit, nimmt dann seine Hand in ihre und wärmt sie. Endlich beginnt er zu erzählen. Er spricht über alles, was ihn beschäftigt und was ihm begegnet war im Krieg, bis er keine Worte mehr findet.

Als ihr eine Träne über das Gesicht rollt, trocknet er sie mit seiner Hand. »Weine nicht. Ich glaube, es lohnt sich nicht«, sagt er leise.

»Doch, natürlich tut es das«, gibt sie aufgewühlt zur Antwort.

Er versucht sie zu umarmen, doch sie weicht ihm aus, dreht sich ab.

Endlich beginnt sie zu sprechen, leise und behutsam. »Du darfst nicht zulassen, dass dich diese Erlebnisse auffressen.«

Sie schenkt ihm einen eindringlichen Blick, dessen Wirkung er bis unter seine Haut spürt. »Mein Cousin. Er hat mir davon erzählt ... dass sie Kokain nehmen, um das alles durchzustehen. Er war bei Ypern. Die Soldaten benebeln sich mit Medikamenten. Sie werden abhängig, kommen nicht mehr los davon.«

Augenblicklich fällt Fred wieder ein, wie sich die Kameraden manchmal bis zur Besinnungslosigkeit mit Rotwein und Hochprozentigem betranken, das sie aus den französischen Kellern gestohlen hatten. Am nächsten Tag konnten sie kaum aufstehen, waren nicht fähig, eine treffsichere Kugel abzugeben. Die meisten hatten ein Schädelbrummen, wurden sogar von dem wenigen Licht im Visier geblendet, sodass es vorbei war mit den punktgenauen Schüssen.

»Ich werde es versuchen. Viel schlimmer, als es schon war, kann es nicht mehr kommen«, sagt Fred und blickt zu Boden.

Auch wenn er sie nicht ansieht, spürt er, wie sie sich neben ihm vor Schreck versteift. »Du meinst, du ...«, beginnt sie und beide wissen, welche Frage hinter ihrem plötzlichen Verstummen lauert.

»Ja«, murmelt Fred. »Ich muss da wieder hin. Ich muss wieder einrücken, in zehn Tagen steige ich in den Zug direkt an die Linien.«

Jetzt hebt er den Kopf, dreht sich zu ihr. Sein Blick ist vorwurfsvoll, unnachgiebig.

»Aber...«, beginnt sie energisch, doch Fred unterbricht sie.

»Begreif das doch. Ich muss da wieder hin!«

* * *

Die Urlaubstage sind allzu kurz für Fred. Morgens steht er früh auf, hilft seiner Mutter und Samuel auf dem Hof, sorgt sich um die Tiere, überprüft sie auf ihre Gesundheit, unterstützt Mutter in der Küche, wäscht am Trog seine Wäsche, die er aus der Armee mitgebracht hat, und lernt von ihr, wie man die Hemden bügelt.

Als Mutter die zerrissenen Hosen sieht, bittet sie ihn, ihr die kaputten Wäscheteile zu geben, sie würde alles wieder erneuern, sagt sie. Mit keinem Wort erwähnt sie ihre Sorge um die beiden Söhne im Krieg.

»Bis du abreisen musst, habe ich das geflickt«, beeilt sie sich zu sagen, als Fred sie fragend ansieht.

Lange blickt er ihr in die Augen. Als Vater noch da war, hat sie ihren Blick immer zu Boden geworfen. Wie schön sie nun geworden ist! Ihr weißes Haar ist gekämmt und gepflegt. Der Ausdruck in ihrem Gesicht vermittelt eine Zufriedenheit, die er an ihr nur in glücklichen Tagen gesehen hat.

»Mutter«, sagt er leise, »du siehst schön aus.«

Berührt und gleichzeitig beschämt schlägt sie die Augen nieder. Dann sagt sie: »Das ist nur der Schlaf. Es tut gut, wieder schlafen zu können.«

Fred lächelt bemüht, weil er einen tiefen Stich im Herzen spürt. Augenblicklich verlässt er die Stube, um in sein Zimmer zu flüchten.

Dort legt er sich aufs Bett und starrt an die Decke. Sie muss stark gewesen sein, denkt er voller Bewunderung. Aus der Stube erklingt Mutters Geige. Wie lange hat er sie nicht mehr spielen gehört? Es fällt ihm nicht ein. Während er gebannt lauscht, dreht er sich zur Seite und berührt mit seinen Fingern die hölzerne Wand neben seinem Bett. Dort hängt ein kleines Foto von Vater und Mutter in jungen Jahren. Zufriedenheit steht in ihren Gesichtern.

Seit seiner Kindheit hat sich in diesem Haus nichts gewandelt. Nichts, was sichtbar wäre. Möbel, Wände, Treppen sind immer noch dieselben. Als Fred die Augen schließt, nimmt er dankbar das Bild von Vater und Mutter in seinen Traum hinein. Und während er ruht, ist es, als erzähle die Geige aus einem neuen Leben.

* * *

Wenige Stunden später weckt ihn Fanny mit einem Kuss auf die Wange. »Wach auf, Schlafmütze. Was schläfst du mitten am Tag? Komm, komm!«

Fred reibt sich den Schlaf aus den rot unterlaufenen Augen, fragt: »Was ist denn los, wo willst du hin?«

Lächelnd nimmt sie seine Hand, zieht ihn aus dem Haus, schleppt ihn in Richtung Fluss. Es bleibt ihm nichts anderes übrig, als ihr zu folgen.

Sie trägt ein gutes Kleid und einen Mantel, hat also nicht die Absicht, mit ihm angeln zu gehen. Dazu würde sie Hosen tragen, ein Hemd, Stiefel, aber kein Seidenkleid mit Rüschen. Fred blickt zum Himmel, an dem die zwei Kolkraben ihre Kreise ziehen und krächzen. Die nackte Eiche hat im Herbst alle ihre Blätter verloren, doch dicke Efeustränge kleiden sie ein.

In der Nähe des Flusses verstecken sie sich unter einer großen Tanne. Der Boden ist gefroren, doch die beiden knien sich trotzdem hin, wie sie es schon als Kinder taten.

»Was hast du vor?«, sagt Fred.

»Psst, leise«, zischt sie und zeigt auf eine Lichtung. Gerade, als Fred wieder aufstehen möchte, weil ihm die Kälte des Bodens in die Glieder dringt, tauchen zwei Füchse auf, die miteinander spielen. Sie springen auf, geben Laute von sich und spielen Fangen. Sie tragen ein dickes Winterfell, rotbraun mit weißem Kragen.

»Mein einsamer Fuchs!«, flüstert er. »Du hast also ein Weibchen gefunden!«

Überglücklich greift er nach Fannys Hand. »Er hat ein Weibchen gefunden!«, sagt er zu Fanny und nimmt sie mit überschwänglicher Freude in den Arm. Sie lächelt wissend.

Noch eine ganze Weile sitzen die beiden im Schutz der Tanne und betrachten das Spiel der beiden Füchse bis hin zur Paarung. Dabei hält Fred Fannys Hand fest, bis sie ihn darauf aufmerksam macht, dass er ihre Hand zerquetscht, wenn er jetzt nicht bald damit aufhört. Als er deswegen laut auflacht und sich entschuldigt, blicken die beiden Füchse lange Zeit zu ihnen hinüber, um einen Augenblick später gemeinsam in ihrer Schneehöhle zu verschwinden.

»Danke, kleiner Fuchs, dass du mir und meinen Kameraden das Leben gerettet hast«, ruft Fred dem Fuchs nach.

Fanny steht auf, Fred tut es ihr gleich. Als sie auf die alte Eiche zuschlendern, nimmt Fred seinen ganzen Mut zusammen und sagt: »Wenn ich den Krieg überlebe und wir beide das Studium abgeschlossen haben, werde ich dich heiraten.«

Fanny bleibt erschrocken stehen, nimmt seine Hand in ihre und küsst sie. Obwohl sie Fred sehr gut kennt und weiß, dass sie sich lieben, hat sie mit dieser Ankündigung nicht gerechnet. Bisher standen zu viele Dinge zwischen ihnen. Das Studium, der Krieg, die beträchtlichen Distanzen nach München und Frankreich. Sein Blick ist jetzt nicht mehr der eines Jungen. Das Studium und der Krieg, das Leben der letzten Monate, haben ihn verändert. Seine Augen verraten Lebenskraft und Urteilsvermögen.

Dann sagt sie: »Willst du mich nicht fragen, ob ich einverstanden bin?«

Doch ohne seine Antwort abzuwarten, küsst sie ihn lange und innig, dabei schmiegt sie sich eng an ihn. Jetzt fühlt Fred etwas, das er in dieser Weise noch nie empfunden hat. Heimat, Geborgenheit und Liebe. Es ist das Gefühl des Ankommens.

Nach dem Kuss sieht er sie an. Ihre wunderschönen Augen strahlen, sie lässt ihren Blick über sein Gesicht schweifen. Und dann, nach langer Stille sagt er: »Ich möchte dich glücklich machen. Ich muss einfach!«

»Du musst vor allem eins«, antwortet sie ernst und mit sanfter Stimme, »du musst den Krieg überleben.«

Epilog

Noch sechs Monate ist Fred in der Nähe von Monchy stationiert. Von General Sprantzl bekommt er die schriftliche Anweisung, sich in der Abteilung, in der er dient, um die Pferde zu kümmern und die Hunde, die sie als Meldehunde nutzen. Im gesamten Regiment erzählt man sich die Geschichte von Veterinär Oberleutnant Bauer, der für sein nachlässiges Verhalten von General Sprantzl einen Verweis erhielt. Wenn ihm noch einmal solch ein Vergehen zu Ohren dringen würde, sagte Sprantzl, dann würde er Bauer sogleich degradieren. Ab diesem Zeitpunkt wurden die Tiere in der Armee besser behandelt, ihre Wunden wurden versorgt, sie wurden regelmäßig gefüttert und mit Trinkwasser versorgt.

Bei einem Angriff wird Fred so stark von einem Schrapnellsplitter verletzt, dass er nicht mehr weiterkämpfen kann. Die Operation verläuft erfolgreich, doch eine Entzündung im Gelenk führt dazu, dass seine Schulter steif bleibt.

Die Unbeweglichkeit ist sein Glück. Er muss nicht mehr in den Krieg zurückkehren. Stattdessen wird er von General Sprantzl als Veterinär für die ordentliche Remontierung eingesetzt. Dabei geht es um Pferde, die für die Armee ausgewählt und ausgebildet werden. Die Tiere mit den unterschiedlichsten Wesensmerkmalen werden aufgrund ihrer Natur – manche Tiere eignen sich als Zugpferde, andere sind als Einzelgänger und Reittiere unentbehrlich – unter der Aufsicht von Fred in die verschiedenen Einheiten eingeteilt. Kavallerie (Reitpferde), Krümperpferde (Lastpferde), Chargenpferde (für Offiziere). Auf Initiative von Manfred werden Remonte-Anstalten gebaut, in denen junge Remonten und deren Betreuer ausgebildet werden. Eine gute Ernährung und eine ausreichende Wasserzufuhr sind damit gewährleistet.

General Sprantzl höchstpersönlich überreicht ihm vor seiner Rückreise nach Hause eine Auszeichnung für ehrenhaftes Verhalten im Krieg, das Friedrich-Kreuz, und klopft ihm ausgerechnet auf die schmerzhafte verletzte Schulter.

Jahre später schließt Fred sein Studium als Tierarzt erfolgreich ab und richtet sich in Bad Berleburg eine Tierarztpraxis ein. Dr. med. vet. Manfred Scheller steht an der Tür mit einer silbernen Klingel.

Mutter ist stolz. Solange sie denken kann, hat sie sich dieses Glück für Fred gewünscht. Fred kann sich nicht über Arbeitsmangel beklagen. Die Bauern rund um Bad Berleburg rufen ihn regelmäßig zu Tiergeburten. Mit der Zeit kann Fred den Bauern klarmachen, dass Tiere wie Menschen lebendige Wesen sind, die krank werden können und Schmerzen empfinden. Dabei wird Fred nie belehrend oder vorlaut. Seine freundliche, bescheidene Art, mit Mensch und Tier umzugehen, wird in der ganzen Region bekannt und gelobt.

Nach und nach nehmen die Bauern aus der ganzen Region sein Wissen als Arzt in Anspruch. Für die Praxis kauft Fred ein Auto und stellt kurzerhand eine Schreibkraft ein, die das Telefon bedient, und noch einen weiteren jungen Tierarzt, der sich vor allen Dingen auf Operationen, aber auch auf Tiergeburten spezialisiert hat. Auf diese Weise ist es Fred möglich, hin und wieder eine Nacht durchzuschlafen, ohne von einem Notfall aus dem Schlaf gerissen zu werden.

An einem Montag im März des Jahres 1921 klopft es an der Praxistür. Freds Schreibkraft öffnet und lässt einen elegant gekleideten Mann herein. Gleich eilt sie zu Dr. Scheller, um ihn von dem Besuch zu unterrichten.

Als Fred ins Sprechzimmer tritt, sitzt da sein alter Freund Dr. Rendsgard. Ein gut gekleideter älterer Herr, graues gewelltes Haar, schwarzer Anzug, Fliege und Brille. Fred begrüßt den Arzt herzlich, bietet ihm ein Glas Rotwein an, welches er dankend annimmt.

»Ich komme, um zu gratulieren, verehrter Kollege«, sagt Dr. Rendsgard und blinzelt ihm freundlich zu, »Sie haben sich wahrlich eine schöne Praxis eingerichtet, mein lieber Freund.«

»Danke, Doktor, ich bin ganz zufrieden«, meint Fred bescheiden.

»Wie ich sehe, haben Sie meinen Rat ernst genommen?«, fährt der Doktor fort und legt einen Finger an sein Kinn.

»Was meinen Sie damit?«

»Sie sind ein Segen für diese Stadt geworden«, antwortet Dr. Rendsgard mit Nachdruck und einer Milde, die Fred nur selten bei anderen Menschen erlebt hat, außer bei Fanny.

Fred starrt Dr. Rendsgard an. Diesen aparten, intelligenten Arzt, von dem eine stille Kraft ausgeht, der die meiste Zeit seines Lebens damit verbracht hat, Krankheiten zu heilen, Menschenleben zu retten oder einfach nur das Leben der Menschen zu erleichtern durch Zuhören und einen wohlüberlegten Rat.

»Ja, Doktor, ich habe Ihren Rat nicht vergessen. Und Sie hatten recht. Ich bin meinem Herzen gefolgt und habe mein Bestes gegeben. Als Veterinär lebe ich wahrhaftig und begegne jedem Lebewesen mit Achtung.«

Fred schluckt schwer, behält aber einen kühlen Kopf. Die Achtung vor dem Leben ... Sie zu bewahren, ist eine große Aufgabe, und er weiß, dass er ihr nicht immer gerecht geworden ist.

»Und so hat sich Ihre Wut auf Ihren Vater zu einem Segen gewandelt?«, führt Dr. Rendsgard seine Gedanken fort.

Genau das waren damals seine Worte, denkt Fred, als ich bei ihm in der Praxis stand und weder ein noch aus wusste.

Endlich hebt Fred den Blick und ihm wird augenblicklich etwas klar: Dieser Mann, der ihn als Junge jahrelang bei sich im Labor hat arbeiten lassen, ihm die schönsten, teuersten Bücher überlassen und ihm nicht nur ein offenes Ohr geliehen, sondern auch die größten Weisheiten des Lebens verraten hat, war nicht nur ein Freund für ihn, sondern vielmehr so etwas wie ein Vater.

Mein eigentlicher Vater hat mich im Stich gelassen, aber es spricht nichts dagegen, mir einen neuen Vater auszusuchen, überlegt Fred, glücklich über diese Einsicht.

Als er fragt: »Doktor, möchten Sie mit uns zu Abend essen?«, lächelt dieser höflich.

✳ ✳ ✳

Fanny studiert indessen Sprachwissenschaften und arbeitet als Lehrerin an der Hauptschule. Die Leute mögen das Paar, das sich so sehr für die Gemeinschaft in Bad Berleburg einsetzt. An freien Tagen – die sehr selten sind – gehen Fred und Fanny in ihrem Wald spazieren, sammeln Steinpilze und Eierschwämme und lieben sich im Gras am Fluss, der still durchs Land zieht.

Es kommt nur selten vor, dass sie auf Freds Vater zu sprechen kommen. Und mit jedem Wort, das Fred von seinem Vater erzählt, spürt er, dass die Wunde aus seiner Kindheit kleiner wird und langsam in einem Gewässer aus Erinnerungen verschwindet.

Es ist, wie Mutter es gesagt hat: Wunden sind Inseln der Heilung. Sie gehören zum natürlichen Zyklus des Lebens, in dem Glück und Unglück nahe beieinanderliegen, Schmerzen zugefügt werden, aber Genesung möglich ist.

Fred hat gelernt, dass dort, wo echte Liebe wächst, auch Angst oder Hass entstehen können. Denn wenn Gefühle tief gehen, dann immer in beide Richtungen. Er hat es am eigenen Leib gespürt. Er hat seinen Vater geliebt und zugleich gehasst.

Die Familie lässt für Vater einen einfachen Grabstein fertigen, den sie unter die große Eiche auf ihrem Land stellen, um den Patriarchen besuchen zu können. Manchmal gehen sie allein, manchmal gemeinsam hin. Dann sprechen sie mit ihm wie mit einem alten Bekannten, erzählen ihm ein wenig aus dem Leben oder schweigen. Hin und wieder legen sie ihm eine Blume auf sein Grab.

Seit einiger Zeit denkt Fred auch über Vergebung nach. Dr. Rendsgard hat ihm geraten, nicht gleich vergeben zu wollen. Erst müssen die Wunden ein wenig abheilen, zur Ruhe kommen. »Dafür sorgen die Jahre«, meint der Doktor.

Fred blickt auf den Grabstein seines Vaters mit eingebrachter Inschrift

Gottfried Scheller, 1866–1914
Heile du mich, Herr, so werde ich heil

und sagt: »Vater, irgendwann werde ich dir vergeben. Aber lass mir bitte Zeit.«

* * *

Als Samuel nach dem Krieg den Hof übernimmt, erneuert er mit eigenen Händen das Wohnhaus, den Viehstall und den Pferdestall und baut eine neue Scheune für Kleinvieh wie Ziegen und Schafe. Mit der Zeit sind sich fast alle einig, dass Samuel in die Fußstapfen seines Großvaters getreten ist. Er heiratet eine Krankenschwester, die er im Lazarett an der Front kennengelernt hat. Sie bekommen drei gesunde Kinder und führen gemeinsam den Hof. Samuel ist ein lebenskluger und weiser Bauer, der sein Vieh gut behandelt, die Felder mit Sorgfalt bestellt und die Ernte mit Gewinn verkauft. Und so geschieht es, dass sich die vernichtende Schlinge, die sich über so viele Jahre um die Familie Scheller legte, auflöst.

Im Städtchen spricht kaum jemand mehr über Vater, über seine Eskapaden und Schulden, denn die beiden Söhne schlagen einen ganz neuen Weg ein, schieben Spekulationen und alte Ansichten über Familie Scheller mit ihrem beeindruckenden Lebenswandel einfach beiseite, sodass die Familie schon bald einen guten Ruf in der Stadt Bad Berleburg genießt.

Zuweilen träumt Fred nachts von den Geschehnissen im Krieg, den Freundschaften mit seinen Kameraden und von den schrecklichen Verlusten an der Front. Es gibt Tage, an denen er erneut das Grollen der Bomben hört und den Geruch von verbanntem Fleisch riecht.

Und immer wieder denkt er an die Bestattung seiner Kameraden gemeinsam mit den Engländern, an den Gesang von Koslowski und die Weihnachtsfeier. So bescheiden diese Feier auch gewesen ist, sie war etwas vom Schönsten, das Fred je erlebt hat.

* * *

Immer wieder versucht Fred, etwas über das Schicksal seiner Weggefährten zu erfahren. Madox, sein Studienfreund, kehrte nicht an die Universität zurück. Von einem anderen Mitstudenten hat Fred erfahren, dass der Engländer im Krieg gefallen ist. Er war gerade einmal 19 Jahre alt.

Bär, seinem besten Freund im Schützengraben, gelingt es nach mühevoller Recherche, Freds Adresse ausfindig zu machen und ihm zu schreiben. In derselben Nacht, in der Fred Bär im Lazarett abgeliefert hat, wurde der Verletzte operiert. Er wurde mit einer tiefen Wunde am Oberschenkel nach Hause geschickt und bis auf Weiteres zum Nachrichtendienst versetzt. Bär und Fred pflegen ein Leben lang Briefkontakt, tauschen Erinnerungen von der Front aus, fabulieren noch lange nach dem Krieg über die Dinge, die ihnen im Gedächtnis geblieben sind: so viel Schreckliches, doch darunter auch die schönen Momente wie Weihnachten 1914. Niemand von den Männern, die dabei waren, will diese Zusammenkunft je vergessen.

Bär hörte nie auf, von den Geschehnissen auf dem Schlachtfeld zu erzählen. Und obwohl es den Soldaten verboten worden war, über die gemeinsame Weihnachtsfeier mit dem Feind an der Front zu berichten, damit sie sich nicht wiederholen konnte, fand die Geschichte in der ganzen Welt begeisterte Zuhörer und Leser.

Und so wirft dieses Ereignis ein helles Licht in jede spätere Zeitepoche. Es steht für das Versprechen, dass Menschlichkeit auch in den dunkelsten Winkeln des Lebens einen Weg finden wird.

Historischer Hintergrund

Der Weihnachtsfrieden

Der Weihnachtsfrieden, wie dieses Ereignis im Dezember 1914 genannt wird, fand hauptsächlich in Frankreich statt. Die Franzosen und Belgier trauten den Deutschen allerdings nicht über den Weg. Es waren Engländer und Deutsche, die aufeinander zugingen, um eine weihnachtliche Ruhepause einzulegen. Sie schwenkten die weiße Fahne und stiegen aus den Schützengräben.

Genau dort, wo sich die Gräben bis auf wenige Meter gegenüberlagen, kam es zu spontanen Festlichkeiten mit Weihnachtsbäumen und Kerzen, bei denen mit Rotwein angestoßen und Fußball gespielt wurde. Man zeigte sich Fotos von der Familie, machte sich Geschenke, tauschte Lebensmittel aus und sprach über das Leben als Soldat. Nach fünf Monaten Krieg und einigen Wochen schlechten Wetters – die Soldaten standen teilweise bis zu den Hüften in Schnee und Sumpf – war es für alle viel mehr als eine schöne Abwechslung, um einen Weihnachtsbaum mit Kerzen zu stehen und gemeinsam Weihnachtslieder zu singen.

Anfangs wurde die Berichterstattung unterbunden, allerdings dauerte es nicht lange und die Zeitungen bekamen davon Wind. Nach allem, was bekannt ist, haben im Ersten Weltkrieg etwa 100 000 Soldaten auf diese Weise mit dem Feind Weihnachten gefeiert.

Die unerhörte Waffenruhe wurde im folgenden Jahr, zu Weihnachten 1915, mit einer starken Waffenoffensive unterbunden, damit die Soldaten den im Jahr zuvor gefeierten Weihnachtsfrieden nicht wiederholen konnten. Bis 1918, dem Ende des Ersten Weltkriegs, wurden keine ähnlichen Begebenheiten mehr überliefert.

Der Erste Weltkrieg (1914–1918)

Im Ersten Weltkrieg, der viereinhalb Jahre dauerte, kämpften die »Mittelmächte« (Deutsches Reich, Österreich-Ungarn, Türkei und Bulgarien) gemeinsam. Die alliierten Mächte (Russland, Frankreich, England, Belgien, Serbien, Montenegro und Japan) gehörten zum Gegenlager. Später traten Italien, Portugal und Rumänien den Alliierten bei. Mit dem Eintritt der USA folgten weitere Länder: Kuba, Ecuador, Panama, Santo Domingo, Griechenland, Siam, Liberia, China, Peru, Uruguay, Brasilien, Bolivien, Guatemala, Honduras, Nicaragua, Costa Rica, Haiti und am Ende noch die tschechoslowakische Republik. Damit befanden sich schließlich 29 alliierte Streitkräfte im Krieg gegen die Mittelmächte.

Am 9. November 1918 kapitulierten die deutschen Mächte. Am 11.11.1918 um 11 Uhr schwiegen endlich die Waffen.

Schützengräben

Von Schützengräben war in der Planung des Ersten Weltkriegs kaum die Rede, da man einen kurzen, offensiven Krieg erwartete. Erst ab September 1914 verstand die deutsche Heeresleitung, dass ein offensiver Krieg lediglich viele Opfer forderte, aber zu nichts führte. Da die Soldaten von sich aus während der Kampfhandlungen mit einem Klappspaten Löcher gruben, wo sie lange Zeit ausharren mussten, begann die Heeresleitung größere Schutzbauten einzurichten, in denen die Soldaten sich freier bewegen konnten. Das führte dazu, dass kilometerlange Schützengrabensystembauten entstanden, die mit der Zeit miteinander verbunden wurden. Darin entstanden regelrechte Zimmer, Laufgräben, Stichgräben und Sappen (vorgetriebene Außenposten in Richtung Gegner). Sie dienten der Beobachtung, waren aber auch für Überraschungsangriffe gedacht.

Ab März 1918 verloren Schützengräben ihre Bedeutung, weil sie aufgrund von Panzereinsätzen nicht mehr sicher waren.

Die Remontierung von Pferden

Die Versorgung der Armee mit kräftigen, jungen Pferden erfolgte über die sogenannte Remontierung. Der militärische Wert einer Kavallerie (berittene Truppen) zeigte sich in der Remonten-Beschaffung beziehungsweise in der Pferdezucht des Landes. Pferde wurden benötigt, um die laufenden Verluste an der Front auszugleichen oder um neue Truppen zu bilden. Die Bestände des Inlands reichten aber nicht aus, um eine ganze Armee damit auszustatten. Deshalb wurde eine große Menge an Tieren im Ausland eingekauft, zum Beispiel in der Walachei, Moldau, Polen, der Ukraine und Bessarabien. Es gab eigene Remonte-Kaufkommissionen, die die Pferde im Ausland beschafften. Die langen Anfahrtswege und die schlechten Verkehrsverhältnisse sorgten für große Verluste von Tieren.

Die Remontierung wurde nach und nach durch den Einsatz von Tierärzten und ihrem Fachwissen professionalisiert. Vielfach wurden Pferde im Krieg krank, Seuchen brachen aus und verbreiteten sich. Im deutschen Krieg wurden rund 1,5 Millionen Pferde eingesetzt. Rund 400 000 starben durch Geschosse, rund eine halbe Million durch Krankheiten. Viele verwundete Pferde wurden geschlachtet, damit der Hunger in der Armee überwunden werden konnte.

Die deutsche Armee verwendete die meisten Pferde, während die Engländer besser motorisiert waren. In englischen, teils sehr emotionalen Kriegserzählungen hat das Pferd eine größere Bedeutung als in Deutschland. Die Nutzung von Tieren im Krieg ist hierzulande ein kaum beachtetes, äußerst tragisches Kapitel.

Hunde im Kriegseinsatz

Im deutschen Heer wurden rund 30 000 Hunde eingesetzt. Sie wurden mit Minen aufs Schlachtfeld geschickt und detonierten in der Nähe des Feindes. Ebenso wurden sie als Such- und Zugtiere genutzt sowie als Wachhunde und Sanitätshelfer ausgebildet. Besonders gern setzte man sie an der Frontlinie für den Informations- und Gütertransport ein.

Auch heute noch, zum Beispiel im Krieg Russlands gegen die Ukraine, werden Hunde als Minenspürhunde eingesetzt. Sie wittern eine Mine in 1,5 Meter Bodentiefe.

Hygiene, Krankheiten und medizinische Versorgung

Die Waffenruhe im Dezember 1914 geschah auch aus einer äußerst misslichen Lage heraus. Die Böden waren gefroren, die Soldaten verfügten über wenig warme Kleidung, es fehlte an Brennstoff und Munition, an Verpflegung und an Schutzbauten. Aus diesem Grund grassierten Krankheiten, darunter Tuberkulose, Typhus, Ruhr, Malaria, Cholera, Fleckfieber und Geschlechtskrankheiten. Grund dafür waren die schlechten hygienischen Verhältnisse in den Front- und Etappenzonen. Rund 5,6 Millionen Soldaten erkrankten zwischen 1914–1917 an einer dieser Krankheiten.

Die Bakteriologie erfuhr im letzten Teil des 19. Jahrhunderts einen großen Aufschwung und gewann auch an militärischer Bedeutung. Allerdings gelang es trotz Quarantänestationen, Epidemiespitälern und Desinfektionsanstalten an der Front nur ungenügend, den grassierenden Krankheiten Einhalt zu gebieten. Flüchtlingsströme und die mangelhafte Nahrungsmittelversorgung sorgten außerdem dafür, dass sich einige Krankheiten in Teilen Europas ausbreiteten.

Feldpost und Heimurlaub

Die in den Ersten Weltkrieg eingezogenen Männer waren keine ausgebildeten Soldaten. Die meisten von ihnen unterzog man einer kurzen Ausbildung. 80 Prozent davon waren Bauern. Deshalb hatten sie eine starke Bindung zu ihrer Heimat, zu ihrem Hof, wo während des Krieges viel Arbeit liegen blieb. Sie fühlten sich trotz Kriegseinsatz ihren Familien verpflichtet und blieben deshalb mit der Familie in intensivem Kontakt. Die Kriegsleitung, die sich dessen bewusst war und die Kampfmoral aufrechterhalten wollte, schuf am Anfang des Krieges viele Feldpoststellen, in denen bis zu 8 Millionen Briefe und Pakete täglich verteilt wurden.

Mit der Zeit erlaubte die Kriegsleitung den Heimurlaub. Besonders im Sommer kehrten die Soldaten von der Front zurück und halfen der Familie bei der Sommerernte. Immer mehr jedoch wurde der Heimurlaub zur Strapaze für die Soldaten, denn der Krieg veränderte die Männer an der Front maßgeblich. Es trat eine starke Entfremdung auf. Wie sollten die Männer ihren Frauen und Kindern von den Gräueln des Krieges erzählen? In der damaligen Zeit sprach ohnehin kaum jemand über Gefühle. Auch zeigten sich bei vielen Soldaten psychische Krankheiten ausgelöst durch traumatische Erlebnisse. Teilweise schrien die Männer im Schlaf, verhielten sich aggressiv oder waren mit den Nerven am Ende. Die Soldaten lebten in zwei vollkommen unterschiedlichen Welten. Das führte dazu, dass die Männer teilweise gerne zu ihren Kameraden an die Front zurückkehrten.

Große Verluste

Die Verluste im Ersten Weltkrieg waren sehr hoch. Die Anzahl gefallener Soldaten wird auf 10 bis 11 Millionen geschätzt, wobei die Schätzungen zum Teil sehr unsicher sind, die zivilen Toten auf 6,5 Millionen. Genaue Zahlen sind keine überliefert. Einen Anteil am Sterben hatte auch der weitverbreitete Hunger, verschiedene Seuchen und die »Spanische Grippe«, die im Jahr 1918 grassierte. Vor allem junge, deutsche Soldaten fielen ihr zum Opfer.

Bibliografie

- Christopher Clark. Die Schlafwandler. Wie Europa in den Ersten Weltkrieg zog. München: Pantheon, 2015.
- Terri Blom Crocker. The Christmas Truce: Myth, Memory, and the First World War. University Press of Kentucky, 2015.
- Ernst Jünger. Kriegstagebuch 1914–1918. Hrsg. von Helmuth Kiesel. Stuttgart: Klett-Cotta, 2019.
- Michael Jürgs. Der kleine Frieden im Großen Krieg. Westfront 1914: Als Deutsche, Franzosen und Briten gemeinsam Weihnachten feierten. München: Pantheon, 2018.
- Gerd Krumeich. Die 101 wichtigsten Fragen – Der Erste Weltkrieg. München: C. H. Beck, 2015.
- Herfried Münkeler. Der Große Krieg. Die Welt 1914 bis 1918. Hamburg: Rowohlt, 2015.
- Rüdiger Safranski. Wie viel Wahrheit braucht der Mensch? Über das Denkbare und das Lebbare. Frankfurt am Main: Fischer, 1993.
- Otto von Moser. Als General im Ersten Weltkrieg. Feldzugsaufzeichnungen 1914–1918. Hamburg: Severus, 2014.
- Arnold Zweig. Erziehung vor Verdun. Berlin: Aufbau, 2001.

Dank

Ich möchte meiner Familie danken, insbesondere meinem Ehemann Michel, der immer ein offenes Ohr für mich hat und mich mit seinen Gedanken stets inspiriert. Dank geht auch an meine Söhne, Simeon, Nicola und Leandro, die mich mit ihrer kritischen Denkweise immer wieder auf neue Ideen bringen.

Ich bedanke mich bei meiner Lektorin Tabea Halbmeyer für ihr großes Vertrauen und ihre Unterstützung im Schreibprozess. Auch möchte ich mich bedanken bei Dr. Johanna Horle-Herdtfelder für das Lektorat, ihre Begleitung bei der Überarbeitung, ihre Gelassenheit und wertvolle Motivation.

Dank geht auch an Dr. Johannes Block, Pfarrer am Fraumünster, Zürich, für die Beratungen bezüglich der Lieder und fürs freundliche Ausleihen seines Liederbuches.

Iris Muhl im April 2024

Kostenlose Leseprobe
unter scmshop.de/
leseprobe-golke

Gebunden, 13,5 × 21,5 cm
400 Seiten
Nr. 396.210 | ISBN 978-3-7751-6210-4

Erhältlich im Buchhandel oder
unter www.scm-shop.de

ⓔ **Auch als E-Book erhältlich**

Cathy Gohlke, Heide Müller (Übersetz.)
In Zeiten der Freundschaft

Adelaide hätte nie gedacht, drei Freundinnen in ihrer neuen Heimat in Kanada zu finden, die wie Schwestern für sie sind. Sie versprechen sich, für immer zusammenzuhalten – doch dann hebt der Erste Weltkrieg ihre Welt aus den Angeln. Jahre später erhält Rosaline einen Anruf von Dorothy, der Erinnerungen wachruft, die sie vergessen wollte. Erinnerungen an einen Mann, den sie einst liebte, an eine Schwesternschaft, die sie im Stich ließ, und an den Tag, an dem sie aufhörte Adelaide zu sein.

Kostenlose Leseprobe
unter scmshop.de/
leseprobe-rosenhart

Gebunden, 13,5 × 21,5 cm
368 Seiten
Nr. 396.206 | ISBN 978-3-7751-6206-7

Erhältlich im Buchhandel oder
unter www.scm-shop.de

ⓔ Auch als E-Book erhältlich

Eline Rosenhart, Martina Merckel-Braun (Übersetz.)
Mein Land, mein Leben
Ein Israel-Roman

Tel Aviv 2015. Als die Konflikte in Jerusalem aufflammen und eine Welle der Gewalt durch das Land zieht, werden die Ideale von drei jungen Leuten erschüttert. Wael, ein Palästinenser, Yahav, eine Israelin und Nienke, eine Christin werden konfrontiert mit ihren eigenen tiefliegenden Überzeugungen, bis sie drastische Entscheidungen treffen müssen, die ihr Leben für immer verändern werden. Ein Roman, den man nie wieder vergisst. Mit tiefen Einblicken in das Alltagsleben in Israel und einem Fokus auf den Menschen hinter dem Nahostkonflikt.

 Kostenlose Leseprobe
unter scmshop.de/
leseprobe-wolf

Gebunden, 13,5 × 21,5 cm
448 Seiten
Nr. 396.219 | ISBN 978-3-7751-6219-7

Erhältlich im Buchhandel oder
unter www.scm-shop.de

ⓔ **Auch als E-Book erhältlich**

Corinna Wolf
Der Ketzer von Konstanz
Ein Roman über Jan Hus

Konstanz, 15. Jahrhundert. Jan Hus kämpft für seine Überzeugungen: Die Kirche Jesu ist in keinem Gebäude zu finden, Vergebung kann nicht gekauft werden. Die katholische Kirche sieht das anders. Als Jan unter die Räder der Machtbestrebungen von Päpsten, Kardinälen und dem deutschen König gerät, droht seine Botschaft den politischen Auseinandersetzungen zum Opfer zu fallen. Jans Glaube wird dabei auf die härteste Probe seines Lebens gestellt. Ein Roman über Hingabe, Mut und Berufung, der persönlich herausfordert.

Kostenlose Leseprobe
unter scmshop.de/
leseprobe-caudill

Paperback, 13,5 × 21,5 cm
384 Seiten
Nr. 396.208 | ISBN 978-3-7751-6208-1

Erhältlich im Buchhandel oder
unter www.scm-shop.de

Auch als E-Book erhältlich

Crystal Caudill, Renate Hübsch (Übersetz.)
Ins Herz geprägt

Theresa Plane ist es ihrem geliebten Großvater schuldig, den Familiennamen zu retten – sie muss alle Schulden begleichen, bevor sie den wohlhabenden Edward Greystone heiratet. Als sie zufällig in ein mitternächtliches Treffen gerät, erfährt sie, dass ihr Großvater weit mehr verbirgt als nur seine Schulden. Nach monatelanger, verdeckter Arbeit für den Secret Service steht Broderick Cosgrove kurz davor, die Identität des Anführers eines berüchtigten Geldfälscherrings aufzudecken. Doch plötzlich findet er unwiderlegbare Beweise, dass seine ehemalige Verlobte Theresa darin verwickelt ist.